Tout feu, Tout flamme

Richard Castle

Traduit de l'anglais (États-Unis)
par Françoise Fauchet
et Carole Delporte

City
Thrillers

Grâce à toi.
Grâce à nous.
Toujours.

Originally published in the United States and Canada as *Driving Heat* by Richard Castle. This translated edition published by arrangement with Kingswell, an imprint of Disney Book Group, LLC.
Publié aux Etats-Unis par Kingswell sous le titre *Driving Heat.*
Publié en France par City Editions.

Couverture : © ABC
ISBN : 978-2-8246-0652-1
Code Hachette : 17 2092 7
Rayon : Thrillers
Collection dirigée par Christian English & Frédéric Thibaud
Catalogue et manuscrits : www.city-editions.com

Dépôt légal : septembre 2015
Imprimé en France par France Quercy - Mercuès - N° 51080/

UN

Lors de la cérémonie organisée pour sa promotion, force fut pour Nikki Heat de constater à quel point la fierté de Rook, assis parmi l'auditoire, attisait son désir. Jusqu'alors, la jeune policière s'était montrée digne, attentive, concentrée et profondément émue devant ses collègues et amis ainsi réunis. Comme la réception tirait à sa fin, elle abandonna néanmoins la réserve que lui imposait la circonstance et, son nouvel insigne de capitaine serré dans la main, elle se laissa aller à chercher son fiancé du regard dans l'assistance.

À sa vue, son excitation redoubla. Dans le taxi qui les ramena chez lui, tandis qu'elle lui expliquait avoir failli pleurer en reconnaissant la voix de Dark Vador dans le commentaire de la vidéo qui leur avait été présentée en hommage aux forces de police de New York, Nikki surprit Rook à boire ses paroles ; aussitôt, elle eut envie de se donner à lui, sans plus attendre. À son regard, elle comprit qu'il partageait son émotion.

L'intensité de leur soif l'un de l'autre n'avait rien de nouveau pour eux, pas plus que leur impatience exacerbée par le lent trajet en ascenseur jusqu'au loft de Tribeca. Tout cela, et bien plus encore, crépitait entre eux tandis qu'ils rongeaient leur frein en silence, chacun appuyé à une paroi du vieux monte-charge brinquebalant. Cette fois, cependant, dans l'atmosphère chargée de tension sexuelle, leurs œillades cédèrent la place à de franches lorgnades, et l'évidence de leur désir atteignit un tel paroxysme que les choses ne tardèrent pas à se concrétiser. Oubliant toute forme de décorum, ils cédèrent à leur instinct animal.

Dans un même élan, ils se ruèrent l'un vers l'autre ; Nikki, un peu plus rapide, repoussa Rook dos aux croisillons métalliques de la grille. Il laissa échapper une plainte… de douloureuse envie, et non parce qu'elle lui avait fait mal. Il replia ses longs bras sur elle. Elle se pressa contre lui et, tremblante, leva la tête pour lui mordiller le lobe de l'oreille.

D'une main, il chercha à tâtons les commandes derrière elle. La cabine s'immobilisa entre deux étages, avec une secousse qui les jeta l'un contre l'autre. Leurs bouches se happèrent. Pour l'attirer plus près encore, il prit ses fesses en coupe dans ses paumes. Elle résista, juste le temps de faufiler ses mains jusqu'à sa ceinture à lui, qu'elle dégrafa, alors qu'il faisait déjà glisser la fermeture de sa braguette à elle.

Après une union cosmique couverte par les vociférations d'un livreur de pizza impatient, ils renvoyèrent l'ascenseur cliquetant au rez-de-chaussée et se dirigèrent tranquillement, encore aimantés l'un à l'autre, vers le loft au fond du petit couloir.

— Dire qu'on se privait de ça depuis si longtemps ! s'exclama-t-elle.

— Encore fallait-il obtenir l'ascenseur pour nous seuls.

Rook sourit.

— Tu te vois faire des galipettes en présence de monsieur Zeiss, du 302 ?

La jeune femme se représenta le voisin maigrichon aux épaisses lunettes et s'esclaffa. Après réflexion, elle jeta néanmoins un regard de biais à Rook.

— Rassure-moi : tu n'avais jamais fait ça là ? Je t'ai trouvé bien habile pour repérer le bouton.

— Disons simplement que c'est le jour des grandes premières.

À la porte, il se retourna vers elle et effleura les deux barrettes dorées du nouvel insigne qui ornait son col blanc réglementaire.

— Vous êtes mon premier capitaine, vous savez, capitaine Heat.

Le titre fit sursauter Nikki, comme au moment où elle l'avait entendu dans la bouche du commissaire, lors de son assermentation. De nouveau, ce grade paraissait étrange à la policière, un peu écrasée par le poids de ses nouvelles responsabilités.

Même si elle savait depuis des mois qu'elle aurait cette promotion, maintenant qu'elle avait prêté serment, arboré ses barrettes et changé de badge, ce n'était plus comme lorsqu'on lui avait fait miroiter Noël lors du pique-nique de la fête du Travail. Son grade de capitaine lui était désormais acquis. Or la chose concrétisée suscitait chez elle une pointe de bonheur mêlé d'angoisse, il fallait bien l'avouer.

Rook ouvrit la porte et lui céda le passage. Du seuil, il perçut son gémissement étouffé. Lorsqu'il la rejoignit à l'intérieur, Nikki essuyait une larme sur sa joue. Sous ses yeux s'étendait le loft, entièrement décoré aux couleurs de la police de New York : des nappes bleues recouvraient le plan de travail de la cuisine et la table, derrière, dans la vaste salle à manger ; à des banderoles de crêpe bleues et blanches, agrémentées de rubans bleus et blancs, étaient accrochés des ballons gonflés à l'hélium ; une demi-douzaine de compositions florales mêlant roses blanches à petits boutons et iris bleus ornaient les tables et les étagères ; un gâteau au glaçage blanc marqué d'un insigne de capitaine bleu et or, auquel il ne manquait ni le laurier ni la couronne, était posé sur la table basse à côté d'un seau à glace, bleu, destiné à rafraîchir son blanc préféré, un sancerre de Jean-Max Roger.

— Tiens-toi bien ! fit Rook, qui s'empara d'une télécommande pour lancer *Blue champagne* de Glenn Miller sur Deezer.

Après quelques accords, elle ferma les yeux et baissa le menton comme pour dissimuler sa réaction.

— Trop kitsch ? s'enquit-il.

Nikki releva la tête et se reprit, gravant dans son souvenir l'image de son ami, amant, fiancé, si parfait dans le Hugo Boss qu'il s'était fait tailler sur mesure juste pour sa cérémonie. Ils échangèrent de nouveau un baiser, plus tendre cette fois. Puis, elle glissa son coude sous le sien pour l'entraîner vers la table basse.

— Apporte les verres, dit-elle en s'emparant du seau à glace.

— Et le gâteau ?

— Le dessert d'abord. Pour le gâteau, on verra ensuite, répondit-elle.

Elle le guida vers la chambre. La vibration de son Black-Berry de service flambant neuf, sur la table de nuit, réveilla Nikki deux minutes avant l'alarme de son iPhone réglée sur 5 h 30. En roulant sur le côté pour voir ce dont il s'agissait, elle découvrit un mail émanant du One Police Plaza : sa hiérarchie l'informait, ainsi que soixante-seize autres de ses collègues de service, des nouveaux protocoles de collecte des données statistiques. Tandis qu'elle faisait dérouler l'interminable texte sur les catégories de plaintes, de mandats signifiés et d'arrestations, elle sentit s'insinuer en elle une familière pointe de bonheur mêlée d'angoisse, cette dernière en tête de file. C'était le premier e-mail officiel que Heat recevait en sa qualité de chef de poste à la vingtième circonscription, fonction qu'elle attendait d'assumer depuis plus de six mois. Ces sept derniers mois avaient été un exercice de patience et de diplomatie pour Nikki. Elle avait en effet eu du mal à diriger sa brigade criminelle sous les ordres d'un insipide chef par intérim nommé à la mort du capitaine Irons, alors qu'elle devait lui succéder, ce n'était un secret pour personne, ni même pour lui, dès que l'appareil hiérarchique daignerait en fixer la date. La nouvelle était tombée la veille. Le moment était venu d'affronter la dure réalité : prendre les commandes. Rook, qu'elle avait entendu se lever une demi-heure auparavant, se trouvait déjà attablé devant son portable, en tee-shirt et caleçon, éclairé par un halo lunaire. Au bruit des pas feutrés de Nikki dans la pièce, il referma le couvercle de l'ordinateur pour le mettre en veille.

— Ne t'arrête pas pour moi.

— Ce n'est pas grave.

Il rangea ses piles de notes et les glissa dans un dossier, qu'il referma également, d'un geste presque furtif, songea-t-elle.

— C'est l'occasion de faire une pause.

— Sur quoi travailles-tu ?

— Dis donc, je t'en pose, des questions ?

Il se leva pour la prendre chaleureusement dans ses bras, entre lesquels elle se lova.

— Tout le temps, dit-elle le nez contre sa poitrine. Mais si tu as fini par accepter d'écrire un nouveau roman à l'eau de rose sous un nom d'emprunt, alors que tu avais juré tes grands dieux qu'on ne t'y reprendrait plus, je comprends tes scrupules…, Victoria St. Clair.

— Dieu merci, Disney a renouvelé son intérêt pour ce fameux film inspiré de mes dépêches de Tchétchénie ; alors, je n'ai plus à déchirer les cœurs sous ce nom de plume. Hormis le tien, évidemment.

— En parlant de ça. Tu avais l'air très porté sur le fait que je garde ma chemise réglementaire, hier soir.

Rook fronça les sourcils, l'air innocent.

— Vraiment ?

— Absolument. Tu m'as même demandé de dire : « C'est moi le capitaine maintenant. »

— O.K.

Il pencha la tête d'un côté et de l'autre, puis sourit à pleines dents.

— Je reconnais qu'à ma grande surprise, cette chemise blanche amidonnée avec ses trucs de capitaine sur le col ne m'a pas laissé indifférent.

— Sérieux ? Rook, mon uniforme t'excite ?

— Tu en portes rarement. En tout cas, au lit.

— Cela m'a tout l'air d'un délire fétichiste. Tu n'aurais pas assouvi un de tes fantasmes à mon insu ?

— Pas du tout. Sauf si cela t'a plu.

Il gloussa.

— Il n'y a pas de mal à vouloir pimenter un peu les choses.

— Parce qu'on a besoin de ça ?

— Besoin ? Certainement pas. Mais un peu de fantaisie ne nuit pas, non ?

— De fantaisie ?

— J'ai l'impression que je m'enfonce.

Le regard critique de sa compagne n'arrangea rien.

— Nos rapports ne manquent pas de fantaisie. Bien que, de temps à autre, mais vraiment très rarement, tu dois bien admettre que tu te montres un peu… soucieuse.

— Comme dans l'ascenseur ?

— Non, pas dans l'ascenseur. Ni la plupart du temps, d'ailleurs. Oh ! tu me fais dire n'importe quoi. Tout ce que je voulais dire, c'est que j'aimerais être sûr qu'une fois mariés, on…

— … entretiendra la flamme ?

— Oui, c'est exactement ça. La flamme.

Aussitôt, il s'empressa de changer de sujet.

— Si on petit-déjeunait ? Le café est prêt.

— Parfait, dit-elle, je prendrai le mien avec du gâteau.

— Voyez-moi ça : du gâteau au petit-déjeuner pour le capitaine.

Nikki haussa un sourcil.

— Je fais preuve de fantaisie.

Feignant d'être vexé, il se dirigea vers la cuisine pour y chercher des couverts. Alors qu'ils terminaient leur assiette, Rook racla d'un doigt le reste de glaçage au fond de la sienne.

— On devrait prendre ce pâtissier pour notre pièce montée.

À cette seule pensée, Nikki, prise de panique à l'idée du retard qu'ils avaient pris sur leurs plans, tressaillit. Depuis belle lurette, ils avaient convenu de convoler en août, ce qui leur laissait encore quatre mois, mais, compte tenu de leur travail à chacun, ils n'avaient encore réservé aucune salle ni pour la cérémonie ni pour la réception, ni fait de projets pour leur lune de miel, si ce n'est qu'ils avaient vaguement envisagé Venise, Nice ou Portofino. Pour deux grands professionnels soucieux de leur carrière, c'était de la folie.

— On devrait au moins fixer la date, dit-elle, afin de pouvoir envoyer les invitations.

— Totalement d'accord.

Il lui tendit son doigt couvert de glaçage, que Nikki refusa d'un signe de tête, tel un joueur de base-ball rejetant le signe de son coéquipier.

— Sinon, certains sur ma liste provisoire risquent de se retrouver pris par d'autres engagements.

Il sortit la langue pour lécher le sucre, puis entreprit d'énumérer ses invités :

— Sir Paul a sa tournée *Out There*. Annie Leibovitz n'est jamais libre. Bono m'a assuré qu'il lâcherait tout, peu importe la date, mais je ne voudrais pas pousser le bouchon trop loin, surtout s'il est occupé à l'une de ses bonnes œuvres. Lena Dunham écrit… encore… ses mémoires. George Stephanopoulos travaille sept jours sur sept… Il lui faudrait inventer un jour de plus, en fait…

Rook remarqua le regard pensif de Nikki rivé sur un ballon bleu qui s'était dégonflé pendant la nuit.

— Je monopolise la conversation ? Tu as aussi une liste d'invités, je crois.

— Voyons... Il y a mon père et sa nouvelle compagne. Et sa sœur, Jessie.

— Ta tante ? Je l'ai déjà rencontrée ?

— Deux fois.

— C'est vrai. Elle est… Tu es sûre que c'était Jessie ?

Le téléphone de Heat sonna.

— C'est commode que tout le monde décide de mourir quand on essaie d'avoir une conversation.

Devant l'expression de Nikki lorsqu'elle répondit, Rook lui fit glisser un stylo et l'un de ses carnets à spirale sur la nappe bleue. Ce n'était pas la première fois qu'il assistait à ce genre d'échange téléphonique, accompagné d'une série de « Hmm, hmm » et de hochements de tête. Le visage d'ange de sa compagne se raidit au rappel des dures réalités de la vie.

— C'était Ochoa, indiqua-t-elle après avoir raccroché, bien que Rook ait déjà reconnu la voix forte de l'inspecteur dans l'écouteur.

— Je viens avec toi, déclara-t-il en se levant pour débarrasser, mais Heat était déjà partie s'habiller.

Lorsqu'ils franchirent West End Avenue par la 72e Rue, la policière demanda à Rook que sa voiture les dépose à mi-chemin avant Riverside. En tant que chef, elle se verrait allouer un véhicule banalisé dès son arrivée au poste, ce qui la démarquerait déjà bien assez.

— Je n'ai aucune envie d'arriver en limousine sur les lieux d'un crime dès le lendemain de ma promotion.

— Techniquement, c'est un SUV de luxe, protesta Rook, qui d'ailleurs ne m'appartient pas. Je l'ai eu par Hitch ! J'adore faire du stop grâce à mon appli. *Big up* pour la course, en tout cas, Vlad. Vous pouvez nous laisser là.

Dans le rétroviseur, le chauffeur adressa un regard ennuyé à

Heat, qui lui dit de ne pas se soucier de l'interdiction de stationner, car il s'agissait d'une affaire de police officielle.

— Comme s'il ne s'en doutait pas, fit remarquer Rook, une fois sur le trottoir.

Pour appuyer sa remarque, il sortit sa manche et entreprit de lustrer les barrettes de capitaine sur la chemise impeccable de sa compagne. Devant son manque de réaction, il inclina la tête.

— Tout va bien ?

Nikki hocha la tête d'un air absent. Déjà concentrée, elle scrutait, vers l'ouest, l'entrée de Riverside Park gardée par deux agents postés devant le cordon de sécurité. Derrière, elle le savait, une vie avait été supprimée. La policière fit le vide dans son esprit, puis elle marqua une pause pour rendre hommage à la victime et à ses proches, à supposer qu'elle en eût. Même s'il ne lui prenait que trois secondes, ce rituel n'avait jamais perdu de sa substance. La vie était importante. Plus encore peut-être lorsqu'on travaillait à la criminelle. Lorsque ses deux collègues soulevèrent le ruban pour les laisser passer, elle nota qu'ils portaient tous deux des manches courtes, signe que le mois d'avril se décidait enfin à s'adoucir. La boule au ventre, Nikki songea de nouveau qu'août approchait et que rien n'était décidé.

Une fois passée la statue d'Eleanor Roosevelt, le couple descendit le sentier menant au parcours pour les chiens, désert ce matin en raison de l'activité policière, puis ses pas résonnèrent sous l'arche en pierre permettant de passer sous la voie rapide de l'Hudson. Au bout du tunnel, en bas, entre le terrain de softball et le fleuve, les espaces verts s'étaient transformés en un parking sur lequel stationnaient six voitures de police, une ambulance dont le moteur tournait et un fourgon blanc orné d'une bande latérale bleue indiquant : MÉDECIN LÉGISTE.

— Si j'en crois mon expérience, ce doit être notre scène de crime, déclara le journaliste d'investigation.

Nikki ne lui prêta pas attention, car, déjà à son affaire, elle balayait tout du regard afin de s'imprégner de la géographie du lieu, de ses bruits et de ses odeurs. Contrairement aux enquêteurs paresseux qui se contentaient de poser des questions à leur arrivée, Heat aimait se faire sa petite idée avant de s'adresser à quiconque.

À 6 h 20, ce matin-là, ses observations lui permirent de constater que cette journée de printemps s'annonçait très claire et fraîche. Le terrain de softball était désert ; néanmoins, une batte en aluminium était posée contre le grillage. À côté d'un seau blanc rempli de balles, trois autres s'entassaient dans l'herbe non tondue, sur la droite. Des joggeurs et des cyclistes étaient de sortie, mais retenus au nord et au sud du sentier : à cause du meurtre, il leur était demandé d'emprunter d'autres chemins. Le soleil venait de se lever et n'avait pas encore dépassé le sommet des immeubles résidentiels du West Side. Ainsi, la bande du parc bordée d'arbres qui longeait l'Hudson était encore à l'ombre. Une brise fraîche soufflait du New Jersey, de l'autre côté du fleuve, suffisamment fort pour porter le vol plané des mouettes et marbrer l'eau de motifs changeants.

Sur le terrain de cricket voisin, désert lui aussi, l'inspecteur Rhymer discutait avec un homme rougeaud, debout devant son VTT en carbone. Son cuissard en lycra trahissait ses vingt kilos de trop. À quarante mètres, au bord de la piste cyclable, l'inspecteur Feller interrogeait une jeune femme blême, qui portait des gants de sport et un sweat-shirt aux manches coupées du prestigieux Barnard College. Pour Nikki, la scène semblait sortir d'un film muet, car les voix se perdaient dans le bruit blanc de la circulation sur la voie rapide, derrière elle, et les remous d'une barge transportant une grue sur le fleuve, sans doute destinée aux travaux de modernisation du Tappan Zee Bridge. Mais elle n'avait pas besoin de mots pour comprendre que ces deux témoins avaient vu quelque chose qu'ils n'oublieraient pas de sitôt. Et pour cause… C'était à peu près au même âge que la jeune étudiante que Heat avait découvert le corps de sa propre mère.

Son amie Lauren Parry ne l'avait pas encore aperçue : la légiste se préparait, tête baissée à l'arrière du fourgon de l'institut médico-légal. Remarquant sa présence, les inspecteurs Raley et Ochoa, inséparable duo surnommé « les Gars », quittèrent les bords de l'Hudson, où ils étaient accroupis pour approcher d'un même pas.

— Comment se fait-il que la brigade se retrouve là au complet ? s'interrogea Rook tandis que les deux équipiers remontaient la pelouse à grands pas.

Rhymer et Feller, les autres inspecteurs, qui les avaient également repérés, s'approchèrent à leur tour.

— La victime serait-elle une célébrité ? Sans vouloir citer de noms, il y en a bien quelques-unes dont la mort ne m'attristerait pas. C'est mal de ma part ?

— Très, répondit Nikki. Mais j'ignore de qui il s'agit. Ce n'est certainement pas la raison de tout ce déplacement.

— Un petit indice ?

— L'ambition, se contenta de répondre Heat, car les quatre inspecteurs se trouvaient maintenant à portée de voix.

Aussitôt, le visage de Rook s'illumina.

— Bien sûr, marmonna-t-il lorsque cela fit tilt.

La promotion de Heat laissait son ancien poste vacant à la tête de la brigade criminelle. Voilà pourquoi le tout nouveau chef du poste attirait près d'elle quatre candidats… qui affichaient un zèle exagéré et cultivaient une savante indifférence.

— Félicitations, capitaine Heat, dit Randall Feller. Hip, hip !

Les deux paumes levées à hauteur de poitrine, Heat l'arrêta.

— Je vous en prie, non.

L'enquêteur fronça les sourcils.

— Quoi ?! Ça se fête.

— Nous sommes sur les lieux d'un crime.

Feller était un flic-né, qui connaissait bien le terrain, mais qui oubliait fréquemment de laisser la rue à sa place. La correction n'était pas son fort, comme il s'empressa de le démontrer en pointant le fleuve du doigt.

— Ce n'est pas comme s'il pouvait m'entendre.

— Moi, si, se contenta de rétorquer sa supérieure, et il baissa les yeux.

De retour au poste, il lui présenterait ses excuses et elle le pardonnerait. Il fallait sacrifier au rite.

— Alors, voilà, commença Ochoa. Le cycliste…

— … que j'ai interrogé, glissa Rhymer juste pour se faire entendre, attitude pour le moins inhabituelle chez ce provincial de Virginie à la voix calme et posée.

Sous les regards braqués sur lui, l'inspecteur rosit et se dégonfla.

— D'accord, plus tard…

Miguel Ochoa reprit, non sans lever les yeux au ciel à l'adresse de son équipier :

— Le cycliste roulait en direction du nord, vers 5 h 05, ce matin, quand il a vu un kayak ballotter contre un reste de pilier de l'ancien ponton, là-bas.

— Le plus proche, précisa Raley en indiquant les trois poteaux pourris émergeant de l'eau, semblables aux vestiges d'une cage thoracique de dinosaure.

— Il ne faisait pas trop noir ? s'enquit Rook.

— Il a aperçu une silhouette, bondit Rhymer, dont l'intervention se justifiait, cette fois. L'Hudson est relativement bien éclairé par ces bâtiments et par la gare maritime de Jacob's Ferry, expliqua-t-il avec son assurance et son flegme habituels. Sans compter la réverbération du George Washington Bridge.

Tous se tournèrent vers le nord, où les lumières du pont miroitaient encore à la surface de l'Hudson en cette heure matutinale. Raley récapitula la chronologie des faits :

— Il a distingué un type immobile à l'intérieur ; ne voyant aucune rame, il a appelé les secours. Il était 5 h 07. Il s'est approché de la rive pour interpeller le kayakiste… Pas de réponse… Alors, il a gardé un œil sur le bateau en attendant l'arrivée de l'ambulance et de la police.

— Pendant ce temps, ajouta l'inspecteur Feller, le vent et le courant ont dégagé le kayak, qui s'est mis à dériver. Comme il l'a entendue taper des balles sur le terrain de softball, le type en vélo a appelé mon témoin pour qu'elle vienne l'aider à arrêter l'embarcation au passage. Ils n'ont pas voulu toucher le type à bord ; il avait l'air cuit : une plaie par balle à la tête, aucune réaction et le teint pâle comme un…

Ayant retenu sa leçon, Feller se ravisa :

— Pâle.

Heat tira deux paires de gants fins de sa poche et en tendit une à Rook tandis que le groupe dépassait le fourgon de la morgue pour descendre en se déployant vers la rive du fleuve.

— Attention où vous mettez les pieds, avertit Ochoa. Lance Armstrong a rendu son petit-déjeuner là… et là.

— Bonjour, capitaine Heat ! lança Lauren Parry, accroupie auprès de la victime. Vous me pardonnerez si je ne vous salue pas.

— J'y survivrai.

— C'est ce qu'on dit souvent avant de me rencontrer, déclara la légiste.

En dépit de la légèreté de ton de leurs échanges, Heat savait qu'il valait mieux ne pas se montrer impatient avec son amie. Aussi patienta-t-elle pour inspecter à son tour le corps, toujours assis droit dans le kayak. La légiste était en train de procéder à son examen préliminaire. L'embarcation n'irait pas plus loin, car les premiers agents arrivés sur les lieux en avaient arrimé l'avant comme l'arrière à un piquet sur la rive, à l'aide de cordes passées dans les poignées de transport.

— Qui me fait le topo sur la victime ? demanda Heat, pressée de ne plus avoir à feindre la patience.

— Moi, s'avança Ochoa. Homme noir, quarante-six ans. Il a fallu ouvrir pas moins de six fermetures éclair dans son gilet de sauvetage pour mettre la main sur sa pièce d'identité. Il se trouve qu'il est un peu de la maison.

— Un flic ? s'enquit Heat, suppliant muettement Lauren de se dépêcher.

— Pas au sens strict, mais il travaille pour nous.

— En tant que conseiller, en fait.

Rhymer brandissait un sachet en plastique. Il lut la carte stratifiée soigneusement rangée à l'intérieur.

— Il est écrit ici : *Psychologue-conseil des services de police de New York.*

Le cœur palpitant, Nikki tourna vivement la tête vers le kayak. Puis, elle se demanda si quelqu'un avait remarqué sa réaction, mais seul Rook la regardait, intrigué. Au diable le protocole. Elle s'avança près du Dr Parry pour regarder le cadavre.

— Il s'appelait…, dit Raley.

— Lon King, termina Heat.

Le souffle coupé, elle ne put en dire plus.

Elle baissa les yeux vers le corps dans le bateau. Qui avait bien pu loger une balle dans le front de son psy ?

DEUX

Heat sentit plus qu'elle ne vit toutes les têtes se tourner lentement vers elle. Prise dans un tourbillon d'émotions dominées par la stupéfaction, elle ne parvenait cependant à lâcher des yeux le corps à ses pieds pour se ressaisir. Le plus troublant, c'est que le visage du psychologue ne semblait pas si différent dans la mort que lors des séances passées dans son cabinet : il demeurait neutre, calme, accommodant. Combien de fois n'avait-elle pas fixé cette toile blanche si bien étudiée qu'il lui présentait en la fixant, le regard détendu, la bouche légèrement ouverte, tout comme maintenant, sans trahir ni jugement, ni plaisir…, ni, en l'occurrence, aucune vie.

— Nikki ? murmura Lauren Parry avec douceur avant de glisser une main gantée dans la sienne. Tu veux t'asseoir ?

Heat fit non de la tête sans lever les yeux, puis, par réflexe, elle scruta du regard les environs à la recherche du meurtrier, bien que ce fût parfaitement inutile. Un tireur djihadiste parmi les pêcheurs sur la gauche ? La jetée était déserte. Un hors-bord sur le point de rejoindre en trombe le repaire d'un cartel de drogue ? Aucune menace de ce genre. Un flic en état de stress post-traumatique gagnant péniblement les fourrés au-dessus de la Voie verte ? Seuls quelques passereaux picoraient des vers dans l'herbe du talus.

Enfin, son regard se posa sur sa brigade. Tous attendaient patiemment que leur supérieure prenne la parole. Puis elle chercha Rook, qui, debout parmi les autres, le regard rivé sur le corps du psy, affichait une mine de désarroi disproportionnée pour quelqu'un qui ne connaissait pas la victime. Serait-il possible, songea-t-elle, que leur relation soit devenue fusionnelle au point que Rook soit aussi affecté qu'elle par ce décès ? En d'autres circonstances, Nikki s'en serait réjouie.

— Vous aurez tous compris que je connaissais la victime, dit-elle en s'efforçant de dissiper la gêne qui s'était installée.

Rook leva les yeux pour croiser son regard. Elle marqua une pause afin de réfléchir vivement à la meilleure version qu'elle pouvait donner de ses consultations chez le psy. D'ordinaire adepte de la transparence, elle choisit cette fois de minimiser la vérité en évitant, par instinct de protection, de divulguer quoi que ce fût de personnel… à ses inspecteurs, à son fiancé.

— Il y a un an ou deux, vous devez vous en souvenir, le capitaine Irons avait tenté de me retirer une affaire en m'ordonnant de me soumettre à l'évaluation d'un psychologue de la maison.

Elle inclina la tête vers la victime, sans la regarder, par crainte – une peur totalement irrationnelle – de voir Lon King se redresser pour l'exhorter à se taire.

Cela sembla suffire aux inspecteurs. Rook parut un peu pincé, mais elle jugea qu'il valait mieux délaisser ce terrain glissant et passer aux questions logistiques.

— Bien, c'est un peu compliqué. Voyons ensemble comment s'y prendre et par où commencer, se lança-t-elle.

C'est alors que l'inspecteur Raley devança tout le monde.

— Avant toute chose, il nous faudrait une estimation de l'heure de la mort, déclara-t-il à l'adresse du groupe dans son ensemble, et à Lauren Parry en particulier.

La remarque ne tomba pas dans l'oreille d'une sourde. Aussitôt, la légiste se releva et lui jeta le même regard glacial que les autres.

— Ouh là ! fit Rook. J'ai déjà eu droit à ces yeux-là. Je te souhaite bien du plaisir, mon pote.

— Quoi ? C'est pourtant vrai, non ?

Au lieu de faire profil bas, Raley tentait le quitte ou double en prenant l'enquête en main.

— Il nous faut bien un créneau pour commencer quelque part.

Son regard eut beau parcourir la brigade, aucun de ses camarades ne lui offrit le moindre encouragement. La plupart préférèrent même détourner la tête.

— Inspecteur, reprit calmement le Dr Parry. Seriez-vous en train de suggérer que c'est à vous que je vais devoir faire mon rapport dans cette affaire ?

Cette réaction mesurée surprit Raley.

— Non, je... faisais juste preuve d'initiative, c'est tout.

— De dynamisme, quoi ! se moqua Ochoa.

Pour toute défense, son équipier arbora un sourire feint.

— Te donner des airs ne t'aidera pas non plus.

S'il subsistait le moindre doute dans l'esprit de Heat quant à savoir si la course au poste de chef de la brigade avait commencé, la démonstration que les Gars venaient de lui offrir l'avait dissipé.

— Ravie de nous voir tous aussi impatients de nous y mettre, dit-elle. Donc…

Pressée d'avoir une idée de l'heure de la mort, elle se tourna vers Lauren Parry, mais redouta de poser la question après l'échange précédent.

— Docteur, faites ce que vous avez à faire, nous nous occuperons du reste.

Son amie acquiesça d'un hochement de tête et s'accroupit de nouveau près du kayak pour procéder à ses analyses. Nikki reprit :

— Puisque nous avons plutôt affaire ici aux lieux de la découverte qu'à la scène de crime proprement dite, efforçons-nous de trouver où le meurtre a pu être commis.

— Et quand, intervint Rook, qui se tourna vers la légiste. C'est plus fort que moi, doc. Je ne peux pas m'empêcher d'embêter les filles.

— Nikki ? appela le Dr Parry.

— Lauren ?

— À en juger par la température et les lividités, je dirais que la mort remonte à douze à quatorze heures. Rook ?

— Lauren ?

— Allez vous faire cuire un œuf.

Imperturbable, le journaliste se tourna vers les autres inspecteurs.

— C'est peu cher payé pour vous obtenir au plus vite des informations cruciales, mes amis. Vos remerciements tacites me vont droit au cœur.

Nikki réfléchit et scruta les hauteurs du New Jersey, sur la rive opposée du large fleuve. Les premiers rayons du soleil commençaient juste à poindre dans les fenêtres des immeubles d'appartements de West New York et de Union City, dont le reflet grandissait à son tour sur l'eau.

Là-bas, à l'endroit où un pilote avait, grâce à son sang-froid, miraculeusement posé son avion de ligne, Nikki s'efforçait de visualiser la situation juste avant le coucher du soleil, la veille au soir, afin de retracer le chemin parcouru en dérive par le kayak de trois mètres de long.

— On va avoir un mal de chien à retrouver son point de départ, affirma Rhymer. J'ai fait beaucoup de kayak à Roanoke, dans ma jeunesse. Une embarcation de ce type, avec un si faible tirant d'eau, compte tenu du vent, personne aux commandes... Tudieu, allez savoir !

Heat continua néanmoins de réfléchir au cours que le kayak avait pu suivre depuis les environs de Harlem et du Bronx, en amont. Rook se rapprocha.

— Mahicantuck. C'est le nom que la tribu indigène de Manhattan donnait à l'Hudson. Cela veut dire « la rivière qui coule dans les deux sens ». Autrement dit, c'est un estuaire. Donc, il a tout aussi bien pu venir de la direction opposée, autrement dit, de Battery Park. Pour calculer sa dérive, il va falloir vérifier le tableau des marées.

Force lui fut de constater que sa remarque générait un sentiment de frustration.

— Eh ! les faits, c'est mon affaire. Ce n'est pas toujours de tout repos de fricoter avec un journaliste.

À défaut d'autres éléments utiles à tirer de cette scène de crime secondaire, Heat laissa le Dr Parry et son équipe terminer l'examen préliminaire du corps ; elle affecta une patrouille à la recherche de pêcheurs ayant pu remarquer une activité inhabituelle la veille au soir, puis se mit en route pour la vingtième afin de réunir la brigade autour du tableau blanc.

Dans sa hâte de démarrer l'enquête, Heat passa en coup de vent devant le nouveau bureau qu'on venait de lui attribuer pour diriger le poste et, en ce premier jour à ses nouvelles fonctions, s'installa à son ancienne table dans la salle de la brigade, tandis que les autres inspecteurs, et Rook, prenaient place café en main avec un semblant de petit-déjeuner grappillé dans la salle de pause. À son habitude, Nikki ouvrit sa messagerie pour vérifier ses e-mails. D'abord, elle crut à une erreur du serveur, car son écran était rempli, saturé même ; il y avait plus de messages qu'elle n'en avait jamais reçu en une semaine, sans parler d'une matinée. Les chefs de poste d'autres circonscriptions lui transmettaient leurs félicitations. L'un, intitulé *Urgent*, provenait du représentant syndical local, qui exigeait d'être reçu dès son arrivée. Un autre émanant du bureau du personnel, en haut lieu, la sommait de ne pas rencontrer le représentant des syndicats de police tout de suite. Intriguée par le sujet, *Extrêmement urgent*, d'un énième message, elle découvrit que cinq assistantes s'inquiétaient de la politique préconisée quant à l'usage de la cigarette électronique dans l'enceinte des locaux. Sa messagerie refermée, Heat se dirigea vers le tableau blanc pour se mettre réellement au travail. Le temps qu'elle inscrive le nom de Lon King en lettres majuscules en haut de la surface nue, Raley, Ochoa, Feller et Rhymer avaient fait rouler leurs chaises en demi-cercle autour d'elle. La dernière recrue de la brigade, Inez Aguinaldo, que Nikki avait sollicitée en remplacement un mois auparavant auprès de la police de Southampton, raccrocha son téléphone sur son bureau et déplia une chaise pour s'installer sur le côté.

Certes, il ne fallait jamais longtemps pour réunir ces grands pros. Pourtant, lorsque Nikki se retourna vers eux, quelque chose dans leur silence attentif lui donna l'impression d'être dévisagée de la tête aux pieds..., comme si elle s'était présentée nue devant eux. Ou c'était plutôt l'inverse, songea le capitaine Heat, qui arborait en ce jour une chemise blanche amidonnée, sagement rentrée dans son pantalon bleu foncé d'uniforme, et ses insignes dorés au lieu du simple jean et du chemisier qu'elle portait par-dessus lors de sa dernière réunion en salle de brigade. Dans un coin de sa tête, elle prit note de vérifier si les textes l'obligeaient vraiment à tout ce décorum. Le genre de choses auxquelles on ne pense jamais avant...

— Lon King, commença-t-elle. Psychologue en cabinet privé, mais aussi sous contrat au sein de la maison.

Sans avoir conscience de la couleur choisie, elle inscrivit *Psy de la police* au marqueur bleu.

— Que savons-nous d'autre ?

— Qu'il était kayakiste, proposa l'inspecteur Rhymer.

Feller secoua la tête.

— Pourquoi ? Parce qu'il était dans un kayak ? Le mois dernier, on a retrouvé un pauvre malheureux enseveli dans du ciment près d'un restaurant en construction, au Lincoln Center. Ça ne faisait pas pour autant de lui un ouvrier du bâtiment. Ni un restaurateur. Ekcetera.

— *Et-ce-tera*, corrigea Rook qui entra en glissant dans sa poche de veste le mobile qu'il venait de raccrocher. Une faute courante. Comme « gajeure ». Ou « eudème ».

Il approcha la chaise à roulettes du bureau qu'il empruntait, officieusement. L'une des roulettes grinça tout au long.

— Peu importe.

Heat marqua une pause tandis que son compagnon prenait place. Elle remarqua qu'il avait le visage tendu, puis elle se retourna pour marquer *Kayakiste ?* au tableau.

— Étant donné que la victime a été découverte dans un kayak, nous pouvons l'intégrer dans nos recherches. Nous verrons bien s'il s'adonnait à cette activité de manière ponctuelle ou s'il s'agissait d'un passe-temps habituel.

— Avait-il de la famille ? lança Sean Raley.

Nikki inscrivit également la question, puis elle sentit tous les regards de nouveau sur elle. Cette fois, ce n'était pas à cause de l'uniforme.

— Si vous croyez que je sais, ce n'est pas le cas. Quelqu'un a-t-il déjà consulté, ici ? Le psy ne vous apprend pas grand-chose sur lui ; il a plutôt tendance à tout faire tourner autour de vous.

Sentant qu'elle s'engageait sur une voie délicate, elle décida de passer à autre chose. *Cause de la mort*, inscrivit-elle.

— Même si nous n'avons qu'un avis préliminaire, elle paraît évidente.

— Pas de quoi se mettre une balle dans la tête, fit Feller, qui leva aussitôt les mains en signe de reddition. Je vous jure que ce n'était pas pour me moquer.

Nikki laissa passer et poursuivit :

— Une seule plaie par balle au front. Petit calibre, qui n'est pas ressorti. Il sera remis à la balistique pour analyse cet après-midi.

Ochoa griffonna dans son calepin.

— Cela élimine l'idée d'un tireur embusqué.

— De même que ceci.

Nikki brandit la feuille que l'une des assistantes venait de déposer pour elle sur son estrade.

— D'après le rapport du docteur Parry, ici présent, il y a des traces de métal et des résidus de poudre autour de la plaie.

Ces paroles demeurèrent en suspens dans l'atmosphère, de sorte que chacun put assimiler leurs implications.

— Ou d'un coup tiré d'un bateau, fit observer Raley. À moins qu'il ne soit passé vraiment tout près.

Rhymer leva la main.

— Un autre kayakiste, peut-être ?

— Ou quelqu'un d'un ponton. Ou d'un bateau qui l'aura mis à l'eau, renchérit son équipier.

— Ou alors, c'est un suicide.

L'inspecteur Feller ramena les pieds sous sa chaise et se pencha vers Heat.

— Dure réalité peut-être, mais les psys se suicident aussi. Il ne faut pas en éliminer la possibilité. Pour ce que j'en dis.

Nikki, qui répétait sans cesse à son équipe d'aborder chaque nouvelle affaire avec les yeux d'un bleu – de ne se laisser aller à aucune complaisance ni à la routine –, acquiesça d'un hochement de tête.

— On a tout mis sur la table.

Elle ajouta *Suicide* sous les autres options et, comme pour les autres sur la liste, y adjoignit un point d'interrogation.

— En quittant la Voie verte, j'ai vu le docteur Parry faire des prélèvements sur les mains de la victime. Inspecteur Ochoa, dès que nous en aurons terminé, j'aimerais que vous appeliez Lauren pour qu'elle nous dise si elle a trouvé des résidus dessus.

— Sitôt dit, sitôt fait.

— Une idée farfelue de ma part ? proposa Rook.

— Oui, ça, on peut dire que les idées farfelues, c'est ton domaine de prédilection, répondit Nikki, ravie de le voir enfin prendre part à la discussion.

— Tout comme la mystérieuse zone 51, ajouta Feller, à peu près aussi fan de la passion de Rook pour les théories du complot qu'il l'était de ses remarques sur sa prononciation.

Sans se laisser démonter, ou peut-être simplement parce qu'il n'avait pas conscience du mépris de l'enquêteur, Rook reprit :

— Et s'il n'avait pas été tué à bord du bateau ? Le tireur assassine King quelque part, l'installe dans le kayak, et soit le pousse, soit le remorque, juste pour nous embrouiller et nous empêcher de découvrir les lieux du crime.

Le temps qu'il termine, d'autres cervelles commençaient à mouliner cette possibilité bien réelle..., même Randall Feller.

L'inspecteur Aguinaldo leva une main hésitante et s'exprima pour la première fois de la réunion.

— Cela ne tient peut-être pas debout...

— Ici, tout est possible, gloussa Rook. Vous avez entendu ma théorie ? Alors, allez-y.

— Ce n'est pas vraiment une théorie.

La nouvelle enquêtrice avait un peu de mal à faire la transition. Heat, qui avait fait connaissance avec elle dans les Hamptons, lors d'une enquête au moment de l'ouragan Sandy, connaissait le potentiel d'Aguinaldo qu'elle incitait constamment à ne pas se laisser intimider par la bande de vieux de la vieille de cette brigade.

— Inez, ne jouez pas les timides, on vous écoute.

— Voilà. Comme ce matin, j'étais de service ici et non au bord du fleuve, j'ai appelé la scientifique pour me mettre en rapport avec les techniciens chargés de l'affaire.

— C'est Benigno DeJesus, le responsable, déclara Heat. Je l'ai incité à s'en occuper parce que c'est le meilleur.

Aguinaldo hocha la tête.

— C'est ce qu'on m'a dit. Et nous avons gentiment bavardé en vous attendant.

— Vous lui avez déjà parlé ?

— Cela me semblait normal pour préparer la réunion.

C'était l'une des nombreuses raisons pour lesquelles Nikki appréciait Inez. Elle pensait toujours, anticipait toujours.

— D'après lui, outre le contenu du portefeuille que vous avez mis sous scellés, poursuivit Aguinaldo, quand ils ont sorti le corps du kayak, ils ont eu accès à sa poche de pantalon, qui renfermait un peu de liquide. Des billets de un dollar, pour l'essentiel, et un de cinq. Ainsi qu'un... jeton de poker en plastique. L'inspecteur DeJesus m'en a envoyé une photo par SMS.

Elle s'avança pour montrer le cliché à Heat sur son iPhone.

— Vous voyez, il présente un motif de sablier qui se répète sur le bord. Et il est violet.

— Ça vaut cinq cents dollars, ça, annonça Feller. J'ai travaillé aux mœurs. Le violet, c'est la couleur traditionnelle qu'utilisent les casinos pour ce montant.

— Ils n'ont pas encore relevé les empreintes, mais, d'après le central, ce modèle unique provient d'un établissement répertorié dans la base de données de l'antigang : La Roue de la Fortune.

— Ils seraient perdus sans leurs ordinateurs, au QG, commenta Heat.

— Je connais La Roue de la Fortune, dit Rook.

— Moi aussi, ajouta Feller. Il cache un gros club de jeu clandestin pas si secret au sous-sol. Très mafia.

— Dirigé par un vieil ami à moi et à toi...

Rook se tapa le genou.

— Gros Tommy, dit-il à Nikki.

— Ce n'est pas mon ami. Néanmoins, je compte bien refaire connaissance avec monsieur Tomasso Nicolosi ce matin, ajouta-t-elle en inscrivant son nom au tableau.

Puis, elle se tourna vers le groupe.

— Maintenant, répartissons-nous les tâches. Inspecteur

Aguinaldo : beau travail. Puisque vous vous entendez si bien avec le central, rappelez-les. Lon King travaillait sous contrat pour la maison ; alors, voyez avec eux s'il avait reçu des menaces. Puis, contactez le personnel. Voyez s'il avait de la famille, des proches ou autres. Rendez-leur visite et posez-leur les questions habituelles.

Tout en prenant des notes, Aguinaldo hocha la tête.

— La dernière fois qu'il a été vu, sa disposition d'esprit, amis, ennemis, soucis financiers, liaisons, drogue, alcoolisme, comportement inhabituel.

— Renseignez-vous aussi pour le kayak. À quelle fréquence il pratiquait, où il rangeait son embarcation, ses endroits de mise à l'eau et ses destinations préférées.

— Et s'il appartenait à un club, ou s'il naviguait régulièrement avec un pote, suggéra Rhymer.

— Bien vu, Opossum.

Nikki usa du simple surnom de l'inspecteur au sein de la brigade.

— Et puisque vous vous y connaissez un peu dans ce sport, appelez DeJesus à la scientifique et informez-vous sur tout ce qu'il y a à savoir sur ce kayak. Pas seulement les empreintes digitales, les cheveux, les dommages ou l'usure sur la coque. Peut-être y a-t-il aussi un numéro de série qui pourrait nous indiquer où il a été acheté, voire un autocollant des magasins d'équipement REI ou Eastern Mountain Sports. Sinon, allez frapper aux portes des marchands de kayaks et des boutiques de sport. Voyez si quelqu'un connaissait King et s'il traînait avec quelqu'un dans ce milieu. Renseignez-vous auprès des clubs de canoë et de plein air, pas uniquement sur les membres qui le connaissaient, mais sur les destinations habituelles pour une excursion au coucher du soleil, un soir de printemps.

— Je n'ai pas vu la moindre pagaie sur la scène de crime, indiqua l'inspecteur Rhymer. Je ne sais pas très bien quoi en conclure, mais cela vaut la peine d'être noté. Il n'avait pas de téléphone sur lui non plus.

Suivant son propre conseil, selon lequel rien n'est rien, Heat nota également : *Absence de pagaie.*

— Inspecteur Feller, contactez nos agents du port et les gardes-côtes. Il y a de fortes chances qu'ils aient réagi s'ils ont vu quelque chose, ne serait-ce que parce qu'il dérivait, mais vérifiez quand même. Ce qui nous importe de savoir, c'est si une grosse barge ou autre bateau de marchandises circulait hier à l'heure de la mort et après. Contactez les compagnies maritimes et interrogez capitaines, pilotes et équipages. N'oubliez pas la Circle Line et les autres compagnies de croisières touristiques tant que vous y êtes. Quelqu'un a peut-être vu quelque chose qui lui a paru insignifiant sur le moment, mais qui prendrait tout son sens maintenant.

— Les gardes-côtes auront aussi des tableaux de marée et des cartes de courants précis, ajouta Feller. Je m'en occupe.

— Comment se porte mon roi de tous les moyens de surveillance ? demanda Nikki avec un large sourire.

— Tiens, tiens, je m'y attendais, dit Raley, qui avait gagné son titre en résolvant maintes affaires au fil des ans grâce à ses talents pour – et sa ténacité à – passer au crible les enregistrements vidéo des caméras de surveillance.

— Ah oui ? Et à quoi d'autre vous attendiez-vous ?

— Eh bien, gente dame, si Sa Majesté doit émettre une supposition, sans doute s'agit-il de localiser les caméras ayant vue sur les parties de l'Hudson ou d'autres cours d'eau sur lesquels le kayak aurait pu se trouver hier.

— Troublant ! s'exclama Heat. Et quand vous aurez mis la main sur les images, observez la circulation maritime. Relevez les noms des embarcations et transmettez-les à Randall afin qu'il recoupe de son côté. Hélas, je vais devoir vous séparer de votre équipier.

— Il va vous falloir un tuyau d'arrosage, gloussa Feller.

— Inspecteur Ochoa, j'aimerais que vous vous rendiez au cabinet de Lon King dans l'Upper East Side.

— Pas de problème. J'interroge son personnel d'accueil et ses collègues. En gros, je procède comme Inez avec la famille, mais sur son lieu de travail.

— Exact. Il faudrait savoir s'il y a eu des patients mécontents. Le terrain est délicat, étant donné qu'il traitait essentiellement des agents de police, mais il faut explorer tous les mobiles possibles. Surtout si des menaces ont été proférées.

Rook remua sur sa chaise et poussa un soupir sonore.

— Pardon. Je n'ai pas petit-déjeuné, déclara-t-il lorsque Nikki se tourna vers lui. Il me faut un muffin.

Il lui adressa un faible sourire avant de détourner le regard. Elle se demanda ce qui lui arrivait.

— Capitaine ? intervint Ochoa.

Aussitôt, le regard de Nikki se porta vers le fond de la salle, où elle s'attendit à voir le chef du poste l'observer depuis le seuil. Puis, elle laissa échapper un petit rire, car c'était à elle que l'enquêteur s'adressait, se rendit-elle compte.

— Désolée. Manque d'habitude. Que de changements !

— Justement à ce propos, reprit Miguel. En fait, c'est à la demande de la brigade que je pose la question. Maintenant que votre promotion est enfin tombée, avez-vous pris une décision concernant votre remplaçant à la tête de la brigade ?

Heat avait prévu la question. Elle prit le temps d'étudier les cinq inspecteurs autour d'elle : une nouvelle, curieuse de savoir qui serait son nouveau patron, et quatre anciens montrant divers degrés d'envie d'être l'élu.

— La question est légitime. Voici donc ma réponse, légitime elle aussi : je le nommerai lorsque je serai prête.

Devant le grondement de mécontentement qui montait dans la salle, Nikki ajouta :

— Il est évident que j'ai eu un peu de temps pour y réfléchir. Et, oui, j'ai déjà ma petite idée. Mais cela fait deux heures à peine que j'ai officiellement pris mes fonctions. Je n'ai même pas encore allumé dans mon bureau. Or nous voilà avec sur les bras une affaire dans laquelle la victime fait quasiment partie de la maison. Aussi me semble-t-il judicieux de garder un pied dans cette salle pour faire avancer l'enquête. Parallèlement, je dois jongler avec mes nouvelles responsabilités…, qui sont considérables. Pour me soutenir, je nomme – à titre provisoire – Miguel Ochoa et Sean Raley cochefs de brigade par intérim.

Il serait trop généreux de qualifier les applaudissements qui suivirent de « nourris ». Ils commencèrent par ceux de l'inspecteur Aguinaldo et de Rook. Rhymer et Feller s'y joignirent avec un temps de retard trop important pour être considéré comme courtois. Raley et Ochoa échangèrent un regard un peu surpris, mais peu ravi.

— Je vous demanderai de tous vous coordonner avec les Gars, qui se coordonneront à leur tour avec moi, conclut Nikki. Encore une chose : nous sommes la meilleure brigade criminelle de la maison. Nous allons faire en sorte qu'elle le reste. Dès que nous aurons bouclé cette affaire, vous avez ma parole, je nommerai un chef permanent pour mener cette brigade et assurer la réussite de ce groupe. Maintenant, allons trouver notre tueur.

— Si tu me parlais de Lon King, dit Rook tandis que Heat s'engageait sur le rond-point de Columbus Circle pour aller serrer Gros Tommy.

— Que veux-tu que j'ajoute ? Comme je l'ai dit, c'est le psy de la maison que Wally Irons m'a forcée à voir. Tu le sais.

— En effet. Je sais aussi qu'à t'entendre ce matin, au bord du fleuve, tu ne l'aurais vu que lors de ta seule séance obligatoire.

— Bon, j'y suis allée plusieurs autres fois. La brigade n'avait pas besoin de le savoir. C'était personnel. Rien à voir avec le problème qui nous occupe.

Nikki tourna le volant pour bifurquer dans Broadway et changer en même temps de sujet de conversation.

— C'est pour cette raison que tu tortilles autant des fesses ?

— Pour quelqu'un qui pro-fesse l'autosurveillance, aux dernières nouvelles, je peux t'assurer que je n'ai rien détecté.

— Si tu le dis… Tout ce que je sais, c'est que je sens que quelque chose te tracasse depuis qu'on s'est rendus sur cette scène de crime.

— En reluquant mes fesses ?

— Plaisante tant que tu veux, Rook. Je sais ce que je vois.

Au feu tricolore, devant le théâtre Ed Sullivan, ils patientèrent en silence. Rook leva les yeux vers l'enseigne de l'émission de David Letterman. Heat craqua la première :

— C'est à cause du mariage ? Je te mets trop de pression ?

Lorsque le feu passa au vert, ce fut au tour de Rook de détourner l'attention.

— Si on parlait un peu de management.

— O.K...

— Juste une remarque de la part de ton futur époux.

— Je n'aime pas trop le tour que cela prend.

Il lui posa gentiment la main sur la cuisse et sourit.

— Détends-toi. C'est juste un truc que tu devrais prendre en considération. Ta brigade n'est pas seulement ambitieuse. À mon avis, elle a aussi peur de tomber de son piédestal.

— Voilà pourquoi j'ai confié la boutique aux Gars.

— Employer les mots « provisoire » et « par intérim » dans la même phrase, c'est la consécration. S'ils te semblent à la hauteur de la situation, pourquoi ne pas aller droit au but ?

— Parce que je n'en suis pas sûre.

— Voilà qui ne te ressemble pas, déclara Rook, avec raison.

Au cours des mois où Nikki avait été tenue en haleine, à se demander quand sa propre promotion serait validée, elle s'était adonnée à toutes sortes de prévisions à long terme sans laisser tomber pour autant le court terme. Elle avait dressé dans sa tête des listes de ce qu'elle aurait souhaité. Certains éléments avaient même fini couchés sur le papier ou dans son appli Evernote. Tous ses projets avaient fait l'objet de révisions constantes et même de remises en cause au fur et à mesure des retards de sa nomination. Maintenant, en ce premier jour de prise de fonction officielle, elle connaissait ce que les golfeurs appellent le *yip*. Au lieu de franchir l'obstacle en courant, elle regimbait.

— Au départ, mon idée était de partager le poste entre Sean et Miguel.

— Que s'est-il passé ?

— Je ne sais pas très bien. J'ai trop retourné les choses dans ma tête. Ce sont ceux de ma brigade qui sont là depuis le plus longtemps.

— Et ils sont formidables. Quand tu leur as laissé les rênes pour le meurtre de ce vieil agent de change de West End Avenue, ils t'en ont mis plein la vue. Ils ont même fait le lien entre la bonne portée disparue et ton mort tombé du ciel.

— C’est juste.

— Je perçois un « oui, mais ».

Il la considéra.

— Tu ne leur en voudrais pas de t’avoir aussi mis des bâtons dans les roues dans cette enquête ?

Nikki fit non de la tête.

— Ça prouve la passion qu’ils ont pour leur travail. Cela n’avait absolument rien de personnel, et nous en avons tous tiré le meilleur parti, au final. C’est peut-être cette idée de partenariat qui me dérangeait. En y réfléchissant, j’ai commencé à vouloir choisir. Bon, mais lequel des deux ? Et puis, je me suis dit qu’ils seraient toujours en désaccord. Alors, j’ai commencé à me demander s’ils seraient aussi bons si je faisais tout exploser. Du coup, cela m’a conduite à envisager Feller pour la place en solo. Et Rhymer.

— Un camion-restaurant !

Rook montra du doigt une camionnette de livraison dont le clignotant signalait qu’une place de stationnement se libérait devant Keen’s Chophouse.

— En tant que fidèle conseiller, puis-je faire deux observations ? demanda-t-il lorsque Nikki se fut garée et eut éteint le moteur.

— Je t’écoute.

— D’abord, réfléchir, c’est une chose, mais, quand on n’arrive pas à prendre une décision, c’est que quelque chose ne va pas.

À ces mots formulés à haute voix, elle se sentit mise à nue, affectée d’une manière qui résonnait bien au-delà de la mission présente.

— Et ensuite ?

— Tu vas faire fuir tous les cafards de ce club dans cette tenue, gloussa-t-il en descendant de voiture.

La Roue de la Fortune se situait au milieu du pâté d’immeubles. Sur le trottoir, la façade de l’ancien restaurant était encadrée par la boutique d’un réparateur de montres et une onglerie proposant des massages des pieds. L’enseigne au néon d’origine, qui datait des années 1940, pendait en drapeau au-dessus d’une lourde porte en bois peinte chocolat, assortie au faux colombage Tudor du mur en stuc brun clair. Au niveau de la rue, le plâtre était maculé d'antiques taches jaunâtres de pisse de chien et d'ivrogne. La forte odeur de désinfectant qu'ils percevaient déjà de la rue les saisit à la gorge dès qu'ils pénétrèrent dans le sombre night-club, où ils firent entrer un rai de lumière importun.

Comme Rook l'avait prédit, les têtes se baissèrent et les portes dérobées claquèrent dès que la demi-douzaine d'ivrognes du matin aperçut l'uniforme de Nikki.

— Je peux vous aider ? demanda la barmaid, une grosse femme borgne, sur un ton laissant entendre qu'elle n'en avait nullement l'intention.

— Je viens voir Tomasso Nicolosi, déclara Heat.

Juste pour faire son malin, Rook agita le pouce en direction du capitaine.

— Police de New York, ajouta-t-il.

Après un échange chuchoté à l'interphone, un commis leur ouvrit une porte cachée derrière de lourds rideaux en velours, et ils descendirent un escalier de chêne en colimaçon jusqu'à la salle de jeux clandestine, qui se résumait à une table de craps déserte et sept tables de poker, également inoccupées. La pénombre qui régnait dans ce sous-sol sans fenêtre plongeait tout dans l'ombre. Toutefois, on y voyait juste assez pour distinguer Gros Tommy assis dans un box. Il arborait son fameux jogging bleu fin années 1970 et d'énormes lunettes de soleil. En se rapprochant, ils durent néanmoins se rendre à l'évidence : les choses avaient changé depuis leur dernière entrevue.

— La maladie, expliqua-t-il sans qu'on lui pose la question, avant même de les saluer.

Il y avait des années de cela, le mafieux avait fondu à la demande de sa femme, mais, là, il était plus que maigre. Non seulement Gros Tommy n'était plus gros, mais il était si émacié qu'il aurait pu se cacher derrière une pile de jetons de poker. Au lieu d'un truand, on aurait dit E.T. avec les lunettes noires de Jackie Kennedy.

Ils prirent place en face de lui.

— Désolé de l'apprendre, dit Rook avec sincérité. Il avait

connu Tommy des années auparavant, alors qu'il se documentait pour un article sur les familles mafieuses de catégorie moyenne installées à New York. Tous deux avaient lié une amitié distante. Par la suite, le journaliste avait de temps à autre organisé des rencontres confidentielles entre le gangster et Nikki afin de permettre à l'enquêtrice d'obtenir des informations sur ses affaires, mais on était loin de pouvoir dire qu'il s'était établi ne serait-ce qu'un semblant de relation entre la policière et le quartier.

— Ouais, mais je serai plus fort qu'elle, s'esclaffa Tommy en frappant du plat de la main sur la table. Pour sûr. Regardez-moi. Vous pouvez lui faire vos adieux.

Dans le silence gêné qui s'ensuivit, des rires d'hommes et de femmes retentirent à travers une porte fermée derrière lui.

— Une petite partie de cartes entre amis. Rien de bien méchant, pas de quoi vous affoler, hein ?

Nikki saisit la perche :

— Nous ne sommes pas là pour chercher des noises à votre petite entreprise, monsieur Nicolosi.

— Bien. Mais appelez-moi Tommy, je vous en prie.

— J'aimerais savoir si vous reconnaissez cet homme.

Elle lui tendit la photo du psy sur son iPhone. Gros Tommy releva ses lunettes de soleil pour y jeter un rapide coup d'œil, puis il se cala au fond de son siège.

— Il s'appelle Lon King. J'ai des raisons de penser qu'il fréquentait ces lieux. Peut-être comme client.

— Vous voyez, le truc, c'est que cette petite entreprise, comme vous dites, est confidentielle. Autrement dit, discrète. Comme vous, ricana-t-il. C'est pourquoi ce déguisement ? Le défilé du carnaval ?

Comme Heat demeurait impassible, Rook saisit l'occasion :

— Tommy. Le capitaine est ici pour un meurtre.

— Mmh, mmh. Et vous voulez savoir si c'est moi qui l'ai fait buter ? La réponse est non.

Heat ouvrit son calepin et déboucha son stylo.

— Donc, vous le connaissiez.

— Maintenant que je comprends qu'il est mort, je ne me sens plus obligé de me montrer aussi, euh…, circonspect.

Il se tourna vers Rook.

— Que dites-vous de cette maîtrise de vocabulaire, le scribouillard ?

— C'est une déclaration officielle ? insista Nikki sans vouloir se laisser distraire. Vous le connaissiez ?

Gros Tommy agita les mains devant lui en geste de défense.

— Comprenez-moi bien : oui, je le connaissais. Oui, c'était un régulier. Non, je n'ai rien à voir avec sa mort. En général, c'est mauvais pour les affaires de tuer quelqu'un qui vous doit de l'argent.

— Combien ? demanda la policière, le stylo levé.

— Trente-deux mille cent. Je lui finançais ses pertes.

— Ça fait un sacré montant, commenta Rook.

Le mafieux haussa les épaules.

— Bof, c'est plutôt un bon moyen de s'assurer qu'ils continuent à jouer.

— Reconnaissez-vous ceci ? Heat lui montra sur son mobile le jeton de poker en plastique qui les avait conduits là.

— C'est un jeton de cinq. Je m'en sers comme dessous de verre pour ma boisson protéinée.

— On l'a trouvé sur le corps de Lon King.

— C'est moi qui le lui avais donné, la semaine dernière. Comme il s'était fait plumer au poker, je me suis dit qu'il ne fallait pas qu'il reparte sans rien.

— Il n'aurait pu le dépenser nulle part. Vous êtes toujours aussi généreux ? demanda Nikki.

— C'était juste pour lui rappeler sa dette.

— Ou l'intimider ?

Le téléphone de l'enquêtrice vibra.

— Peu importe, ça a marché. Il l'a gardé sur lui. En attendant, j'ai trente-deux mille dans la nature. Notez-le, insista Gros Tommy en tapotant de l'index le carnet de la policière.

La notification indiquait qu'il s'agissait d'un SMS d'Ochoa, qu'elle montra à Rook. Aussitôt, tous deux se levèrent pour prendre congé.

— Vous avez un avion qui vous attend ou quoi ?

Nikki referma son carnet à spirale.

— Je reviendrai peut-être vous voir, monsieur Nicolosi.

Gros Tommy s'essuya la bouche avec un mouchoir sale.

— À votre place, je n'attendrais pas trop longtemps ! leur lança-t-il tandis qu'ils remontaient l'escalier grinçant.

Les experts n'étaient pas encore intervenus. Lorsque Nikki et Rook sortirent de l'ascenseur au douzième étage du centre médical où Lon King avait son cabinet, la police scientifique déboulait tout juste dans le couloir. Après avoir enfilé une paire de gants bleus pour la seconde fois de la matinée, le capitaine Heat leur rendit timidement leur salut avant de pénétrer à l'intérieur. À sa vue, l'inspecteur Ochoa confia la réceptionniste en pleurs à la policière de la dix-neuvième qu'il avait sollicitée. Au même instant, Heat se sentit saisie d'une brusque montée d'adrénaline. Son dernier rendez-vous ici remontait à quinze jours à peine. Comme il serait gênant que Josie la reconnaisse et dise quelque chose. Nikki tourna donc le dos au comptoir de l'accueil pour attirer Ochoa et Rook dans la pièce adjacente. Ce n'était que partie remise, elle le savait. Il lui faudrait bien gérer le problème de la réceptionniste, mais cela pouvait attendre. Dans l'immédiat, seul lui importait de savoir ce qu'Ochoa avait à lui dire sur le cambriolage, car peut-être cela leur apporterait-il un indice pour retrouver l'assassin de Lon King.

— Voilà comment cela s'est passé, commença l'inspecteur. Je suis arrivé à 9 h 10 et j'attendais dans le hall l'arrivée de la réceptionniste de King... Josie, précisa-t-il après avoir consulté ses notes. Je me suis présenté et, pendant qu'elle ouvrait la porte, je lui ai demandé si elle avait une minute. On est entrés. Comme vous avez pu le constater, la nouvelle a été dure à avaler.

— Elle n'a pas remarqué le cambriolage tout de suite ? demanda Heat.

— Oui et non. La brutalité de mon annonce avait distrait la pauvre fille, forcément. Alors, ce n'est qu'au bout de quelques minutes, une fois remise, qu'elle a remarqué que des choses avaient été dérangées. On a tout vérifié, pièce par pièce, et là, on a compris qu'il y avait eu une effraction pendant la nuit.

Nikki parcourut du regard la pièce dans laquelle ils se trouvaient, celle où King donnait ses consultations. Elle y était venue moins de dix fois au cours des trois dernières années, mais tout semblait toujours aussi tranquille et accueillant.

— Rien ne semble avoir bougé. Si j'en crois ma mémoire, s'empressa-t-elle d'ajouter.

— Encore faut-il savoir quoi chercher.

Ochoa les guida vers le petit bureau installé sur le côté, derrière le fauteuil rembourré du psychologue.

— D'après Josie, il y avait là un ordinateur portable qui a disparu.

— Aucune chance que le doc l'ait emporté chez lui ou soit revenu le chercher ? demanda Rook.

— Je me suis aussi posé la question. D'après elle, non. Le MacBook restait toujours là. Il n'aimait pas le trimballer ; il sauvegardait tout sur le cloud ou des clés USB. À part ça, le reste de la pièce est intact : ni coussin déchiré ni livre jeté des étagères... Mais regardez ça.

Ochoa ouvrit du bout des doigts l'unique tiroir du bureau en le tenant, avec précaution, par les côtés au lieu de la poignée. Le tiroir peu profond était en désordre : une boîte de trombones était éparpillée, un méli-mélo de crayons et de stylos dépassait d'un petit plateau en teck ; un jeu de cartes à jouer dorées était déchiré ; même la boîte d'allumettes du restaurant The Dutch avait été ouverte et renversée.

— Ce sont les clés USB qu'ils voulaient ? demanda Heat.

— Il y a de fortes chances. D'après Josie, il les rangeait dans ce tiroir, dans un de ces étuis en cuir que les amateurs de fournitures de bureau chichiteuses achètent sur catalogue.

— Levenger ? s'enquit Rook, un peu trop vite.

— Alors, là ! Grillé…, gémit Ochoa en secouant la tête avant de les faire sortir de la pièce. Voyons si Josie est en état de vous montrer le reste.

Comme cette rencontre devait avoir lieu tôt ou tard, Nikki décida de s'en débarrasser. Comment mener une enquête criminelle, si elle se cachait des témoins pour des raisons personnelles ? Il aurait mieux valu toutefois que Rook ne fût pas là, songea-t-elle.

— Josie, voici le capitaine Heat, dit l'inspecteur, mon supérieur.

La réceptionniste en état de choc leva les yeux vers Nikki. Son regard indiquait clairement qu'elle avait reconnu la policière, mais il se produisit quelque chose d'inattendu. Elle se contenta d'un simple bonjour et d'une poignée de main. Voyant Josie saluer ensuite Rook avec la même politesse neutre, Heat se demanda si sa formation voulait que la jeune femme ne révèle rien sur les patients ou si son seul bon sens la poussait à agir ainsi. Que ce fût par professionnalisme ou par courtoisie, Nikki lui fut reconnaissante de sa discrétion. L'esprit libre, elle se concentra sur le reste de la visite.

Comme la salle de consultation, le reste du cabinet avait été remué, mais pas mis à sac. Manifestement, le cambrioleur cherchait quelque chose de précis. C'était une frappe chirurgicale.

— Josie, le docteur King conservait-il des médicaments ici ? demanda Nikki.

— Non, pas même d'échantillons. Il n'en prescrivait pas.

Les cartes aperçues dans le bureau rappelèrent à Heat l'énorme dette de jeu du psy envers Gros Tommy.

— Et de l'argent ? Gardait-il du liquide ici, dans un coffre, peut-être, ou dans un tiroir fermé à clé ?

— Il y a une petite caisse dans la salle des dossiers, mais elle ne contient que de la menue monnaie.

Dans l'arrière-salle, Josie enfila des gants pour ouvrir le tiroir à dossiers. La caisse avait bel et bien été ouverte ; toutefois, les petites coupures et les reçus, même s'ils avaient été retournés, étaient toujours à l'intérieur.

— Ça, c'est louche ! s'exclama alors la réceptionniste, blême. Ce tiroir était rempli de dossiers… de patients.

Heat, Rook et Ochoa se rapprochèrent tandis qu'elle tirait le tiroir. Les roulettes arrivèrent en butée avec un bruit creux. Il était vide. Une fois tous les tiroirs de tous les meubles de rangement ouverts, tous les quatre établirent qu'il manquait exactement la moitié des dossiers, notamment ceux des patients dont les noms commençaient par A à M. Les dossiers N à Z semblaient intacts, du moins à première vue. Le regard de Heat se posa sur le tiroir béant « Hastings à Henderson », celui où son propre dossier aurait dû être rangé… Elle sentit un pincement au cœur. Rook leva la tête vers elle, mais, lorsque leurs regards se croisèrent, ils détournèrent tous les deux les yeux.

À l'accueil, le responsable de l'équipe scientifique, un dénommé Murphy originaire d'Australie, les attendait pour leur faire son rapport préliminaire.

— Bien, alors, vite fait, bien fait… Enfin, pour commencer, j'entends. Votre ou vos intrus étaient des pros ou des semi-pros. Aucune trace de serrure forcée. À l'intérieur, on ne peut pas vraiment parler de pillage, n'est-ce pas ? D'incursion, plutôt. Résultat : les dossiers allant de A à M ont été volés, l'ordinateur portable a disparu, les disques durs ont été habilement retirés des deux ordinateurs et, enfin, le logiciel de reconnaissance vocale, sans doute utilisé pour la prise de notes après les séances, a également été supprimé. Globalement, une belle opération, je dirais. Celui qui a mis ça au point a pris tout son temps pour remplir son caddy hier après la fermeture. Ensuite, il a éteint avant de ficher le camp.

— Y a-t-il une caméra de sécurité ? demanda Ochoa.

— Absolument, vieux.

Murphy en indiqua un modèle réduit du doigt.

— L'objectif a été bombé à la peinture noire.

— Elle a peut-être enregistré quelque chose avant d'être mise hors service, suggéra Heat. Josie, vous occupiez-vous vous-mêmes de ces vidéos ou étaient-elles confiées à une société de sécurité ?

— C'est le syndic de l'immeuble qui s'en charge. Je n'ai jamais vraiment eu à m'en soucier.

Au rez-de-chaussée, le concierge leur tenait la porte de l'ascenseur ouverte, de l'autre côté du hall d'entrée. Ils montèrent dans la cabine sans échanger plus de trois mots avec lui.

— J'espère que vous ferez griller sur la chaise le salaud qui a tué le doc, se contenta-t-il de grommeler pendant leur descente d'un étage.

Au sous-sol, il les guida à travers un labyrinthe de mobilier de bureau et d'équipement médical, en partie stockés dans leur emballage en plastique, jusqu'à une vaste remise érigée dans un coin.

— Cela sert d'entrepôt, expliqua-t-il en farfouillant parmi l'énorme trousseau de clés qu'il portait au bout d'une chaîne, à sa ceinture.

Une fois la porte ouverte, le concierge alluma, révélant un espace assez vaste pour garer deux voitures. Il les mena jusqu'à la porte d'un placard, au fond de la pièce, derrière des étagères en aluminium chargées de lampes de bureau, de matériel téléphonique dépassé, d'encombrants téléviseurs anciens, de piles de reproductions d'art pour la décoration d'un cabinet médical, d'aquariums vides et de plantes artificielles en pots.

— Hannibal Lecter n'a envoyé personne chercher des têtes coupées ici, au moins ? fit Rook.

Le concierge rit, puis s'interrompit brusquement.

— Qu'est-ce que ça veut dire ?

Le loquet de la porte du placard était ouvert. Le cadenas était posé sur le banc à côté. Heat et Ochoa portèrent la main à leur arme de poing. Rook recula d'un pas en écartant le concierge. Les deux policiers prirent position près du placard. Nikki fit un signe de tête à son enquêteur, puis se mit à compter jusqu'à trois en silence. C'est alors que les lumières s'éteignirent et que la porte claqua derrière eux.

— La porte, la porte ! cria Ochoa.

Dans le noir complet, ils se bousculèrent et heurtèrent les étagères, jusqu'à ce que le concierge allume la torche à sa ceinture et leur permette de se ruer vers la sortie.

Le temps qu'ils surgissent du sous-sol, l'ascenseur remontait tranquillement vers le premier étage. Rook demanda où se trouvait l'escalier, mais, tandis qu'il attendait la réponse, Nikki et Miguel en gravirent les marches quatre à quatre.

Les deux flics, qui étaient parvenus à se frayer un chemin dans le hall bondé, dévalaient les six marches de granit les séparant du trottoir lorsqu'ils virent claquer la portière passager d'une Lincoln MKZ en attente dans la rue. Tous deux eurent beau s'écrier : « Police, on ne bouge plus ! », la voiture démarra en trombe, en marche arrière dans York Avenue, et évita de peu un

VSL se dirigeant vers le nord. Heat et Ochoa prirent en chasse le véhicule qui s'arrêta une rue plus loin avec une embardée, juste le temps de changer de vitesse pour repartir sur les chapeaux de roues et bifurquer à droite vers la rampe d'accès à F.D. Roosevelt Drive, où il disparut rapidement en direction du sud.

Comme le cabinet de Lon King relevait de leur juridiction, les inspecteurs de la dix-neuvième s'y présentèrent pour prendre le relais de l'enquête. Heat conserva cependant une part du gâteau. La chance avait voulu que son équipe accède au tableau de commande de la société de sécurité du centre de santé juste avant l'intrus ; elle allait donc pouvoir faire rapatrier la vidéo de surveillance dans le West Side, à l'autre bout de la ville. Secondée par les Gars, auxquels elle confia la direction du groupe, Nikki, qui sentait monter la pression à cause des tâches administratives accumulées en son absence, rentra à la vingtième sans Rook, fort occupé de son côté, à ses dires. Tandis qu'elle le regardait agiter la main par la vitre arrière de son taxi, elle espéra qu'il consacrerait un peu de son attention à l'organisation du mariage.

Le capitaine Heat s'attela à la tâche avec enthousiasme, bien qu'il ne lui semblât pas que le travail de police ait grand-chose à voir avec le fait de répondre aux e-mails de la hiérarchie, de prendre rendez-vous avec les représentants des communautés et d'ignorer les sollicitations des amateurs de nicotine concernant l'usage de la cigarette électronique dans les locaux. Il lui plaisait que deux des quatre parois de son nouveau bureau fussent entièrement vitrées, ce qui lui permettait de garder un œil sur son ancien territoire, la familière salle de la brigade, et de se tenir au courant de l'affaire. Ce qu'elle voyait de son bocal lui convenait. Rook avait peut-être raison : botter en touche au lieu de nommer directement un chef de groupe ne valait pas mieux que de tituber jusqu'aux starting-blocks. Pourtant, la vue de Raley et Ochoa en pleine action lui redonnait confiance. Ses atermoiements se révéleraient peut-être payants.

— Toc, toc ! firent les Gars en chœur à sa porte.

— Vous avez répété ce numéro ou c'est juste que vous êtes des siamois liés par la hanche ?

— Totale improvisation, assura Ochoa.

— Ça fout les jetons, non ? frissonna Raley.

Ni l'un ni l'autre ne répondit à son invitation à s'asseoir.

— Merci, on ne fait que passer, dit Miguel. On voulait juste vous faire signer quelque chose. La vidéo de surveillance de l'immeuble de Lon King vient d'arriver, et j'aimerais retirer Sean du visionnage des images du fleuve pour le mettre sur cet enregistrement.

— C'est notre meilleure piste, ajouta Raley, jouant sur un autre principe que Heat aimait à rappeler : dans toute enquête, toujours suivre la meilleure piste.

— Allez-y. Puis, alors qu'ils s'apprêtaient à repartir, elle les arrêta. Que sait-on de la famille de Lon King ?

— L'inspecteur Aguinaldo vient justement d'avoir son compagnon au téléphone, dit Ochoa. C'est un artiste spécialisé dans les portraits officiels des chefs de gouvernement. Vous savez, ces tableaux guindés qu'on voit dans les bâtiments institutionnels ? Elle l'a retrouvé dans le Vermont, où il travaille sur le sénateur Leahy. Il a dit qu'il rentrait par le premier vol. Elle doit le retrouver à l'aéroport JFK.

— Tenez-moi au courant. Au fait, de quand datent les images de la vidéo de surveillance du centre de santé ? ajouta Heat sur un ton détaché, l'air de s'informer d'une simple question de procédure et essayant de ne pas trahir sa crainte de voir son propre visage surgir sur l'écran de Raley, ce qui risquait d'être gênant pour elle.

— J'ai parlé à l'entrepreneur privé qui a installé le réseau dans l'immeuble, indiqua Raley. Comme il ne s'agissait ni d'un commerce à haut risque ni d'une banque, ils sont allés à l'économie. Il n'y a de la place que pour dix jours sur le disque. Ensuite, il se réinitialise et enregistre de nouveau en écrasant les images précédentes. Cela ne devrait donc pas me prendre trop de temps, si cela répond à votre question.

— Tout à fait.

La date de son dernier rendez-vous tombait hors de ce créneau. Elle se détendit.

— Merci, Raley.

Néanmoins, ce sentiment de soulagement ne devait pas durer. Plus tard dans l'après-midi, l'inspecteur Raley revint la trouver dans son bureau, qu'elle arpentait en devisant au téléphone, car elle avait reçu l'ordre du commissaire adjoint de prêter quinze de ses agents de patrouille aux forces d'intervention chargées de surveiller les manifestations suscitées par l'arrestation d'un étudiant syrien faussaire. L'inspecteur lui fit signe de la main qu'il repasserait, mais, comme la tension qu'elle lisait sur son visage ne lui plaisait pas, elle lui indiqua une chaise. Sean s'assit pour attendre la fin de l'appel.

Lorsqu'elle raccrocha enfin, deux autres lignes se mirent à sonner. Sans en tenir compte, Nikki dirigea son attention vers Raley. Il se leva.

— Je crois que vous devriez venir voir quelque chose.

Heat le suivit jusqu'à l'ancien cagibi que Raley avait transformé en salle de visionnage et dont elle ferma la porte. Il s'installa à sa table, elle resta debout derrière lui pour examiner l'image figée à l'écran. Il s'agissait d'un couloir vide ; la date et l'heure en bas à gauche indiquaient qu'ellc avait été prise à 9 h 14, six jours auparavant.

— À quel étage sommes-nous ?

— Au douzième. C'est le couloir de chez Lon King. Prête ?

Sans attendre la réponse, il double-cliqua sur le pavé tactile. La vidéo reprit, sans le son, mais le décompte des secondes se remit en marche. L'ascenseur arriva, et un homme en descendit, le visage pleinement tourné vers la caméra. Sans la moindre hésitation, il pénétra dans le cabinet du psychologue et en ferma la porte.

— Rembobinez, demanda Heat, incapable de maîtriser le soudain ton sec de sa voix.

L'inspecteur revint quatre secondes en arrière et figea l'image. Malgré le grain de la vidéo, il ne faisait aucun doute que le visiteur de Lon King n'était autre que Jameson Rook.

TROIS

— Jameson Rook au rapport, capitaine.

Il se glissa dans l'une des chaises de visiteur face au bureau de Nikki, s'adossa et croisa les jambes.

— Il faut que je te dise que tous ces allers et retours dans la journée ne font guère avancer nos projets matrimoniaux. À ce propos : j'ai dit à Jill Krementz qu'elle ne serait autorisée à assister à notre mariage qu'à la condition d'être notre photographe. Je te taquine, bien sûr. À moins qu'elle n'accepte.

Il lâcha un rire satisfait et haussa les sourcils. Néanmoins, l'expression de Heat lui fit perdre son sourire.

— Quoi ?

— Depuis que tu as vu le corps ce matin au bord du fleuve, tu es... distant. Maintenant, je sais pourquoi.

Nikki ralluma son iPhone, posé au milieu de son sous-main vide, et l'orienta vers lui.

Rook se pencha en avant, les coudes appuyés sur les bords du bureau. Heat le vit pâlir en regardant la vidéo de surveillance. Une fois l'extrait terminé, il se rassit au fond de sa chaise. Quelques secondes s'écoulèrent avec pour seul bruit de fond les bavardages du poste.

— Tu sais, il m'arrive de détester la technologie, dit-il enfin.

Puis, un peu trop vite au goût de Nikki, il se remit de la gifle de la vidéo et haussa légèrement les épaules sans rien dire.

— Tu ne vas pas m'expliquer ? demanda-t-elle.

— Je crois qu'il vaut mieux ne pas en parler.

— Tu te fous de moi ?!

Nikki, qui recourait rarement aux gros mots et incitait toujours sa brigade à en faire autant, ne filtrait plus sa pensée.

— Rook, c'est pourtant ce qu'on fait, là.

— Oui, j'en ai bien conscience. Mais ne pourrait-on pas garder le sens des proportions ?

— Des proportions ?!

Heat s'exclama si fort que toutes les têtes se retournèrent dans la salle de la brigade. Elle se leva pour fermer la porte et s'efforça de retrouver son calme le temps de regagner son siège derrière le bureau.

— Tu veux que je t'énumère les faits ? Un : tu connaissais la victime d'un meurtre et tu n'en as rien dit. Deux : tu as rencontré mon psy – toi, mon fiancé – sans m'en parler. Il est où, le sens des proportions, là ?

— À t'entendre, il est largement dépassé.

— Arrête. Laisse tomber ce ton désinvolte. Ce n'est pas le moment, crois-moi.

— Toutes mes excuses. Pardon.

Il hocha la tête dans un effort, un peu tardif, de conciliation.

— Ce n'est pas de la désinvolture, j'essaie de dédramatiser.

— Impossible.

— Pourtant, insista-t-il, tu n'as aucun souci à te faire. Oui, j'ai vu Lon King à plusieurs reprises. Et cette…

— Plus d'une fois ? Je suis loin d'être rassurée, Rook.

— Si tu me laisses finir, tu le seras.

Il marqua une pause et plissa le front à son adresse. Les doigts posés sur les lèvres, elle indiqua qu'elle l'écoutait. Il poursuivit :

Mes conversations avec King n'avaient rien à voir avec toi.

Il se cala au fond de sa chaise et croisa de nouveau les jambes, comme si ce qu'il venait de dire suffisait à le dédouaner.

— C'est tout ?

— Absolument. Il n'y a rien d'autre à dire.

— Pas pour moi.

— Mais c'est la vérité. On n'a jamais parlé de toi. Les milieux psychologiques sont très stricts sur la discrétion. Tu as pu t'en rendre compte par toi-même aujourd'hui avec Josie, qui n'a pas révélé que tu étais une patiente ni devant moi ni devant Ochoa.

Pourtant, comme moi, ne put-il s'empêcher d'ajouter, tu n'as rien dit à ta propre brigade de tes relations avec la victime.

— O.K., dit-elle. Cela ne nous mènera nulle part.

— Voilà pourquoi je disais qu'il vaudrait peut-être mieux ne pas nous engager sur cette voie.

— Et tu ne veux pas me dire pourquoi tu le voyais ?

Comme il ne répondait pas, elle fronça les sourcils.

— Il recevait des flics en consultation. Tu ne suivais pas de thérapie avec lui, non ?

— À ça, je peux répondre : non. La raison de nos entrevues doit rester confidentielle. En tant que journaliste, c'est mon droit de ne rien divulguer.

— Tu l'as consulté pour un article sur lequel tu travailles ? À quel sujet ?

— Nikki, j'adorerais t'en parler, mais il y a beaucoup trop en jeu. Mon travail dépend du fait que mes sources savent qu'elles peuvent compter sur mon respect de la confidentialité. Je vais devoir invoquer mon droit constitutionnel.

— Pour faire quoi, l'idiot ? Je cherche un tueur.

— Et je crois que moi aussi, maintenant.

Il se contorsionna pour regarder le tableau blanc par la vitre.

— Du nouveau ?

— Ne pousse pas le bouchon trop loin, Rook.

— Tu veux me tenir à l'écart ?

Malgré sa colère, Heat savait que Rook, aussi casse-pieds fût-il, apportait souvent des solutions à ses enquêtes. Se priver de son aide, c'était scier la branche sur laquelle elle était assise, même s'il ne jouait pas franc jeu. Son téléphone sonna. C'était Lauren Parry. Nikki demanda à son amie de patienter.

— C'est peut-être au sujet de l'autopsie de Lon King, dit-elle à Rook. Si tu veux bien me laisser. Mais ne quitte pas pour autant les locaux.

— Suis-je en état d'arrestation ?

— Tu es dans nos pattes, comme toujours. Mais c'est plus compliqué cette fois, ajouta-t-elle tandis qu'il se levait. Hormis notre petit problème personnel, tu pourrais être important dans cette enquête.

— Trop cool !

— Et comme les Gars sont officiellement de la partie, ils vont devoir t'interroger.

— Motus et bouche cousue. Je resterai muet « comme une tombe de prison ».

— Ça t'amuse, dit-elle, et il la laissa à son échange téléphonique avec la légiste.

Lorsqu'elle décrocha, Nikki fut saluée par la voix la plus ensoleillée de l'institut médico-légal.

— Quelle allure dans cet uniforme, ce matin, miss « Show devant » ! Du pur Beyoncé… sans les épaulettes.

— Sans le demi-milliard non plus.

— Si c'est ce qui te branche...

Après un bon rire, Nikki perçut clairement le bruit des touches sur le clavier de la légiste, qu'elle n'eut aucun mal à se représenter perchée devant la fenêtre de son bureau, en surplomb de la salle d'autopsie du sous-sol.

— Les dernières nouvelles du front d'abord, le rapport ensuite, ça te va ?

— Shoote.

— Sans grande surprise : en attendant le rapport de toxicologie, bien sûr, la cause de la mort me semble être une lésion cérébrale due à une blessure par balle.

Nikki ouvrit une page blanche de son carnet à spirale et griffonna : *CDM = BPB.*

— Tu as récupéré la balle, j'imagine.

— Exact. C'est la première chose que j'ai faite afin de pouvoir l'expédier à la balistique. Ils sont tous à fond dessus, dans Jamaica Avenue. Tu devrais bientôt recevoir leur rapport préliminaire.

— Une mise en bouche ? insista Heat sans parvenir à dissimuler son impatience. Explosée ou en un seul morceau ?

— Intacte. Calibre .22.

— Déformée en tête de champignon ?

— Négatif. Soit un coup de chance, tu excuseras le terme pour un meurtre, soit un tir précis qui n'a rencontré que peu de résistance osseuse. Le point d'entrée se situe au niveau du nasion, juste au-dessus de l'inion (l'arête du nez, pour toi), et au-dessous de la glabelle, autrement dit le bas du front.

L'image macabre du petit trou entre les yeux du placide Dr King resurgit, et Nikki dessina un simple bonhomme patate. En lui marquant le front d'un point, elle sentit le sien plisser par compassion.

— On a toutes les deux déjà vu des balles faire d'importants dégâts ou des cervelles détruites par un choc hydrostatique ou le ricochet interne d'une balle. Pas cette fois. Ce calibre .22 a creusé un étroit canal de blessure selon une trajectoire directe qui a sectionné le tronc cérébral. La balle s'est arrêtée à l'arrière du crâne.

Dans le silence qui suivit, Nikki se reprit.

— Cette trajectoire pourrait-elle correspondre à un suicide ? s'enquit-elle en s'efforçant de conserver un regard clinique.

— Tout est possible, Nikki, mais je parierais que non. Tenir une arme devant soi à cette hauteur, selon le bon angle exactement ? Cela m'étonnerait. De plus, les brûlures et les résidus de tir auraient été considérablement plus importants à cette distance. Par ailleurs, il n'y a aucun résidu de poudre sur les mains. Et avec une mise hors d'état de nuire suivie d'une mort aussi rapide, il n'a jamais pu se tuer et retirer ses gants ensuite.

La sonnerie de son BlackBerry fit sursauter le capitaine : son premier appel entrant sur son téléphone professionnel. Heat sortit l'appareil de sa poche pour voir l'identité de l'appelant.

— Écoute, Lauren, j'ai un appel d'un chef de bureau.

— Prends-le.

— Laisse-moi d'abord te demander vite fait : King aurait-il pu être abattu ailleurs, et son cadavre, placé dans le kayak ?

— Non. Les lividités cadavériques indiquent qu'il est mort assis à bord.

Sans prendre la peine de prendre congé, Nikki se hâta de décrocher son mobile avant qu'il ne bascule sur la messagerie vocale.

— Capitaine Heat.

— Vous faites fort, vous. On peut dire que vous ne perdez pas de temps pour votre premier jour, commenta le chef des inspecteurs sans un bonjour ni autre forme d'introduction.

En bonne enquêtrice, elle n'avait qu'à se débrouiller avec la présentation du numéro, semblait-il.

— Non, monsieur.

— Dans une dizaine de minutes, je me rends avec le commissaire à une réunion de stratégie pour ces manifestations au sujet de cet étudiant syrien. Ce psy faisait partie de la maison, et le commissaire veut un topo dans la voiture. Vous avez quoi ?

Nikki se leva d'un bond pour mieux voir le tableau blanc et entreprit de résumer la situation en combattant la sensation de compression de la cage thoracique que suscitait chez elle le fait d'avoir à rendre des comptes. Respire, se dit la policière, qui se serait sentie plus à l'aise au beau milieu d'une fusillade. En deux minutes, elle avait tout bouclé en terminant par les résultats de l'autopsie.

— Tout frais. Ils venaient d'arriver lorsque vous avez appelé.

— Et c'est censé m'impressionner ?

— Monsieur ?

— Je ferai mousser tout cela pour le patron, mais vous me semblez encore hésiter, capitaine. Passez à la vitesse supérieure. J'attends du lourd… Annoncez-moi de préférence que l'affaire est close. Et vite. Me suis-je bien fait comprendre ?

— Bien sûr. Oui, chef.

Heat ignorait s'il était encore à l'autre bout du fil. En bon enquêteur, il n'avait qu'à deviner sa réponse.

Elle trouva Raley et Ochoa attablés dans la salle de pause en train d'interroger Rook, et, à en juger par leur mine, ce dernier devait encore se réfugier derrière son privilège de journaliste.

— Allez, les garçons, en réunion.

— Bonne idée, bondit le reporter en se frottant vigoureusement les mains, un large sourire aux lèvres.

— Une réunion ? demanda Ochoa, toujours assis sur sa chaise. C'est un peu tôt, non ?

— On est en pleines recherches, renchérit son équipier, qui ne se leva pas non plus.

Voyant le désaccord planer, Rook prit la porte.

— Je vous laisse. Je serai dans la salle de la brigade.

— Sérieux, dit Ochoa une fois Rook parti. Si on passe notre temps en réunion, jamais on n'avancera.

Et voilà, c'est parti, songea Nikki. Les inspecteurs réclament plus de temps, la hiérarchie, plus de résultats. Et le responsable du poste est pris entre deux feux. Or Heat se refusait à jouer le rôle, surtout son premier jour, du commandant harcelé par ses supérieurs qui répercute la pression sur ses subalternes. Elle ne voulait pas non plus donner l'impression d'être sensible à cette pression. Les suées du capitaine Irons couvraient encore les murs de la vingtième. Aussi se refusa-t-elle à mentionner le coup de fouet que venait de lui asséner le chef de bureau.

— Réunion dans cinq minutes, se contenta-t-elle d'insister avant de les abandonner à leur sort.

Le temps que le capitaine Heat quitte son bureau pour pénétrer dans la salle de conférences, ses chefs de brigade par intérim avaient rassemblé toute l'équipe sans rechigner. Rook, occupé au bureau qu'il squattait au fond de la pièce, achevait de se servir un café ; après en avoir terminé avec sa machine à expresso, il rejoignit les inspecteurs réunis en demi-cercle autour du tableau blanc. Nikki commença par récapituler les résultats d'autopsie transmis par le Dr Parry. L'inspecteur Ochoa, qui venait de recevoir le rapport de la balistique, prit la relève.

— Comme nous nous y attendions, nous avons affaire à une BPB de petit calibre. Une balle de .22. Arrondie, non expansive.

— Le calibre .22 est un choix intéressant, étant donné les circonstances, commenta Feller qui terminait de prendre des notes.

— Pour la rue, je préférerais du 9 mm ou du .44 Magnum, intervint Inez Aguinaldo. Mais, quand j'étais dans la police militaire, j'ai vu bon nombre de blessures mortelles provoquées par des calibres .25 et .22. Les facteurs essentiels sont toujours la distance, l'angle et l'emplacement.

— D'après le docteur Parry, les facteurs deux et trois étaient réunis, annonça Heat.

— Le labo nous donne une estimation pour le premier, indiqua Ochoa en parcourant ses notes. Si on a affaire à une cartouche de long rifle et une balle en plomb de 2,59 grammes, le canon se serait trouvé à une distance de soixante à quatre-vingt-dix centimètres, max.

Le marqueur grinça lorsque Heat inscrivit ce détail au tableau.

— Une idée de l'arme ? demanda-t-elle.

L'inspecteur Ochoa opina du chef.

— Il y a de fortes chances qu'il s'agisse d'une arme de poing. Les balles de fusil ont la fâcheuse habitude de provoquer plus de dégâts à l'intérieur du crâne que celles d'un revolver ou d'un pistolet. Non seulement elles déchirent les tissus, mais elles font des ravages dans le cerveau. Or cette balle biscornue est intacte. Malheureusement, aucune empreinte. Et c'est un modèle banal qu'on trouve partout dans le commerce. Cependant, ils auraient relevé de bonnes rayures pour une future comparaison. Bien sûr, ils vont consulter la base de données pour voir s'ils peuvent établir un lien avec une affaire précédente.

— Excellent, Miguel. Je ne serai pas venue pour rien.

Heat haussa un sourcil taquin qui lui valut un demi-sourire de la part d'Ochoa et un autre de celle de Raley, qu'elle décida de compter pour un sourire entier, soit plus que ce qu'elle n'avait obtenu à son arrivée.

— J'ai pris contact avec le central, poursuivit Ochoa. Ils vont vérifier tous les tireurs ayant une prédilection pour le calibre .22 en sélectionnant ceux qui visent de préférence la tête.

Comme sur un signal secret de son équipier, Raley prit le relais.

— Ils vont aussi chercher pour moi un type louche que j'ai repéré sur la vidéo de surveillance de l'immeuble de King.

— Autre que le journaliste louche, vous voulez dire ? demanda Heat.

Tout le monde rit, y compris Rook, ce qui contribua largement à dissiper les tensions.

— Les éléphants n'apprécient pas la plaisanterie. Quand vous en avez un dans la pièce, parfois une bonne moquerie le fait dégager.

— Ce type est encore plus louche. Si tant est que cela soit

possible, poursuivit l'inspecteur Raley. Homme blanc, petite trentaine. Il est passé à plusieurs reprises devant la caméra cette semaine sans entrer dans le cabinet.

— Un visage ? demanda Heat.

Le roi de tous les moyens de surveillance fit non de la tête.

— Il avait le regard baissé et il portait un chapeau.

— Une question.

— Allez-y, on vous écoute, dit Raley.

— Jameson le louche, j'habite Tribeca ; merci de prendre mon appel. Si vous n'avez pas son visage, comment comptez-vous le retrouver ? Un tatouage ? Une cicatrice ? Je raccroche pour écouter votre réponse.

— La réponse est l'analyse de la démarche.

— Il existe une appli pour ça ? demanda Rook.

— Absolument, répondit Raley. Le central utilise un nouveau logiciel, initialement mis au point pour la Sécurité intérieure, basé sur le principe selon lequel la démarche, autrement dit la manière dont chacun marche, est unique et peut se décomposer en algorithmes. Ce n'est pas encore aussi précis que des empreintes digitales, mais la reconnaissance faciale ne l'était pas non plus à ses débuts.

Inez Aguinaldo venait d'interroger Sampson Stallings, le compagnon de Lon King, arrivé tout droit de JFK, dans la salle de conférences.

— Il est effondré. Il vivait en couple avec la victime depuis près de dix ans et ils parlaient mariage.

— Comment était leur relation ? demanda Ochoa.

— Comme je le disais, ils parlaient mariage.

— C'est bien joli, mais regardons la réalité en face, s'interposa Feller. Le mariage fait ressortir tous les problèmes. On s'offre une dernière amourette et on se fait prendre, ou, pris de doutes, on choisit une issue fatale, ou toute la frousse et la tension qui entourent ce grand pas en fait craquer un, et… pan ! Votre engagement fait exception à la règle, bien sûr, ajouta-t-il à l'adresse de Nikki qui le dévisageait.

— À vrai dire, monsieur Stallings a bien admis qu'ils se querellaient ces derniers temps à cause des dettes de jeu de son compagnon, reprit l'inspecteur Aguinaldo. Mais, selon lui, le Dr King s'était récemment inscrit aux Joueurs anonymes et il s'efforçait de se reprendre en main. Quant au reste, ni infidélités dans leur relation, ni ennemis pour King ou menaces connues contre lui, ni changement dans ses habitudes ou son comportement, ni drogue, ni alcool, rien qui puisse nous aiguiller.

— Vous avez vérifié son alibi ? demanda Heat. Il a déclaré se trouver dans le Vermont. Burlington n'est tout de même qu'à une heure de vol, ou six heures de voiture.

— Affirmatif. À l'heure de la mort, monsieur Stallings était occupé au portrait d'un sénateur des États-Unis.

— Comme si c'était une référence, se moqua Rook.

D'après son rapport, l'inspecteur sortait frustré de sa journée passée à traquer les agents de la police du port et du service de surveillance côtière, car il n'en avait rien retiré. Aucune activité inhabituelle n'avait été signalée au sujet d'un kayakiste solitaire.

— J'ai quand même eu quelques infos sur les marées. Youpi. À l'aide de leur modèle informatique, les gardes-côtes ont appliqué les facteurs de marée, de vent et de traînée sur une embarcation à la dérive de cette taille. D'après leurs calculs, le kayak descendait le fleuve, du nord vers le sud.

— Ça pourrait coller, dit Inez. Selon Stallings, le docteur King entreposait son kayak dans un hangar à bateaux d'Inwood. Il a dû se mettre à l'eau là-haut.

— Information que l'inspecteur Aguinaldo a eu la gentillesse de me transmettre par téléphone puisque c'était moi qui étais chargé du kayak, ajouta Rhymer. J'ai reçu l'appel alors que j'étais au REI de Yonkers, où il l'avait acheté et où il a suivi des cours. Aucun partenaire régulier, selon le gérant. D'ailleurs, dans son souvenir, King a bien insisté sur le fait qu'il avait choisi ce sport pour son aspect solitaire.

Nikki réfléchit à ses séances chez le psy et repensa à son attitude tranquille. Après une journée passée à écouter les autres, elle imaginait que le calme permettait probablement au psychologue de ne pas perdre la tête.

— Je me suis arrêté au club de canoë d'Inwood au retour, poursuivit Rhymer. Il est installé sur l'Hudson entre Spuyten

Duyvil Creek et le George Washington Bridge. On m'a mis en relation avec un membre qui a vu King se mettre à l'eau en fin d'après-midi, hier, vers 16 h 30.

Comme un seul homme, toute la brigade regarda la pendule au mur avec, nul doute, la même pensée en tête : environ vingt-quatre heures auparavant, un homme avait enfilé son gilet de sauvetage en pensant aller faire un petit tour sur l'eau sans conséquence, par une belle soirée d'avril.

L'inspecteur Rhymer, qui avait marqué une pause par respect pour cet élan collectif, reprit en consultant ses notes :

— Ce membre, une responsable RH nommée Abira, a déclaré avoir eu un échange amical avec King, qu'elle aurait sermonné sur les dangers de partir seul. Par une certaine ironie du sort, ses derniers mots auraient été : « Si je meurs, c'est vous qui rirez la dernière. » Comme elle était attendue, elle est partie, au moment où il s'apprêtait à remonter le fleuve. Selon elle et le responsable du club, l'un de ses parcours favoris consistait à effectuer une boucle de Harlem River au University Heights Bridge, et retour.

— Inspecteur Feller, dit Heat. Tant qu'il fait jour, reprenez contact avec vos amis du port pour qu'ils inspectent ce secteur.

Alors que l'enquêteur s'en allait pour regagner son bureau, elle reprit dans son dos :

— Qu'ils interrogent les pêcheurs, les plaisanciers, les passionnés d'ornithologie, les amateurs de fumette qui traînent au bord de l'eau.

Sans se retourner, le policier fit signe qu'il avait compris.

— Et Gros Tommy ? demanda Ochoa. Pensez-vous qu'il ait quelque chose à voir dans l'histoire ?

Heat résuma leur entrevue avec Nicolosi à La Roue de la Fortune. Lorsqu'elle eut terminé, Raley fit observer qu'elle n'avait pas l'air convaincue de l'implication du truand.

— Certes, répondit-elle, nous devons garder tout le monde à l'œil tant que cette affaire n'est pas classée. Mais il n'a pas vraiment de mobile.

— Il l'a dit lui-même, ajouta Rook. C'est mauvais pour les affaires de tuer les gens qui vous sont redevables.

L'inspecteur Rhymer referma son calepin.

— Ça ne nous laisse pas beaucoup de suspects.

Ochoa s'approcha du tableau, sur lequel il tapota en indiquant le cambriolage au cabinet du psy.

— C'est notre meilleure piste pour l'instant. Et ces dossiers volés de A à M ? Notre tueur pourrait bien figurer parmi ces patients. Peut-être y avait-il quelque chose dans son dossier qu'un patient ne voulait pas qu'on sache. Quelque chose qu'il regrettait d'avoir avoué au psy.

— Ou peut-être une chose au sujet de laquelle le psy le faisait chanter pour réunir la somme nécessaire et régler sa dette, déclara son équipier en rejoignant ses hypothèses.

— Envisageable, approuva Feller, de retour après son appel téléphonique.

Nikki secoua la tête.

— Je sais que j'ai dit qu'il ne fallait rien laisser de côté, mais cela ne me semble pas dans son caractère.

— On est parfois surpris, se moqua Feller.

Rook et Heat échangèrent un vague coup d'œil avant de détourner le regard.

— Alors, peut-on avoir une liste des patients A à M ? Qu'on puisse demander les mandats pour passer aux interrogatoires ?

— Il n'y a pas de liste, dit Ochoa. Tous les papiers du cabinet ont disparu avec les dossiers. Disques durs, agendas, tout. C'est l'impasse totale.

— Lon King conservait-il la liste de ses patients chez lui ? demanda Sean. On devrait trouver ça.

— J'ai déjà demandé.

L'inspecteur Aguinaldo feuilleta vivement ses notes.

— Selon son compagnon, ils avaient aménagé un bureau/atelier dans leur chambre d'amis. King s'en servait essentiellement comme refuge. Il y lisait des revues de psychologie et travaillait à l'écriture d'un livre sur la nature. Les seules notes que Stallings lui voyait consulter étaient les documents qu'il ramenait à la maison.

— Sa réceptionniste a parlé de clés USB, rappela Heat.

— Je vais creuser, répondit l'enquêtrice.

Rhymer leva une main polie et attendit que Nikki le sollicite d'un geste du menton.

— J'ai une solution. On n'a qu'à faire notre propre liste. On demande au personnel de nous fournir les noms de tous les collègues qui ont été envoyés chez Lon King.

— Bonne idée, firent les Gars presque en chœur.

— Autant chercher une aiguille dans une botte de foin, objecta Feller. Enfin, imaginez-vous le nombre que ça représente ? Jusqu'à quand remonte-t-on ? C'est intenable, si vous voulez mon avis.

— Tu as peut-être mieux ? se défendit Rhymer, pour changer.

— C'est une perte de temps, Rhymer.

L'inspecteur Rhymer s'échauffa.

— Hé ! connard, ce n'est pas parce que tu n'y as pas pensé le premier que ça en fait une mauvaise idée.

Feller en eut la chique coupée. Sous le choc, les autres se contentèrent de regarder, ébahis, le Virginien d'ordinaire si gentil et si courtois. L'ambiance tournait au vinaigre : Opossum venait d'insulter Randall.

Heat se demanda si elle n'était pas responsable de cette situation, si le fait de ne pas nommer immédiatement un chef de brigade n'avait pas déclenché ces rivalités. Mais peut-être avaient-elles toujours couvé, et le changement les faisait simplement éclater au grand jour. Elle scruta Rook. Alors que tout le monde s'évertuait à chercher des indices, pourquoi diable son compagnon persistait-il à garder le silence ?

Toutefois, elle chassa cette pensée… pour l'instant. Cela n'amènerait rien de bon.

Lon King, docteur en psychiatrie

Transcription

Séance du 22 février 2013 avec Heat, N., agent grade 1, police de New York

L.K. : Cela faisait longtemps, Nikki. Voyons, lors de notre dernière entrevue, vous aviez renversé votre cocktail sur Jameson Rook parce que vous étiez fâchée.

N.H. : Un verre de tequila, oui.

L.K. : Où en êtes-vous, tous les deux ?

N.H. : Nous sommes fiancés.

L.K. : Félicitations.

N.H. : Merci.

L.K. : Où en êtes-vous, tous les deux ?

N.H. : Vous venez de me poser la question.

L.K. : Vous m'avez répondu par des faits. J'aimerais un sentiment.

N.H. : Ces faits n'en disent-ils pas assez long ?

L.K. : J'aimerais savoir. [Aucune réponse.] Nikki, lorsque vous avez pris ce rendez-vous, vous avez dit qu'il s'agissait juste de... Comment avez-vous appelé cela ?

N.H. : Un réglage.

L.K. : Très pragmatique de votre part. Pas de problème. Cela correspond à votre style. Ou à votre de zone confort. Sinon ? Pour parler concrètement, dites-moi si vous vous heurtez à un problème spécifique.

N.H. : Euh... En effet, je crois. [Long silence.] Vivre ensemble.

L.K. : Avant le mariage, vous voulez dire ? Je croyais que vous et Rook partagiez votre vie depuis quelques années.

N.H. : Je voulais dire après le mariage. Et le problème n'est pas de vivre ensemble ; bien sûr que nous vivrons ensemble... La question est de savoir où. [Long silence.] Vous voulez me le faire dire, n'est-ce pas ?

L.K. : J'écoute.

N.H. : Bon. O.K... C'est juste que toute cette idée me stresse. On n'est certainement pas le premier couple à devoir choisir chez qui emménager pour... se séparer du logement de l'autre.

L.K. : En effet, c'est assez courant. Même si je le vois plus fréquemment chez des couples qui sortent d'un divorce, on se sent un peu l'invité chez l'autre dans ce cas. Pourquoi ne pas envisager de ne garder aucun des appartements et...

N.H. : Cela n'aurait aucun sens. Rook possède ce gigantesque loft à Tribeca ; il y a plein d'espace. De quoi loger toutes les affaires de chacun... [Silence.]

L.K. : Intéressante réponse. Il semble donc que le problème soit pour vous d'abandonner votre appartement, Nikki.

N.H. : [Pause. Cherche à retrouver son sang-froid.] J'y ai grandi. J'y ai... vécu toute ma vie. [Très long silence.]

L.K. : Votre mère y a été assassinée.

N.H. : Pourrait-on... ? [Se lève.] Parler de cela une autre fois ?

L.K. : Bien sûr. Prenons rendez-vous. Une autre séance vous conviendrait-elle ?

N.H. : Je crois que j'en ai besoin.

— Capitaine ?... Capitaine ?

Raley et Ochoa étaient dans son bureau. Tous deux appelaient son nom. Nikki sursauta et cessa de fixer le réverbère dans la 82e Rue pour se tourner vers eux.

— J'ai quelque chose, annonça Raley. Le personnel nous a remis la fameuse liste des flics confiés aux bons soins de Lon King.

— L'idée étant, poursuivit Ochoa, d'avoir au moins une base de travail.

— Et qu'avez-vous dégoté ?

Sur un signe du pouce d'Ochoa, Heat suivit les deux équipiers à leur central, autrement dit dans le coin de la salle de la brigade où les Gars avaient réuni leurs bureaux en un seul. Miguel lui indiqua sa chaise, qu'elle fit rouler pour s'installer devant l'ordinateur. Dans le quart supérieur de l'écran s'affichait la photo d'identité en couleurs d'un membre de la police de New York. À sa vue, Heat sut qu'ils avaient affaire à un cas. Malgré la procédure, qui exigeait de ne pas sourire sur sa photo d'identité, ce collègue affichait un petit air suffisant. Peut-être n'était-ce pas tant visible au niveau de la bouche que dans le plissement d'yeux du petit malin.

— Inspecteur Timothy James Maloney, troisième grade, annonça Raley.

— Ancien troisième grade, corrigea Ochoa qui tapa deux fois sur la barre d'espace afin d'ouvrir la page suivante, marquée *Confidentiel* en filigrane rouge.

Il s'agissait d'un rapport, en simple interligne, exposant les faits qui avaient mené à la suspension de Maloney. De nombreuses plaintes pour usage abusif de la force avaient été suivies d'une obligation de consulter un psychologue le jour où l'inspecteur avait tout envoyé valser d'un large geste du bras sur le bureau de son chef de brigade aux cambriolages.

— Un peu sur les nerfs, ce garçon, vous ne croyez pas ? fit Heat.

— Et encore, vous n'en savez pas la moitié, rétorqua Raley. Passez à l'écran suivant.

À la troisième page du dossier numérisé figurait une liste des multiples crevaisons de pneus et éraflures de la peinture perpétrés sur le véhicule personnel, un pick-up, du lieutenant des cambriolages. Aucun de ces actes de vandalisme dont Maloney était soupçonné d'être l'auteur ne pouvait lui être attribué sans équivoque. Heat afficha la page suivante, sur laquelle on pouvait lire la transcription d'un SMS anonyme adressé à Lon King depuis un téléphone jetable : *Vous êtes un lâche de la pire espèce. Vous restez assis là, à faire semblant de vous intéresser à moi, à vous faire passer pour un ami quand je m'ouvre les veines devant vous, mais tout ça c'est du pipeau, comme tout dans cette fichue baraque. Les dés sont pipés. Comme d'habitude. Ils vous ont dans la poche. Vous croyez peut-être pouvoir me tenir par les couilles parce que vous sucez le commissaire ? Moi, je vais être honnête avec vous, CONTRAIREMENT à vous, espèce de crétin moralisateur. Je sais où vous habitez. Je sais où vous vous garez. Je sais où vous descendez sur la ligne F. Je sais tout de ce canoë qui vous sert de bite de substitution. Je suis au courant pour le café bio où vous étiez vendredi soir dernier avec votre petit ami. Alors, c'est qui, le parano, maintenant, enfoiré ?*

Heat pivota vers les Gars.

— Le personnel sait que cela provenait de Maloney ?

— Oui, mais quant à le prouver…, dit Raley.

— Pourquoi lui ?

Ochoa indiqua d'un geste le bas de l'écran.

— La date du SMS, déjà. Le jour même, Lon King recommandait que Maloney soit définitivement relevé de ses fonctions.

— Lon King l'a fait virer, insista Raley, sur un ton qui indiquait clairement qu'il défendait son collègue.

— On a une adresse ? demanda Heat.

Comme Raley brandissait son carnet en guise de réponse, elle se leva. Allons lui rendre une petite visite à domicile.

Lorsque tout le monde se mit en route, Rook eut le bon sens, pour une fois, de ne pas exiger aussitôt de monter devant. Il laissa les cochefs de brigade se disputer le siège passager de Heat. Ochoa l'emporta à la corde à pierre-feuille-ciseaux en rejouant par surprise la feuille alors que Raley avait choisi la pierre, de sorte que Sean dut monter à l'arrière avec Rook le temps du bref trajet qui les mena au nord de la ville.

— Fais gaffe qu'il ne te gerbe pas dessus, Sean ! lança Ochoa par-dessus l'appui-tête.

— Pas de problème, assura Rook. Certes, j'ai tendance à souffrir du mal des transports, mais je ne me risquerais pas à troubler l'odeur de neuf de la nouvelle voiture du capitaine.

Un véhicule de patrouille de la vingt-huitième les attendait au carrefour de la 128e Ouest, juste devant l'entrée sud du St. Nicholas Park, à Harlem, à une rue de la maison en grès rouge de Maloney. Heat se gara, vitre du conducteur contre vitre du conducteur, remercia les deux agents en tenue de la coopération de leur poste et se coordonna avec eux pour qu'ils couvrent l'arrière du bâtiment. Tandis qu'ils surveilleraient l'issue de secours, elle cueillerait le suspect avec son équipe à la porte d'entrée. Les agents brandirent leurs téléphones pour confirmer qu'ils avaient bien reçu la photo de Maloney par SMS, puis ils filèrent rejoindre leur position.

— Au fait, qu'est-ce qui lui a valu ces ennuis, à ce type, au départ ? demanda Rook à Nikki tandis qu'ils descendaient tous les quatre de voiture pour gagner le perron.

— Un tempérament explosif et des plaintes de simples citoyens passés à tabac dans des arrière-cours.

Rook s'arrêta et recula de quelques pas sur le trottoir.

— Que l'usage abusif de la force soit avec vous.

Les trois autres firent également preuve de prudence, mais d'une autre manière. La main sur le holster, Heat, Raley et Ochoa prirent position à côté de la porte. Après plusieurs coups frappés à la porte et appels restés sans réponse, ils retournèrent à la voiture attendre le mandat de perquisition qu'ils avaient sollicité.

— S'il prend la fuite, ce sera la faute du personnel, dit Raley.

— Pétard, c'est sûr ! lui fit écho son équipier en surveillant son langage par respect pour Heat. La criminelle a transmis son rapport à 6 h 30 ce matin. Le type a gagné douze heures d'avance vu que personne ne nous a notifié la menace qu'il représentait. On est pourtant bien censés tous se serrer les coudes dans cette affaire ? Si c'est ce qu'on appelle partager l'information...

— C'est sûr que ça fait réfléchir, dit Nikki.

Elle chercha du regard Rook dans le rétroviseur, mais il était plongé dans la contemplation d'un orme dont le feuillage printanier s'agitait sous le réverbère en cuivre, et la pique lui échappa. Ou il choisit de l'ignorer.

— Des nouvelles de la scientifique, annonça Raley en faisant défiler un e-mail sur son téléphone. *L'avant du kayak présente également des particules de poudre qui ont adhéré à une couche de peinture fraîche appliquée sur une petite tache d'un résidu huileux indéterminé.*

— Curieux, commenta Ochoa. De l'huile sur un bateau à rames ? Genre huile d'olive de sandwich ?

— Non, l'inspecteur DeJesus dit qu'il s'agit d'un lubrifiant pour machine. Tout fin, comme ce qu'on utilise pour une arme.

— Ou un moulinet de pêche ? demanda Heat.

— C'est vrai, mais souvenez-vous : King n'avait ni moulinet ni matériel de pêche. En plus, ça forme un curieux motif, diffusé en pluie fine. Les gars du labo vont étudier ça ; ils en enverront aussi un échantillon pour analyse à l'Institut national de graisse lubrifiante.

Aussitôt, Rook détourna son attention des arbres.

— Il existe un institut pour la lubrification ? Vous imaginez les possibilités ? fit-il avec un sourire coquin.

Perdus dans leurs pensées, Raley, Ochoa et Rook échangèrent des sourires béats.

— Les garçons ?! les rappela à l'ordre Heat.

— D'accord. Terrain glissant, acquiesça Rook.

— Voilà notre homme, annonça Ochoa.

Les autres levèrent les yeux vers l'enfilade de maisons en grès rouge. Timothy Maloney approchait sans se presser, le regard plongé dans un sac de fast-food. Au moment où ils s'apprêtaient à passer à l'action, il marqua une pause sur le trottoir, à quelques mètres d'eux, en face de chez lui. Il sortit un beignet d'oignon qu'il enfourna.

— Dès que cette camionnette sera passée, indiqua Heat en se référant aux phares qu'elle voyait approcher dans son rétroviseur latéral.

Cependant, lorsqu'il longea leur voiture, Maloney lâcha son en-cas pour se jeter sous les roues du véhicule. La camionnette donna un grand coup de frein et s'arrêta devant les portières de Nikki et de Raley, à l'arrière.

— Vas-y, fonce ! cria ce dernier à son équipier.

Ochoa bondit hors de la voiture et se précipita pour contourner le capot, mais, au même instant, le chauffeur désorienté de la camionnette faillit le renverser d'une embardée. Leurs portières dégagées, Heat et Raley se hâtèrent de descendre à leur tour. Ils balayèrent le pâté de maisons du regard à la recherche de Maloney.

— Là ! cria Raley.

Tous deux se ruèrent vers le suspect, qui disparut de la chaussée pour courir se réfugier dans l'ombre du jardin public.

Au bord du sentier, Heat et Raley bifurquèrent vivement entre les barrières en métal qui leur arrivaient à la hauteur de la taille pour dévaler la double volée de marches en béton. Dans la pénombre, Raley se tordit l'orteil, mais il se rattrapa au tube de la rambarde.

— Ça va, murmura-t-il sans que Heat le lui demande.

Elle ne se retourna pas. Toute son attention était dirigée droit devant. Au bas de l'escalier, ils marquèrent une pause afin de se repérer. Ils tendirent l'oreille. À cette heure de la soirée, juste à l'entrée du parc, le brouhaha de la rue dominait. Le moindre bruit de pas se perdait dans un concert de klaxons et de basses assourdissantes, ponctué du lent dribble d'un ballon de basket quelque part dans la nuit. À son arrivée, Heat demanda à l'inspecteur Ochoa d'appeler par radio les agents qui couvraient l'arrière de l'appartement.

— Marché conclu, dit-il tout en avançant. Ils vont se garer à l'entrée sur la 135e et ils nous rejoindront à pied. Avec un peu de chance, on le prend en sandwich. Ils appellent aussi le service d'appui aérien.

La tactique était bonne, songea Nikki, tandis que le trio se déployait en éventail vers le nord, mais l'ancien policier avait reçu la même formation qu'eux. La nuit, dans les bois d'un parc de neuf hectares peuplés d'épais buissons, d'affleurements rocheux et de buttes herbeuses, il ne serait pas difficile pour Maloney soit de crapahuter vers la rue, soit de se fondre dans le décor en se cachant derrière un laurier ou un rhododendron. Il pouvait aussi être armé, ce qui devait avoir traversé l'esprit de Raley, car, à l'approche d'un réverbère, le policier mit en garde sa supérieure à cause de sa chemise blanche d'uniforme.

Juste au moment où Heat allait demander à Ochoa si Rook arrivait, un éclair argenté attira son attention.

— Là.

Elle pointa du doigt vers les bandes réfléchissantes des chaussures de sport de Maloney qui disparaissaient dans un virage à une centaine de mètres devant eux. Aussitôt, elle s'élança à sa poursuite, avec les Gars sur ses talons.

Se méfiant d'une éventuelle embuscade, ils contournèrent une courbe bordée d'épais sycomores offrant beaucoup trop de possibilités d'abri. Nikki referma la paume sur son Sig Sauer, mais ne dégaina pas. Ils débouchèrent sur un terrain de basket, où leur arrivée interrompit le lancer franc d'un lycéen qui s'exerçait à la lueur des feux de la ville.

— Police, annonça Heat. Tu n'aurais pas vu passer un type ?

Le gamin hésita ; puis, le bras tendu, il indiqua des fourrés denses, plus sombres que la nuit, au pied d'une légère pente, sur la droite. Les trois policiers s'avancèrent lentement, puis ils s'arrêtèrent à la lisière des buissons pour écouter. Rien ne leur parvint, hormis les pas de leurs collègues en tenue qui approchaient de l'autre côté pour pincer leur proie. Tous deux s'arrêtèrent et patientèrent sur le sentier en surplomb. D'un signe de la main, Heat indiqua la zone du taillis où Maloney avait été vu en dernier. L'un des agents de patrouille murmura quelque chose dans son talkie-walkie. Quinze secondes plus tard, le gémissement d'un moteur à réaction accompagné du vrombissement de pales de rotor retentit, et la zone fut inondée d'un puissant faisceau de lumière braqué par un hélicoptère de police.

Durant une demi-heure, Heat, les Gars et une douzaine d'agents de la vingt-huitième venus en renfort quadrillèrent les environs, passant systématiquement au peigne fin le fourré sous les projecteurs du Bell 429 de l'unité aérienne. Même s'ils en ressortirent bredouilles, Nikki remercia les agents d'une poignée de main pour leur aide. L'hélicoptère éteignit son Nightsun et rentra à la base. Comme deux patrouilles avaient été chargées de surveiller le parc le reste de la nuit, Heat et les Gars n'avaient plus qu'à plier bagage. Tandis qu'ils regagnaient la sortie, ils échangèrent leurs impressions : Maloney connaissait parfaitement les lieux et il disposait d'une longueur d'avance pour s'éclipser par l'est.

— Ou alors ce Melo en puissance a menti, dit Ochoa. Je t'ai vu t'emmêler les pinceaux ici, vieux, fit-il remarquer à son équipier lorsqu'ils atteignirent les escaliers de la 128e Rue.

— Ça ? Mais c'était une manœuvre de ninja. Je me transformais en cible mouvante.

— Plutôt une manœuvre à la Rook, si tu veux mon avis. Comme la fois où il s'est pris les pieds dans le tapis lors de l'assaut à Bayview, tu te rappelles ?

— Et qu'il a failli passer les fesses par le trou du plancher dans la maison ? La bonne époque.

Raley inclina la tête vers Heat.

— Sans vouloir vous offenser, on tape un peu sur votre fiancé.

— Je suis très offensée, dit Nikki. J'espère que, s'il est resté dans la voiture, il aura eu l'idée de baisser la vitre pour avoir un peu d'air, ne put-elle s'empêcher d'ajouter.

Tous apprécièrent de plaisanter aux dépens de Rook pour relâcher la tension. La détente fut cependant de courte durée, car, au loin, la silhouette de leur suspect se détachait sur le trottoir. Tous trois dégainèrent leur arme en courant.

— Police, on ne bouge plus ! crièrent-ils.

QUATRE

— Laissez vos mains où elles sont ! cria Heat.

— Qu'on les voie ! renchérirent les Gars, tous deux l'arme braquée sur Maloney et parlant en même temps. Ne bouge pas d'un centimètre, pas un muscle ! aboyèrent-ils.

— Recule, enjoignit Nikki à Rook.

— Tu es sûre ?

— Oui, écarte-toi… tout de suite.

Rook, qui maintenait Maloney sur le ventre contre le capot de la voiture de Heat, hésita un instant avant de s'exécuter. Raley et Ochoa s'avancèrent pour s'emparer du suspect.

— Il n'a opposé aucune résistance.

— Tu es blessé ? demanda Nikki.

— Non, ça va. C'était du gâteau. Dis-moi, avant qu'ils ne lui passent les menottes, je m'en sors comment au niveau de la position ?

Il indiquait les mains que Maloney tenait toujours croisées derrière la nuque. Penché sur le pare-chocs, l'interpellé avait la joue plaquée sur la carrosserie, coudes et jambes écartés.

Elle marqua une pause.

— Parfait. Mais comment as-tu... ?

Elle l'étudia.

— Toi ?

— Je t'en prie. Accorde-moi un peu de crédit. Après toutes ces années passées à t'accompagner, Nikki. J'ai appris quelques petites choses. En plus, ils repassent *Les Rues de San Francisco* à la télé. C'est d'une authenticité surprenante.

— Comment ça, je n'ai opposé aucune résistance ? grogna Maloney.

Il jaugea Rook de ses chaussures à sa mine réjouie.

— Du gâteau, tu parles. Parce que je ne t'aurais pas eu comme je voulais, peut-être ?

Lorsqu'Ochoa serra les menottes, il grimaça.

— Un peu de douceur, Paco !

Puis, il fixa l'inspecteur avec un large sourire.

— Sérieux, Rook, reprit Heat. Comment as-tu fait ?

— À son retour, il ne s'est pas rendu compte de ma présence. Alors, au moment où il a voulu reprendre son sachet de beignets et de fast-food, j'ai procédé à son arrestation par surprise, grâce à une prise qui s'est révélée des plus efficaces. Merci au Michael Douglas des années 1970 !

Une douce brise ébouriffa les cheveux de Rook, ce qui lui donna l'air négligemment sexy. Voilà qui est parfait, songea Nikki. J'aimerais être – d'ailleurs, je le suis – énervée au point de lui faire faire le tour du parc entier à coups de pied dans le derrière pour avoir pris un risque pareil. Sans compter ses manières cavalières : se retrancher derrière son privilège de journaliste, consulter mon psy dans mon dos… Au lieu de cela, je ne peux m'empêcher d'admirer le tomber de sa fichue frange, de remarquer que la lumière du réverbère sur son front accentue cette beauté ténébreuse dont il se targue lui-même et de sentir une chaleur au fond de moi qui me donne une subite envie de me jeter sur lui pour enfouir mon visage contre sa poitrine.

— Sont-ce là les yeux de l'amour ou ceux du blâme ? demanda-t-il en surprenant son regard.

— Oui.

— Tu l'as fouillé ? demanda Raley en jetant un coup d'œil rapide à Maloney.

— M'enfin, bien sûr, s'esclaffa Rook.

C'est alors que l'inspecteur découvrit le Smith & Wesson J-Frame noir que le suspect portait à la cheville.

— Oups, fit Rook. Ça m'a échappé.

— Cinq balles dans le chargeur.

Maloney lui adressa un clin d'œil.

— Quand je voulais.

Le sourire de Rook perdit de sa superbe. Raley agrippa Maloney pour le faire reculer de deux pas et le plaquer sur le côté du véhicule. Avec le recul, Rook sentit soudain ses nerfs le lâcher.

— Ça fait un quart d'heure que je m'escrime à vous joindre. Mais, avec le boucan de l'hélicoptère, bonjour. J'ai essayé d'appeler ton mobile, Nikki, et puis je l'ai entendu sonner. Où ça ? Dans la voiture.

Heat tapota sa poche, puis aperçut son BlackBerry sur le siège avant, où elle l'avait oublié dans la précipitation.

— Une petite baisse de concentration, hein, cap'taine ? C'est compréhensible, dans l'urgence de l'action. Mais vous deux ? Jamais vous ne répondez ?

— Rien remarqué, déclara Raley, qui constata deux appels manqués en vérifiant son téléphone.

Ochoa raccrocha son talkie-walkie et regarda à son tour son iPhone, qui, comme celui de son équipier, était sur silencieux puisqu'ils étaient en planque.

— On était un peu occupés.

— Eh bien, comme vous pouvez le voir, moi aussi.

— On a le mandat, annonça Ochoa à Heat en brandissant la radio dans sa main.

— Timothy James Maloney, nous avons un mandat pour fouiller votre appartement.

L'ancien flic haussa les épaules, un sourire suffisant aux lèvres.

— Il suffisait de demander, capitaine.

Quoi qu'il en soit, Maloney les fit attendre, par pure formalité, que le document arrive du bureau du procureur. Heat vit son budget d'heures supplémentaires grignoté de quarante minutes tandis que leur principal suspect, un homme connu pour sa violence et son insolence, se tenait là docilement et s'amusait de la situation en lançant des tss-tss.

Heat, les Gars et Rook gravirent les marches jusqu'à la porte d'entrée, l'ordre du juge et la clé de Maloney en main. Avant d'ouvrir, Nikki marqua une pause. Tous les quatre songèrent en silence au capitaine Irons, qui avait voulu épater la galerie en pénétrant chez un dangereux suspect, à deux pas de là ; il y avait trouvé la mort, car le plancher était piégé. Heat se tourna vers la rue où son prisonnier se tenait entre deux agents de patrouille.

— Après vous, Maloney.

Il entra sans aucune hésitation, le pas aussi sûr que le lui permettaient ses mains attachées dans le dos.

— Je vous offrirais bien un petit quelque chose à grignoter, mais il me faudrait un peu d'aide pour ouvrir le sachet.

Sans tenir compte de ses commentaires, Nikki et son équipe fouillèrent le deux-pièces, puis ils enfilèrent des gants, et, munis de leurs cotons-tiges de prélèvement, de leurs poudres et de leur matériel photo, les experts de la scientifique leur emboîtèrent le pas. Trois agents en tenue installèrent Maloney sur une chaise de cuisine, au milieu du salon, et se postèrent à côté de lui tandis qu'il entonnait une sorte de monologue intérieur pour se détendre. Heat jeta un coup d'œil au tableau : on aurait dit le bouffon à la place du roi sur le trône.

— D'après les registres, vous possédez de nombreuses armes déclarées à cette adresse, dit-elle.

— Exact. C'est le mot à retenir : « déclarées ». Tout est légal. Y compris mon arme de cheville. Je fais un métier dangereux.

— *Faisais*, corrigea Ochoa d'un ton sec en passant la tête par la porte d'un placard ouvert.

— *Un fusil à pompe de calibre .20, un Glock de calibre .44 Magnum, un Glock 26, un Sig Sauer 9 mm, un Smith & Wesson de calibre .500 Magnum...*, cita Heat en se référant au mandat.

— Sacrée puissance de feu, commenta-t-il avec un fier hochement de tête.

— Voici ce qui m'intéresse en particulier : *Un Ruger SR22 de calibre .22 LR, un Walther P22 et un ISSC M22 avec pointeur laser.*

— C'est mieux pour mettre dans le mille.

Heat plia les pages en trois et brandit le mandat.

— On retourne tout, ou vous me montrez simplement où ils sont ?

— Pas ici, en tout cas, gloussa-t-il. Mais je peux vous indiquer où les trouver. Sans en oublier un seul.

— Vous possédez un box quelque part ?

— Mieux que ça.

Il faillit révéler l'endroit, puis il se ravisa et se contenta de se caler contre son dossier.

— Plus tard. Peut-être.

De retour au poste, une heure plus tard, Heat et Rook observaient Timothy Maloney derrière le miroir sans tain, tandis que Raley et Ochoa menaient l'interrogatoire.

— Vous n'obtiendrez rien de moi tant que vous ne m'enlèverez pas ces trucs.

Il agita ses mains menottées en l'air, et un bruit de chaîne métallique emplit la salle. Nikki s'empressa de baisser légèrement le volume du micro.

— *Je porte les chaînes que j'ai forgées durant ma vie*, fit Rook d'une voix de fantôme, en faisant allusion à Dickens.

— J'attends, dit Ochoa. Dis-nous où tu étais hier entre 15 heures et 20 heures.

— Écoute, Paco, tu peux me le demander dix fois encore. Je ne te dirai rien, à toi.

— Et à moi, alors ? demanda Raley.

— Toi ? T'es qui, toi ? Le guignol de service ?

Une assistante vint remettre à Nikki un dossier, qu'elle ouvrit et parcourut.

— Bon, tout s'explique. Lon King a diagnostiqué chez Maloney un trouble de la personnalité paranoïaque.

— Attends un peu, son nom commence par « M ». Je croyais que ces dossiers avaient été volés, s'étonna Rook.

— En effet. Ceci est une copie de l'évaluation transmise par le psy au service du personnel. C'est ce rapport qui lui a valu son renvoi de la maison, dit-elle en poursuivant sa lecture. *L'inspecteur Maloney présente les signes classiques de TPP : colère réprimée, dissonance cognitive, fureur, accusations sans fondement, comportement impulsif violent et méfiance soupçonneuse envahissante.*

— Si votre méfiance dure plus de quatre heures, consultez un médecin, plaisanta Rook, la main posée en coupe sur l'oreille, à la manière de feu l'annonceur Gary Owens.

— Allons, Maloney, tu connais le métier aussi bien que nous, dit Ochoa. Tu sais très bien où tout cela va mener. Tu ferais mieux de cracher le morceau.

— Aussi bien que toi, répéta Maloney avec mépris. Tu t'imagines que moi aussi j'ai été embauché sur le trottoir devant un magasin de bricolage pour des histoires de quota ?

— À quand remonte la dernière fois où vous avez tiré avec l'une de vos armes ? s'interposa Raley.

— Vos valets m'ont soumis au test de paraffine. À vous de me dire.

— Et tes armes ? Où sont-elles ? revint Ochoa à la charge.

Maloney leva de nouveau les paumes en agitant ses chaînes, puis les laissa retomber.

— Je veux la fliquette. Le capitaine. Un gradé.

Accéder à ses désirs présentait le risque de lui accorder un certain pouvoir et d'apporter de l'eau à son moulin. D'un autre côté, il lâcherait peut-être quelque chose s'il avait effectivement le sentiment de disposer d'une marge de négociation. Heat entra dans l'arène ; les Gars lui cédèrent la place.

Elle garda d'abord le silence, s'immergea dans le dossier, laissant la soif de reconnaissance dont il venait de faire preuve faire son œuvre. Cinq minutes peuvent paraître longues dans une pièce. Néanmoins, la tactique finit par fonctionner.

— Alors, c'était votre petit ami ? demanda Maloney. Celui que j'ai laissé me choper ?

— Perspicace.

Puis, elle le taquina :

— Je parie que cela vous manque, les enquêtes.

— Allez vous faire voir !

— Sujet sensible ? Rien d'étonnant. Toutes ces années par la fenêtre ?

Comme elle sentait pointer le trouble sous l'arrogance, elle insista. L'idée consistait à déstabiliser Maloney en retournant son tempérament contre lui. Nikki jeta un œil au dossier et secoua la tête.

— Et vous n'avez jamais fait mieux que grade trois, se moqua-t-elle. Comment cela se fait-il ?

— Vous savez très bien pourquoi.

— Comment le saurais-je ?

— Parce que vous êtes comme eux.

— Je vous en prie.

— Ne dites pas le contraire. Ça finit toujours comme ça. Mon dossier est truffé de mensonges, et c'est moi qui dois payer les pots cassés. Mon lieute, il ne peut pas me blairer, et vous, vous le croyez sur parole.

— Votre lieute… Vous voulez dire...

Heat laissa courir son doigt jusqu'à la signature au bas de la page.

— Le lieutenant Branch ?

— Ce trouduc m'a bousillé toute ma carrière.

— Pourquoi ferait-il une chose pareille ?

— Qu'est-ce que j'en sais, moi ! Il s'est juste mis en tête que je l'avais pris à rebrousse-poil ; alors, il a commencé à jongler avec mes horaires, du genre il m'a mis sur les cabarets, alors que je venais de me trouver une nouvelle petite amie. Pour ruiner ma vie sentimentale, il n'a rien trouvé de mieux que de me refiler l'horaire de 20 heures à 4 h 30, et ça a marché.

— Pourquoi voulait-il ruiner votre relation ?

— Ensuite, quand je le lui ai fait remarquer, tous mes faits et gestes se sont retrouvés consignés.

Nikki consulta de nouveau le dossier.

— Vous voulez dire ces plaintes pour usage abusif de la force ?

— C'est le lieutenant qui le leur a suggéré. Il leur a même soufflé quoi dire. Il utilisait un code secret avec des signes de la main. Ils ont fait ce qu'il disait, et devinez qui a dérouillé ?

— Vous voulez me faire croire que votre lieutenant a fourni des informations à trois citoyens différents ? En leur faisant des signaux ?

Maloney tapa sur la table du plat de la main.

— Vous voyez ? Vous êtes comme eux. Tous ceux à qui j'ai parlé dans cette fichue maison m'ont baisé à leur tour.

— Y compris Lon King ?

— L'enfoiré a doublement enfoncé ma carrière.

— Alors, vous l'avez enfoncé à son tour ?

La stratégie de Heat fonctionnait à merveille. Elle accélérait le rythme petit à petit, poussait Maloney à l'imprudence, déclenchait des réflexes afin que ses émotions lui échappent, l'incitait à chasser le naturel pour qu'il revienne au galop.

Jusqu'à cet instant précis.

Le suspect marqua une pause et bascula la tête sur le côté. Un large sourire se dessina sur ses lèvres. Le rouge quitta ses joues et les taches de rousseur refirent surface.

— Ah ! si près du but, hein, madame le capitaine ?

Les maillons de la chaîne frottèrent contre le bord de la table d'interrogatoire à cause du grand geste du bras qu'il effectua en direction du miroir.

— Vous avez bien entendu, là derrière ? lança-t-il. Hein ? Encore un larbin de ces grosses huiles du One Police Plaza qui cherche à me couler ? Raté !

Il émit un bruit digne d'un jeu vidéo, puis se radossa, content de lui, et regarda de nouveau Heat. Mais son regard amusé céda bientôt la place à un regard noir – intrusif et sinistre – d'autant plus agressif qu'il ne cessait de sourire. Il se pencha en avant.

— Vous. Vous allez le regretter, siffla-t-il entre ses dents.

Refroidie, Nikki s'efforça de conserver un air détaché.

— Vous me menacez ? s'empressa-t-elle de noter et, à son tour, elle adressa un signe au miroir.

— Ce serait un peu fou de ma part, non ? fit-il, une lueur dans l'œil. Non, je vous faisais juste remarquer que votre erreur de jugement vous gênera un jour. C'est sûr.

Il était trop malin pour se dévoiler publiquement ; aussi tournait-il sa menace insinuée en faux conseil. Ses propos n'en demeuraient pas moins une forme d'intimidation.

Chez n'importe qui d'autre, cette hostilité aurait pu passer pour une piètre tentative de sauver la face. L'évaluation du psy que Heat tenait sous ses mains croisées lui disait que cela allait plus loin. Que son interlocuteur avait tendance à prendre les choses personnellement.

L'avocate de Maloney, qui avait l'air de sortir d'une séance de vélo à la salle de gym, arriva et prit place à côté de son client.

— Monsieur Maloney ne répondra plus à aucune question, commença-t-elle, avec cette phrase tout droit sortie d'une série télévisée.

— Bien sûr, c'est son droit, rétorqua Heat, mais mon boulot, c'est de continuer à les lui poser. À vous de voir.

— Merci, capitaine. Maintenant, j'ai une question pour vous : y a-t-il des charges retenues contre lui ?

— Pas pour l'instant. J'ai des questions à lui poser, car il est impliqué dans une enquête criminelle.

— S'est-il opposé à son arrestation ?

— Non. Mais il s'est enfui.

L'avocate examina le procès-verbal.

— Mon client déclare avoir pris la fuite par peur, parce qu'il ignorait que vous étiez de la police.

— Oh ! je vous en prie...

— L'arme confisquée qu'il portait à la cheville n'était-elle pas déclarée et ne dispose-t-il pas d'un permis de port d'arme dissimulée ?

— Si. Il n'empêche que je souhaite toujours savoir où il se trouvait à l'heure du meurtre. J'aimerais qu'il m'en dise plus sur les menaces proférées par SMS à son psychologue. Mais, surtout, je veux qu'il me dise où sont ses armes.

Maloney adressa un clin d'œil à la jeune femme.

— Dites-le-lui.

— Mon client a déjà répondu aujourd'hui à toutes ces questions.

— Pardon ?

— Les Affaires internes sont passées chez monsieur Maloney ce matin. Ils ont confisqué toutes ses armes et l'ont amené au central pour un interrogatoire complet, test de paraffine compris. Vous l'ignoriez ? demanda-t-elle devant l'expression de Nikki.

— Je... Non.

— Oh ! vous alors... Vous pourriez vous mettre d'accord.

L'avocate se leva.

— Les Affaires internes n'avaient aucun motif pour retenir mon client ; ils l'ont relâché. Si vous n'avez rien de plus qu'eux, vous allez devoir en faire autant.

Heat s'efforça de ne pas regarder Maloney. Inutile. Elle savait qu'il lui réservait un large sourire. Et que ses yeux lui rappelaient qu'elle allait le regretter. C'était déjà le cas.

Tel un animal de zoo dans sa cage, Nikki arpentait son bureau à grands pas le long de la paroi vitrée, le combiné du fixe collé sur l'oreille. Après une série de déclics et de transferts, elle reconnut à l'autre bout du fil, parmi un bruit de couverts et le brouhaha des conversations, la voix familière de son interlocuteur.

— Lovell à l'appareil.

— Inspecteur Lovell, je ne sais pas si vous vous souvenez de moi. C'est…

— Je sais parfaitement qui c'est. L'inspecteur…, enfin, depuis hier…, le capitaine Heat. Alors, comme ça, vous avez accepté les barrettes dorées. Bonne nouvelle.

— Peut-être pas pour vous, inspecteur Lovell.

Elle avait fait connaissance de cet agent des Affaires internes trois ans auparavant, dans ce même bureau qu'elle occupait désormais. Or, comme lors de cette première rencontre, elle avait du mal à contenir sa colère contre lui.

Il émit un rire nasal, sa manière toute personnelle de ricaner.

— Eh bien, laissez-moi en juger par moi-même.

Nikki se l'imaginait parfaitement. Le visage squelettique, ridé et anguleux d'un reptile volant du trias, il était si grand qu'il avait dû se baisser pour satisfaire aux critères de la maison. Et, comme la plupart de ses petits copains des Affaires internes, ce n'était pas simplement quelqu'un qui prenait plaisir à vous bousculer, il avait du poids. Pas étonnant qu'il eût l'air aussi imperturbable.

De la chaise visiteur, Rook serra le poing et fléchit le coude en un geste de soutien à Nikki. Elle vida son sac : les Affaires internes lui mettaient des bâtons dans les roues dans son enquête criminelle en faisant de la rétention d'informations, Lovell avait empiété sur sa juridiction en pratiquant une fouille chez son principal suspect sans la consulter au préalable, ou du moins l'informer de son ingérence après les faits, il avait confisqué des armes sans rien dire à personne, ce qui avait entraîné une grande perte de temps et d'énergie, et relâché Maloney sans préavis.

— En gros, inspecteur, vous et vos hommes nous avez saboté notre premier jour d'enquête, à ma brigade et à moi.

— Que voulez-vous, Heat ?

— Si on commençait par des excuses.

Autre reniflement de ptérodactyle.

— Et à part ça ?

— Tout ce que vous avez appris.

— Vous voulez la vérité ? On en sait à peu près autant que vous. Sinon, vous ne m'appelleriez pas dans cet état, remontée comme une pendule.

Il eut beau couvrir le micro de son téléphone, Heat l'entendit réclamer du ketchup.

— Écoutez, on fait ce qu'on a à faire, reprit-il. À notre manière. Je ne vais pas m'excuser auprès de vous ni de quiconque d'employer des méthodes qui marchent.

— Dois-je prendre cela pour des excuses ?

— Restons concentrés. On a débarqué à l'improviste dans l'espoir de le prendre par surprise, mais c'est une anguille, ce type. En l'occurrence, il s'agissait des menaces proférées par SMS. Impossible de les relier à lui et, si vous lisez bien le message, il n'évoque aucun acte spécifique.

Heat acquiesça de la tête, car elle se rappelait la manière dont il avait formulé sa menace à son égard quelques minutes auparavant en salle d'interrogatoire.

— Il n'a rien à se reprocher sur les armes. Parmi celles saisies, tout est déclaré. La balistique vérifie en ce moment.

— Comment cela, « parmi celles saisies » ?

— Il en manque une.

— Laissez-moi deviner. Un .22 long rifle à pointeur laser, suggéra Heat.

— Il prétend l'avoir perdu lors d'une partie de chasse.

— C'est ça, à la saison des lâchers de psys, dit-elle.

— Emportez-vous tant que vous voudrez, capitaine, mon

équipe avait fait son boulot, à l'époque. Il fallait débarrasser les services d'un fruit pourri. Une condamnation pour meurtre, ce sera bien plus difficile à obtenir.

— Dans ce cas, aidez-nous. Arrêtez d'entraver mon enquête.

— On en a terminé ? se contenta-t-il de répondre.

— Encore un point. Y a-t-il autre chose que j'ignore ? D'autres flics dérangés au cabinet de Lon King ?

— Vous voulez dire à part vous ?

Cette fois, elle l'entendit rire vraiment avant qu'il raccroche.

Lorsqu'elle reposa le combiné d'un geste vif, Rook émit des tss-tss en croisant les bras.

— Les Affaires « je te berne ». Depuis quand la main gauche ignore-t-elle la main droite ? Une main ne lave-t-elle pas l'autre ? Où est passé l'esprit de coopération ? Le sens de la cohésion ? Et pourquoi tu m'adresses ce regard à faire peur ?

— Tu t'entends ? Je devrais aller chercher une serpillière tellement tu suintes l'ironie.

— Quoi ?

Perplexe, il fronça les sourcils.

— Tu ne vas quand même pas comparer la tactique d'obstruction de ces impérialistes des Affaires internes avec la recherche de la vérité d'un reporter sans entraves ?

— Tu te caches derrière tes prérogatives de journaliste…

— C'est dans la Constitution…

— Comme si cela te procurait une cape d'invisibilité. Encore faudrait-il qu'une telle chose existe.

— Oh ! mais ça existe.

— Rook, je ne parle pas d'Harry Potter.

— Pas de mépris à l'égard de cette icône de la culture, qu'il m'arrive en effet de considérer comme mon alter ego.

— Ou simplement ton ego ?

— Tu sais quel est ton problème, Nikki ? C'est que tu ne crois pas assez aux théories du complot. Un soupçon de paranoïa serait pourtant du meilleur effet sur ton brillant esprit empreint de principe d'économie. Peut-être cela vaudrait-il le coup que tu fréquentes un peu Maloney. Passe une journée avec lui, vois ce qui déteint. Tout à coup, le genre d'opérations secrètes tel que le voyage dans le temps, les armes acoustiques et les capes d'invisibilité ne te paraîtrait peut-être plus aussi tiré par les cheveux.

Son iPhone émit un signal lui notifiant l'arrivée d'un e-mail.

— Laisse-moi deviner. Une convocation de Dumbledore ?

Cependant, après sa joyeuse diatribe de geek, Nikki constata que Rook était redevenu sérieux et songeur.

— Tout va bien ?

— Hmm ? Oh ! oui, oui.

Il glissa son téléphone dans sa poche, lui déposa un baiser sur les lèvres et lui donna rendez-vous plus tard chez lui. Au central des Gars, Heat se jucha sur un classeur à tiroirs et rapporta sa conversation avec les Affaires internes à Raley et Ochoa.

— Vous pensez que ça a servi à quelque chose ? fit Raley.

— C'est un peu comme se gratter une piqûre de moustique, Raley. Ça fait du bien sur le moment, mais ça ne fait qu'aggraver la démangeaison.

— Je vais poster une voiture devant chez Maloney, proposa Ochoa. C'est un ancien flic, il s'en rendra compte. Il nous avait bien repérés. Comme ça, au moins, il saura qu'on l'a toujours dans le collimateur.

— Vous voulez juste gaspiller mes heures sup, le taquina-t-elle.

— Ça, c'est du capitaine tout craché ! s'exclama Raley. Votre premier jour à la tête du poste n'est pas fini que vous nous rebattez déjà les oreilles avec vos problèmes de budget.

— Allez-y. Envoyez la voiture. Encore une piqûre de moustique, ajouta-t-elle, mais pourquoi se priver ?

Miguel leva les yeux vers la pendule.

— On a encore une bonne heure devant nous. Mais vous, vous devriez rentrer.

Nikki faillit leur souhaiter une bonne soirée, puis elle se rassit.

— Il faut que je vous parle de quelque chose.

— On vous écoute, répondirent-ils en chœur sans même s'en rendre compte.

— Lon King.

Elle se racla la gorge.

— Vous avez pu être portés à croire que je ne m'étais rendue qu'à ma première consultation chez lui. En réalité, j'ai effectué une dizaine de séances avec lui au cours de ces dernières années. Je ne sais pas pourquoi je n'en ai rien dit. C'est personnel, en fait. Pas le genre de chose dont on se vante.

Pas le genre de « faiblesse », sous-entendait-elle. Et les Gars comprirent.

— Toutefois, c'est un meurtre dont il s'agit, et je ne veux pas avoir de secrets pour vous.

— Il y en a assez comme ça, acquiesça Ochoa. Je parle des Affaires internes, dit-il pour tenter de se rattraper.

Heat lui facilita la tâche.

— Et de Rook. Nous en avons tous conscience.

Un ange passa dans la salle de la brigade déserte.

— Ça ne doit pas être facile, dit enfin Raley. Vous et Rook. Avec vos gros boulots. Stressants. Qui vous mettent en concurrence, parfois. Comme en ce moment. Ça devait arriver, non ? Ce qu'il vous faut, c'est pile-poil ce qu'il ne veut pas dire. Il a quand même de la chance d'avoir affaire à vous et pas aux Affaires internes.

À cet instant, Nikki eut un éclair de lucidité. Cette situation était certes très compliquée, mais aussi très simple, si elle voulait bien la considérer objectivement.

— Les gars, il sait quelque chose sur ce meurtre et il couvre son jeu.

— Avec sa carte de presse, plaisanta Ochoa.

Mais la blague tomba à plat, car Nikki suivait le cours de sa pensée.

— Soyons francs, ce n'est pas juste parce qu'il est reporter qu'on ne lui a pas demandé de comptes, c'est à cause de notre relation. Si nous n'étions pas fiancés, je sais très bien ce que je ferais. Pour l'enquête. Et pour la victime.

Elle posa les mains à plat sur les cuisses afin de se calmer. Puis elle se lança avant que les émotions ne finissent par lui embrouiller l'esprit. Prévoyez une voiture banalisée de plus. On va faire suivre Rook.

CINQ

Culpabilité, remords, repentirs, re-culpabilité. Comme d'importuns visiteurs de passage, tous ses vieux démons assaillirent Nikki après qu'elle eut donné l'ordre de filer Rook. Cela l'ennuyait tellement que, deux fois au cours de la nuit, elle prit son téléphone pour envoyer un e-mail aux Gars afin de tout annuler. Ils comprendraient. Ou pas, mais ils feraient avec. Un chef de poste était amené à prendre des décisions douteuses et à revenir sans cesse sur ces choix. Cependant, en ce premier jour aux commandes, Heat ne connaissait pas encore les statistiques sur ces choses. Chaque fois qu'elle voyait sa détermination mollir, quelque chose venait néanmoins la conforter dans son choix. Le fait de surprendre Rook, par exemple, à répondre furtivement à un SMS pendant le dîner sans se soucier d'elle, et, après l'avoir envoyé, reprendre sans peine sa théorie sur la durée de vie sur le terrain du joueur de base-ball Alex Rodriguez. Ou le fait qu'il s'excuse pour aller aux toilettes et se rende à la place à l'entrée du restaurant pour passer un appel rapide, mais intense, dont il ne dit absolument rien à son retour à table. Ce qui la retint le plus d'annuler son ordre, cependant, fut l'image indélébile de Rook, sur la vidéo de surveillance, se rendant en toute impunité au cabinet de Lon King, le refuge où elle avait peu à peu appris à baisser la garde pour se livrer à un étranger avec une confiance qui n'avait rien de naturel chez elle. Aussi tint-elle bon.

Quoi qu'il en soit, la détermination ne guérissait pas tout. Autant être pendue à une corde de saut à l'élastique effilochée mise en tension sur le couvercle d'une boîte de Pandore.

En fin de soirée, alors qu'elle se plongeait dans ses papiers au lieu d'aller se coucher, elle se convainquit qu'elle ne cherchait aucunement à éviter Rook. Être capitaine engendrait de nouvelles responsabilités : des mémos, des e-mails et des rapports à rédiger. Un baiser rapide, et retour à son tableur et à ses statistiques, tandis qu'il s'éloignait dans le couloir, le nouveau John Le Carré en main. Toutefois, le vrombissement lointain de la brosse à dents électrique déclencha en elle un pincement de mélancolie qui la confronta à la vérité : ce n'était pas Rook qu'elle fuyait, mais elle-même. Et sa propre duplicité lui inspirait des scrupules. Comme ils se regardaient dans les yeux lorsqu'ils faisaient l'amour, elle avait peur de ce qu'il risquait de voir dans les siens ce soir-là.

Il fallait faire avancer les choses, ou du moins essayer. Nikki abandonna son ordinateur portable, se leva de table et, dans le réfrigérateur, tomba sur la bouteille de sancerre de leurs agapes de la veille. Après s'être servie copieusement, elle se recroquevilla sur le canapé de la bibliothèque, une alcôve douillette que Rook avait délimitée par des étagères de livres, et contempla la vue sur les toits de Tribeca. Entre elle et Battery Park, si proche qu'elle en touchait presque les arbres, l'éclairage des étages supérieurs du nouveau One World Trade Center donnait des allures d'auréole d'ange au nuage qui cernait le gratte-ciel.

Nikki posa son verre de vin intact et admira le jeu de la lumière sur la flèche d'acier, une étincelante et nécessaire déclaration de résilience, de courage et de fierté. Cette pause impromptue ne résoudrait certes pas ses problèmes, mais elle lui permettait en tout cas de prendre un peu de recul. Au moins, conclut-elle, elle n'achèverait pas son premier jour à la direction du poste de la vingtième par une déprime auto-induite. Comprenant mieux désormais le fardeau qui pesait sur les épaules de ses prédécesseurs, Nikki leva son verre à la mémoire de Wally Irons et de son mentor, Charles Montrose. Son toast silencieux lui rappela la fois où, en fin de service, le capitaine Montrose avait sorti une bouteille de Cutty Sark du tiroir de son bureau pour trinquer avec elle dans des tasses à café. Ses mots lui revinrent aussitôt, comme s'ils avaient été là pour qu'elle s'en souvienne en cet instant : « Il n'y a pas de mystère dans ce boulot, Heat. Il faut toujours prendre le taureau par les cornes. C'est ça, le boulot. » Facile à dire... La pression du commandement avait grignoté petit à petit l'âme de son cher capitaine, et il n'avait pas non plus échappé à Heat qu'elle occupait la place de deux hommes morts pour ledit boulot. Il y avait donc une chose à éviter. Peut-être Nikki ne pouvait-elle pas prendre le taureau par les cornes avec Rook, mais il lui faudrait faire avec. Raley avait vu juste : leurs carrières allaient forcément les amener à se quereller, parfois. Et cela offrait à Heat un choix : vivre un enfer permanent ou accepter ponctuellement le conflit dans sa vie. Bon, très bien, songea-t-elle. Mais pourquoi justement aujourd'hui, mon premier jour ?

Un sentiment d'équilibre retrouvé – à défaut de bonne humeur –, Nikki savoura son verre derrière la baie vitrée en profitant de ce moment de calme pour contempler le reflet des néons aux couleurs acidulées sur la chaussée humidifiée par une pluie légère. Elle vida son verre, puis, lorsque son bras retomba, elle s'aperçut qu'un homme coiffé d'une casquette de base-ball la regardait depuis le carrefour en bas. Elle ne distinguait pas ses traits, car il était à contre-jour. Se pouvait-il que l'inspecteur Feller ait déjà entrepris sa filature de Rook. Il n'était toutefois pas certain que cette silhouette corresponde au physique de Randall, même si elle lui trouvait quelque chose de familier.

Maloney ?

Heat recula d'un pas pour observer l'individu dans le noir. Impossible dans cette lumière d'en être certaine, mais il semblait toujours la regarder. Nikki s'empara de son BlackBerry sur la table basse et envoya un SMS aux Gars pour leur demander s'ils avaient placé Maloney sous surveillance. Raley et Ochoa répondirent aussitôt par un texto groupé qu'il n'était pas rentré chez lui. Apparemment, il était tenu en laisse. Le temps que Heat lève de nouveau les yeux de son écran, l'homme avait disparu.

Le lendemain matin, Rook était déjà dans la cuisine lorsque Nikki sortit de la douche, prête à partir au travail.

— On ne me la fait pas, tu sais, dit-il en se penchant sur le plan de travail pour lui verser un café noir dans la tasse haute à côté de la sienne.

Nikki se raidit un peu. L'avait-il surprise au téléphone alors qu'elle indiquait à Feller qu'elle et Rook partiraient séparément, et que Rook hélerait probablement un taxi ou prendrait un Hitch ? Or il la gratifia d'un sourire rayonnant d'autosatisfaction.

— Certaines choses n'échappent pas à mon attention : pas d'uniforme aujourd'hui. Je suis bon, hein ?

— Dix points pour toi, Rook. Heat glissa son Sig dans la ceinture de son jean et vérifia la position de son holster.

— Que se passe-t-il ? Tu n'as pas aimé qu'on se moque de toi à l'école, hier ?

— Oh ! je t'en prie.

— Il suffit qu'un gangster te dise que tu as l'air parée pour le carnaval pour que tu changes tout ? Je vous croyais taillée dans meilleure étoffe, madame Heat. Ou peut-on encore user du « capitaine » Heat ? Avec tout ce denim et ce cachemire que voilà, je sens que certains de mes circuits ont cramé.

— C'est un choix de ma part.

— Et tu as le droit de faire ça ? N'existe-t-il pas un règlement chez vous en ce qui concerne la tenue ?

— Si, bien sûr, mais on dispose d'une marge de manœuvre.

Elle versa de la crème dans son café ; il le remua pour elle.

— Il n'est pas question que je passe un jour de plus à faire un travail d'inspecteur en grand uniforme.

— Alors, il t'a bien cassée, le Gros Tommy !

— Gare à ses fesses, à celui-là.

Il haussa les sourcils à la Groucho Marx, puis se pencha pour la reluquer, la mine salace.

— Et toi, aux tiennes… dans ce jean !

— Rook.

— Si Gros Tommy voulait y toucher, il faudrait qu'il prenne un ticket. Et qui passerait le premier ? Moi. Je m'en lécherais les babines d'avance, comme lui devant un étalage de charcuterie, j'imagine. *Yesss*, c'est mon tour ! Je vais m'occuper des fesses de Nikki.

Heat rit si fort qu'elle dut reposer sa tasse. Tandis qu'elle reprenait haleine, l'idée d'annuler la filature de Rook rejaillit. L'hésitation se révéla cependant de courte durée.

— Écoute, tu vas devoir faire sans moi aujourd'hui, dit-il. Ne me demande pas pourquoi, O.K. ? Je ne répondrai pas.

— Tu nous cherches une salle pour le mariage ?

— Non.

Il se frappa le front du talon de la main.

— Zut alors. Tu m'as eu. J'avais pourtant dit que je ne répondrais pas.

Mais, devant son sérieux, Rook laissa tomber les espiègleries.

— Tu n'as qu'à faire ce que tu as à faire, Rook. Et moi, je m'occupe de ce que j'ai à faire.

— Waouh ! Ça jette un froid, ça.

— C'est juste pour que tu sois prévenu. C'est à double tranchant. Toi, tu fais de la rétention d'information. Moi, je creuse. Quelqu'un a mis une balle dans la tête de l'un des nôtres. Mon psy. Et ton... ?

Elle laissa la fin de sa phrase en suspens, lui offrant ample occasion de remplir les blancs de la manière la plus fantaisiste. Comme il ne saisit pas la perche, elle sortit du placard une tasse à emporter dans laquelle elle transféra son café.

— Tu ne restes pas pour le petit-déjeuner ? demanda-t-il.

— J'ai un petit-déjeuner de travail prévu avec un chef d'entreprise de la circonscription.

Elle enfila son blazer et lui donna un baiser.

— On se voit plus tard, je suppose.

— Je préfère vraiment quand on travaille ensemble.

— Moi aussi, dit-elle.

Elle le pensait. Alors qu'elle gagnait la porte, la sonnerie de son BlackBerry lui annonça l'arrivée d'un SMS. Après l'avoir lu, elle se retourna.

— Si ça t'intéresse, le compagnon de Lon King vient de trouver quelqu'un chez eux en rentrant de son jogging.

— Ça m'intéresse, dit-il, et il sortit une autre tasse à emporter.

À la sortie de l'immeuble, les trottoirs encore humides de l'averse nocturne sentaient le frais. Chacun était occupé avec son appareil. Lui reportait son mystérieux rendez-vous à plus tard ; elle annulait son petit-déjeuner et s'apprêtait à envoyer un texto à Randall Feller au sujet du changement de plan.

— Rien ne vaut une averse d'avril pour laver les odeurs d'urine, hein ? lâcha Rook en rangeant son portable dans sa poche.

C'est alors qu'il stoppa net. Nikki s'arrêta brusquement à côté de lui. Tous deux restèrent bouche bée.

Au carrefour, dans Reade Street, où ils avaient garé la voiture après dîner, quelqu'un avait éraflé la peinture et crevé les quatre pneus de la Malibu neuve. Heat reprit rapidement ses esprits et vérifia les portières, toujours toutes verrouillées, et constata que rien n'avait été dérangé à l'intérieur. Elle effectua un tour complet sur elle-même, d'abord pour voir si d'autres voitures avaient été vandalisées (aucune visiblement) et, ensuite, pour voir si l'auteur des faits était demeuré dans les parages afin de savourer l'impact de son œuvre (personne n'y prêtait attention à part les passants). Heat était surtout intéressée par une personne. Et elle comptait en parler personnellement plus tard à l'ex-inspecteur Timothy James Maloney.

— Tu veux que je nous trouve un Hitch ? demanda Rook.

— Oui, c'est peut-être une bonne idée. Ou juste un taxi.

— Tant pis. Regarde, dit-il avant de siffler et d'agiter les deux bras en l'air. C'est Randall Feller. Une chance, non ?

Heat tenta de feindre la surprise tandis que son inspecteur – totalement repéré – répondait à l'appel et arrêtait sa Taurus banalisée à leur hauteur. Jameson Rook, l'adepte de la théorie du complot, déclara qu'il devait s'agir de Kismet… tout en clamant qu'il montait devant.

Le seul qui semblait se réjouir de la situation était Rook. Nikki se terra sur la banquette arrière, où il lui semblait plus facile d'éviter de révéler à son insu par sa mine qu'il ne s'agissait pas du tout d'un hasard si, compte tenu des huit cent vingt kilomètres linéaires de rues à Manhattan, l'un de ses inspecteurs se trouvait au bon endroit, au bon moment. Au volant, Feller serrait la mâchoire, calculant sans doute le temps qu'il lui faudrait pour digérer le fait de s'être fait repérer en pleine filature par ce journaliste qu'il tenait, tout le monde le savait, pour un dilettante fanfaron. Lorsque Rook demanda ce qui amenait Randall à Tribeca, Nikki bondit comme un clown de rodéo.

— Je vais devoir signaler ce dix-trente-neuf sur mon véhicule.

— Oui, mais qui pourrait bien s'en prendre à une bagnole de flic ?

Feller continuait de détourner le sujet.

— Peut-être qu'il ou elle ignorait qu'il s'agissait d'un véhicule de police, supposa Rook, dans la même voie.

— D'abord, laissez-moi vous expliquer un truc, dit Feller. Peut-être qu'on appelle ça un véhicule banalisé, mais faut pas se leurrer. Tout le monde dans la rue sait les reconnaître à deux pâtés de maisons à la ronde.

— En plus, j'avais posé ma deuxième plaque sur le tableau de bord, ajouta Heat. Je crois savoir qui c'est.

Ses deux compagnons l'écoutèrent attentivement décrire ce qu'elle avait vu par la fenêtre la veille au soir.

— Vous auriez dû le signaler, dit Feller.

— Je l'ai fait, du moins, les Gars l'ont fait, juste après le SMS que je leur ai envoyé pour qu'ils se renseignent si on avait coincé Maloney ou pas. Avant d'aller me coucher, j'ai vu trois voitures de patrouille de la première sillonner le quartier.

— Il avait dû s'occuper de ta voiture avant, conclut Rook.

— Ou après, riposta Feller. Maloney est peut-être un malade, mais il a de la ressource. Les filles m'ont raconté comment il s'est joué de vous dans le parc, hier. S'il a été capable de ça, il a probablement remarqué les patrouilles et s'est dit qu'il laisserait sa marque pour vous emmerder.

— Les filles ? demanda Rook.

— Les Gars, expliqua l'inspecteur avec un rictus de condescendance. Eh !... Un surnom pour un surnom.

Rook hocha la tête et sourit. Puis, il tourna la tête sur l'appui-tête pour s'adresser à Nikki.

— Mais pourquoi s'attaquer à toi ?

— Je crois que c'est un peu lié à sa maladie, dit-elle. Trouble de la personnalité paranoïaque ?

— Attends une minute. C'est devant mon loft qu'il était

posté au milieu de la nuit. Tu ne crois tout de même pas qu'il fait une fixation sur moi parce que je l'ai arrêté ? Parfaitement, Randall, rétorqua-t-il au gloussement de Feller, je l'ai arrêté. Et maintenant, ce fou m'a mis sur sa liste de vengeance.

— Mais c'était la voiture de Heat.

— Vous savez, je ne suis pas certaine que c'était Maloney que j'ai vu. De toute façon, que ce soit moi, Rook ou nous deux qui étions visés, il faut le ramener au poste.

Roosevelt Island n'est pas d'un accès très facile, ce qui fait partie de son charme. Cette étroite île située au milieu de l'East River est desservie par un arrêt de métro sur la ligne F et le téléphérique qui hisse ses passagers au départ de la 2e Avenue. Mais, pour s'y rendre en voiture, la seule solution consiste à franchir le pont de la 36e Avenue dans Long Island City. La Taurus de l'inspecteur Feller en descendit, puis tourna vers le nord dans Main Street pour rejoindre Blackwell's Landing, une tour d'appartements de luxe dressée cinq cents mètres plus loin, au nord de l'île. Après avoir trouvé une place dans le parking à côté des deux voitures de patrouille, ils empruntèrent l'allée dallée bordée de jonquilles et de tulipes menant à l'entrée.

— Un immeuble pour locataires à double revenu, c'est sûr, jugea Feller, en admirant la pelouse soigneusement entretenue, les arbres en fleurs et le silence qui régnait autour du gratte-ciel alternant panneaux modulaires et vitres teintées. Comme dans la plupart des complexes résidentiels de l'île, l'ambiance ici évoquait un campus de banlieue ou un village olympique.

À leur entrée, le concierge jeta un regard grave à leurs insignes, puis il les escorta jusqu'à l'ascenseur, de l'autre côté d'un vaste hall au sol marbré couleur parchemin.

— Dixième étage, se contenta-t-il d'annoncer sur un ton de profonde tristesse qui ne pouvait provenir que de sa formation en accueil.

Lorsque Heat et Rook furent sortis de l'ascenseur, Feller retint la porte ouverte du plat de la main.

— Écoutez, il faut que je vous laisse, d'accord ?

Il ponctua sa remarque d'un regard adressé à Heat :

— J'ai un truc à faire.

— Oui, le fameux truc, dit-elle. Allez-y. On se débrouillera pour rentrer au poste.

— Oh ! sauf que je ne vais pas au poste après, objecta Rook. Moi aussi, j'ai un truc à faire.

L'alarme de la porte retentit.

— Pas grave, je me débrouillerai. À plus tard, Randall.

— Peut-être. Peut-être pas, l'entendirent-ils marmonner tandis que la porte se refermait.

Un sergent du ministère de la Sécurité publique les accueillit à l'entrée de l'appartement. Comme Roosevelt Island était louée à la ville par l'État de New York, les lieux du crime relevaient de sa juridiction, et Heat était là en tant qu'invitée. Une fois qu'elle eut présenté son insigne et signé le registre, un inspecteur du ministère la conduisit, ainsi que Rook, au salon, où ils découvrirent Sampson Stallings de dos, courbé en avant sur le canapé. La pièce spacieuse et lumineuse était haute de plafond et munie de grandes fenêtres donnant sur un panorama à couper le souffle. Les deux vues, l'une sur le fleuve et l'Upper East Side à l'ouest, l'autre sur le célèbre bâtiment octogonal de l'île au nord, importaient peu en cet instant au compagnon de Lon King, accablé par la peine. Stallings se leva pour leur serrer la main, puis il les invita à s'asseoir. Heat, qui comprenait la douleur de sa perte en pareilles circonstances, lui exprima ses plus vives condoléances. Ses yeux rougis se mouillèrent de nouveau. L'artiste sourit avec courage, mais ses lèvres tremblantes, qu'encadrait un bouc poivre et sel, trahissaient son chagrin. Rook se tint à l'écart, laissant Nikki inciter Stallings à leur faire part de ses souvenirs sur ce compagnon dont il partageait la vie depuis dix ans. Le moment d'aborder le vif du sujet viendrait bien assez tôt ; la policière n'oubliait pas que chaque enquête demandait aussi de la compassion.

— Merci de m'écouter, dit-il en tirant un mouchoir en papier de la boîte posée sur la table basse.

Ainsi Nikki constata-t-elle que Lon King avait en grande partie aménagé son salon comme son cabinet, jusqu'à l'emplacement des kleenex.

— Cela fait du bien de parler.

— Lon King n'aurait pas mieux dit.

Il la jaugea.

— Vous le connaissiez ?

Elle sourit.

— Il serait sans doute plus juste de dire qu'il me connaissait. Le docteur King ne s'étendait pas beaucoup.

— Et vous ne viviez pas avec lui.

Stallings lâcha un petit rire, puis il se reprit comme s'il avait honte.

— Il ne vous a donc jamais parlé de moi ? D'autres patients, clients..., continua-t-elle comme il faisait non de la tête.

— Non, comme je l'ai dit à l'inspecteur hier...

— L'inspecteur Aguinaldo ?

— Oui, une gentille femme. Comme je lui ai dit, Lon était quelqu'un de très discret. Oh ! de temps à autre, il me racontait une anecdote…, une blague idiote, comme il disait, drôle en général – mais sans jamais citer de noms. Cela ne m'aurait rien dit, de toute façon.

— Même menacé, il ne mentionnait jamais personne ?

— Lon gardait tout pour lui, vous comprenez ?

Il se tamponna la poitrine de ses fines mains d'artiste. Rook posa alors une question qui ne sembla pas du tout si farfelue à Heat.

— Sampson, Lon a-t-il jamais évoqué le fait qu'on lui ait proposé de l'argent pour parler de l'un de ses patients ou dossiers ?

— Eh bien, il avait de sérieux problèmes de dettes, c'est certain. Parce qu'il jouait. Mais jamais au grand jamais il n'aurait enfreint la déontologie pour vendre ses patients.

— Je le crois bien volontiers, assura Rook. Mais ma question est de savoir si quelqu'un a jamais tenté de le pousser à le faire.

— Pas à ma connaissance.

Rook hocha la tête à l'adresse de Heat pour lui signifier qu'il en avait terminé. Sa question la fit réfléchir. Pourquoi diable s'inquiétait-il d'un éventuel pot-de-vin ? Était-ce lié à une information essentielle qu'il gardait pour lui ? Sa colère gronda de nouveau, mais elle la laissa de côté. Elle y reviendrait plus tard.

— Cela vous ennuierait de me raconter à nouveau ce qui s'est passé ce matin ? demanda-t-elle pour reprendre la main.

Stallings fit non de la tête et but une gorgée d'eau de son sac CamelBak. D'un signe, Heat indiqua à l'homme de la Sécurité publique de s'asseoir sur le tabouret de bar près de la cuisine. Je sais que vous avez déjà parlé à l'inspecteur.

— Pas de problème, je comprends.

— D'après le rapport qu'on m'a remis, vous vous êtes trouvé confronté à un intrus ici ?

Stallings acquiesça de la tête et montra d'un geste la tenue de sport qu'il portait.

— Ce matin, au lever, j'ai enfilé mes New Balances. Chacun réagit comme il peut, expliqua-t-il comme pour excuser ce petit plaisir. Quand il était stressé, Lon ramait. Moi, je cours. Il appelait cela mon « décrassage ». Alors, je suis sorti, j'ai fait mon petit tour… Enfin, je ne suis pas allé bien loin.

Sa lèvre trembla de nouveau. Il détourna leur attention en indiquant d'un geste l'autre côté de la rivière.

— J'effectue un circuit d'ici jusqu'au téléphérique pour m'échauffer, puis je longe l'East River jusqu'à Gracie Mansion, ou un peu après, et retour. Dans le téléphérique, tout est remonté. Comme je n'arrêtais plus de pleurer, je suis descendu pour reprendre le suivant dans l'autre sens et rentrer. J'allais mettre ma clé dans la serrure quand je me suis rendu compte que la porte était entrouverte.

Il écarta le pouce et l'index d'un demi-centimètre.

— J'ai cru que j'avais oublié de la fermer par distraction, à cause du choc et tout, mais, quand j'ai poussé la porte, il y avait un type juste là. Il m'a fait trébucher, puis m'a plaqué au sol avant de foncer dans l'escalier. Je suis plutôt rapide, mais, le temps que je me relève pour lui courir après, il était parti.

— Et il ne manque rien ? demanda-t-elle.

Stallings fit non de la tête.

— Avant votre arrivée, on a fait le tour partout, l'inspecteur et moi, et rien ne m'a semblé dérangé. Le cambrioleur n'avait rien non plus dans les mains.

Nikki lui demanda l'heure à laquelle il était parti courir et celle à laquelle il était revenu.

— Vous parliez d'un circuit. Effectuez-vous ce parcours tous les jours ? demanda-t-elle, après avoir pris note.

— Oui, cinq jours par semaine. C'est un peu obsessionnel.

— Il est donc possible, fit remarquer Rook, que quelqu'un ait pensé avoir le temps d'entrer et de sortir, après avoir surveillé votre appartement pour se familiariser avec vos habitudes. Or, vous l'avez surpris en revenant plus tôt, et il n'a pas eu le temps de trouver ce qu'il cherchait.

— Ou il l'a trouvé et mis dans sa poche, nuança Heat. Savez-vous où Lon rangeait ses clés USB ?

Stallings les guida jusqu'à la chambre d'amis, qui accueillait d'un côté le bureau de King et de l'autre l'atelier de Stallings. Il y régnait une agréable odeur de résine et de peinture à l'huile. Au bureau, il ouvrit un coffret en bois Levenger, mais Heat l'arrêta et, d'un geste, lui indiqua l'inspecteur de la Sécurité publique. Le policier déjà ganté souleva le couvercle. La boîte était vide.

— Il y avait plus d'une dizaine de clés USB là-dedans, déclara Stallings.

Du regard, il parcourut le dessus du bureau.

— Son iPad mini n'est plus là non plus, à y regarder de plus près.

— Les gars du labo relèveront toutes les empreintes dès qu'ils seront là, déclara l'inspecteur. Et ils demanderont à monsieur Stallings d'établir un inventaire méthodique.

La victime plissa le front en s'efforçant de digérer l'idée.

— Pourquoi nous aurait-on surveillés, pourquoi venir ici ? C'est l'homme qui a tué Lon, n'est-ce pas ?

— Monsieur Stallings, était-ce cet homme qui a pénétré chez vous ?

Heat afficha la photo de Maloney sur son BlackBerry et la lui brandit. L'inspecteur de la Sécurité publique se rapprocha pour regarder par-dessus son épaule.

— Non, pas du tout. Attendez, attendez ! s'écria-t-il cependant lorsque Nikki voulut reprendre son téléphone. Il examina de nouveau la photo, puis il lui rendit l'appareil. Je l'ai déjà vu. Lon et moi, on est sortis dîner la semaine dernière au Colonial, vous savez, sur la 57e Est ? On avait une table près de la devanture, et j'ai vu passer un type – lui – qui s'est mis à nous dévisager depuis le trottoir. Quand Lon l'a repéré, le type lui a juste fait signe qu'il l'avait à l'œil en indiquant ses yeux de ses doigts ; ensuite, il est parti.

— Lon a-t-il dit qui c'était ? demanda Heat.

— Il a juste dit : « Un ancien patient. »

Il eut un petit rire.

— Quand je vous disais qu'il n'était pas très loquace… Je lui répétais souvent que, s'il se détendait un peu, je pourrais prendre son visage pour toile.

— Il s'appelle Timothy Maloney. Le docteur King a-t-il jamais mentionné ce nom ?

— Pas que je me souvienne.

Heat se tourna vers l'inspecteur de Roosevelt Island.

— C'est un ancien du NYPD. Je vous envoie sa photo et sa fiche par e-mail. En attendant, il nous faudrait une description de l'intrus.

— Il va nous falloir un peu de coopération de votre part, capitaine, si vous le voulez bien. Les caméras de l'immeuble sont en cours de mise à jour et nous n'avons pas de dessinateur à notre disposition.

Nikki se tourna vers Sampson Stallings.

— Je crois bien que si, en fait.

Ravi de pouvoir se rendre utile, le célèbre portraitiste prit place à sa table à dessin, son premier vrai sourire de la journée aux lèvres. Il ouvrit son bloc à une page vierge et entreprit ce qui allait peut-être devenir la meilleure de toutes ses œuvres : celle qui devait permettre de mener au tueur de son compagnon.

En silence et d'une main sûre, Sampson Stallings dessina avec des gestes intenses et fluides. Heat dut faire un effort pour résister à la tentation de se planter derrière lui pour regarder par-dessus son épaule comme lorsqu'elle passait devant les caricaturistes de rue alignés du côté est de Central Park. Néanmoins, elle respecta le repli solitaire de l'artiste, qui termina en quelques minutes. Stallings déchira délicatement la feuille de son bloc de papier gommé et la tendit aux enquêteurs. Rook rejoignit Heat pour y jeter un œil et aussitôt tous deux réagirent.

— C'est lui, affirma le journaliste. Le type qu'on a surpris au sous-sol dans York Avenue.

De retour dans le hall d'entrée, Rook contempla sur son iPhone la photo du dessin de Stallings que Heat venait de diffuser.

— Tu sais, s'il n'avait pas été en deuil, je lui aurais demandé de m'offrir l'original, dit-il. Signé, bien sûr.

— Sympa. Le lendemain du meurtre de son compagnon.

— J'ai marqué le plus grand respect pour son deuil, non ? Je le lui ai clairement signifié. Pourquoi te montres-tu aussi cassante ?

— Parce que tu te montres particulièrement… frondeur.

— Comment ça ? Qu'est-ce que j'ai fait ?

Nikki se retint, puis songea que non ; il fallait que ça sorte.

— Ta question sur le fait que King ait pu être soudoyé.

— C'était une question tout à fait correcte.

— Tu ne travailles pas avec moi, Rook. Non, c'est pire. Tu travailles contre moi. Si tu sais quelque chose, dis-le. Qu'est-ce qui est plus important : ton article ou retrouver le tueur ?

Alors qu'il réfléchissait à sa réponse, une hésitation qui exaspéra encore plus Nikki, son téléphone tinta. Il regarda l'écran et sourit à pleines dents.

— Mon Hitch ! arrive.

Ils se tournèrent vers la rue, où on apercevait à l'approche un pouce géant en plastique, flottant au-dessus des treillages du jardin collectif.

— J'appuie sur un bouton, et une voiture arrive. C'est peut-être à ça que sert Internet.

— Tu ne vas donc pas m'aider ? Ni répondre ?

— Nikki, tout finira bien pour nous deux, tu verras. Maintenant, si tu veux bien m'excuser, j'ai des démarches à faire.

Et hop ! Il fut parti.

— Quoi de neuf, Miguel ? demanda Heat sur le seuil de la salle de la brigade.

L'inspecteur Ochoa s'empara de son café posé sur son

bureau et la rejoignit devant le tableau blanc, qu'elle parcourait à la recherche d'éléments fraîchement rajoutés.

— Alors, comme vous pouvez le voir, on a diffusé le portrait à toutes les unités, ainsi qu'aux médias.

— Je l'ai su dès que je vous l'ai transmis, dit-elle en s'interdisant de répercuter sa colère sur les autres.

Surtout sur Ochoa. Avec davantage de douceur, elle demanda à son enquêteur s'il confirmait qu'il s'agissait bien du type qu'ils avaient vu la veille s'enfuir du centre de santé.

— Absolument. Oh ! et si vous voulez savoir quelque chose que vous ignoriez...

Ses fossettes se creusèrent. Manifestement, sa petite rebuffade l'amusait assez.

— Un témoin oculaire dans York Avenue nous a communiqué une partie du numéro de la plaque de la Lincoln MKZ dans laquelle il s'est envolé, poursuivit-il. J'ai réussi à remonter jusqu'à un taxi clandestin déclaré volé dans East Harlem hier matin. La circulation l'a repéré : il était abandonné et bloquait une bouche d'incendie dans Alphabet City, au sud.

— Des chances qu'on obtienne des empreintes ?

— Elles sont en cours de prélèvement. Isoler chacune d'entre elles va prendre un peu de temps. D'après la scientifique, on aurait dit *Hands on a Hardbody* là-dedans.

— En tout cas, on a maintenant un visage qui va avec ces mains. On trouvera peut-être une correspondance. Où en est-on pour Timothy Maloney ?

— On n'a toujours pas remis la main sur lui, capitaine, dit-il en usant pour la première fois de son titre. On a toujours des gars en planque devant chez lui, mais pas le moindre signe de vie. J'ai même envoyé un faux livreur frapper à sa porte. Rien. Il était peut-être là, juste à nous faire perdre notre temps, mais on ne peut pas solliciter de mandat.

— Non, pas sans raison suffisante, confirma-t-elle. Comment avez-vous déployé vos troupes ?

— Il nous manque quelqu'un puisque, comme vous le savez, mon meilleur élément est chargé de la filature de Rook. Il faut donc faire plus avec moins.

Il pointa du doigt les initiales de Rhymer, encerclées à côté du point sur le tableau concernant le Spuyten Duyvil-Harlem River.

— Raley a envoyé Opossum chercher des témoins oculaires, avec l'aide de nos collègues du port, pour le soir du meurtre de King.

Heat perçut une ombre dans l'expression d'Ochoa.

— Quelque chose ne va pas, inspecteur ?

— Ce n'est rien. Juste un petit désaccord avec mon équipier.

— Parce qu'il a mis Rhymer sur les traces du kayak ?

— Parce qu'il l'a fait sans m'en parler. Sean lui a confié cette mission avant que j'arrive et sans me consulter. Quand je suis arrivé ici, Opossum était parti, et mon soi-disant cochef de brigade avait également chargé l'inspecteur Aguinaldo de vérifier les plaques d'immatriculation transmises par la caméra de Roosevelt Island Bridge.

Ochoa secoua légèrement la tête pour lui-même.

— Contente d'avoir posé la question ?

Nikki sentit un nouveau poids sur ses épaules s'ajouter à tous les autres : ses problèmes avec Rook, la pression du chef des inspecteurs, la prise de tête avec les Affaires internes, un ancien flic maboul qui avait peut-être tué son psy et qui semblait avoir totalement disparu de la circulation, et maintenant des querelles intestines entre ses deux chefs de brigade. Son deuxième jour s'annonçait comme un prolongement du premier.

— Faut-il que j'intervienne ?

Il fit non de la tête.

— Ça va se régler. C'est juste que je n'ai pas encore digéré. Faites comme si vous n'aviez rien entendu.

— Où est votre équipier en ce moment ?

— Sur son trône, dans son royaume.

L'inspecteur inclina la tête en direction du cagibi où Raley visionnait les vidéos.

— Il épluche les enregistrements de ce matin à la recherche du type du portrait sur la ligne F et le téléphérique.

— Et vous ? Prêt pour une mission ?

Heat était toujours titillée par la question de Rook sur la possibilité que Lon King ait reçu de l'argent en échange d'informations sur un patient. Aussi irritant et indiscipliné qu'il pût être, Jameson Rook était un journaliste d'investigation de talent primé deux fois au Pulitzer, toutes deux méritées. Quel que fût le sujet sur lequel il travaillait, ses antennes disaient à Nikki qu'il s'était trahi en posant cette question, et que l'angle sous lequel il avait choisi d'aborder son article impliquait argent et corruption. Or, si Rook tirait parti d'informations qu'il réunissait grâce à son affaire, il ne serait que justice qu'il lui rende la pareille.

— Miguel, j'aimerais que vous vérifiiez les finances de Lon King.

L'enquêteur acquiesça, l'air de douter, mais il ouvrit son calepin.

— Bien sûr. Qu'est-ce que je dois chercher ?

— Quoi d'autre sinon la chaussette dépareillée ? Quelque chose d'inhabituel. Surtout les grosses rentrées d'argent. Il ne devait pas être très en fonds, j'imagine, compte tenu de ses pertes au jeu. Le moindre pic nous révélera quelque chose. Et comme rien ni personne ne doit être exclu, vérifiez aussi celles de son compagnon, ajouta-t-elle. Sampson Stallings étant un artiste, ses revenus seront moins réguliers, mais passez-moi tout au crible, quoi qu'il en soit.

Lorsqu'il appela au rapport, un peu plus tard, Randall Feller n'avait pas l'air très content.

— Capitaine Heat, devinez où ma filature m'a conduit.

— Je ne sais pas, inspecteur. Rook vous a payé un cône glacé parce qu'il vous avait de nouveau repéré ?

Nikki plaisantait, mais uniquement pour masquer son inquiétude, bien réelle, et sa curiosité quant à ce que mijotait son fiancé.

— Non, je n'ai pas été repéré. Mon sujet était bien trop concentré sur sa mission.

— Allez, crachez le morceau. Où est-il ?

— Dans Warren Street, près de l'hôtel de ville.

Tandis que Nikki se représentait mentalement l'endroit afin de se faire une idée de ce que pouvait être cette mission, Feller remplit les blancs :

— Dans une boutique de stylos.

— Vous plaisantez ?

— Je suis devant la vitrine.

— L'Hôpital du stylo, dit-elle.

Heat visualisait très bien la chose, car elle s'était souvent rendue dans cette boutique que Rook tenait pour La Mecque des stylos anciens et de collection.

— Il est au comptoir des réparations, n'est-ce pas ?

— Vous n'avez pas besoin de moi. Quel est votre secret ? Vous êtes médium ?

— Si seulement… La semaine dernière, alors qu'il le nettoyait, son Montblanc Hemingway édition limitée a roulé du bureau et il est tombé par terre la pointe la première. Rook veut donc faire poser une nouvelle plume sur son cher stylo.

Après un long silence rempli par la sonnerie de recul d'un camion, l'inspecteur reprit :

— Sans vouloir critiquer, est-ce bien la meilleure façon d'employer mon temps, alors qu'on bosse sur un meurtre ? Enfin, votre petit ami se fait simplement… changer la plume ?

— D'abord, si, c'est une critique. Et ensuite, ce n'est pas mon petit ami, c'est mon fiancé. Poursuivez la filature.

— Comme vous voulez.

Il n'avait pas l'air enthousiaste.

— Et, Randall ? Éloignez-vous de la devanture. Il ne faudrait pas vous faire repérer.

Environ une heure plus tard, un appel du quartier général fit quitter à Heat la salle de la brigade des cambriolages, où elle se tenait au courant de l'avancée de l'autre partie de l'enquête. Le nouveau chef de poste pénétra dans son bureau à grands pas et attendit, le nœud au ventre, le transfert de l'appel. Lorsque le téléphone sonna enfin, Nikki posa la main sur le combiné et passa en revue les conséquences que pourrait avoir le fait de se défouler sur l'adjoint principal du commissaire adjoint aux Affaires juridiques de la police de New York. C'était lui qui l'avait soutenue dans ses démarches pour passer capitaine et devenir chef de poste. Peut-être lui téléphonait-il uniquement pour la féliciter maintenant que sa nomination était officielle. Une sonnerie avant la bascule sur la messagerie vocale, elle décrocha.

— Capitaine Heat.

— Il paraît que vous nous faites des débuts foireux, fit Zach Hamner.

Ni un bonjour ni un « Je ne vous dérange pas ? » Rien du tout. Zach le Hamster se montrait à la hauteur de son surnom de rongeur occupé à faire tourner sa roue le plus vite possible dans sa cage. Heat imagina à quoi pouvait ressembler le sexe avec lui : sans doute à quelque chose dont il fallait vite se débarrasser. Elle n'en revenait pas de s'imaginer les rapports sexuels de ce reptile en costume.

— Merci, Zachary. Rien ne vaut un appel de vous pour me remonter le moral.

— Pour les gentils câlins, voyez les relations médias. Chez nous, aux Affaires juridiques, c'est l'amour vache.

Elle se le représentait très bien dans son bureau, au One Police Plaza, savourant joyeusement son statut autoproclamé de casse-couilles du service, le type qu'on charge du sale boulot. Jamais destiné à agir dans la lumière, Hamner serait toujours Merlin, un de ces visages blafards aux cheveux gominés et à l'épais attaché-case qui se penchent à l'oreille de leurs supérieurs pour leur murmurer des solutions stratégiques.

— Je reçois des retours négatifs et, comme je me sens personnellement responsable de votre nomination, je procède à une petite intervention.

— Une chance pour moi.

— Par où commencer ? Manque de respect à l'égard des Affaires internes ? Non, mettre le chef des inspecteurs dans l'embarras, c'est encore mieux, non ?

Nikki comprit qu'elle aurait dû laisser l'appel basculer sur la messagerie vocale.

— On a vu ça ensemble hier, le chef et moi, Zach. C'est de l'histoire ancienne.

— Je dirais plutôt qu'il s'en est fallu de peu. Réfléchissez. Prenez des initiatives. À ce niveau de responsabilité, l'information est la monnaie d'échange.

— Vous devriez en faire une devise brodée au point de croix.

— Heat. Vous croyez peut-être que j'ai le temps d'avoir des loisirs ?

Heat se cala au fond de son fauteuil de direction, le temps qu'il lui passe le savon voulu par la hiérarchie parce qu'elle s'était castagnée avec l'inspecteur Lovell. Comme il était inutile de discuter, Nikki entreprit de signer des papiers tandis qu'il continuait de radoter.

— Et que faisiez-vous à fricoter en uniforme avec un membre du milieu, comme il a été signalé ?

Elle s'interrompit pour se lever.

— Je ne fricotais pas, j'interrogeais un éventuel suspect pour le meurtre de Lon King.

— Vous ne pouviez pas le faire emmener au poste ? On vous a vue entrer dans son club de jeu clandestin en plein jour.

— C'est là qu'il se trouvait.

— Heat, vous dirigez un poste. Un chef de poste ne se mêle pas aux truands. Ça ne se fait pas.

Comme tant de ces administratifs et bureaucrates tout gris, le Hamster n'avait aucune idée de ce qu'était le travail de police. Elle songeait à l'éclairer sur la question lorsqu'Ochoa se présenta à sa porte. Il semblait avoir quelque chose d'urgent à lui transmettre.

— Zach, écoutez, il se passe quelque chose dans une affaire ; il faut que je vous quitte. En tout cas, merci pour les conseils, ajouta-t-elle après réflexion, juste avant de raccrocher.

— On a une nouvelle victime, lui annonça son inspecteur.

— Où ? demanda Nikki qui faisait le tour du bureau en enfilant la manche de son blazer.

— Staten Island.

Aussitôt, Heat ralentit.

— Cela ne relève pas de notre juridiction, pourquoi est-ce notre victime ?

— Parce que c'est Feller qui l'a signalée.

Heat blêmit en faisant le rapprochement. Elle n'appréciait guère la tournure que prenaient les événements.

— Feller ?...

— Il suivait Rook. C'est Rook qui a découvert le corps.

SIX

Heat laissa le volant à Ochoa, ce qui lui permit de consacrer cette précieuse heure de voiture à taper quelques e-mails administratifs et à passer quelques coups de fil avant d'arriver à Staten Island.

— Deux minutes, avertit l'inspecteur en quittant la voie express pour s'engager dans les lugubres abords du Goethals Bridge.

Nikki laissa de côté tout ce qu'elle faisait en même temps pour parcourir du regard le patchwork formé par les broussailles rabougries, les marécages et les zones industrielles des rives de l'Elizabeth River. Que diable Rook était-il bien venu faire là, se demanda-t-elle.

Si Staten Island était une île-dortoir, ses alentours en étaient le perron crotté. À droite s'étendait un gigantesque dépôt de containers. À gauche, les réservoirs rouillés d'un dépôt d'hydrocarbures se dressaient au bord de marais peuplés d'hectares de graminées et de roseaux, robustes survivants de l'ère chimique. De l'autre côté du fleuve, une raffinerie plus d'autres parcs de réservoirs, encore plus vastes, longeaient l'autoroute du New Jersey.

— Si vous habitiez ici, vous seriez rentré, maintenant, dit Heat.

Conformément à l'estimation d'Ochoa, la voiture des Gars arriva environ deux minutes plus tard au portail d'un site industriel grillagé, isolé entre les marécages et un cimetière de vieux bus scolaires. Dans les années 1920, ce terrain accueillait un aérodrome. Plat et largement à l'écart des riverains, Edda Field attira les pilotes privés et les amateurs jusqu'à sa fermeture pendant la Seconde Guerre mondiale, à l'époque où le survol de la côte est était interdit aux civils. Le temps que l'interdiction soit levée, de nouveaux terrains d'aviation avaient ouvert plus près de la ville, avec des pistes bitumées au lieu de gravier et de gazon. En quelques années, la piste d'atterrissage avait disparu. Pour finir, elle avait été vendue à une société de cinéma qui s'était servie de son hangar géant pour tourner des films noirs, jusqu'au jour où la direction du studio était partie avec la caisse et un cascadeur à Rio.

Ensuite, le bien était resté à l'abandon, les herbes folles et le dépôt illégal de déchets y avaient proliféré jusqu'à ce que, au milieu des années 1990, la vaste superficie et son énorme hangar attirent l'attention d'une société d'expertise judiciaire qui s'en était portée acquéreur et y avait installé un site d'essais automobiles. Une fois qu'ils eurent franchi la baraque du garde, Ochoa put couper à travers les rangées de places de parking vides peintes au sol, pour rejoindre la demi-douzaine de véhicules de patrouille et de voitures banalisées stationnées devant le hangar. L'inspecteur Feller se tenait à l'intérieur du demi-cercle de voitures de police, où il faisait le clown avec une équipe de la brigade criminelle de la cent vingt et unième. Dès qu'il aperçut Nikki, il se détacha vivement du groupe pour venir à sa rencontre, sans oublier de reprendre un ton plus sérieux pour s'adresser à son capitaine.

— Racontez-moi tout, inspecteur, dit-elle lorsqu'ils furent assez proches pour qu'il l'entende. J'aimerais savoir ce qu'un cadavre peut avoir de drôle. Avec la journée que je passe, une franche rigolade me ferait le plus grand bien, à moi aussi.

Penaud, Feller tenta de minimiser l'absence de bienséance dont il faisait preuve sur les lieux d'un meurtre, chose contre laquelle Heat l'avait déjà maintes fois mis en garde.

— Ça ? Oh ! c'est rien. J'entretenais juste nos relations avec les collègues, vu qu'on est sur leur terrain.

— Je vois. Interaction professionnelle, dit-elle alors qu'elle pensait : « Inutile de me la raconter. »

Mais il perçut parfaitement le sous-entendu. Cette remarque faite, elle changea de sujet, d'autant plus qu'Ochoa les rejoignait.

— Que s'est-il passé ?

— Le corps est dans le hangar.

Il indiqua la triple porte de garage découpée sur le côté de l'immense entrepôt gris.

Le fourgon de la morgue de Staten Island était garé sur le côté, juste sous le logo de la société Forenetics.

— Ça ferait une sacrée photo, dit Ochoa. Pas vraiment le genre, toutefois, qu'une société aimerait voir sur la page d'accueil de son site Internet.

— Et Rook ? Où est-il ? demanda Nikki, à la fois inquiète et agacée, et pas forcément dans cet ordre.

Feller inclina la tête en direction de sa Taurus. À vingt mètres de là, Rook était assis côté passager, portière ouverte, la tête entre les genoux.

— Comme vous l'aurez sans doute deviné, c'est lui qui a trouvé la victime. Et même moi je ne lui en veux pas d'avoir rendu tripes et boyaux. L'un des assistants du légiste qui mangeait un muffin a failli lâcher le renard en entrant.

Rook leva les yeux en entendant Nikki approcher, puis il laissa retomber sa tête entre ses mains.

— Ça va ? demanda-t-elle en lui serrant doucement l'épaule.

— *Yep.*

Pourtant, lorsqu'il se remit sur ses pieds pour le prouver, son visage blêmit et ses yeux basculèrent en arrière sous ses paupières mi-closes.

— Ça va aller. T'inquiète.

Pas très fière d'agir ainsi, Nikki décida d'exploiter ce moment de vulnérabilité.

— Alors, dis-moi comment c'est arrivé. Que faisais-tu par ici ? Chez Foren…

Elle leva les yeux vers l'enseigne…

— Forenetics ?

— Rien de bien extraordinaire, en fait.

Bien que sans défense, Rook conservait son instinct de journaliste d'investigation.

— J'avais en quelque sorte rendez-vous.

Il saisit la bouteille d'eau que lui tendait Ochoa et en fit craquer le bouchon pour l'ouvrir.

— Avec la victime ?

Il but une gorgée, puis hocha la tête.

— Oui, reconnut-il en voyant qu'il ne s'en sortirait pas comme cela. J'avais rendez-vous. Avec Fred Lobbrecht. Il travaille ici.

Il blêmit de nouveau au souvenir de ce qu'il venait de voir.

— Travaillait ici, se corrigea-t-il.

Ne sachant si Rook essayait de l'embrouiller ou s'il était traumatisé, Nikki décida de lâcher l'affaire. Après lui avoir promis qu'ils poursuivraient cette conversation plus tard, elle signa le registre afin de pénétrer sur la scène de crime, puis se dirigea avec son groupe à l'intérieur du bâtiment, derrière le fourgon vide de la morgue.

Jamais Heat n'avait posé le pied à l'intérieur d'une aire de collision ; pourtant, la scène lui sembla aussitôt familière, car elle avait vu bien des documentaires et des publicités automobiles à la télévision, sans compter d'épouvantables vidéos qu'on l'avait forcée à regarder à l'école de conduite.

À droite, à l'intérieur de l'immense laboratoire d'impact, une structure modulaire à deux niveaux était adossée contre un mur. Le premier étage de cette cabine vitrée semblait être un centre de commande pour tous les appareils électroniques des consoles alentour. Tout en haut, un alignement de pieds de caméra, accessible par un escalier en acier, formait une clôture le long de la fenêtre inclinée vers l'extérieur d'un pont d'observation. Il n'y avait personne dans les cabines ni dans le reste de l'installation, hormis les intervenants d'urgence.

Incrusté dans le sol en béton, devant le centre de contrôle, se trouvait le mécanisme de déclenchement du système de propulsion utilisé pour catapulter voitures et camions à la manière des avions de combat lancés depuis un porte-avions. À la mise à feu, du nitrogène comprimé propulsait le véhicule de test à l'autre bout du hangar jusqu'à cent vingt kilomètres-heure. Pour une meilleure image vidéo, le sol était peint d'un blanc immaculé et ponctué, à intervalles stratégiques, de bandes et de repères à carreaux jaunes et noirs. À gauche de Heat, à l'extrémité de la piste, presque aussi longue qu'un terrain de football, une petite japonaise d'importation avait heurté cent dix tonnes de béton et d'acier à pleine vitesse. Même à cent mètres de là, la policière distinguait l'endroit où le nuage de cervelle roussie et de sang séché avait maculé la barrière de collision à la Jackson Pollock. Pas étonnant que Rook fût si ébranlé.

— Quelqu'un a apporté une spatule ? demanda le légiste, qui se redressa de sa position agenouillée à l'avant de la voiture emboutie.

Cela faisait quatre ans que Nikki n'avait pas revu Stu Linkletter, ni entendu son énervant gloussement : depuis son transfert de Manhattan. Chacune de ces années avait été pour elle une bénédiction.

De toute évidence, Ochoa et Feller partageaient son sentiment puisqu'ils grommelèrent le « Me-e-er-de » qu'elle s'était contentée de penser lorsque la tête à claques en combinaison avait bondi tel un pantin.

— Au fait, on déjeune ensemble après ? Je ne sais pas pourquoi, mais je me ferais bien une petite pizza.

Nikki oublia alors de garder ses pensées pour elle.

— Me-e-er-de…

— Oh ! je vous comprends, enchaîna Linkletter comme si de rien n'était. Ce n'est pas comme dans ces dessins animés de Bip Bip et Coyote, hein ? Ici, on ne fonce pas droit dans le mur en laissant juste la découpe parfaite de son corps derrière soi. Pas même à cent vingt kilomètres à l'heure.

Il se tourna vers le mur éclaboussé, puis adressa un large sourire à ses collègues.

— Pas vrai ?

— Si vous vous contentiez de nous faire un topo, suggéra Heat.

— Mais ça n'a rien de drôle, ça !

Même Randall Feller, pourtant le spécialiste de l'humour noir, en avait sa claque :

— Linkletter. Si tu gardais ça pour tes soirées entre amis ?

Il fallut toute la puissance des regards de travers de trois policiers et d'un journaliste d'investigation pour que le légiste en vienne enfin aux choses sérieuses.

— Comme la victime n'était pas attachée, elle a été éjectée du siège du conducteur à l'impact. D'après mon examen préliminaire, la mort est survenue suite aux blessures à la tête et au torse dues au choc. La température du corps, les lividités, comme le degré de coagulation et de sécheresse des éclaboussures de sang me conduisent à estimer que l'heure de la mort remonte à vingt-quatre à vingt-huit heures.

— C'est arrivé hier ? demanda Heat.

— Il y a vingt-quatre à vingt-huit heures. Ce n'est pas assez clair ?

— Avez-vous identifié la victime ? demanda Ochoa.

— Il nous est impossible de confirmer autre chose que la race et le sexe.

Le légiste indiqua le fatras ensanglanté de vêtements, de chairs et de tôle froissée. On distinguait encore le bas du corps, indubitablement masculin.

— Le portefeuille du conducteur, son permis de conduire ? s'enquit Heat.

Linkletter poussa un soupir grognon.

— D'abord, vous dédaignez mes plaisanteries et vous réclamez mon rapport. Maintenant, vous m'interrompez en me harcelant de questions.

Un photographe de l'équipe scientifique prit une photo de la victime. Le légiste pivota sur ses talons.

— Monsieur Roe. Cessez cette prise de vue.

— Continuez, le pressa poliment Heat, qui priait pour ne plus jamais avoir à le croiser sur les lieux d'un crime.

— Dans son portefeuille, un permis de conduire établi à New York au nom de Frederick van Lobbrecht stipule : *homme de race blanche, yeux noisette, trente-huit ans*. La photo et le nom correspondent au badge de Forenetics retrouvé parmi les chairs de la victime, selon lequel il était « expert en reconstitution d'accident ». Non, sans déc ! gloussa de nouveau Linkletter, telle une oie étranglée.

Devant les visages de pierre face à lui, dignes des statues de l'île de Pâques, il poursuivit :

— Compte tenu de l'état désastreux de la tête et du haut du corps, pour l'identification, il faudra s'en remettre aux empreintes digitales. Si elles ne figurent dans aucun registre, on cherchera dans les archives dentaires ou radiographiques, à condition qu'il s'en trouve dans ses dossiers médicaux. Bien sûr, il reste l'ADN, mais cela prend du temps et coûte de l'argent au contribuable.

— J'ai ce qu'il me faut pour l'instant, coupa Heat, pressée de prendre ses distances avec ce raseur.

— Ah ! évidemment ! lança-t-il dans leur dos tandis qu'ils s'éloignaient. Maintenant que vous êtes capitaine, plus question de vous mêler aux troufions sur le terrain.

— Envoyez-moi votre rapport par e-mail, se contenta-t-elle de répondre avant de prendre congé sans même se retourner.

— Quel crétin ! commenta Feller.

— S'occuper des morts, le boulot idéal pour ce type, ajouta Ochoa.

— Même avec eux, il n'a aucune manière, objecta Rook.

— Bon retour parmi nous.

Heat lui adressa un sourire chaleureux et lui pressa l'avant-bras.

— Je t'ai dit que j'allais bien.

— Tu en as l'air, fit Ochoa. Sûr que tu ne t'es pas sali les chaussures ?

À l'autre bout du hangar, Heat et son équipe retrouvèrent leurs collègues de la cent vingt-deuxième pour faire le point sur ce qu'ils savaient de l'accident.

— Déjà, il y a une ou deux choses que je ne comprends pas, dit-elle pour lancer le débat, en dehors du fait qu'on se demande comment une chose pareille a pu se produire. D'abord, pourquoi personne n'a-t-il rien remarqué de toute une journée ?

Nikki parcourut le vaste espace du regard.

— Enfin, où est passé tout le monde ?

— C'est un peu comme dans un stade de foot, ici, répondit

l'un des inspecteurs de Staten Island. Personne ne vient sauf lorsqu'il y a un match.

— Ça ne doit pas être très rentable, dit Ochoa.

— Oh ! ils font leur beurre, croyez-moi, intervint l'équipier de Staten Island. Les constructeurs automobiles et les compagnies d'assurances payent cher pour ces tests ; et ils attirent du monde. Ils en font environ quarante par an. On vient parfois y assister. Normal, quoi !? Le parking est vide, aujourd'hui, mais les jours de test, on a du mal à se garer.

— En vous attendant, j'ai appelé le siège de Forenetics, à Stamford, indiqua Feller. Le PDG m'a dit qu'un test était prévu demain pour cette bagnole d'importation. En tant que chef de projet, Lobbrecht est venu hier vérifier les câbles des capteurs de Rickles à bord du véhicule.

— Rickles ?

Du doigt, Feller indiqua le mannequin attaché sur un chariot dans un coin à côté de la catapulte.

— C'est le mannequin.

— Cela fait partie de la procédure qu'ils suivent. Ça rappelle les lancements de la NASA.

— Ils ont un vigile dans la cahute à l'entrée, dit Heat. Il n'a pas trouvé curieux de ne pas voir monsieur Lobbrecht repartir ?

L'inspecteur principal de Staten Island fit non de la tête.

— Justement. Selon lui, il n'y a pas plus d'un mois que Lobbrecht a commencé à venir ici ; mais, chaque fois qu'il y avait un lancement, il restait là vingt-quatre heures sur vingt-quatre, sept jours sur sept. Il travaillait à toute heure, mangeait sur place, y passait des nuits blanches. Ce n'était pas inhabituel pour lui de ne pas sortir pendant deux jours. Et, comme tout est insonorisé, ici, ils ne se rendent compte de rien de l'autre côté du parking, surtout avec la radio ou la télé en marche.

Tous les regards se tournèrent à l'autre bout du site, vers l'endroit où Linkletter et son équipe tentaient de recueillir au moins une dent.

— À votre avis, le lancement a foiré ? demanda Ochoa. Ce Lobbrecht s'est peut-être trompé de bouton ou de câble pendant son installation.

— Possible, dit Feller. Tous les systèmes ont des ratés.

Cependant, toute l'attention de Nikki était concentrée sur Rook, qui ne croyait manifestement pas à l'accident. Elle non plus. Certes, la vie est pleine de coïncidences, mais, d'après son expérience, elles étaient peu nombreuses dans les affaires criminelles. Le lien qu'il semblait y avoir avec les deux morts découverts à si peu d'intervalle déclenchait l'alerte rouge dans son cerveau.

— Vas-tu me dire enfin à quel sujet tu étais venu voir Lobbrecht ?

Rook détourna lentement les yeux de l'accident sans toutefois pouvoir croiser son regard. Il fixa le sol blanc sans mot dire. Nikki réfléchit. Aussi difficile fût-elle, sa décision fut prise en un instant. À la vérité, elle l'avait déjà prise la veille au soir avant d'ordonner sa filature. Il ne s'agissait finalement que du prolongement de cette résolution.

— Inspecteur Feller ? J'aimerais que vous rameniez monsieur Rook à la vingtième, dit-elle.

— Je ne peux pas rentrer avec toi ? s'étonna Rook. Tu sais quoi ? Je ne demande même pas de monter à l'avant.

Toutefois, Heat ne souriait pas.

— Tu ne rentres pas au poste, tu y es emmené.

Elle se tourna vers Feller.

— Il monte à l'arrière. Et à votre arrivée, placez-le en salle d'interrogatoire.

Après lui avoir adressé un regard des plus sérieux, Nikki laissa son fiancé pour s'éloigner en compagnie d'Ochoa.

Lon King, docteur en psychiatrie

Transcription

Séance du 26 février 2013 avec Heat, N., agent grade 1, police de New York

N.H. : Merci de me recevoir. Désolée pour la dernière fois.

L.K. : J'ai bien vu que quelque chose vous tracassait. Êtes-vous prête à en parler maintenant ?

N.H. : [Long silence.] Il n'y a pas grand-chose à dire. [Silence plus long.] Vous voulez m'obliger à en parler, c'est cela ?

L.K. : Cela vous aiderait-il si nous en revenions là où nous nous étions arrêtés ? D'après mes notes, vous commenciez à aborder la difficulté à abandonner l'appartement de votre mère..., enfin, votre appartement... pour emménager chez Rook. Est-ce bien cela ?

N.H. : N'est-ce pas stupide ? On va quand même se marier.

L.K. : Ce qu'on ressent n'est jamais stupide. C'est ce qu'on ressent, point. Ce qu'on tente de faire ici, c'est de découvrir pourquoi vous éprouvez cela. Si vos sentiments vous empêchent de vivre votre vie ou vous dérangent, il est constructif de les sonder. Souhaitez-vous examiner ce sentiment en la matière ?

N.H. : Oui, oui, bien sûr. C'est juste que je ne sais pas par où commencer.

L.K. : Pourquoi pas par ce sentiment ?

N.H. : Oh ! Seigneur...

L.K. : Qu'est-ce que l'idée de quitter cet appartement suscite en vous ? Sauriez-vous mettre des mots dessus ?

N.H. : Je sais qu'il serait logique que j'emménage simplement chez Rook. C'est peut-être ce que je devrais faire sans me poser de questions.

L.K. : Nikki, vous reprenez le chemin de la logique, où vous vous sentez en sécurité. Abordons plutôt vos émotions.

N.H. : J'essaie juste de me représenter le jour du déménagement. Le dernier regard à l'intérieur avant de fermer la porte sur ce lieu vide où j'ai passé une si grande partie de ma vie.

L.K. : Et où votre mère a été assassinée.

N.H. : Oui. Et où ma mère a été assassinée.

L.K. : Il existe maintes raisons pour lesquelles nous nous attachons aux lieux ou aux choses. Est-ce la raison pour laquelle cet endroit est si important ? Cette perte ? Et dans ce cas, pourquoi éprouvez-vous le besoin de ne pas tourner la page ?

N.H. : J'ai l'impression que... Je ne sais pas. Ce serait peut-être un peu... baisser les bras.

L.K. : Expliquez-moi cela. Vous avez retrouvé son meurtrier. Vous avez honoré sa mémoire. Vous avez fait ce qu'il fallait. Elle serait fière, ne croyez-vous pas ?

N.H. : [Hochement de tête.]

L.K. : Pourtant, vous vous sentez partagée.
N.H. : [Pas de réponse ; long silence.]
L.K. : Parfois, l'attachement n'est pas ce qu'il semble être.
N.H. : J'ai l'impression de savoir ce que c'est.
L.K. : Eh bien, c'est peut-être là qu'il faut creuser.
N.H. : Oh ! je suis totalement engagée envers Rook.
L.K. : Intéressant.
N.H. : Quoi ?
L.K. : Je n'ai pas parlé de Rook.

Comme d'habitude, Heat sentit ses oreilles se boucher lorsqu'elle franchit la porte du sas séparant la salle d'observation de la salle d'interrogatoire. Ce dont elle n'avait pas du tout l'habitude, en revanche, c'était de trouver Jameson Rook assis à la place de la personne interrogée, les coudes sur la table en métal, dans l'attente de se faire cuisiner. Elle laissa tomber un bloc-notes vierge et un stylo sur la table, puis s'assit en face de lui, à la place qu'elle occupait d'ordinaire lors de l'examen des suspects, des comploteurs et autres personnes impliquées dans ses enquêtes. Il prit les devants, non pour lui offrir le moindre renseignement, mais pour constater l'évidence.

— C'est dingo.

— Tu trouves ?

— D'ordinaire, quand on est assis face à face à une table, l'éclairage est beaucoup plus tamisé, et la boisson, de gamme nettement supérieure.

Il donna une chiquenaude à la bouteille devant lui, ce qui agita l'eau à l'intérieur.

— Nous sommes ici parce que ce n'est pas un jeu, Rook, et j'ai choisi un cadre plus formel pour que tu t'en rendes compte.

— Oh ! je m'en rends compte, tu peux me faire confiance, dit-il. Il faudrait être aveugle ! Ma fiancée me fait suivre par un de ses inspecteurs. Si c'est pas cool, ça ?! Il va falloir que j'en parle dans mon toast à notre mariage. Tiens, à ce propos : j'en ai touché deux mots à mon pote Alton Brown, le grand chef cuistot. Pour l'occasion, il m'a fait part de son petit secret pour la préparation du punch au Jameson. D'après lui, c'est un grand classique : une dose d'aigre, deux mesures de sucre, trois de fort, quatre de faible. Ce qui correspond assez, je crois, au jeu des Knicks cette saison.

— Rook, tu vas t'arrêter, oui ? Stop, merde !

Tandis qu'elle observait son visage reprendre son sérieux, Nikki se réprimanda. En venant en salle d'interrogatoire, elle s'était juré de ne pas laisser ses émotions prendre le dessus, de ne pas s'emballer. De profiter de ce cadre pour le secouer et l'aider à prendre conscience de ce qui se passait. De lui offrir l'opportunité de se dire : « C'est sérieux. Il faut que j'arrête de me la jouer. » Et voilà qu'au bout de trente secondes d'interrogatoire, elle avait mordu à l'hameçon et même prononcé un gros mot pour la seconde fois de la journée. Nikki se fit le serment de se reprendre afin de rester au-dessus de la mêlée. S'il y avait le moindre espoir d'amener Rook à parler et de ne pas mettre leur relation en péril, elle devait se montrer adulte.

— Je peux avoir un truc à grignoter ? réclama-t-il.

— Non.

Elle poursuivit sur un ton plus mesuré :

— Rook. Si on résumait en un tweet ce qui nous préoccupe ici : en l'espace de vingt-quatre heures, nous avons découvert une victime d'homicide et une mort des plus suspectes ayant un seul dénominateur commun : toi.

— Faut-il que j'appelle un avocat ? gloussa-t-il.

Puis, il se ressaisit en voyant la paire de faisceaux laser qu'elle dirigeait droit sur lui.

— Soyons clairs, dit-elle. À ce stade, personne ne suppose que tu as quoi que ce soit à voir dans ces morts. Mais regardons les choses en face : hier matin, on découvre un corps avec une balle en plein front. Or, c'est mon psy. Qui travaille pour la police. Tu ne dis rien. Nous nous rendons au cabinet de la victime et tu assistes à toute notre enquête. Tu ne dis rien. Tu apparais sur une vidéo de surveillance qui confirme ta présence récente sur les lieux… Le cabinet de mon psy, la victime par balle. Tu ne dis rien. Aujourd'hui, on te suit jusqu'à la piste d'essai d'un laboratoire automobile à Staten Island. Et là, nous tombons sur la mort suspecte de la personne avec laquelle tu avais rendez-vous. Tu ne dis toujours rien. Deux morts en deux jours. Rook, il serait temps de nous dire quelque chose.

Il prit le temps de réfléchir, puis haussa les épaules.

— Dois-je me répéter ? Je suis reporter, journaliste d'investigation. Oui, je travaille sur un article. Et, oui, je connaissais les deux victimes. Mais, Nikki, ne me dis pas que cela ne t'arrive jamais de ne pas tout me dire quand tu enquêtes sur une affaire ! Eh bien, j'enquête pour un article. Il me manque encore certaines pièces du puzzle. C'est un vrai casse-tête ; la salle de jeux est en plein chantier. Je distingue certaines parties du tableau, mais il n'a pas vraiment pris forme. J'ai encore besoin d'enquêter, à ma manière ; et pour cela, j'ai besoin de mon indépendance.

— Comment peux-tu dire cela ? Tu bénéficies de toutes les infos que ma brigade et moi réunissons, alors que toi, tu gardes tout pour toi.

— Ça, c'est un peu dur. Je vous ai quand même menés à la seconde victime. Ça ne vous a pas aidés, peut-être ?

— Non, ça ne nous a pas aidés ! s'écria-t-elle alors qu'elle s'était promis de ne pas élever la voix. Tout ce que cela m'a apporté, c'est un nouveau corps. Et pas davantage d'explications, plutôt moins.

— Eh ! Tu sais à quoi je viens de penser ? Et si je devenais détective privé ? Jameson Rook, toutes investigations.

Toutefois, il écarta l'idée d'un geste de la main, accompagné d'un « Naaan », puis il se leva pour partir.

— Bon, tiens-moi au courant de vos progrès. Et si quoi que ce soit surgit de mon côté, dont je puisse vous faire part, je ne manquerai pas de te le faire savoir.

— Assieds-toi.

Heat le laissa se réinstaller avant de rompre le silence.

— Je crois que tu ferais mieux d'appeler un avocat.

— Pourquoi ? Il y a une minute, tu disais que tu m'excluais des suspects.

Alors, cela fit tilt. Nikki Heat avait trouvé son moyen de pression. Quelque chose qui toucherait vraiment Jameson Rook, journaliste d'investigation deux fois primé par le Pulitzer.

— Peut-être que je n'en suis plus si sûre.

— Allons, Nikki, s'esclaffa-t-il. Inutile de dramatiser, là. Qu'est-ce que tu comptes faire ? Me menacer de la cage aux fauves ? ironisa-t-il en faisant référence à sa méthode pour effrayer les suspects naïfs sans la moindre expérience du système judiciaire en leur faisant croire que, s'ils ne coopéraient pas, ils risquaient de se retrouver enfermés dans quelque cage souterraine de l'île du Diable en compagnie des criminels les plus violents, les plus barbares et les plus sales de la société.

— Oh ! je sais que la cage aux fauves ne te dérangerait pas, Rook. D'ailleurs, tu trouverais cela sans doute haut en couleur, tu t'y ferais des tas d'amis... Peut-être que tu en tirerais même de nouveaux articles pour ton magazine.

Heat haussa un sourcil et lui sourit.

— Non, je crois que je t'offrirai plutôt une cellule pour toi tout seul. Un endroit bien tranquille. Loin des autres. Loin de toute forme de communication. De ton mobile. D'Internet. De toute possibilité de sortir interroger des sujets.

Elle vit ses yeux s'écarquiller.

— Tu n'oserais pas faire ça ?

De nouveau, elle sourit.

— Laisse-moi te poser une question. Comment vas-tu avancer dans tes investigations si je te retiens pendant soixante-douze heures, isolé de tout, à l'écart de toutes tes sources d'information ?

Manifestement, cela le fit réfléchir. Elle eut l'impression de le tenir.

— C'est du bluff, déclara-t-il cependant. Tu veux jouer au plus fin avec moi ? Mon avocat me fera libérer.

— S'il parvient à te trouver. Tu veux jouer à un jeu ? Je te propose « Cacher le client ». Ça s'est déjà fait. Le système carcéral new-yorkais croule sous la bureaucratie.

Ils se fixèrent jusqu'à ce que l'un des deux baisse les yeux, mais, avant que l'un ou l'autre ait eu le temps de cligner, Raley poussa la porte sans entrer. Devant sa mine réjouie, Heat hocha la tête pour signifier qu'elle arrivait.

— J'ai pensé que ça vous intéresserait. J'ai quelqu'un pour

l'analyse de démarche qu'on a effectuée sur le type de la vidéo au cabinet de Lon King.

Derrière elle, Heat perçut le grincement d'une chaise sur le carrelage. Un rapide coup d'œil au miroir sans tain lui apprit que Rook, penché sur la table, tendait l'oreille pour essayer de surprendre leur conversation. Non seulement, Raley était, semblait-il, son roi de tous les moyens de surveillance, mais son interruption n'aurait pas pu mieux tomber.

— Qui est-ce ? s'enquit-elle.

Puis, elle se tourna pour jeter un œil à Rook par-dessus son épaule.

— Attendez. Sortons, nous serons plus tranquilles.

Dans la salle d'observation, Raley montra à Nikki la photo d'identité judiciaire de l'homme correspondant au résultat de l'analyse. Déçue, elle constata que Joseph Barsotti n'était pas celui qui s'était introduit chez Lon King et Sampson Stallings. Mais au moins elle avait un nom pour l'un des deux inconnus de cette affaire.

— On en est sûrs ? demanda-t-elle.

— Certain. À la fois le FBI et l'antigang l'avaient sur de nombreuses vidéos de surveillance : lors de réunions de marcheurs à Howard Beach, à l'hippodrome de Belmont Park, même à l'enterrement d'un truand. On trouve de multiples correspondances pour la phase chaloupée de sa démarche et une... Attendez que je ne me trompe pas...

Sean marqua une pause pour consulter ses notes.

— Voilà : une *circumduction caractéristique de la hanche droite*. Ce qui signifie qu'il tourne légèrement la jambe vers l'extérieur à chaque pas.

— Vous avez une adresse ?

L'inspecteur fit non de la tête.

— Son dernier domicile est désormais vacant. On étudie d'autres pistes. Y compris ses fréquentations. Vous en voulez une, par exemple ? Tomasso Nicolosi.

— Gros Tommy ?

Heat leva les yeux vers la vitre et vit Rook gigoter en regardant la porte.

— Beau travail, Raley. Tenez-moi au courant dès que vous avez quelque chose.

À son retour en salle d'interrogatoire, Heat trouva que, malgré ses efforts, Rook ne parvenait pas à la convaincre de sa totale désinvolture.

— Qui était le type à la démarche caractéristique ? Je continue de parier sur John Cleese, dit-il avec ce large sourire qui la faisait fondre d'ordinaire à des kilomètres.

Néanmoins, ce fut la seule entorse à la routine que Nikki permit. Elle préférait rester prudente. Elle ramassa le bloc et le stylo qu'elle avait laissés.

— Le sergent va venir s'occuper de toi dans une minute.

— Attends. Tu es sérieuse ?

— Si cela peut t'aider, sache que je te réserve une bonne partie de jambes en l'air à ta sortie. J'ai toujours eu un faible pour les *bad boys*.

— Attends ! s'écria-t-il alors que Heat avait la main à quinze centimètres de la poignée de la porte.

Il hochait la tête lorsqu'elle se retourna.

— C'est bon, dit-il.

Nikki se rassit en face de lui.

— Je crois que ta coopération sera considérée comme un opportun témoignage de bonne foi.

— Tu remues le couteau dans la plaie.

— Je sais.

Elle déboucha son stylo.

— Si tu veux être de la partie, tu ne peux pas jouer les remplaçants pour l'autre équipe.

Après un petit hochement de tête, Rook se lança :

— Juste pour ta gouverne, si je n'ai rien voulu dire, c'est parce que ma source est assez nerveuse. J'ai dû faire des pieds et des mains pour m'assurer sa coopération ; alors, je ne voulais pas mettre ce lien en péril, compte tenu de sa fragilité.

— Laisse-moi te poser une question, Rook. Combien de fois as-tu assisté à des interrogatoires menés par mes soins dans cette même pièce ?

— Des tas.

— Alors, tu comprendras si je te demande d'en venir au fait.

— Je n'arriverai peut-être pas à tout faire tenir en cent quarante caractères, mais je vais faire de mon mieux. Il y a quelques semaines, on m'a tuyauté sur un gros truc. Du calibre d'un troisième Pulitzer, je veux dire. Une tentative pour étouffer une affaire de sécurité dans l'industrie automobile. Quelque chose qui a coûté des vies. Quantité de vies.

Tandis que Nikki prenait des notes sur son bloc, la visite de Rook au laboratoire d'essais trouva tout son sens. Elle aurait aimé creuser davantage la question, mais il valait mieux ne pas l'interrompre, aussi se contenta-t-elle de noter *Forenetics ?* et le laissa poursuivre.

— Au cours de ces dernières années, il est arrivé que des véhicules se retournent ou s'écrasent de manière ponctuelle. Nikki, imagine-toi sur la route…, la, la, la…, quand tout à coup, sans aucune raison, le volant fait une embardée et te glisse entre les mains, la suspension bondit d'un côté tout en s'effondrant de l'autre… Te voilà partie pour un beau tonneau. Voilà ce qui se passe. C'est la cause de nombreux accidents. Avec des tas de blessés, des tas de morts.

— Pourquoi n'en ai-je pas entendu parler ?

— Justement, dit-il. Je compte bien révéler la nouvelle. C'est pour cela que j'enquête. Du moins, j'essaye. Et quand je dis que c'est énorme, voilà pourquoi : le problème ne se limite pas à une marque ; cela touche des tas de constructeurs. Mais au hasard. C'est un peu la roulette russe quels que soient la marque, étrangère ou américaine, le modèle, la gamme de prix. D'après mes premières recherches, ce n'est pas la voiture ni l'ordinateur qui posent problème. Tout semble indiquer qu'il s'agit d'un mystérieux bug dans le logiciel, dans l'application chargée du déclenchement ou non du mécanisme du contrôle de stabilité. Difficile de savoir qui est responsable de quoi, mais, selon les allégations très crédibles d'un expert en sécurité de ce secteur, l'information concernant ce défaut est tue. On cherche à étouffer l'affaire.

Il marqua une pause pour boire une gorgée d'eau à la bouteille.

Heat mourait d'envie de lui demander ce que tout cela avait à voir avec son psy, mais, de nouveau, elle décida de se contenter d'une note. Afin de ne pas oublier de revenir sur la question, elle apposa les initiales *L.K.* à côté de *Forenetics* et relia les deux par une sorte d'arc-en-ciel au-dessus d'un point d'interrogation.

— C'est ton expert qu'on a découvert aujourd'hui à Staten Island ? demanda-t-elle toutefois.

— J'y viens, dit-il. La personne dont je parlais qui connaît bien le secteur dirige une équipe de recherche sur la sécurité automobile, et, maintenant qu'elle détient toutes les preuves scientifiques nécessaires, elle est prête à dénoncer cette dissimulation des faits. Tout cela est très croustillant. Tous les éléments sont là pour un article de *First Press* signé Jameson Rook. Ça va déclencher des rappels en masse et des audiences au Congrès. Mais…

Rook arbora un sourire…

— Tu as beau croire que je suis toujours prêt à sauter sur n'importe quelle théorie du complot qui passe – et c'est pourtant vrai que je les adore –, en tant que journaliste d'investigation, il est de ma responsabilité de recouper les faits. Pas seulement sur le fond, mais au niveau des personnes concernées. Dans ce genre d'histoire, il ne s'agit jamais de matériel ou de logiciel, mais de personnes. Et de motivations. Alors, j'ai procédé à toutes les vérifications préalables. Et mes recherches m'ont conduit à l'un des membres de l'équipe de mon dénonciateur : Fred Lobbrecht.

— L'expert mort lors de la reconstitution d'accident, conclut Heat en encerclant le nom de la société Forenetics.

— Fred m'a donné du fil à retordre. Il hésitait beaucoup à me parler. Même officieusement. En tant que reporter, j'ai l'habitude, mais il était particulièrement nerveux, à fleur de peau, bourré d'incertitudes… Un jour, il disait qu'il allait me parler, puis il annulait. Tu vois le genre ? Il y a quinze jours, il m'a appelé pour me faire une proposition : voir son psy avec lui afin qu'il nous aide, tel un couple, à faire en sorte qu'il accepte de dévoiler ses secrets à un journaliste.

Alors que l'une des pièces les plus surprenantes du puzzle trouvait sa place, à savoir le lien entre Rook et les deux victimes,

Nikki sentit jaillir en elle une étincelle de bonheur. Pour la première fois de l'enquête, elle éprouvait le sentiment d'avancer, même si elle était encore loin de la conclusion.

— Je viens de rouler sur une bosse, objecta-t-elle à la réflexion. Pourquoi cet expert en sécurité automobile voyait-il un psy de la police ?

— Parce que Fred Lobbrecht était un ancien flic, expliqua Rook. Il avait pris sa retraite, il y a quelques mois, de la police d'État de New York qui l'employait au service des collisions... Tu sais, la brigade scientifique qui enquête sur les accidents. Et, j'imagine que tu l'ignorais... Comment l'aurais-tu su... ? Lon King était sous contrat pour apporter ses services au NYPD, à la portuaire et à la police d'État, sans oublier celles des comtés de Westchester et de Nassau. Au début, j'avais peur que Lobbrecht ne soit qu'un barjot névrosé et qu'il ne fasse capoter tout mon article. Mais, quand j'ai commencé les séances avec lui et Lon King, il est devenu clair qu'il s'agissait de quelqu'un de solide qui connaissait parfaitement son affaire. Sa nervosité était due au fait qu'il était homme à respecter son code déontologique. Or me dévoiler ses secrets représentait, à ses yeux, une violation de ce code.

— Je comprends, dit-elle. Même pour le bien de tous, c'est une décision difficile à prendre.

— J'en conviens.

Pourtant, songea Heat, il était clair que Rook ne comprenait qu'à la manière de tous ceux qui n'étaient pas flics.

— Dès notre deuxième séance, poursuivit Rook, j'avais gagné sa confiance ; il était sur le point de se livrer. Et puis Lon King a fini dans son kayak.

— Et ses dossiers ont été volés ; A à M, ce qui inclut...

— Lobbrecht, acheva Rook. Les notes et les transcriptions de nos séances, plus tout ce qu'il avait raconté d'autre à Lon King avant que je fasse apparition dans sa vie.

Il fit la grimace. Avant-hier, il m'a demandé de venir au laboratoire d'essais à Staten Island et d'apporter ce qu'il fallait pour enregistrer.

Nikki songea à la chronologie, car il était possible, compte tenu de l'heure de la mort, que Lobbrecht ait été tué avant son psy.

— As-tu appelé Fred pour confirmer le rendez-vous après la découverte du corps de Lon King ?

— J'y ai songé et puis j'ai décidé que non, qu'il risquait d'en profiter pour annuler. Alors, je me suis juste pointé.

Il lui adressa un regard de conciliation.

— Voilà, maintenant, tu sais.

— Maintenant que nous sommes bien partis, corrigea Heat, j'aimerais rencontrer ton dénonciateur. Sur-le-champ.

— Oh ! mais c'est ma source secrète.

— Dont la vie est peut-être en danger, y as-tu songé ?

Elle se leva, prête à partir.

— De plus, je veux l'interroger moi-même. Et comme tu as eu le bon sens de coopérer, Rook, tu peux m'accompagner.

C'est à bord du nouveau véhicule attribué à Nikki qu'ils se rendirent à leur entrevue avec le dénonciateur.

— Alors, comme ça, on va te donner une nouvelle voiture tous les jours jusqu'à la fin de ta carrière ? fit Rook lorsqu'elle eut réglé les rétroviseurs et le siège. C'est carrément le gros lot !

— Tu parles ! Tout le monde dans la maison est ravi de me voir engloutir le budget transport.

Lorsqu'elle était passée la prendre, le sergent de service lui avait expliqué que changer un pneu crevé ne posait aucun problème, mais qu'on ne pouvait pas laisser un capitaine sillonner la ville à bord d'un véhicule avec l'insulte *Sale balance* gravée sur les quatre portières.

Heat bifurqua pour prendre la rampe d'accès du West Side Highway, non sans tendre le cou pour regarder par-dessus le parapet en béton du rond-point et jeter un coup d'œil à la Voie verte, le long des rives de l'Hudson, qui ne présentait plus aucune trace de la fermeture du matin précédent pour cause de scène de crime.

— C'est drôle, dit Rook, qui jouait aussi les curieux. Il aurait suffi d'une petite brise du nord, ou d'une marée un peu plus haute pour que ce kayak arrive plus bas au niveau de la dix-huitième ou peut-être de la dixième, et tu n'aurais pas eu l'affaire.

— Une chance pour moi.

Nikki rumina un peu.

— Et je n'aurais jamais su tout ce que tu me cachais.

— Eh ! J'ai fait amende honorable. Ne puis-je retrouver mon statut de bon citoyen ? fit-il avec cet air charmant dont il avait le secret.

Afin qu'il ne se rende pas compte qu'il la faisait craquer, elle garda les yeux rivés sur le flot de circulation et se concentra sur les éléments qu'elle venait d'ajouter sur le tableau blanc, juste avant leur départ du poste.

Randall Feller était rentré du laboratoire d'essais de Staten Island, où le PDG de Forenetics et le personnel concerné lui avaient présenté le scénario probable ayant abouti à la mort de Fred Lobbrecht. La préparation du véhicule était un rituel que le chef de projet tenait à effectuer lui-même, insistait-il toujours. Il arrivait la veille de chaque test afin de s'assurer que la voiture était placée dans la bonne position pour être propulsée par la catapulte, et il réglait le côté conducteur qui devait accueillir le mannequin, qu'il installait en dernier après avoir tout vérifié.

— Tout le monde s'accorde à dire que c'était une tâche plutôt solitaire. Il s'agissait pour l'essentiel de brancher tout un tas de câbles de couleurs différentes, des boîtes noires situées dans le coffre aux prises de couleur correspondante, expliqua Feller. Le bleu au tableau de bord, le rouge aux caméras intérieures et, enfin, le jaune au mannequin lui-même. Manifestement, il n'est pas arrivé jusqu'au jaune.

— Bon sang... Quelle façon de mourir !

Ochoa exprima à voix haute ce que chacun ressentait au fond de soi.

— Randall, ont-ils dit ce qui a déclenché le mécanisme de lancement ? demanda Heat.

— Ils n'en ont aucune idée. Et notre expert sur place ne laisse personne de la boîte toucher à quoi que ce soit, pour la bonne raison, évidemment, que l'un d'eux pourrait être responsable, soit par accident, soit..., bref… Le plus ironique, c'est que c'est dans une société d'expertise judiciaire que la scientifique enquête, ajouta-t-il tandis que l'équipe digérait toutes ces infos.

Comme toute la brigade avait eu un jour affaire à Stu Linkletter, c'est à la dernière venue qu'il incombait d'assurer la liaison avec le médecin légiste de Staten Island.

— Un sacré débile…, commença Inez Aguinaldo, si je peux me permettre ?

Après un accord unanime, elle relaya l'essentiel du rapport du légiste.

— Je passe sur les écorchures, contusions et fractures à la mandibule, au maxillaire et au nez, ainsi que sur les lacérations du cuir chevelu et les multiples fractures crâniennes, la mort serait due aux lésions fatales subies par le cerveau, aux hématomes sous-galéal, sous-dural et sous-arachnoïdien, aux lésions des vaisseaux sanguins cérébraux situés à la base du cerveau et à la luxation des cervicales C-un et C-deux, avec lésion médullaire.

— Et quasiment sans notes, siffla Raley, impressionné.

— J'ai suivi une formation d'infirmière quand j'étais dans la police militaire, expliqua Aguinaldo. Le docteur Linkletter m'a demandé de souligner qu'il ne s'agit toujours que d'un rapport préliminaire, car il n'a encore procédé ni aux analyses de sang ni à l'examen toxicologique. Par ailleurs, il souhaite consulter les antécédents de la victime afin de vérifier s'il présentait des signes de dépression pouvant suggérer un éventuel suicide.

— L'avez-vous informé que ces dossiers ont été volés chez son psy assassiné ? demanda Rhymer.

L'inspecteur Aguinaldo opina du chef.

— Je lui ai aussi dit que le suicide semblait improbable à cause de l'un des autres éléments établis par ses soins.

Toute l'attention de la salle de la brigade était maintenant tournée vers elle, y compris celle de Nikki, qui se félicitait encore de l'avoir recrutée et sortie de sa banlieue.

— Monsieur Lobbrecht présentait des fractures ouvertes aux niveaux tibial distal et péroné droit, autrement dit à la cheville.

— Il a donc essayé de freiner, dit Rook. Comme un fou.

Le silence se fit parmi la brigade tandis que chacun se représentait le moment du lancement suivi des dernières secondes, pleines d'angoisse et de gestes futiles, du pauvre homme propulsé vers une mort certaine contre le mur...

— Nikki, Nikki ! s'écria Rook.

Heat freina des deux pieds, ce qui lui valut un doigt d'honneur de la part du chauffeur de taxi clandestin dont elle avait failli emboutir l'arrière au feu tricolore, près des quais de Chelsea.

— Désolée. Il ne manquerait plus que je réquisitionne encore une voiture, s'esclaffa-t-elle.

Nikki poursuivit sa route, avec davantage de prudence, mais toujours distraite. Les pièces du puzzle (un casse-tête avait dit Rook) ne lui disaient rien pour l'instant. Elle avait toujours l'impression d'en être au début de l'enquête, mais la patience lui avait toujours été bonne conseillère. Vouloir à tout prix faire en sorte que les preuves correspondent à une théorie se soldait généralement par une impasse et une perte de temps, non un gain. Dans cette affaire, comme dans la plupart des enquêtes criminelles, il lui fallait lâcher les rênes afin de voir où cela la mènerait. L'important était d'arriver au but en un seul morceau.

Un barbu en short, « ironique branché » comme diraient les hipsters de Brooklyn, franchit les portes vitrées de l'annexe des sciences pratiques et d'ingénierie de l'Université d'Hudson, dans Thompson Street. Il frôla Heat et Rook en leur passant devant sans un regard, comme s'il ne les connaissait pas.

— Suivez-moi, à quatre pas derrière, pas moins, leur intima-t-il au passage.

D'un bon pas, ses longs cheveux bruns lui balayant les épaules, il les fit passer devant un parking souterrain ouvert vingt-quatre heures sur vingt-quatre, deux restaurants thaïs, un magasin de disques vinyle et de vidéos classiques, ainsi que The Little Lebowski, une boutique de souvenirs entièrement dédiée au Dude, reconnaissable à la silhouette en carton, grandeur nature, de Jeff Bridges sur le trottoir. Il se dirigea vers le nord, remonta rapidement jusqu'à Washington Square Park, où il s'assit au milieu du banc en pierre courbe, perpendiculaire à la fontaine. Jambes croisées, il prit une pose témoignant ostensiblement de son impatience et retira quelque chose entre son gros orteil et la semelle de sa sandale.

— Nikki Heat, voici Wilton Backhouse, dit Rook.

La policière tendit la main, mais le jeune homme ne la lui serra pas. Toute son attention était tournée vers Rook.

— Je vous ai dit la dernière fois que je ne voulais pas que vous veniez à mon bureau.

Puis il sembla prendre conscience de la présence de Heat. Il laissa tomber la chose indéfinissable qu'il tortillait entre le pouce et l'index et lui serra la main. Nikki se retint de s'essuyer la paume. Ce ne fut pas chose facile. Elle nota que Backhouse avait le front brillant à la racine des cheveux et qu'il portait un tee-shirt rouge de son école d'ingénieur, à Cornell, maculé de traces de sueur sous les bras. Peut-être lui ne trouvait-il pas qu'il faisait trop froid pour être en short. Il la jaugea brièvement.

— Ouaip. Un flic.

Comme il n'allait pas l'inviter à le faire, Heat prit place sur le banc à côté de lui. Mais pas trop près. Il n'était pas difficile, en revanche, d'établir le profil de Wilton Backhouse : un rat de laboratoire peu sociable.

— Ravie de vous rencontrer, docteur Backhouse. Quant au fait de débarquer ainsi chez vous, c'est ma faute, pas celle de monsieur Rook.

Il l'écouta, « minutieusement » – c'était bien le mot, songea Heat. Mais, malgré cette attention captivée, il ne livra rien de personnel, aucun indice quant à la direction que prendrait sa réaction.

— Inutile de me la raconter avec vos « monsieur Rook ». Je vois très bien que vous couchez ensemble. Pour votre gouverne, je m'en contrefiche, de toute façon. Mais je n'aime pas les artifices. C'est insultant.

— C'est ce qui s'appelle faire rapidement connaissance, non ? gloussa Rook.

— Pourquoi ? demanda-t-il.

— Peut-être n'êtes-vous pas au courant, mais, apparemment, l'un de vos collègues...

— Fred Lobbrecht ? coupa-t-il. Vous croyez que je ne sais pas qu'il a été tué ? La nouvelle date d'il y a quatre heures.

Il tapota la forme de son mobile à l'intérieur de sa poche.

— Dans quel siècle vivez-vous, capitaine ?

Des slogans scandés par des porte-voix leur firent tourner la tête vers l'autre bout du square. Près de l'arc de triomphe en marbre dessiné par Stanford White s'étaient rassemblées plusieurs dizaines de manifestants qui criaient « Libérez Mahmoud ! Libérez Mahmoud ! » et brandissaient des pancartes avec des inscriptions en arabe. En effet, la colère grondait suite à l'arrestation par l'antigang d'un réseau de contrebande qui profitait de liens diplomatiques pour faire passer de la fausse monnaie aux États-Unis par la Syrie.

Mahmoud Algafari, fils d'un employé de la mission de l'ONU, en Syrie, faisait partie des personnes arrêtées, et la controverse portait sur le fait de savoir si, en tant que parent d'un diplomate, il bénéficiait de l'immunité diplomatique, ou si Mahmoud n'était qu'un bouc émissaire dont les États-Unis se servaient pour asséner un coup au régime d'el-Assad.

— Les étudiants de l'Université de New York organisent une marche jusqu'à l'ONU parce que ce fils de diplomate, ou que sais-je, s'est fait arrêter, expliqua Backhouse avec un hochement de tête. Comme si cela allait changer quelque chose. Freddy Lobbrecht a été assassiné, ajouta-t-il sans transition. Je vous en prie, dites-moi que vous savez que ce n'était pas un accident.

Heat lança un coup d'œil à Rook, puis revint à l'ingénieur.

— Nous en envisageons la... possibilité.

— La possibilité ? Je sens mon respect fondre comme neige au soleil.

Il leva la tête vers Rook, toujours debout.

— Avez-vous retenu quoi que ce soit de nos discussions ? Avez-vous la moindre idée de ce dont ils sont capables pour garder ces preuves sous le manteau ?

— Voilà pourquoi il fallait que je vous voie, rebondit Heat.

Elle avait décidé de jouer sur le fait que Backhouse, comme

elle l'avait observé, était convaincu de tout savoir mieux que tout le monde.

— Rook est resté bouche cousue. Il garde ses secrets pour lui. Il faudrait que vous m'éclairiez. Aidez-moi à compren...

Nikki s'interrompit, car elle avait totalement perdu son attention.

Son interlocuteur l'avait lâchée des yeux pour regarder derrière elle, dans la même direction que Rook, le premier à s'être tourné de ce côté. Heat suivit leurs regards. Elle perçut le bruit avant de voir ce dont il s'agissait. On aurait dit un essaim d'abeilles. Mais, au fur et à mesure que cela se rapprochait, Heat pensa au ronronnement d'une débroussailleuse ; cependant, aucun jardinier ne taillait les bordures des pelouses ce jour-là. Et le vrombissement venait d'en haut.

— À onze heures, annonça Rook.

Backhouse fut le premier à se lever, puis Nikki le suivit, et tous deux scrutèrent l'extrémité du parc. Un petit point se détachait sur le beau ciel bleu, qui avançait lentement entre le clocher de la Judson Memorial Church et l'immeuble d'habitation en briques dans McDougal Street.

— Trop cool !

Backhouse, plus investi qu'avant, fixait l'engin avec émerveillement.

— Je n'en avais jamais vu avant en zone urbaine.

— C'est un drone ? demanda Heat.

— Hmm, mon respect reprend corps, capitaine Heat, dit l'ingénieur.

Rook posa sa main en visière pour se protéger les yeux du soleil.

— J'ai vu des drones au Moyen-Orient et dans le Caucase, mais il s'agissait de matériel militaire. Plus gros, vous voyez ?

— Oui, des sortes de torpilles volantes, acquiesça Backhouse, plus geek que jamais. Celui-là, c'est un modèle de loisir. Vous devriez regarder sur YouTube : on dirait des robots aspirateurs volants.

— Je possède un hélicoptère télécommandé, répondit Rook avec fierté.

— Ah ouais, grand-père ?! s'esclaffa Backhouse.

Rook changea d'expression.

— Il vient vers nous, avertit Nikki.

Progressivement, le drone perdit de l'altitude en douceur et poursuivit gracieusement sa route au-dessus de la place hexagonale pavée de briques qui entourait la fontaine. À environ dix mètres d'eux, il ralentit, passa en vol stationnaire, puis repartit. Rook entonna les cinq notes de *Rencontres du troisième type*, ce qui plut à Backhouse qui émit un petit rire. Les quatre petits rotors du quadricoptère grésillaient dans l'air, maintenant sa course régulière, mesurée.

— C'est de vous qu'il est amoureux, railla Rook.

En effet, l'enthousiasme que Wilton Backhouse manifestait pour le drone était non seulement contagieux, mais magnétique. L'appareil se stabilisa à la hauteur de ses yeux, puis avança à quelques centimètres de lui, où il se maintint en vol stationnaire.

C'est alors que chez Heat, la fascination céda la place à l'alarme. À côté de l'objectif, la policière aperçut ce qui ressemblait au canon d'une arme de petit calibre. Or il visait le dénonciateur en plein front.

SEPT

— Il est armé ! cria-t-elle.

Par réflexe, Rook tourna la tête de tous côtés et scruta le parc à la recherche d'un tireur. Backhouse, toujours hypnotisé, garda le regard rivé sur le drone. Heat arracha le geek à sa transe en le poussant brutalement avant de lui décocher un coup de pied à l'arrière des genoux.

Avec un hurlement effaré, Backhouse s'effondra. Son cri fut ponctué par le crépitement d'une salve de .22 tirée du quadricoptère et le bruit sans ambiguïté du ricochet d'une balle sur la clôture en fer forgé derrière eux. Ils tombèrent, tout enchevêtrés. Surpris et désorienté, Backhouse se mit à jurer et repoussa Heat, qu'il gêna en agitant les bras en tous sens alors qu'elle tentait d'attraper son arme. Rook, toujours sur ses pieds, s'efforçait de comprendre ce qui se passait.

— Le drone ! hurla Heat. Il est armé ! Il nous tire dessus !

Nikki poussa Backhouse pour se dégager d'une roulade, puis elle se releva, son Sig Sauer dégainé, mais le drone avait reculé de vingt mètres sur le côté. Elle braquait la foule des manifestants. Se refusant à prendre le risque de toucher un passant, elle rengaina son arme et empoigna Wilton Backhouse par le tee-shirt pour le relever en même temps qu'elle.

— Courez !

Cependant, alors que Heat et Rook se dirigeaient vers la droite, il voulut s'enfuir à gauche, suivant quelque instinct primaire qui lui dictait de se réfugier au plus vite dans sa grotte : son bureau à l'université, en l'occurrence.

— Wilton, non ! s'écria-t-elle. Vous êtes à découvert.

Il s'arrêta, considéra l'espace vide qui le séparait de Thompson Street, entendit le vrombissement du quadricoptère qui revenait pour une nouvelle salve et suivit Nikki.

— On peut se mettre à couvert sous ces arbres, indiqua Rook qui coupa sans attendre vers l'est, pour s'éloigner de la fontaine.

Les deux autres lui emboîtèrent le pas. Tous prirent le sentier en courant, jetant des regards de panique par-dessus l'épaule, car le drone les poursuivait, comme si sa trajectoire était verrouillée sur eux.

— En zigzag ! lança Heat. Offrez-lui une cible mouvante.

Ils slalomèrent, bousculèrent un jeune, sans doute un étudiant en musique de l'Université de New York, qui martelait le *Concerto pour piano n° 2* de Rachmaninov sur un piano droit installé au beau milieu du passage. Le gamin en veste de smoking, jean et Converse était tellement absorbé par son jeu qu'il ne se rendit même pas compte du courant d'air provoqué par le survol de l'engin acharné. Les billets de ses gains en furent pourtant soulevés dans son chapeau.

Rook avait raison : les branches basses des sycomores gênèrent la navigation du drone et, le temps qu'ils atteignent la statue de Garibaldi, l'appareil avait ralenti pour tenter de voler à moindre altitude..., du moins pour l'instant.

Heat se sentait encore trop exposée. Du doigt, elle indiqua le chariot en inox d'un vendeur de rue qui pouvait leur offrir une protection et un vaste parasol vert et blanc pour se camoufler.

Ils s'accroupirent pour gagner le chariot et enjoignirent au vendeur de NY Dosas de se baisser avec eux.

— Police, se justifia Heat.

Le vieux moustachu hocha la tête avec le calme d'un émigré résigné, capable de tout accepter dans les rues de New York sans sourciller.

— Ce sera long ? se contenta-t-il de demander avec un fort accent.

Heat porta son attention vers Backhouse. Il n'avait peut-être pas plus de trente-cinq ans, mais il ne lui paraissait pas très sportif. Il reprenait bruyamment haleine. Les auréoles que formait la sueur sous ses bras s'étaient transformées en pleines lunes.

— Tout va bien, Wilton ?

Sans répondre, l'ingénieur lui adressa un regard furieux, oscillant entre l'agacement et les larmes.

— Bizarre, cet avion. Il pulvérise là où il n'y a pas de cultures, fit Rook en caricaturant l'accent paysan.

Mais cela ne lui valut que des regards vides de la part de ses compagnons.

— *La Mort aux trousses*, cita alors le marchand ambulant avec un large sourire.

— Ah ! voilà !

Rook se tourna vers Heat.

— Le rôle de Cary Grant est pour moi..., évidemment.

— Il est parti ? s'enquit Backhouse, suffisamment remis pour parler.

Nikki tendit l'oreille.

— Je n'entends rien avec le piano.

Elle passa la tête au-dessus du plat fumant de pommes de terre et de lentilles au masala.

— Ça a l'air bon.

Prudemment, tous se redressèrent et ils scrutèrent le ciel au-dessus du square.

— C'est bon, confirma Rook.

Soulagés de constater qu'il n'y avait plus trace du drone, ils entreprirent de rebrousser chemin calmement. On n'entendait plus non plus l'adagio de Rachmaninov ni les appels des manifestants qui s'éloignaient vers l'ONU en hissant leurs pancartes et leurs drapeaux syriens.

— Pardonnez-moi. C'est à vous ? demanda une voix douce.

Ils se retournèrent. Le vendeur de rue pointait du doigt vers le point qui grossissait dans leur dos. Bien qu'il fût encore loin, le drone leur fonçait dessus à faible altitude... à hauteur d'homme.

— Par ici ! hurla Rook.

Comme il semblait savoir où aller, Heat et Backhouse le suivirent en courant et en veillant de nouveau à ne pas lui faciliter la tâche.

— Qu'est-ce que tu fais ? protesta Heat lorsque Rook tourna vers le nord après les avoir ramenés à la fontaine. Tu nous entraînes à découvert.

— Fais-moi confiance. Continue.

Néanmoins, le dénonciateur se prit la sandale dans une dalle mal calée et tomba. Alors que Backhouse s'écroulait par terre, le drone fit de nouveau feu. La balle toucha l'une des briques de l'hexagone à environ un mètre devant lui et projeta de la poussière et des éclats de pierre. Après un premier passage, l'engin vira pour revenir. Nikki hissa Backhouse sur ses pieds et déguerpit en direction de la 5e Avenue, derrière Rook, dont elle espérait qu'il avait autre chose en tête qu'une de ses fumeuses idées théoriques.

Le ronronnement des quatre rotors s'intensifia.

— Ne vous arrêtez pas pour regarder, filez ! exhorta Heat à l'adresse de Backhouse, qui obéit.

Ils ne tardèrent pas à rejoindre leur compagnon à l'ouest de l'arc de triomphe.

— Rook, que fais-tu ?

— Ah ! si seulement j'avais une pièce de cinq cents.

Il fit signe à sa compagne de s'approcher.

— Je parie que tu ignorais qu'il existe une porte secrète pour pénétrer à l'intérieur de l'arc. Je l'ai vue à la télé.

— Merci pour la leçon, mais elle est fermée à clé.

— Il arrive ! cria Backhouse.

Heat leur fit contourner le pilier tandis que le quadricoptère passait à toute allure. Dès qu'il se fut éloigné, Rook se retourna vers la porte.

— Fais sauter la serrure, dit-il à Nikki lorsqu'elle l'eut rejoint.

— Je ne vais pas tirer un coup de feu dans un parc.

— Pourquoi ? Ce truc le fait bien.

— Rook, il y a du monde autour.

Elle indiqua une nounou, munie d'une boîte de pizza, qui garait sa poussette pour s'asseoir sur un banc.

— Le revoilà, tonna Backhouse.

Le drone, aussi dangereux fût-il, effectua un gracieux virage juste au-dessus des jets de la fontaine et prit position pour lancer une nouvelle attaque. Rook recula de trois pas et donna un coup de pied dans la serrure, un gros verrou en acier. Malgré le formidable bruit que cela produisit, rien ne céda. Rook poussa un juron.

— Trente mètres, je dirais, continuait de commenter l'ingénieur.

Rook se précipita vers la nounou.

— Pardonnez-moi, je vous rembourserai, promis.

Il lui arracha la boîte des mains et en sortit une pizza de taille individuelle.

Lorsque le drone se rapprocha et ralentit près de Backhouse, qui se carapata jusqu'à se retrouver acculé contre la façade de l'arc, Rook envoya la pizza tel un Frisbee contre l'engin, qu'il fit dévier et trembler en l'effleurant sur le côté. Tandis que le reporter fêtait sa victoire en son for intérieur et regardait le quadricoptère s'éloigner pour mieux revenir, un bruyant craquement le fit se retourner.

Heat donnait des coups de pied dans la porte de l'arc. Enfin, pas directement. Dans l'épaisseur du bois, il y avait une aération carrée à persienne, qui se désintégra sous les trois coups que la policière plaça d'une semelle experte. L'ouverture ainsi créée était suffisante pour qu'ils se faufilent à l'intérieur.

— Oh ! une vraie chatière, fit Rook avec admiration.

— Règle numéro un : ne jamais s'attaquer à l'élément fort de sa cible, exposa-t-elle à Rook tout en invitant Backhouse à entrer à quatre pattes. Je parie qu'on ne t'a pas appris ça à la télé, ajouta-t-elle avant que Rook ne s'élance à son tour.

Un quart d'heure plus tard, Heat montait à bord du fourgon de police garé à l'abri, devant le portail du passage privé de Washington Mews. Elle se glissa à côté de Rook. Puis, le coude accroché au dossier du siège, elle se retourna vers Wilton Backhouse, assis sur la banquette du milieu.

— Aucun signe du drone nulle part. Vous pouvez vous détendre.

— C'est ça, je me sens super à l'aise.

Il tendit le cou pour regarder par la lunette arrière.

Deux agents étaient postés à côté du fourgon, et, dans le parc, d'autres policiers de la sixième sillonnaient le square à la recherche de témoins oculaires.

— Que se passera-t-il quand ces messieurs nous laisseront pour aller manger un beignet ?

— Nous pouvons vous offrir une protection, si vous le désirez. Et je vous le suggère fortement.

— C'était quoi pour vous juste avant ?

— Eh ! Wilton. Vous êtes toujours en vie, non ? fit Rook.

Désireuse de terminer l'interrogatoire interrompu par l'attaque, Nikki entreprit de capter l'attention de Backhouse. La tâche ne serait pas aisée, elle le savait. Pas tant à cause de son refus de coopérer que du fait qu'il se montrait si asocial qu'elle se demandait s'il ne souffrait pas d'une forme d'autisme…, du syndrome d'Asperger, peut-être.

— Pour votre gouverne, les beignets, c'est totalement dépassé, grand-père. Les flics mangent des cronuts maintenant, dit-elle.

Cela fit surgir sur les lèvres du professeur un semblant de sourire qui disparut aussi vite.

— Un témoin oculaire : la nounou à qui j'ai dû payer une autre pizza, et pour laquelle Rook me doit quinze dollars, dit avoir vu le drone prendre de l'altitude et gagner rapidement la sortie ouest du parc.

— Ce truc en avait vraiment après moi.

— Je les connais un peu, ces engins, intervint Rook. Je songe à m'en acheter un, ajouta-t-il comme pour en informer Nikki, qui digéra la nouvelle et leva les yeux au ciel. Sur les derniers modèles, la télécommande fonctionne à plus d'un kilomètre de distance.

— Mais il faisait preuve d'une telle précision, objecta Heat. Je me demande s'il était commandé depuis l'une de ces tours qui dominent le parc… La fac de droit de l'Université de New York ou ces appartements en bordure du square.

Rook secoua la tête.

— Pas nécessairement. Cet engin était équipé d'une caméra haute définition. C'est le seul retour visuel en temps réel dont la personne aux commandes a besoin. Dans un rayon d'un kilomètre autour de la fontaine, il pourrait s'agir de quelqu'un muni d'un iPad assis dans une voiture en stationnement, dans une devanture de Canal Street, voire à une table de pique-nique devant un Shake Shack.

— C'est rassurant, ironisa Backhouse. Surtout après ce qui est arrivé à Fred. Oh là là...

Il baissa la tête ; son visage disparut derrière ses cheveux longs. Juste au moment où Heat pensait s'être avancée avec son diagnostic d'Asperger, elle se rendit compte qu'il ne pleurait pas la mort de l'expert, mais qu'il écrivait un SMS.

— J'annule mon cours. Impossible aujourd'hui.

— Wilton, pourriez-vous me dire quel était le lien entre vous et Fred Lobbrecht ? demanda-t-elle.

— Vous le savez déjà.

Il hocha la tête vers Rook.

— Il vous l'a dit, alors, pourquoi me poser la question ?

— Parce que je veux l'entendre de votre bouche.

— Ça nous ramène loin en arrière.

— J'ai tout mon temps.

Il soupira.

— Je suis un fondu de mécanique, surprise, surprise. J'ai fait une école d'ingénieur, passé ma licence, commença-t-il, comme s'il récitait un texte appris par cœur. J'ai continué et passé mon doctorat. Mais, je vous en prie, ne me donnez pas du docteur Backhouse. Surtout pas. Je suis professeur à l'Université d'Hudson, je travaille dur dans l'ombre de l'Université de New York, j'enseigne à des handicapés de l'amour en tenue souvenir du Comic Con l'expertise judiciaire liée à l'automobile, sans oublier un séminaire le samedi sur l'analyse des défaillances métallurgiques. Oui, ça déchire. Mon contrat avec l'université me permet des extras ; alors, je mène une vie parallèle lucrative comme expert-conseil judiciaire en matière d'analyse des facteurs et des causes d'accident. Autrement dit, je suis témoin expert, dans tout ce qui touche aux performances des véhicules, principalement dans les accidents litigieux.

— Vous êtes donc consultant chez Forenetics ?

— En plein dans le mille.

Il leva le pouce en signe de félicitations.

— Je suis un abject expert-conseil, jusqu'au bout des ongles. Vous pouvez m'envoyer mon chèque par e-mail. Fred Lobbrecht, un ancien des enquêtes sur les collisions à la police d'État – vous savez tout ça – était employé chez Forenetics. Il avait commencé en février. Un type bien.

— Toutes mes condoléances. Les plus sincères, dit Heat.

Après lui avoir ménagé un intervalle décent, elle poursuivit :

— Parlez-moi de cette histoire que vous souhaitez dénoncer.

Le professeur lança un regard furieux à Rook.

— Vous m'aviez assuré que cela resterait confidentiel jusqu'à la parution. Qui d'autre est au courant, à part elle ?

— À vous de me le dire, se déroba Rook.

— Monsieur Backhouse, c'est une affaire de police, intervint Nikki. Deux personnes ont été tuées.

— Deux ?

Il se cabra tel un cheval qui vient de percevoir une odeur de fumée dans l'écurie.

— C'est quoi, ce bordel, merde !?

Il parcourut du regard les vitres du fourgon, à la recherche d'un nouveau danger.

Alors qu'elle n'avait pas eu l'intention de le sonder immédiatement sur le premier meurtre, puisque le sujet était sur le tapis, Heat déroula ce fil.

— Il s'est produit une mort suspecte qui pourrait être liée, ou non, à celle de Fred Lobbrecht. Le nom de Lon King vous est-il familier ?

Elle l'observa tandis qu'il prenait le temps de réfléchir.

— Quoi ? demanda-t-elle en voyant un léger sourire lui retrousser le coin des lèvres.

— L-O-N K-I-N-G. C'est une anagramme de « Klingon ». Pardon, c'est une manie chez moi ; je ne peux pas m'en empêcher. Les mots mêlés.

Il se tapota la tempe.

— Ça cogite là-dedans.

— Avez-vous déjà entendu ce nom ?

— Non.

— Fred Lobbrecht ne l'a-t-il jamais mentionné ?

— Si c'était le cas, je l'aurais déjà entendu ; donc, non.

Heat décida d'en rester là pour l'instant.

— Parlez-moi de ces informations que vous détenez.

— Une équipe parmi nous était chargée d'enquêter sur un décès supposément dû à une défaillance d'un dispositif de contrôle de stabilité automobile. La société pour laquelle je travaille comme consultant, Forenetics, a été sollicitée par la représentation de la famille de la victime. Juste au moment où nous commencions à avancer – nous avons même effectué notre propre autopsie du véhicule –, la famille a conclu un accord à l'amiable. Fin de l'affaire, fin de l'enquête.

Backhouse se redressa sur son séant et s'anima.

— Mais ça me turlupinait, vous voyez. Alors, j'ai demandé à mon équipe de continuer de creuser. Nous avons vu se dessiner deux choses. D'abord, une petite hausse des accidents signalés à la Sécurité routière impliquant des retournements spontanés de véhicules. Puis, toute une kyrielle d'accords à l'amiable correspondant à ces mêmes cas.

Nikki se sentit enfin un lien avec Wilton Backhouse, car, tout comme la sienne, sa manière d'enquêter consistait à déceler des schémas récurrents et à en discerner la moindre variation.

— Donc, quantité de voitures font des tonneaux sans raison, et de larges compensations sont versées.

— Ce n'est qu'une partie de l'iceberg, tempéra Rook. J'ai aussi fait des recherches. Lorsque de tels accords sont conclus, les parties signent une clause de confidentialité. Il leur est interdit de divulguer quoi que ce soit. Donc, les constructeurs qui proposent des arrangements en espèces achètent en fait le silence des victimes. Cela permet de garder le secret sur la défaillance.

— C'est exactement ça, applaudit le dénonciateur. Voilà ce qui se passe avec ce système de protection anti-retournement : l'ordinateur embarqué du véhicule dispose d'un logiciel chargé de détecter le moment où, au milieu d'un virage, la voiture est sur le point de basculer, et en gros de la remettre sur ses roues afin de lui éviter le tonneau. Mais, lorsque ce contrôle de la stabilité ne marche pas – si, par exemple, les capteurs modifient spontanément la suspension et la direction alors que le véhicule roule à grande vitesse sur une ligne droite, il arrive malheur. Il y a eu des morts. Beaucoup de morts. Mon groupe d'experts a donc étudié d'autres accidents à l'échelle nationale pendant un an, et nous avons présenté nos données de tests à nos patrons. Incident par incident, nous avons montré à la direction de Forenetics qu'il existait un risque énorme pour la sécurité publique dû à une défaillance logicielle des systèmes de stabilité.

— Dans quelles voitures ? demanda Heat.

— Les trois quarts environ des berlines, des pick-up et des 4 x 4 neufs les plus prisés, c'est tout.

La portée et la gravité de l'information firent leur effet.

— Et Forenetics n'a pas réagi ? s'enquit Heat.

— Oh si ! Ils nous ont répondu que ça ne relevait pas de leur responsabilité. Il n'y avait pas eu de commande pour cette étude, donc, pas de client. Cela n'a par conséquent pas été sanctionné.

— S'agit-il d'une politique ou pensez-vous qu'ils ont été payés ? demanda Rook.

— Il y a beaucoup d'argent en jeu, c'est certain. Alors, qu'à cela ne tienne, on a décidé de soumettre la chose de manière officieuse à la Sécurité routière. Ces gens-là ont beau ne plus être considérés comme les laquais de l'industrie automobile, cela n'a mené nulle part. Ce sont des esprits concrets. Ils voulaient davantage de preuves. Or tous les dossiers des procès étaient scellés à cause des clauses de confidentialité. Suis-je du genre à baisser les bras ? Non. Je me suis adressé à l'étage supérieur. Directement au constructeur responsable de la défaillance. Ses ingénieurs et développeurs ont assisté à notre présentation, ils ont posé des questions, accepté des copies de nos résultats et nous ont dit qu'ils nous recontacteraient.

Il marqua une pause pour ménager son effet avant de poursuivre.

— Le lendemain, toute mon équipe a été appelée en salle de conseil chez Forenetics. Le PDG nous a informés que le développeur du logiciel défaillant menaçait notre société de lourdes poursuites. Mon patron nous a qualifiés de « groupe dissident » et mis en garde que, si nous ne laissions pas tomber, nous serions virés. Nous avons lâché l'affaire. Près d'une journée. Ensuite, j'ai loué une cabane dans le nord, à Rhinebeck, pour le week-end, et j'y ai convié mon équipe pour ce que j'avais baptisé un « sommet dissident ». Ça a été un rude week-end, mon vieux. Je les ai poussés dans leurs retranchements. J'ai dit que, si toutes ces vies avaient disparu, c'était par cause d'immobilisme. Que, si nous étions des gens véritablement sérieux, il fallait nous comporter en hommes et joindre l'acte à la parole. « Peut-être que les voitures se retournent, ai-je dit, mais pas nous. » Le dimanche soir, grâce à la vodka, nous avons voté à l'unanimité de nous unir pour tirer la sonnette d'alarme.

Il se rassit sur la banquette, content de lui. Puis, il se tourna vers Rook.

— Vous devriez prendre des notes, mec.

Mais Nikki s'en était chargée. Elle leva les yeux de son calepin.

— Dans ce cas, pourquoi n'avez-vous donc rien dénoncé ?

— Oui, bon, c'est vrai, admit-il. D'abord, j'ai pris grand soin à la rédaction de ce rapport pour qu'il soit en béton. Ensuite, je l'ai remis à mon avocat. Si on me tient par les couilles, je n'ai aucune envie de tendre la hache pour qu'on me les coupe. Maintenant, j'ai un problème. Comme tout le monde est au courant pour Fred, les membres du groupe dissident ont la trouille. Ils rechignent tous. Ils ont peur. C'est une chose de perdre son boulot... Vous voyez ce que je veux dire ?

De nouveau, il scruta la 5e Avenue.

— Et que feront-ils, à votre avis, quand ils sauront qu'on s'en est encore pris aussi à moi ?

— Comment ça « encore » ? Ce n'était pas la première fois ?

— Non. Un soir, alors que je sortais du bar de l'hôtel NoMad, ce putain de PDG de la société de logiciels sur laquelle j'enquêtais a essayé de me renverser avec sa Mercedes. J'ai porté plainte. Vous ne vous renseignez pas ?

— Merci, professeur, dit Heat. J'examinerai les faits de manière indépendante. Vous pouvez en être sûr.

La discorde a un son : celui des murmures tendus. Le capitaine Heat s'en aperçut dès son arrivée dans la salle de la brigade, à son retour à la criminelle. Tous les malheureux au travail le sont chacun à leur façon, songea Nikki, en adaptant une maxime tirée de l'un de ses romans préférés.

La gestuelle des membres de son équipe trahissait ce que personne n'exprimait à haute voix. Les inspecteurs Feller, Rhymer et Aguinaldo levèrent les yeux dès son entrée. Raley et Ochoa, en revanche, gardèrent la tête baissée ; par ailleurs, ils avaient séparé leurs chaises auparavant placées côte à côte lorsqu'ils assistaient à une réunion. C'était clair : il y avait du rififi chez les Gars. Embrouille chez les filles.

Pour l'instant, Heat décida de ne pas se mêler de leur querelle.

— Sacrée journée de plein air ! lança-t-elle, une fois postée devant le tableau blanc.

— Ouais, répondit Feller, y paraît que vous vous êtes découvert un nouveau hobby.

— Esquiver les drones, précisa Rook en faisant rouler sa pauvre chaise à la roulette pourrie.

Pendant les ricanements qui s'ensuivirent, Heat se tourna vers la partie du tableau consacrée à Lon King pour inscrire *Drone* sous *Cause du décès*, mais elle constata que c'était déjà fait. Elle reconnut l'écriture d'Ochoa. Un rapide parcours du tableau lui apprit que Miguel avait mis à jour de nombreux points. En revanche, il n'y avait aucune trace visible de son cochef de brigade. Elle tapota sur *Cause du décès*.

— Comme d'habitude, je vois que les Gars m'ont largement devancée, dit-elle. Bien joué, vous deux.

Ses enquêteurs hochèrent tristement la tête.

— Évidemment, rien n'est sûr pour l'instant, mais un tir de drone vient logiquement en tête de liste.

— En plus, cela expliquerait le mystérieux lubrifiant trouvé à l'avant du kayak, appuya l'inspecteur Aguinaldo. J'ai appelé la scientifique, et, selon eux, cela correspondrait parfaitement en termes de poids et de viscosité à l'huile utilisée sur un quadricoptère pour lubrifier les coussinets de moteur et l'arbre de transmission.

— Mmm, dit Rook. Lubrifier.

Heat lui adressa un regard de réprimande.

— Rook.

— Mais je parle de mécanique.

— Nique, nique, nique, entonnèrent Feller et Rhymer sans la moindre hésitation.

Leurs rires finirent par se transformer en bruit de fond aux oreilles de Nikki, dont le souvenir de sa rencontre avec le drone la projeta aux côtés de Lon King au moment de ses derniers instants. Elle se représenta le psy savourant seul une splendide soirée sur l'eau, en quête de cet équilibre tant recherché, cet état dans lequel le calme de la nature répond à son propre sentiment de paix intérieure. Puis avait surgi le tranquille vrombissement du drone. Tout doux, au début. Bizarre engin. Mais, le connaissant, Lon King n'avait pas dû avoir peur ; il devait être fasciné et curieux de cet appareil qui s'approchait de plus en plus et qui s'était stabilisé à quelques centimètres de son visage. Dans son esprit, Heat vit le petit canon à côté de l'objectif et se demanda s'il avait même entendu partir le coup de feu fatal.

Nikki rapporta à son équipe les événements de Washington Square et son entrevue avec Wilton Backhouse, qui avait accepté la surveillance de son appartement et de son lieu de travail.

— Inspecteurs Raley et Ochoa, dit-elle, ce qui sembla les surprendre tous les deux. Avez-vous pris contact avec les autres membres du fameux groupe de dissidents de Backhouse, dont je vous ai envoyé les noms par SMS ?

— En cours, répondit Raley.

— Passez à la vitesse supérieure. Ils sont probablement en danger ; alors, offrez-leur une protection. J'aimerais aussi qu'on les interroge, et rapidement. Par ailleurs, procédez aux vérifications habituelles concernant les ventes de drones et les clubs locaux de quadricoptères. Voyez si un nom familier surgit.

— Je m'en charge, bondit Ochoa, qui devança son équipier, comme s'ils s'adonnaient à une sorte de concours pour attirer l'attention de leur supérieure.

Raley baissa la tête et la secoua d'un air exaspéré.

— Vous ne trouvez pas que ça sent le tueur à gages payé par ce développeur de logiciels pour empêcher notre informateur de lancer l'alerte ? demanda l'inspecteur Rhymer.

— C'est une possibilité évidente. Je vais d'ailleurs solliciter un face-à-face avec le PDG de cette société, déclara-t-elle.

— Jamais tu ne l'obtiendras, se moqua Rook. Cela fait un mois que je tape à sa porte. Tangier Swift est plus entouré de murs de pierre que Fortunato. *La Barrique d'amontillado* ? Edgar Allen Poe ? ajouta-t-il devant la nuée de regards vides. Personne ?

— Dernières nouvelles.

En se retournant, Nikki, qui enfournait des dossiers dans son sac à l'épaule, découvrit Randall Feller tout juste entré dans son bureau vitré, le regard encore rivé sur l'écran de son mobile. Je dérange ? demanda-t-il.

— Pas pour des nouvelles fraîches.

Elle glissa son ordinateur portable dans sa pochette néoprène.

— Je suis en route pour le One Police Plaza. Dans quelques minutes, je dois faire ma première présentation de nos statistiques.

— Et sans uniforme. Un début audacieux, capitaine Heat.

Lorsqu'elle s'était habillée le matin, Nikki avait chassé de son esprit l'inquiétude liée à l'idée de se rendre à cette séance inaugurale en civil. Elle avait décidé que sa tenue devait être dictée par les dossiers en cours et non par une quelconque réunion administrative, aussi prisée fût-elle par les huiles de la maison. En outre, elle avait entendu parler du stress que représentait la présentation des statistiques ; aussi souhaitait-elle se sentir à l'aise dans ses vêtements. Il ne s'agissait pas que de rapporter des chiffres : il fallait les justifier, car ils donnaient la mesure de la performance accomplie. Selon les rumeurs, il était arrivé à un de ses collègues de s'évanouir l'année précédente, alors que le commissaire le harcelait sur le manque d'activité de son poste dans certaines catégories d'arrestation. Quarante-huit heures après son entrée en fonction, comme Heat ne maîtrisait pas encore les chiffres de la vingtième, elle n'était pas stressée au point de tomber dans les pommes. Néanmoins, si elle devait perdre connaissance, mieux valait subir l'humiliation de se faire ranimer en jean et pull-over qu'en uniforme.

— Si on me vire, ça m'aura fait deux super journées, rétorqua-t-elle. Qu'est-ce que vous avez ?

— Notre expert envoyé à Staten Island dit que les ratés de la voiture testée ressemblent fort à du sabotage.

Au fil de sa lecture, Feller suivait du doigt les différents points les uns après les autres.

— Primo : la voiture était positionnée et verrouillée sur la catapulte, ce qui va à l'encontre de la procédure. Deuzio : l'écran de contrôle de la catapulte indiquait faussement que le système était en mode sécurité. Tertio : on a manifestement bidouillé le code coloré des fils, qui ont été inversés. Quand Fred Lobbrecht a branché le bleu, ça a propulsé le véhicule, dans lequel il s'est retrouvé transformé en mannequin humain.

Heat toqua à sa vitre. Toutes les têtes se tournèrent dans la salle de la brigade ; néanmoins, elle ne fit signe qu'à Raley et Ochoa.

— Je veux que vous chargiez quelqu'un de se rendre chez Fred Lobbrecht sur-le-champ, leur dit-elle aussitôt qu'ils les eurent rejoints. Fouillez tout et trouvez-moi n'importe quoi qui touche à cette enquête sur les retournements.

— Sitôt dit… Feller, tu y vas, décida Raley.

D'un geste, Heat indiqua la porte à Feller pour lui signifier qu'il devait filer.

— J'ai demandé au procureur un mandat pour son bureau et son labo chez Forenetics, annonça Ochoa, avec une inflexion de voix trahissant plus la compétition que le travail d'équipe.

— On dirait que vous avez déjà tout réglé, vous deux.

Heat marqua une pause, le temps de les jauger.

— Pourquoi ne réglez-vous pas le reste ?

Sur ce, elle glissa son sac sur son épaule et passa devant eux pour s'éloigner à grands pas.

Alors qu'elle traversait le hall, l'inspecteur Aguinaldo l'interpella :

— Je suis un peu en mission, là, Inez.

— Vous ne voudriez pas manquer ça, capitaine. J'ai eu une idée pour Tangier Swift. Je ne voulais rien dire avant d'être sûre.

Comme le poids de son sac rempli de dossiers lui sciait l'épaule, Heat le posa sur l'une des chaises en plastique bon marché près du distributeur de boissons gazeuses et accorda toute son attention à l'enquêtrice.

— Il possédait une grosse propriété à Southampton, mon ancien terrain de chasse, poursuivit Aguinaldo. Une de ces énormes villas de bord de mer situées près de Beckett's Neck, au bout de Gin Lane.

Nikki se rappela ses visites sur place avant l'ouragan Sandy. Aujourd'hui encore, elle se demandait qui avait les moyens de s'offrir ces versions américaines de Downton Abbey.

— Il se trouve qu'une de mes amies est agente immobilière là-bas. Or, c'est elle qui s'est chargée de la vente de la résidence de Tangier Swift, l'an dernier. De fil en aiguille, ils ont eu une liaison… Ça arrive… sauf à moi. Une histoire qui va, qui vient, vous voyez ce que je veux dire ? Bref, ils sont restés en contact ; alors, je viens de lui téléphoner.

— Dites-moi tout. Vous avez des infos sur Tangier Swift ?

Inez Aguinaldo se contenta de sourire.

Une demi-heure plus tard, debout dans l'ombre de Gracie Mansion sur une plate-forme en béton de deux mètres cinquante sur six qui s'avançait dans l'East River au niveau de la 90e Rue, Nikki fixait d'un regard inquiet l'amont du détroit. Rook se pencha et lui bloqua la vue.

— Une dernière fois avant qu'il ne soit trop tard, es-tu sûre qu'il soit bien sage de sauter ta présentation ?

— Bien sûr que non. Mais tant pis. Je suis sur une piste.

— Mais tu aurais pu envoyer les Gars ?

— Rook, tu veux bien arrêter ?

— C'est diviser pour mieux régner. Toi, tu agis en digne chef de poste, eux, ça leur donne l'occasion de renouer et de régler leurs différends. Si tu veux mon avis, ces deux idiots ont vraiment besoin de se retrouver.

— Tu sais très bien que, si je déléguais, tu ne pourrais pas venir.

Cela le stoppa net. Il tourna la tête et tendit le cou à son tour vers l'amont.

— Décision du chef. Tu as tout mon soutien. Tu crois que ton plan va marcher ? tempéra-t-il cependant. C'est peut-être une grosse prise de risque pour pas grand-chose.

— Dit l'homme qui agite le drapeau blanc uniquement pour rencontrer Tangier Swift.

— Je ne me suis pas rendu. J'ai simplement fait valoir que notre insaisissable PDG milliardaire était particulièrement bien isolé. Je n'avais pas renoncé.

— Je n'y compte pas non plus. Et puisque les cadres de monsieur Swift ont fait barrage à toutes mes démarches directes, il est temps d'innover.

Elle tourna le front vers le nord, Rook se tourna de nouveau.

Cette fois, il vit le bateau de patrouille/sauvetage du NYPD passer sous le Wards Island Bridge et se diriger vers eux. L'embarcation ralentit, s'arrêta dans l'eau, puis dériva gentiment jusqu'à leur petit ponton, où deux agents de la Portuaire aidèrent d'abord Heat, puis Rook à embarquer avant que le capitaine ne remette en route les deux diesels dix cylindres pour poursuivre sa descente du bras de mer.

Heat et Rook enfilèrent leur gilet de sauvetage, puis s'avancèrent jusqu'au bastingage pour admirer le Gladding-Hearn ; avec ses dix-huit mètres, c'était l'un des fleurons de la flotte de la police du port.

— Ils n'auraient pas pu trouver plus petit ? s'étonna Rook. C'est un sacré gros bateau.

— C'est un navire, corrigea Heat. Un bateau, ça tient sur un navire. Un navire, c'est capable de lancer un bateau.

— Justement, c'est pas un peu trop de se pointer avec un truc de cette taille ?

Elle se contenta de sourire en pensant à quelque chose et, sans répondre, regarda défiler F.D. Roosevelt Drive sur la berge. Un coureur solitaire qui effectuait son jogging le long du sentier de l'East Side leva la main à hauteur de la taille pour les saluer mode « Je me la pète », auquel Nikki répondit par un geste identique. Puis, son humeur s'assombrit, car ce circuit lui rappela le malheureux Sampson Stallings au lendemain de la mort de son compagnon assassiné.

— Tu sais que tu m'as vraiment énervée à ne rien vouloir me dire ? fit-elle tandis qu'ils dépassaient l'ONU, où des manifestants, sans doute les mêmes qu'à Washington Square, criaient et agitaient des drapeaux syriens à bandes rouges, blanches et noires ornées de deux étoiles vertes.

— Ça m'évoque un vague souvenir, en effet, dit-il en se caressant le menton.

— Bien. Pour te rattraper, tu vas me faire un petit topo sur Tangier Swift.

— Et on sera quittes ? demanda-t-il avec un sourire bête.

— Disons que ce sera un début. Te connaissant, tu t'es certainement documenté sur lui, le scribouillard.

— Absolument. Néanmoins, ce sera sans notes ; alors, toutes mes excuses par avance si je divague.

Il croisa les bras et s'appuya contre la porte de la cloison.

— Voyons, Tangier Swift. Prénom donné par ses parents en hommage à l'un des premiers colons de La Nouvelle-Amsterdam, autrement dit Manhattan, un ancêtre apparemment. Petit prodige de Harvard. Rare mélange de *gamer* fou et d'étudiant remarquable. Il a gagné son premier demi-milliard, j'ai bien dit « milliard », à vingt-deux ans, grâce à la mise au point de son application éponyme SwiftMoji, qui permet de transformer les photos de l'utilisateur en images d'animation utilisables ensuite comme *emojis*, commença-t-il de mémoire. À la trentaine, il a agrandi sa société de jeu, SwiftRageous, pour se lancer dans le logiciel industriel et, de nouveau, il a remporté le jackpot avec l'application de contrôle de stabilité automobile développée par sa société. Aujourd'hui, il a quarante ans et une obsession : repousser les limites. Il veut à tout prix devenir le prochain Bill Gates ou Paul Allen, il cherche à faire oublier qui était Steve Jobs. C'est un disciple du culte des posters de motivation… C'est comme ça que j'appelle les gourous du management amateurs de prêchi-prêcha… Ce sont des obsédés de ces citations censées vous inspirer qu'on voit sur les affiches illustrées de vues de sommets montagneux ou d'aigles en plein vol, accompagnées de messages. Il est à la fois Malcolm Gladwell, Franklin Covey et le roi du référencement sur Google.

Heat referma son calepin.

— J'ai maintenant une bonne idée de qui est Tangier Swift.

— Merci. À la cérémonie de remise de mon deuxième Pulitzer, le présentateur vantait déjà mon œil de peintre dans ma manière de torcher ma prose.

— Non, Rook, ton résumé était parfait ; je « vois » vraiment à qui on a affaire.

Il se tourna pour suivre son regard. Même s'il n'en resta pas exactement bouche bée, il eut une réaction involontaire lorsqu'il comprit ce à quoi elle faisait allusion.

Devant eux à tribord, juste derrière les quais des croisières Circle Line et des bateaux-musées de l'Intrepid, l'un des plus grands yachts à moteur privés qu'il ait jamais vus était accosté en gare maritime de Manhattan. Le *SwiftRageous*, qui, selon ses estimations, dépassait les quatre-vingt-dix mètres de long, était amarré à la jetée 90, habituellement réservée aux navires de croisière. Tandis que leur capitaine réduisait sa vitesse pour approcher le quai, Heat et Rook basculèrent la tête en arrière, le regard attiré par les deux hélicoptères MD600N qui décollaient des héliports aménagés à la poupe du *SwiftRageous*, quatre étages au-dessus d'eux. Rook se frotta la nuque.

— Il va te falloir un plus gros bateau, glissa-t-il à Nikki.

Dans un tourbillon d'écume, le skipper de la police recula d'une main vive et sûre pour se positionner à la hauteur de l'arrière du *SwiftRageous*. Lorsqu'elle bondit à bord du yacht, puis se poussa sur le côté pour permettre à Rook de la rejoindre, Heat s'attendit à être accueillie par des agents de sécurité. Au lieu de cela, quatre molosses en pantalon de coton kaki et polo assorti se mirent en ligne, formant une impressionnante barrière de muscles entre eux et l'Hudson. Elle ne s'attendait certainement pas à être accueillie par Tangier Swift en personne. Même si on ne pouvait pas exactement parler d'accueil.

— Où vous croyez-vous ? s'exclama le PDG qui descendait l'escalier du solarium.

— Tangier Swift ?

Elle ouvrit le haut de son blazer pour lui montrer son insigne à la ceinture. Aussitôt, les quatre gardes du corps portèrent la main à leurs sacs banane.

— Capitaine Nikki Heat, police de New York.

Bien qu'elle eût montré son badge, personne ne retira la main de son arme de poing.

— Heat... Vous faites partie de ces gens qui ne cessent d'appeler mon bureau.

Deux de ses gorilles s'écartèrent pour lui permettre de franchir la ligne, et il souleva ses lunettes noires pour la jauger.

— Vous avez un mandat ?

— Je n'en ai pas besoin, monsieur Swift. Il s'agit d'une inspection de sécurité menée par la police du port.

Elle pointa le doigt entre le Zodiac et le scooter des mers Sea-Doo GTX fixé à bâbord du pont.

— Cet extincteur, par exemple, est-il totalement plein ?

Swift remonta ses Maybach bois et titane sur son crâne rasé et fit la grimace.

— Vous plaisantez ?

— Je vous assure, monsieur, que tout ceci est légal. Nous avons toute autorité pour monter à bord et mener notre inspection.

D'un signe de tête, elle invita à bord les trois agents de la portuaire qui attendaient sur le Gladding-Hearn.

— Je suggère à vos hommes de garder leurs mains à l'écart de leurs armes. Nous ne prenons pas cela à la légère.

— Capitaine Heat, ceci dépasse les bornes.

— Et aurait parfaitement pu être évité si vous aviez coopéré lorsque j'ai sollicité une entrevue.

Manifestement plus amusé par l'audace de la policière qu'il n'était perturbé par cette intrusion, le milliardaire fit signe à ses hommes de se mettre au repos.

— Comment m'avez-vous trouvé ici ?

Rook tendit les bras en indiquant le yacht.

— Ben, le bateau du méchant dans James Bond avec votre nom inscrit en gros dessus, ça nous a un peu aidés.

— C'est un navire, pas un bateau.

— À qui le dites-vous ! Vous pourriez faire tenir les yachts de Mick, de Bono et de Madge ici, et encore, il resterait de la place pour le jacuzzi de David Geffen.

— Qui diable êtes-vous donc ? Pas un flic, en tout cas.

— Je vous présente Jameson Rook, intervint Heat. Un civil parfaitement autorisé à m'accompagner.

— Le journaliste ? Génial, de mieux en mieux.

— Monsieur Swift, dit Nikki, je n'ai que quelques questions à vous poser. Si nous avions pu vous les soumettre, je serais déjà partie.

Voyant qu'il ne parviendrait pas si facilement à se débarrasser de quelqu'un qui avait réussi, avec un tel culot, à monter à son bord, il rabattit ses verres miroir sur son nez.

— Désirez-vous boire un soda ou autre chose ?

Il s'avéra que Rook avait sous-estimé la longueur du *SwiftRageous* de cinq mètres. Le yacht de luxe mesurait quatre-vingt-quinze mètres, il possédait cinq ponts, avec notamment une grande suite et des cabines de luxe au niveau supérieur, ainsi qu'un salon carrément équipé d'une vraie cheminée en pierre de France faisant séparation avec la salle à manger de réception.

À l'avant, au pont inférieur, de l'autre côté du couloir desservant la salle de cinéma de vingt places, une salle de jeux vidéo dernier cri, avec éclairage tamisé, connexions Internet et satellite pour les jeux à distance et les dernières plates-formes interactives à commande vocale et capteurs de mouvement, croulait sous les écrans géants et les bornes de jeux d'arcade. Rook plongea un regard envieux par la porte.

— Je vous en prie, dites-moi que vous avez *Dance Dance Revolution*, ne put-il s'empêcher de demander.

Sans tenir compte de la question, Swift poursuivit la visite.

— Ça rend accro, insista Rook. Je suis à ça du niveau maniaque.

Au coin, lorsqu'ils tournèrent, Swift faillit heurter

quatre Asiatiques en costume sombre, dont l'un, à la mine de sexagénaire, souriait de toutes ses dents.

— Monsieur Swift. Nous sommes prêts pour la réunion, quand vous voudrez, déclara-t-il avec un fort accent.

— Il va me falloir un moment, répondit-il avec un sourire peu convaincant.

Il semblait agité. Puis, de la tête, il fit signe à un trio de ses sbires en polo, à l'autre bout du couloir, qui s'avança pour raccompagner les costards-cravates en salle de conférences. Ils fermèrent les portes coulissantes derrière eux.

— Des industriels chinois, expliqua-t-il sans être sollicité. Plus d'argent que de bon sens. Ils veulent m'acheter mon yacht.

Indiquant l'arrière d'un geste, il suivit Heat et Rook vers le solarium.

Du personnel masculin et féminin leur servit des eaux pétillantes Saratoga et des chips au chou lorsqu'ils se furent installés sur des chaises longues autour de la piscine.

— J'avoue que c'est étourdissant, monsieur Swift, dit Heat.

Comme il s'était détendu, elle tentait de se montrer de même avec lui, dans l'espoir d'obtenir davantage d'informations par cette approche moins antagoniste.

— S'étourdir chaque jour. C'est le mot d'ordre de ma vie.

— Cela doit revenir cher, fit observer Rook. Simplement en frais de fonctionnement. Votre équipage compte combien… ?

— Trente-cinq membres.

— Cela fait beaucoup de polos. Et il n'est certainement pas bon marché de garer votre modeste « pied à l'eau » ici, parmi les anneaux des paquebots de luxe.

— Si vous voulez vraiment tout savoir, ce n'est pas si terrible. Deux mille dollars par jour. Mieux qu'un hôtel, et ça les vaut, vu la commodité de l'emplacement.

Swift resservit un doigt de la bouteille bleue à Nikki.

— Sauf quand on voit débarquer une bande de flics zélés prêts à rejouer la grande scène de *Capitaine Phillips*.

— Je ne l'aurais pas fait si ce n'était pas important, monsieur Swift.

— Appelez-moi Tangier. Et ce n'est pas parce que je suis un

chic type. Les fondateurs de Google ont eu raison de créer une ambiance de travail dans laquelle on vous pousse à viser la lune, et ce n'est pas au-dessus de moi de prendre pour modèles des briseurs de moule.

Il revint à Nikki que son interlocuteur, d'après le résumé que Rook lui en avait fait, était un fanatique de la pensée motivante.

— Oh ! je m'y suis bien essayé aussi. J'ai adopté la hiérarchie en pyramide aplatie, mais en réalité c'est la chasse à la baleine blanche. Pas de cravate, des bureaux en désordre, un plus ; usage du prénom seulement, y compris pour le PDG, transparence et accès direct, y compris au PDG.

— C'est pour cela qu'il m'a été si facile de vous joindre, Tangier ? fit Nikki en l'obligeant à revenir à l'objet de son entretien avant qu'il ne le déforme en séminaire à la Tony Robbins.

— Nikki, c'est bien cela ?

Il posa son verre sur la table en pierre de rivière, remonta de nouveau ses lunettes de soleil de créateur et la fixa d'un regard d'acier.

— Nikki, peut-être feriez-vous mieux de me poser ces fameuses questions que vous puissiez reprendre votre chemin. Est-ce assez transparent pour vous ?

— J'en serais ravie, répondit Heat sans ciller. D'abord, j'aimerais savoir si le nom de Lon King vous dit quelque chose.

Swift leva les yeux au ciel, puis fit non de la tête. Elle ouvrit son calepin et décapuchonna son stylo à un dollar vingt-huit.

— Depuis combien de temps êtes-vous amarré ici ?

À ses côtés, Rook se tourna pour regarder en amont, où il apercevait le George Washington Bridge au-dessus de l'Hudson, à l'endroit où le kayak de Lon King avait dérivé la veille au soir.

— Dix jours, pourquoi ?

L'une des méthodes que l'expérience avait enseignées à Nikki pour ne pas perdre la maîtrise d'un interrogatoire était de ne pas répondre aux questions. Surtout avec un esprit fort et affûté comme le sien, habitué à obtenir tout ce qu'il voulait. L'entretien risquait de lui échapper si elle le laissait mener la conversation.

— À quand remonte la dernière fois que vous vous êtes servi de ces jouets : le Zodiac et le scooter des mers, fixés à votre tableau arrière ?

— Hmm. Pas depuis les Bermudes. Avant de venir ici. Qu'est-ce que cela a à voir ?

— Quelqu'un d'autre s'en est-il servi ici à New York ? Un membre d'équipage, peut-être ?

— Non.

— Et vous possédez également deux hélicoptères.

— Des MD660N.

— Les pilotez-vous en personne ?

— Je ne connais que les petits avions. Mais j'apprends. Je passe beaucoup de temps sur le simulateur dans la salle de jeux.

— Ces trucs sont géniaux ! s'exclama Rook. J'adore l'hélicoptère radiocommandé. Vous avez déjà essayé ?

Swift lui lança un regard oblique, comme s'il pensait qu'il s'était drogué.

— Non.

— Et les drones ? demanda Rook. Vous savez, les quadricoptères ?

Rook croisa le regard de Nikki, et, en ce court instant d'échange non verbal, elle s'émerveilla de voir à quel point ils étaient en phase. Et avec quelle habileté il laissait tomber son numéro de bouffon exaspérant pour en venir au but par des moyens détournés.

— Non, répondit-il d'un ton sec. Vous donnez dans le passe-temps des gens importants, maintenant ?

— J'ai un autre nom pour vous.

Heat profitait de l'agacement de Swift pour réorienter la conversation.

— Fred Lobbrecht. Ou encore Frederick ou Freddy.

— Désolé, je ne vois pas. Qui sont donc ces gens ?

— Et Wilton Backhouse ?

Swift allait répondre, mais il se ravisa. Son cou se couvrit de marques rouges qui gagnèrent son menton.

— Wilton Backhouse, répéta-t-elle.

— Un fouteur de merde.

Il tendit le bras pour tapoter de l'index sur le calepin de la policière.

— Vous pouvez me citer. Un fouteur de merde. Névrotique en plus. Oh ! et narcissique, dit l'homme au yacht de quatre-vingt-quinze mètres qui portait son nom.

— Donc, vous le connaissez, reprit Rook.

L'ironie échappa à Swift. Entre-temps, le rouge lui était monté aux joues.

— Vous savez ce qu'est ce type, en réalité ? La mouche du coche. Non, pire. La mouche du coche peut vous taper sur les nerfs, mais au moins elle a une forme de conscience. Wilton Backhouse ne pense qu'à Wilton Backhouse. La gloire, la fortune par l'extorsion. Il ne crée rien. Il n'apporte aucune valeur ajoutée. C'est une sangsue arrogante qui ferait mieux de...

Swift se retint.

— Merde, il n'est pas mort, au moins ? Vous êtes de la criminelle et je balance tout... Il est mort ?

— Non. Mais il a déposé plainte contre vous pour avoir tenté de le renverser avec votre Mercedes devant l'hôtel NoMad.

— Je ne l'avais pas vu. Jusqu'à ce que je fasse un écart pour l'éviter.

— J'ai lu le rapport de police. Selon des témoins oculaires, vous avez ri et prévenu monsieur Backhouse que la prochaine fois, vous ne le rateriez pas.

— Je suis parfois immature. Aucune charge n'a été retenue contre moi, n'est-ce pas ? Et il n'a pas été blessé. En tout cas, il n'est pas mort.

— Non. Mais les deux messieurs précédemment évoqués, si. Et vous maintenez n'avoir jamais été en relation avec eux ?

Heat lui soumit la photo de Lon King sur son mobile. Il fit non de la tête. Elle passa alors à celle de Lobbrecht. Cette fois, Swift prit le temps de réfléchir. Ou feignit la réflexion... Nikki n'aurait su le dire. Finalement, il répondit par la négative. Heat rempocha son téléphone.

— Sur la seconde photo, c'est Fred Lobbrecht. Il travaillait chez Forenetics avec le professeur Backhouse sur un dossier particulier impliquant votre logiciel.

— Ce putain de comité. C'est de ça que je parlais. Backhouse essayait de monter sa boîte à mes dépens en m'attaquant pour une soi-disant défaillance de mon système de contrôle de stabilité.

— Et vous démentez ? intervint le journaliste d'investigation.

— Absolument. Je serais ravi de développer, mais, comme cette affaire de retournements a été portée en justice, je suis lié par la même clause de confidentialité que les plaignants. Aucune des deux parties ne peut en parler. C'est à double sens.

— Si ça marche dans les deux sens, sommes-nous en danger si notre voiture est équipée de votre application ? s'enquit Rook.

— Oh ! allez vous faire foutre.

— Tangier, vous maintenez n'avoir eu aucun contact, reprit Nikki en sandwich. Direct ou indirect… avec l'un de ces trois hommes ?

— Si vous m'accusez de quelque chose, vous feriez mieux d'y venir.

Swift se leva.

— Mais il faudra voir cela avec mes avocats.

Puis, il disparut dans l'escalier menant au pont supérieur.

— Je vais te dire, ton nouveau pote Tangier ment au sujet de son arrivée à New York, déclara Rook tandis qu'ils franchissaient la porte de la vingtième. Il semble un peu trop chochotte pour utiliser le scooter des mers par cette fraîcheur printanière, même s'il a sans doute les moyens de s'offrir une combinaison en vison. Mais il a très bien pu se rendre à Spuyten Duyvil au sec, dans son confortable Zodiac, supprimer Lon King et revenir à temps pour surprendre Matt Damon en train de ligoter Jimmy Kimmel sur une chaise.

Le sergent de service porta deux doigts à sa tempe pour saluer son capitaine lorsqu'elle passa devant la vitre blindée, puis il déverrouilla le sas de sécurité.

— Rook, tu pars du principe que Swift aurait agi en personne… ou qu'il aurait eu besoin d'être à proximité. Je mise toujours sur le drone, qui aurait d'ailleurs pu être commandé du rivage.

— Ou d'un Zodiac, insista Rook en s'efforçant de la suivre, car elle filait vers son bureau à travers le hall.

Heat poursuivit la conversation tout en parcourant la pile de messages sur son bureau.

— Comme d'habitude, tu démarres au quart de tour.

— Tangier Swift n'avait pas le mobile parfait, d'après toi ?

— Je suis sûre que si l'affreux PDG se révélait être l'auteur de notre double meurtre, cela ferait un excellent article…

— C'est petit…

— De la belle matière pour le prochain Pulitzer… Or, pour l'instant, Swift n'est que le premier de la liste des personnes impliquées. Ce n'est pas un suspect. Pas encore, pour être honnête, ajouta-t-elle.

Néanmoins, quelque chose clochait dans cette affaire. Rares étaient les enquêtes criminelles qui se déroulaient aussi vite entre la découverte de la victime et la condamnation de l'assassin ; en l'occurrence, cela la mettait particulièrement mal à l'aise. Heat avait le fort sentiment de se heurter à une contradiction qui cherchait à se faire entendre dans le bruit suscité en ce début d'enquête. Si seulement elle parvenait à percevoir ce que masquaient les parasites…

Se pliant à ses responsabilités administratives, Heat consacra la demi-heure suivante à rattraper son retard dans ses papiers, tandis que Rook, assis tranquillement dans son coin, revoyait ses notes. Malgré sa bonne volonté, elle vivait cette tâche comme une corvée… qui détournait son attention de l'affaire en cours.

Ce n'était toutefois pas un travail totalement dénué d'intérêt. Un communiqué prioritaire émanant du commandant McMains, de l'antiterrorisme, clignotait sur l'intranet du NYPD. Il alertait tous les chefs de poste d'une menace de représailles indéterminée, mais crédible, déclenchée par l'incident diplomatique de l'arrestation de Mahmoud Algafari, le faussaire syrien. Le capitaine Heat diffusa par e-mail un mémo à tous ses chefs de service, les enjoignant à briefer leur personnel et à lui signaler sur-le-champ toute activité pouvant être liée à cette menace.

L'inconvénient, c'étaient toutes les requêtes quotidiennes qu'elle avait à traiter concernant le paiement des heures supplémentaires, les demandes de congé, les habituelles plaintes de ses concitoyens au sujet des nuisances sonores provoquées par le ramassage nocturne des ordures dans Columbus Avenue, et elle s'en prit plein les oreilles lorsqu'elle appela le chef d'entreprise de sa circonscription pour reprogrammer le petit-déjeuner de travail qu'elle avait annulé le matin même.

Ce propriétaire de deux restaurants indiens insistait pour la rencontrer afin d'obtenir le règlement de son problème récurrent de vols de bicyclettes dont ses livreurs étaient victimes. Elle reprit rendez-vous avec lui pour le lendemain matin en nourrissant le secret espoir de voir surgir un nouvel empêchement.

L'inspecteur Rhymer passa la tête par la porte pour l'informer sur les autres dénonciateurs de chez Forenetics, à commencer par Abigail Plunkitt, l'ingénieure biomécanicienne.

— D'après les RH, madame Plunkitt a démissionné de son emploi de consultante chez Forenetics pour cause de déménagement à Naples, en Floride, où elle compte travailler pour un groupe de conservation pour la sauvegarde des lamantins. J'ai essayé de l'appeler, mais elle est peut-être toujours en transit. En attendant, je vais essayer de me procurer un numéro pour la joindre là-bas.

— Et l'autre, le pilote d'essai ?

— Oui, Nathan Levy. Il n'est pas en ville non plus, mais il rentre bientôt. Il est dans une sorte de complexe privé, au nord de l'État, qui dispose de son propre circuit de course, vous imaginez ? Suite à notre texto, il doit se manifester dès son retour.

Juste au moment où Rhymer repartait, Ochoa l'appela dans la salle de la brigade d'un geste pressant.

— Je viens d'avoir l'inspecteur Feller à Staten Island.

Heat paria en silence connaître la teneur de son rapport.

— Le domicile de Fred Lobbrecht à Dongan Hills ? Entièrement retourné.

Elle ne se trompait pas.

— Quelqu'un est passé avant nous et a tout mis à sac. Les

dossiers sont partis, l'ordinateur aussi. Même le téléphone. Vous voyez le topo…

Rook arriva tranquillement pour se joindre à eux.

— Tangier Swift était en compagnie d'un capitaine de police à l'heure de la mort… Si ce n'est pas un alibi en béton !

— Peut-être pas, objecta Ochoa. Un voisin a repéré le départ de chez lui d'une fourgonnette à...

Il survola ses notes.

— … 23 h 30, hier soir.

— Or Lobbrecht était déjà mort, rappela Heat. Une description du chauffeur, des passagers ?

Elle remporta un autre pari contre elle-même quand Ochoa fit non de la tête.

— Où est passé votre équipier ? demanda-t-elle.

— Ici même.

Tous se retournèrent vers Raley qui occupait un bureau vide au lieu du sien au central des Gars.

— O.K., vous deux, intervint Rook. Vais-je devoir jouer les conseillers matrimoniaux ou faut-il que nous nous rendions dans Central Park pour un duel ?

Sa tentative de légèreté tomba à plat, auprès d'eux comme de Nikki, qui savait qu'elle aurait à affronter cette brouille tôt ou tard. Mais pas maintenant.

— Raley, dit-elle, où en est-on avec le suspect de l'analyse de démarche ?

— Joseph Barsotti. On est toujours à sa recherche. J'ai chargé Rhymer et Aguinaldo d'interroger ses fréquentations pour nous dégoter une adresse ou un lieu de prédilection.

— Et le type qui est entré par effraction chez Lon King ? demanda Ochoa.

Heat se rendit compte que Raley était exaspéré de se voir ainsi pressé par son propre équipier, car ce n'était pas qu'une simple demande d'information. Cela touchait à la dynamique de leur relation, ce qui la fit reconsidérer la sagesse de sa décision concernant le partage de la direction de la brigade.

Pour sa défense, l'inspecteur Raley resta professionnel. Il ravala sa colère et pivota vers son ordinateur.

— Au central, ils nous aident pour la reconnaissance faciale sur les vidéos des caméras de surveillance de la ligne F et du téléphérique. Ils devraient déjà m'avoir envoyé les résultats. Ça ne leur ressemble pas.

Il essaya de lancer l'intranet, mais la page refusa de se charger.

— C'est curieux. D'ordinaire, ça s'affiche tout de suite.

— Tu as dû tout foutre en l'air en déplaçant ton ordinateur, lui reprocha Ochoa, qui s'empara de la machine pour l'installer sur son propre bureau, tandis que Raley serrait les dents, le regard fixé sur le sablier moulinant à l'écran. Tiens ! s'étonna Ochoa, rien non plus ici.

Annette Caesar, la standardiste du poste, posa un pied timide dans la salle de la brigade.

— Excusez-moi, capitaine Heat. On un problème informatique.

— Nous aussi, répondit Nikki. Vous voulez bien appeler d'urgence l'informatique ?

Tous les services de police étaient tellement dépendants de la technologie que le « service des systèmes d'information », comme on l'appelait dans la maison, était en général d'une efficacité redoutable. Quel que fût le bug, ils trouveraient rapidement la solution.

— Je l'ai fait. Ils disent que toute la maison est bloquée. Ils ne savent pas vraiment pourquoi, mais, apparemment, il pourrait s'agir d'une cyberattaque. Quoi qu'il en soit, aucune machine du NYPD ne marche plus d'un bout à l'autre de la ville.

HUIT

— L'intranet est revenu ! hurla Raley du couloir.

Dans son bureau, Nikki essayait en vain d'entrer en communication avec son supérieur. Elle retourna précipitamment dans la salle de la brigade, où une fourmilière d'enquêteurs et Rook étaient massés autour d'un moniteur comme s'ils allaient assister à la toute première émission en couleurs de la télévision.

Au moment où Heat rejoignit le demi-cercle, quelque chose se produisit à l'écran. La bannière bleu foncé en haut de la page d'accueil de la police de New York se pixélisa, et les lettres blanches et or de son slogan, *Les meilleurs en lutte contre la criminalité*, fondirent telle la cire d'une bougie sous l'effet d'une animation infographique à droite de l'écran. Tout devint noir, puis une série d'images de poings levés, de hautes flammes, suivies d'un œil humain en gros plan se succédèrent rapidement. Une musique orientale éclata à tue-tête par les enceintes externes, dont Raley s'empressa de baisser le volume.

— C'est quoi, ce bordel ?

Ochoa désigna la pièce d'un geste circulaire. Tous les écrans plats affichaient la même chose et jouaient le même son.

La musique déformée continua de brailler, tandis que le gros plan sur l'œil humain de la vidéo céda progressivement la place au visage d'un jeune homme enfermé derrière les barreaux noirs d'une cellule, ajoutés sur Photoshop, avec une légende en anglais et en arabe qui clignotait par-dessus en majuscules : *LIBÉREZ MAHMOUD !!!*

L'inspecteur Raley, fidèle à son titre de roi de tous les moyens de surveillance, fit le tour des bureaux pour mettre en veilleuse le bruit de casseroles, mais il laissa les écrans en marche afin d'en conserver le contrôle. Tous savaient cependant à quoi s'en tenir, même s'ils n'en croyaient pas leurs yeux : la police de New York avait été piratée. En tant que chef de poste à la vingtième, le capitaine Heat donna aussitôt l'ordre d'évaluer l'impact de cette attaque sur l'infrastructure technologique de la ville.

Ce ne fut pas chose facile. Aucune tentative pour joindre le quartier général, au One Police Plaza, ne donna de résultat, car les appels sur les mobiles échouaient et les lignes fixes semblaient occupées. En ce début de crise, bien qu'elle ignorât encore la gravité de la situation, Heat savait déjà qu'aucune force de police au monde ne serait mieux préparée ou plus prompte à réagir que la fine fleur de New York. Le NYPD consacrait des heures à s'entraîner à ce genre de choses. Pour faire face aux scénarios les plus divers, on échafaudait des solutions de rechange, multipliait les exercices. On allait sortir les centres de commandement mobiles, déployer des unités et mobiliser les équipes d'intervention rapide.

Maintenant, il fallait simplement que Nikki parvienne à parler à quelqu'un au téléphone. Lorsque la logistique d'intervention d'urgence se mit enfin en branle, autrement dit lorsque les anciens appareils fixes furent rebranchés au quartier général, l'information officielle que Heat reçut par téléphone de la cellule de crise ne fit en gros que confirmer ce que tout le monde avait compris dès l'instant où *Habibi Bass* avait pris d'assaut l'intranet sécurisé de la maison : New York subissait une cyberattaque orchestrée, concrétisant les menaces de représailles énoncées suite à l'arrestation de Mahmoud Algafari.

L'impact de l'attaque était encore en cours d'évaluation, mais, aux premières nouvelles, l'intranet des services de police de la Grosse Pomme, la plate-forme officielle dont cinquante-trois mille personnes se servaient pour communiquer, échanger des e-mails, diffuser des communiqués, transmettre des alertes et des statistiques, vérifier l'immatriculation d'un véhicule et faire des rapports avait été totalement mise hors service. Le service informatique indiquait par ailleurs que tous les appareils personnels fournis par la maison, y compris les BlackBerry, les tablettes et les ordinateurs portables, étaient inopérants. Le plus grand chaos régnait au One Police Plaza. Même s'il était enfin possible au quartier général de recevoir et de passer des appels sur les lignes fixes, le service fonctionnait par intermittence à cause des surcharges. Le pire, peut-être, était que la base de données du central, le système de gestion des cas et l'entrepôt de données sur la criminalité étaient tous en rideau. Hors d'usage également, le système de localisation des coups de feu, un réseau de capteurs acoustiques qui détectait et repérait l'origine des tirs en temps réel à travers la ville. Étant donné que l'évaluation des répercussions du problème n'était pas terminée, il était encore trop tôt pour dire si des informations de dossiers sensibles avaient été compromises. On verrait cela plus tard.

La police n'était pas la seule victime. Le cabinet du maire, la municipalité, les bureaux du procureur et les tribunaux étaient également handicapés, de même que toutes les caméras de surveillance. En revanche, tous les services n'étaient pas touchés : les secours, les pompiers, les ambulances, les hôpitaux, les métros et les feux tricolores fonctionnaient normalement. Jusque-là, Internet et les mobiles des particuliers n'avaient subi aucune gêne. De même pour l'informatique des marchés financiers. Aux sources du flot d'argent virtuel de Wall Street, les échanges se poursuivaient, toujours en un clin d'œil, toujours dans le monde entier.

— Bienvenue en 1965, dit Heat sur un ton désinvolte pour éviter d'entrer dans les détails, alors qu'en son for intérieur, elle savait que, quelle qu'en fût la cause, cette panne tombait au pire moment.

Peu lui importait que plus de quatre millions de transactions et de recherches fussent effectuées chaque année sur le réseau de la police. En cet instant, la seule chose qui comptait était que rien ne se dresse entre elle et l'auteur de deux assassinats, qui avait éventuellement formé le projet d'éliminer d'autres personnes encore.

— En attendant que le problème soit réglé, il va nous falloir recourir à la technologie de la guerre froide pour tenter d'attraper notre meurtrier, annonça-t-elle.

— C'est plutôt cool, en fait.

Les têtes se tournèrent vers Rook qui sortit en valsant de la salle de pause, la main plongée dans un sachet de pop-corn salé sucré.

— C'est comme si on avait fait un bond dans un clip sur YouTube et qu'on pouvait jouer cette super bande de détectives privés du classique *77 Sunset Strip*. Ou ce policier si formateur pour ma carrière d'enquêteur, dans cette série des années 1960.

— Barney Fife ? demanda Raley.

— Dong ! Non, de qui d'autre pourrais-je parler si ce n'est de ce grand costaud solitaire de Peter Gunn.

— Je préfère les années 1970, déclara Ochoa. Je me serais bien vu dans *Starsky et Hutch*.

— Sauf qu'il voudrait être les deux, marmonna Raley, qui en voulait manifestement toujours à son alter ego.

Rook posa son en-cas et reprit son sérieux.

— Cela devait finir par arriver. Nous sommes tellement dépendants de la technologie que c'est devenu le nouveau front pour le sabotage. La Chine a piraté les réseaux d'un fournisseur du Pentagone, les Russes se sont introduits dans deux systèmes de la Maison-Blanche – la Maison-Blanche, quand même ! – non sans pénétrer d'abord dans les ordinateurs du Département d'État. Les Iraniens viennent de pirater un casino à Vegas. Clooney tient son intrigue pour un *Ocean's 21*. Les Iraniens sont des pirates de haute volée… Or avec qui sont-ils alliés ? Les Syriens. Nous y voilà, et tout ça parce que le jeune Mahmoud s'est fait prendre la main dans le sac. Alors, à vos papiers carbone et faites tourner la miméo. Ça va secouer.

En plus de dix ans passés à la vingtième, Heat n'avait jamais assisté à un appel général, jusqu'à celui qu'elle ordonna ce soir-là ; c'était le premier, lui dit-on, depuis le 11 septembre. Dans l'heure qui avait suivi la panne informatique, non seulement de plus amples informations lui avaient été transmises, mais, pour la sécurité du public ainsi que celle de ses agents, inspecteurs et autres membres du personnel, il avait semblé important à Nikki de renseigner chacun, d'affecter les ressources disponibles, de se montrer à l'écoute et de répondre aux questions. Bref, de diriger.

Le capitaine tint réunion dans le hall du poste parce que c'était le seul endroit fermé assez vaste pour accueillir l'ensemble du personnel. Cela permettait en outre à Annette Caesar de ne pas quitter le standard derrière la vitre, sans pour autant être tenue à l'écart des informations délivrées aux patrouilles, brigades, agents de la circulation, employés civils, assistantes, gardiens de cellules et stagiaires.

— Je commencerai par dire que nous avons ici deux priorités : la sécurité et la communication. Je demanderai à chacun de vous de garder à l'esprit que l'un ne va pas sans l'autre.

Pour une salle comble, il régnait un silence d'église. De toute évidence, tout le monde était avide d'entendre tout ce qu'il y avait à dire sur cet événement bizarre. Par ailleurs, Heat se sentait sur la sellette ; on jugeait – certes muettement – ses paroles et son attitude.

— En ce qui concerne la sécurité, je vous veux trois par patrouille jusqu'à nouvel ordre. Ni duos ni loups solitaires dans les rues. Celui qui surveille vos arrières devra être lui-même sous bonne garde. Tous les jours de congé et les vacances sont annulés jusqu'à nouvel ordre. Nous avons besoin de tout le personnel disponible. Nous sommes vulnérables, en état d'alerte avancée, a déclaré la hiérarchie. Et, compte tenu du communiqué de l'antiterrorisme, vous êtes priés de redoubler de vigilance.

Bien sûr, Nikki, comme toutes les personnes assemblées là, soupçonnait ce piratage d'être justement un acte terroriste.

— Manifestement, cet incident gêne nos communications. Vous êtes déjà au courant que rien ne fonctionne plus ; voilà comment j'aimerais que nous procédions. Je crois que vous conviendrez qu'il s'agit de bon sens.

Elle reprit point par point les éléments qu'elle avait listés sur une feuille de son carnet.

— Nous devons tous basculer immédiatement sur nos e-mails personnels. Dès la fin de cette réunion, veuillez tous échanger vos adresses afin que chacun n'ait qu'à faire Répondre pour joindre les autres. De même pour les mobiles. J'ordonne à tout le monde de se servir de son smartphone personnel et d'envoyer de la même façon e-mails et SMS à tous afin de faciliter la communication. Dans vos brigades et unités, veuillez créer des groupes afin que tout le monde puisse être averti par texto à la moindre alerte.

Un sergent en uniforme leva la main.

— Et si cela allait jusqu'à perturber notre électronique personnelle ?

— Il y a toujours un rabat-joie, fit Heat, qui récolta quelques ricanements de soulagement. Nous ignorons la tournure que tout ceci va prendre. Et nous vivons dans une époque et une ville qui ne sont pas équipées pour cela. Quelqu'un ici se souvient-il du dernier téléphone public qu'il ait vu en état de marche ?

Nikki brandit le talkie-walkie qu'elle avait posé sur la table à côté d'elle.

— Quoi qu'il en soit, sergent, pour répondre à votre question, les radios de nos véhicules et nos talkies-walkies fonctionnent parfaitement. Néanmoins, il va y avoir beaucoup plus de monde sur les ondes ; par conséquent, veillez à ne pas trop encombrer les lignes. Quant à ces locaux, nous avons repéré des téléphones fixes au sous-sol qui vont être remontés en complément. Avec un peu de chance, nous disposerons d'assez de jacks.

Elle jeta un coup d'œil à son antisèche.

— Oh ! Pour ceux d'entre nous qui étaient ici en 2009 et se moquaient de la politique de la maison qui nous forçait à taper à la machine les formulaires de compléments d'information...

Elle marqua une pause tandis qu'un murmure amusé au sujet des anciens DD5 roses circulait dans les rangs.

— ... vous serez contents d'apprendre qu'afin de vous permettre de rédiger vos rapports, on a ressorti des placards une dizaine de machines dont le clavier porte encore vos empreintes digitales. Que dire ? Même une panne informatique ne pourra venir à bout de la bureaucratie. Pour l'instant, nous en revenons aux méthodes du bon vieux temps, ajouta-t-elle lorsque le chœur de grognements se fut apaisé.

— Dur, dur, conclut l'inspecteur Feller.

— Il va falloir provisoirement retrouver goût au rétro, déclara Heat aux Gars lorsqu'elle les convoqua dans son bureau après l'appel. Pour commencer, vous allez user davantage vos semelles que vos tapis de souris. Désolée, Votre Majesté, s'excusa-t-elle auprès de Raley. À défaut de caméra de surveillance, vous redevenez un simple sujet parmi nous.

— On se débrouillera, comme vous l'avez dit.

— Et vous deux, où en êtes-vous ?

Malgré les distances qu'ils avaient prises, ces partenaires de longue date continuaient de communiquer de façon non verbale. Ainsi, à ce moment précis, ils décroisèrent et recroisèrent les jambes en même temps.

— Je vous écoute.

— Ne vous inquiétez pas pour nous, assura Ochoa.

Raley approuva d'un hochement de tête.

— On est concentrés sur le boulot.

Nikki savait faire la différence entre un visage de comédien et un masque de carnaval, mais, sans lui laisser le temps d'approfondir, les deux inspecteurs se lancèrent dans l'exposé de leur plan pour adapter le déploiement de la brigade au black-out. L'inspecteur Aguinaldo se rendrait en voiture au central pour récupérer la vidéo de la caméra de surveillance de Roosevelt Island Bridge ; ensuite, elle relèverait toutes les plaques y figurant le matin même, puis procéderait à une recherche dans le fichier des immatriculations. Pour l'instant, l'informatique n'était pas touchée au niveau fédéral. À défaut de pouvoir accéder aux bases de données de la police, Rhymer, armé du portrait réalisé par Sampson Stallings du type qui s'était introduit chez Lon King, reviendrait aux bons vieux albums de photos d'identité qu'il éplucherait. Comme Joseph Barsotti avait disparu de la circulation, Randall Feller se munirait d'un thermos de café et d'un bidon de lait vide et partirait planquer toute la nuit devant La Roue de la Fortune, au cas où le soldat de la mafia se montrerait pour parler au patron, Gros Tommy. Les Gars, eux, continueraient de s'efforcer de joindre les autres membres de la petite bande de Wilton Backhouse.

— Bonne équipe, les Gars, se contenta de conclure Heat, au lieu de remuer le couteau dans la plaie.

— Que penses-tu de Tangier Swift ? demanda Rook après avoir indiqué à l'hôtesse d'accueil de l'ABC Cocina qu'ils avaient réservé une table pour 22 heures.

— Et le voilà parti ! s'exclama Nikki avec un large sourire.

— Quoi ?

— C'est tout toi, ça, répondit Nikki tandis que l'hôtesse les guidait à travers les tables et le bar encore bondés malgré l'heure tardive. Tu voudrais que je me rue pour l'arrêter sans l'ombre d'une preuve.

Lorsqu'ils furent arrivés à leur table, elle choisit la banquette adossée au mur de briques vieillies, non pour le confort, mais en bonne policière ayant pour habitude de toujours garder un œil sur son environnement. Ils acceptèrent la carte, puis Nikki attendit le départ de l'hôtesse avant de poursuivre.

— Je ne peux quand même pas coffrer les gens pour meurtre uniquement parce que Wilton Backhouse les montre du doigt et que Swift te rappelle Largo dans *Opération Tonnerre.*

— Tu vois, c'est pour ça que je suis fou de toi. Excellent choix, ce vilain dans Bond.

— C'est plus fort que moi. Je suis contaminée.

Elle posa la main au centre de la table, paume vers le ciel, et, lorsqu'il la recouvrit de la sienne, Nikki se sentit envahie par sa chaleur.

— Tu cherches à détourner mon attention ?

Il haussa les épaules avec malice.

— Peu importe, je vais te tenir la main et poursuivre mon raisonnement.

— Un rêve devenu réalité.

— Ce n'est pas à cause d'allégations non fondées ni de concours pour savoir qui a la plus grosse par yachts interposés que je peux sortir les menottes. Voilà un luxe que seul peut s'offrir un journaliste. Moi, il me faut des preuves.

Heat le scruta du regard.

— À moins que tu ne sois au courant de quelque chose que tu ne me dis pas.

— Je croyais qu'on avait dépassé ça !?

— Tu es sûr ?

— Écoute, Nikki, je regrette de t'avoir caché certaines choses. Enfin, pas tant que ça. En tout cas, ce n'était certainement pas pour te blesser ni pour gêner ton enquête. Mais, bon, tout le monde a ses secrets, non ? D'ailleurs, comment gagnons-nous notre vie, tous les deux ? Nous creusons pour découvrir la vérité derrière les secrets des autres. Nous révélons au grand jour ce qu'ils cachent pour une raison ou une autre.

— Eh bien, sache que je n'ai aucune envie d'avoir à creuser pour découvrir les tiens.

— Oh ! tu me l'as déjà très bien fait comprendre. Tu m'as même, je crois, menacé de prison et refusé mon droit constitutionnel à une procédure régulière.

Nikki s'empara de la carte pour l'étudier et sourit.

— Je sais, je suis trop forte !

Tous deux commandèrent un margarita, que Rook, comme toujours, déclara le meilleur au sud du restaurant 'Cesca et à l'est du café Zuni. La cuisine à tendance latino-américaine chic de Jean-Georges les incita à opter pour leurs plats habituels, bien qu'ils eussent décidé de partager un mix. Lui commanda les tacos de travers glacés aux piments confits, et elle, le poulpe grillé à la vinaigrette pimentée.

— Ça existe encore, les albums de photos d'identité ? demanda Rook tandis qu'ils s'échangeaient des bouchées.

— Y a intérêt parce que l'inspecteur Rhymer va passer la nuit à les compulser.

Elle expliqua à son compagnon que, malgré ses équipements de haute technologie, la police de New York s'était montrée assez prévoyante, ou peut-être têtue, pour conserver des sauvegardes imprimées de tout.

— C'est la bonne nouvelle. La mauvaise, c'est qu'il faut chercher. On est tous habitués à obtenir des infos instantanément, d'une simple pression du doigt. Il suffit qu'un pirate informatique s'en prenne à New York et décide de lui donner une leçon pour que, brusquement, on soit obligé de revenir au papier pour tout.

— Ce qui me rend d'autant plus nostalgique de mon Montblanc.

— Rook, rien ne t'empêche d'écrire sur ton ordinateur.

— C'est vrai, mais, le jour où on ne pourra plus du tout compter sur la technologie, ce qui arrivera forcément, j'aurai toujours mes stylos. Ma mère m'a offert cet Hemingway quand j'étais encore à l'école, pour m'encourager à écrire.

— Et ça a plutôt bien marché puisque tu as eu deux Pulitzer !

— Tu sais qu'à l'époque, elle avait déboursé six cents dollars ? Aujourd'hui, sur eBay, les enchères pour l'Hemingway édition limitée atteignent jusqu'à trois mille cinq cents dollars. Mais jamais je ne vendrai le mien.

Nikki se pencha tout près de son visage.

— J'en propose trois mille six cents, plus une faveur sexuelle de ton choix.

— Vendu.

Ils rirent, puis elle saisit son verre de margarita.

— Encore un comme ça, d'abord.

— Tant pis pour toi, gloussa-t-il. Ce stylo fera bientôt partie de nos biens communs.

Mais le sourire avait quitté les lèvres de Heat et, à la lueur du photophore posé entre eux, Rook constata qu'elle était devenue pâle comme la mort.

— Maloney, lâcha-t-elle avant de se précipiter vers l'entrée.

Une tablée de gestionnaires de fonds de placement se leva et lui fit obstacle tandis que ces messieurs consultaient leurs smartphones sans faire attention au serveur muni de son plateau qui attendait pour passer. La policière les contourna pour se frayer un autre chemin, et elle se faufila entre les dossiers des autres convives, puis les nombreux clients massés au bar pour rejoindre l'accueil et la rue. Heat tourna la tête à droite, puis à gauche, cherchant à le repérer dans la 19e Rue. À droite, le trottoir était vide, hormis la présence d'un vieux qui fouillait dans une pile de sacs-poubelle à la recherche de canettes vides pour le recyclage. Un taxi tourna de Park Avenue South, mais son enseigne lumineuse indiquait qu'il était libre. À son approche, Nikki put en effet constater qu'il ne transportait aucun passager à l'arrière. En sens inverse, quatre femmes arrivaient de front vers elle en riant. Derrière, elles lui masquaient la vue. Heat balaya de nouveau la rue du regard dans les deux sens, puis demanda à un couple, qui bravait la fraîcheur du soir à l'une des tables en terrasse du restaurant, s'il n'avait pas vu un type scruter les lieux par la devanture, une minute auparavant. Tous deux la regardèrent, l'air de dire « Vous vous foutez de nous ou quoi ? », comme souvent à New York, avant de reprendre leur conversation au sujet d'un homme qui s'était fait tabasser avec sa propre perche à selfie.

Nikki eut beau entendre Rook l'appeler au moment où elle partait en courant vers la gauche, évitant la bande de filles en pleine reconstitution historique de *Sex and the City*, elle poursuivit sa route. À part un perron après un grand magasin de tapis et une alcôve sur le trottoir d'en face, il n'y avait ni coin ni recoin où se cacher. Lorsqu'elle arriva au carrefour avec Broadway, des dizaines de spectateurs sortaient de l'AMC Loews. Si Maloney se trouvait dans les parages, il n'aurait eu aucun mal à se fondre dans la foule de cinéphiles. Et il ne s'en serait pas privé. Elle avait bien retenu la leçon de la veille, au parc. Heat se faufila néanmoins à travers la foule, qu'elle fouilla du regard… Que faire d'autre ? À la faveur d'un feu rouge, elle posa le pied sur la chaussée pour jeter un œil dans Broadway, mais il n'y avait rien non plus de ce côté-là. Au vert, un chauffeur de taxi au pied trop lourd faillit la renverser. Il la klaxonna d'une main et lui adressa un doigt d'honneur de l'autre. Rook l'attendait au coin avec son talkie-walkie.

— Tu es sûre que c'était lui ?

L'image de Timothy Maloney sur le trottoir devant le restaurant, bras croisés en signe de défi, attendant juste qu'elle croise son regard, restait ancrée dans son esprit ; c'était troublant.

— Nul autre.

— Tu devrais peut-être le signaler, dit-il en agitant la radio.

Compte tenu des conséquences de la panne informatique, Nikki ne voulait pas surcharger le réseau alors que ses collègues avaient peut-être plus urgent à traiter. Elle parcourut de nouveau les environs du regard.

— Il a disparu depuis belle lurette.

C'était peine perdue, elle le savait.

Tandis qu'ils rentraient chez elle à pied, car Gramercy Park se trouvait à deux pas, une pluie fine se mit à tomber. Autour d'eux, les gens commençaient à héler frénétiquement des taxis et couraient, les épaules rentrées ou un journal sur la tête.

— Dis-moi, depuis quand la météo est-elle devenue une chose qui nous arrive à nous au lieu de simplement se produire ? fit Rook tandis qu'ils marchaient d'un pas insouciant.

— L'ouragan Sandy ne s'est pas simplement produit, dit-elle.

— D'accord. Ça arrive une fois par génération.

— Et Irene, l'année d'avant ?

— O.K., si tu t'en remets aux faits, je ne vois aucun avenir à cette conversation.

Rook l'enlaça d'un bras, et elle se lova pour se couler contre lui. Tandis qu'ils attendaient le signal pour traverser, il la surprit à balayer du regard Park Avenue South.

— Tu devrais peut-être quand même appeler. Au moins pour que les Gars émettent un avis de recherche.

— J'adore quand tu veux m'apprendre mon métier, mais ce n'est pas la peine de faire courir tout le monde alors que Maloney devait avoir une voiture qui l'attendait, ou alors il a sauté dans le métro à Union Square.

— Vu la parano de ce type et sa manière de t'avoir à l'œil, je crois que tu devrais davantage appliquer à toi-même les paroles que tu as prononcées aujourd'hui : sécurité et communication.

Sur ce point, il n'avait pas tort, et Heat y avait déjà songé elle-même. Certes, Maloney n'occupait plus la première place sur sa liste des tueurs potentiels, mais il en faisait toujours partie. Surtout que, maintenant, Nikki l'avait vu pour la deuxième fois en deux soirs (alors qu'il la surveillait par la vitrine d'un restaurant, rien de moins), selon le même mode opératoire que lorsqu'il avait perturbé le dîner de Lon King et de Sampson Stallings au restaurant vietnamien.

— Peut-être, dit-elle. Je le ferai dès que nous serons au sec.

— Tu sais quoi ? Ce week-end, on devrait déménager toutes tes affaires au loft, suggéra Rook dans l'ascenseur. Passer à l'action, quoi.

— Ou je pourrais juste m'acheter un chargeur pour chez toi.

Suite au piratage informatique, qui avait transformé son BlackBerry professionnel en presse-papier de luxe, il lui fallait passer prendre son cordon d'alimentation pour son iPhone, redevenu son principal moyen de communication.

— Si tu veux de l'action, peut-être qu'on devrait passer la nuit ici, finalement. J'ai du vin au frais, tu as des vêtements de rechange et il me vient des idées cochonnes, le titilla-t-elle tout en sortant sa clé.

— Vous ne seriez pas en train d'essayer de me séduire, capitaine Heat ?

— C'est ce que tu veux, Jameson ?

Elle le fit entrer, et ils échangèrent un baiser dans le vestibule. Heat ferma la porte, tandis qu'il se pressait contre elle.

— Je crois que ça, c'est ce que tu veux, lui chuchota-t-elle à l'oreille lorsqu'ils se séparèrent.

— Je n'ai rien répondu.

Elle tira sur l'avant de son jean.

— Ce n'était pas nécessaire.

Nikki alluma dans la cuisine et entreprit de déboucher une bouteille de gavi qu'elle souhaitait goûter.

— Maintenant, je sais pourquoi tu tenais tant à me faire venir ici ce soir ! lança Rook du salon.

— Je ne vois pas du tout ce que tu veux dire.

— Qu'est-ce que tu m'as acheté ? Laisse-moi deviner.

Il surgit derrière le plan de travail de la cuisine, une boîte de Godiva dans les mains.

— Des chocolats ?

— Je ne t'ai rien acheté du tout.

Heat sentit l'adrénaline fuser en elle.

— Rook, ne l'ouvre pas !

Elle lâcha la bouteille de vin, qui se brisa par terre, et se précipita vers lui, de l'autre côté du bar, où il s'était figé sur place.

— Doucement, pose délicatement la boîte, dit-elle encore plus calmement, alors que ses mains tremblaient.

Il plissa les yeux, se prépara au pire, déposa la boîte sur le comptoir, puis écarta progressivement les mains.Cette fois, Heat n'hésita pas une seconde. Elle s'empara de son talkie-walkie et appela la brigade de déminage.

NEUF

L'unité des services d'urgence avait fait évacuer tous les occupants de l'immeuble et des appartements voisins, désormais réunis dans un périmètre de sécurité à l'angle ouest de Gramercy Park. La brume s'était levée ; pourtant, chacun continuait de tourner en rond, recroquevillé sur lui-même, devant l'emblématique immeuble en briques des années 1850 comme s'il bruinait toujours. Sans doute ces gens, pour beaucoup en pyjama (on en voyait le bas dépasser du manteau), étaient-ils saisis non seulement par le froid, mais par l'angoisse. Nikki était en tout cas parcourue de frissons.

D'après la rumeur qui se propageait à la faveur des bavardages, l'incident était un acte terroriste commis par le même groupe qui avait provoqué la panne informatique de la municipalité. Aussi folles et mal renseignées que certaines de ces conjectures aient pu être, force était de reconnaître que rien n'alimentait mieux ce genre d'hypothèses que de rester une demi-heure dans la rue sous la pluie le soir en pyjama, avec un véhicule blindé de déminage garé devant chez soi.

Derrière le ruban, ceux qui savaient déjà que leur voisine était de la police, ou sinon qui avaient aperçu son insigne, l'interpellèrent pour lui demander ce qui se passait. Elle repensa à un inspecteur au cou de taureau qu'elle connaissait à l'antiterrorisme et à la réponse systématique qu'il offrait à ce genre de questions : quelqu'un avait appelé les secours après avoir repéré un alligator ; alors, ils venaient voir. « Vous seriez surprise de voir comme cela leur cloue le bec, disait-il. On peut leur faire avaler n'importe quoi avec un air sérieux. » Croyant devoir à son voisinage plus qu'un pragmatisme cynique, Nikki répondit sincèrement, mais en se limitant au strict nécessaire.

— Un colis suspect, répéta-t-elle pour la énième fois. C'est juste une précaution.

Le paquet était plus que suspect : c'était un acte effronté, et Heat avait tout à fait idée d'où il provenait. Rook aussi. Sans exprimer ses soupçons, le journaliste scrutait la nuit à la recherche du visage du suspect, tout comme sa compagne. Tous deux savaient qu'ils ne le trouveraient pas. Ils auraient eu de meilleures chances de repérer un alligator. Au simple et factuel « RAS » du commandant des services d'urgence dans son talkie-walkie, Heat se précipita vers son perron, Rook dans son sillage. Ils passèrent devant le camion des services d'urgence qui traînait en remorque la chambre de détonation, semblable à une petite bétonnière aux yeux de Nikki. Des agents postés le long du véhicule commençaient à se diriger vers les personnes évacuées pour les libérer. Dans le hall d'entrée, Heat et Rook s'écartèrent pour laisser passer une brigade canine. À l'étage, la police scientifique se mettait déjà en tenue dans son couloir.

— Sexy, marmonna Rook en voyant les techniciennes enfilant leurs protège-chaussures jetables.

Même lui ne sourit pas à sa propre blague.

Lorsqu'ils entrèrent, le sergent chargé du déminage avait retiré sa capuche de protection. Ses cheveux courts étaient plaqués par la sueur.

— Merci, fut la première chose que lui dit Heat.

Elle imaginait le courage qu'il lui fallait pour faire face à l'inconcevable chaque matin au réveil, et en particulier ce jour-là. Cette brigade se surnommait elle-même, à juste titre, le « fer de lance ». Le sergent lui adressa un faible sourire et un salut de son épaisse main gantée.

— Dommage pour la bouteille de vin.

Néanmoins, toute l'attention de la policière était focalisée à l'intérieur de l'armoire blindée, dans laquelle l'expert avait placé le colis suspect.

— Nous avons très vite établi qu'il ne s'agissait pas d'un

engin explosif, expliqua-t-il, en retirant ses moufles en kevlar. On l'a passé aux rayons X : il n'y avait ni fil, ni minuterie, ni explosif ou autre. Les prélèvements sur l'extérieur n'ont rien donné, le chien n'a rien reniflé non plus… Idem pour le reste de l'appartement, d'ailleurs.

— Je ne vous raconte pas la panique ! s'exclama Rook. Je me disais : « Forrest avait tout faux. La mort aussi, c'est comme une boîte de chocolats. »

— On peut jeter un œil ? demanda-t-elle.

— Et comment !

La cuve de confinement était posée par terre, sous le retour du plan de travail de la cuisine. Sous la moquette, des planches craquèrent sous le poids de la combinaison du sergent qui la guida. Nikki se sentit défaillir lorsqu'elle regarda à l'intérieur.

À ses yeux, une bombe n'aurait pas été pire. Rook, qui compatit aussitôt à l'effet de cette vision sur elle, lui posa une main sur l'épaule, ce dont elle ne s'aperçut même pas. Nikki était pétrifiée devant le contenu de la boîte de Godiva. Les chocolats avaient tous été retirés et remplacés par deux choses : un bocal à épices rempli de bâtons de cannelle et un couteau de cuisine.

— Quand j'ai vu ça, dit le sergent, j'ai pensé qu'on avait voulu vous faire une farce. Ce ne serait pas la première fois qu'on nous ferait sortir pour un canular.

Puis, il l'observa et, voyant sa réaction, lui laissa le temps de retrouver son calme. Il ignorait la symbolique de ces choses banales. Il ignorait que, lorsqu'elle était en première année de fac dans le Nord-Est, Nikki était rentrée pour les vacances de Thanksgiving chez sa mère et que, pour l'aider en cuisine, elle était sortie faire des courses. Il ignorait que, pendant qu'elle achetait de la cannelle à l'épicerie du coin, quelqu'un avait attaqué sa mère avec son propre couteau de cuisine et que Nikki l'avait découverte agonisant sur le sol. Il ignorait tout cela. En revanche, la personne qui avait préparé ce paquet, puis s'était introduite chez elle pour le déposer dans son salon, elle, était au courant. Il n'avait pas été simplement difficile pour elle de faire son deuil, mais illusoire. Toutefois, au fil des années depuis le meurtre de sa mère, grâce au temps et à la résolution de l'affaire, Heat avait fini par faire la paix avec le drame déterminant de sa vie. Aujourd'hui, en un bouleversant instant, l'acte d'un dérangé jetait un pavé dans la mare.

— Capitaine Heat, dit une technicienne de la scientifique qui passa la tête par la porte depuis le hall d'entrée. Si voulez bien venir voir.

Nikki et Rook la rejoignirent dans le vestibule, où l'experte indiqua un morceau de papier plié sur le long tapis étroit.

— C'est tombé quand j'ai ouvert le placard pour relever les empreintes sur les poignées de la porte. Cela devait avoir été coincé dans la fente.

— Par quelqu'un qui savait qu'on y relèverait les empreintes, déclara Rook, que personne ne contredit.

Heat enfila la paire de gants que lui tendait la technicienne. Elle lui remit le petit papier. Nikki le déplia avec précaution, bien qu'elle sût qu'elle ne risquait pas d'endommager les empreintes digitales, car il n'y en aurait pas.

La simple feuille de papier uni renfermait un bref message imprimé au jet d'encre ou au laser. Sans la moindre formule de salutation ou de politesse, ni introduction, l'auteur allait droit au but : *Comme ça, on est allée à Blackwell's Landing ce matin, hein ? Eh oui, je vous ai vue. Vous et le petit copain de King, vous avez versé votre larme et reniflé ses dossiers ? Je ne m'étais pas trompé sur vous et King. Et vous croyez peut-être que vous allez reprendre le flambeau maintenant qu'il n'est plus là ? Pour me bousiller la vie. Réfléchissez-y à deux fois. Vous ignorez à qui vous avez affaire. Mais vous ne tarderez pas à le savoir.*

Nikki se sentit vaciller, comme si elle se trouvait sur les montagnes russes du Cyclone à Coney Island. Mais bientôt ses craintes et ses angoisses se transformèrent en colère contre Timothy Maloney. La colère allait bien à Heat. Cela lui permettait d'agir au lieu de sentir.

Tandis que les experts poursuivaient leur tâche, la policière chercha une échappatoire physique à son énergie encore sans but. Ainsi se lança-t-elle dans le nettoyage des débris de verre et du gavi renversé par terre dans la cuisine et donna libre cours à ses associations d'idées en s'adressant à Rook, qui s'assit au bar.

— Tu veux connaître le grand message derrière tout ça ?

— À part le fait que Maloney te fait savoir qu'il te tient à sa merci ?

Une pelletée de verre tinta en tombant contre les parois de la poubelle. Heat tapota la brosse du balai contre le bord pour s'assurer qu'aucun éclat ne restait pris dans les poils.

— Il va avoir du boulot, crois-moi.

Elle s'accroupit pour éponger sur le carrelage le vin et les morceaux de verre récalcitrants à l'aide d'une poignée de serviettes en papier.

— Non, ce qu'il faut en retirer, c'est que le rôle de Maloney dans cette affaire m'apparaît maintenant sous un jour différent.

— Il aurait tué Lon King ? Je croyais qu'il était rayé de la liste.

— Il l'était. Surtout après que tu as mis toute cette histoire de sécurité automobile sur le tapis.

Elle jeta le paquet de serviettes à la poubelle, et une pluie de débris de verre rebondit sur les gros morceaux de bouteille cassée. Elle s'empara d'une nouvelle poignée de serviettes.

— Il éveille de nouveau mon intérêt.

— Tu me connais, j'adore les bonnes grosses hypothèses bien juteuses, dit Rook. Mais tu veux mon avis sur ce type ? Un tir de drone, ça ne ressemble vraiment pas à son mode opératoire. Un peu trop subtil pour Maloney. Tu ne crois pas ?

Nikki ne répondit rien. Elle s'était arrêtée et fixait d'un air absent les trois dalles du carrelage à côté de l'endroit qu'elle était en train de laver…, là où elle avait essuyé le sang séché de sa mère près de quinze ans auparavant, ce qui lui semblait pourtant dater de la veille seulement... Puis, elle reprit son nettoyage. Au diable cet endroit, songea-t-elle.

— Je ne sais pas de quoi il est capable, mais on en a une meilleure idée ce soir.

— T'embrouiller avec la boîte de Godiva, tu veux dire ?

— Savoir quoi mettre à l'intérieur, surtout.

Elle se leva, bazarda les serviettes et referma le couvercle de la poubelle avec un claquement.

— Rook, reprit-elle à voix baisse afin de ne pas être entendue par les experts, je crois que c'est lui qui a volé les dossiers de King. Ces détails, les bâtons de cannelle, le couteau... Bon sang, même le meurtre de ma mère ! Au départ, j'ai parlé de tout ça chez le psy. Alors, ça devait figurer dans ses notes.

— Puis-je faire remarquer que les faits ont également été révélés dans ces articles que je t'ai consacrés dans *First Press* ? Y compris la cannelle, le couteau et des dizaines d'autres détails de l'affaire. Or ces articles ont non seulement été vendus en kiosque, mais ils sont encore disponibles en ligne. Sauf, bien sûr, dans la plupart des bureaux de police, ce soir. Alors, à moi de te demander de ne pas tirer de conclusions hâtives ni de te livrer à de folles hypothèses. Qu'est-ce qui cloche ? Les rôles s'inversent... et ça me plaît bien !

Nikki bascula la tête tout en réfléchissant.

— Peut-être. Peut-être pas, se contenta-t-elle de répondre.

— Au fait, merci de ta confiance. Ça représente beaucoup pour moi que tu évoques avec moi tes séances chez le psy. Et de quoi d'autre avez-vous parlé ? ne put-il s'empêcher de demander.

Elle sourit.

— Je crois qu'on ferait mieux d'en rester là. Certaines choses ne regardent que moi.

— Bien, tu as entièrement raison.

Mais ce fut plus fort que lui :

— De moi ?

Avant de quitter l'appartement, Rook remit ses empreintes aux techniciens de la scientifique afin d'être éliminé des prélèvements effectués. Ils demandèrent celles de Nikki également. Bien qu'elles fussent fichées, personne ne savait comment le piratage des systèmes de la police affecterait les recherches ; aussi gagnerait-on du temps à tout avoir sous la main. Tous savaient cependant que l'intrus n'avait laissé aucune trace derrière lui.

— N'oublie pas ton chargeur, rappela Rook qui s'emparait de sa veste. Ce serait le pompon.

— Je le prendrai demain. J'aimerais dormir ici ce soir.

— Ah bon ? Après ce qui s'est passé ? Ça ne te fiche pas la trouille, tu te sens en sécurité ?

— Pourquoi, pas toi ?

Elle déroula une lingette imbibée d'alcool pour lui enlever une tache d'encre sur le pouce.

— Parce que moi, ça ne me dérange pas. À dire vrai, je crois que, dormir ici ce soir, c'est la meilleure façon pour moi de m'affirmer.

Rook hésita, puis fit le tour de la pièce.

— Comment crois-tu qu'il soit entré sans clé ?

— Écoute, si tu as peur...

— Je n'ai pas peur, pas du tout...

— Tu prends tes précautions, en fait. Le chef de poste local va poster une patrouille devant, ce soir.

— Pour empêcher un taré d'ancien flic qui a le culot – et le talent – de s'introduire chez toi, sans se faire repérer, pour te menacer ?

— Oui, c'est à peu près ça.

Il reposa sa veste sur un dossier de chaise dans la salle à manger.

— Cette envie de t'affirmer en restant ici. Ça s'adresse à Maloney, n'est-ce pas ?

— À qui d'autre ?

— Je me demandais juste. Ce serait mentir que de ne pas t'avouer que je te sens freiner des quatre fers dès qu'il est question de notre futur lieu de résidence.

— N'abordons pas ce sujet maintenant. Pas ce soir.

— Ce n'est jamais le bon moment avec toi. C'est donc que tu freines des quatre fers.

Sans lui prêter attention, elle sortit le sac de la poubelle. Mais il insista :

— Au fait, à propos de cet appartement ? Je ne sais pas s'il existe des statistiques officielles, mais vous devez détenir le record de violation de domicile, dans cet immeuble.

— Oh ! joli, très joli.

Elle noua le lien qu'elle serra fort.

— Comment peux-tu t'abaisser à tant de désinvolture dans un moment pareil ?

— Je vois que nous sommes passés de la tactique du freinage des quatre fers à celle de la diversion.

Nikki appuya la hanche contre la cuisinière et croisa les bras.

— Très bien. Tu veux qu'on en parle ? Regarde autour de toi. Ceci n'est pas qu'un bien immobilier pour moi.

— Nikki, en ce qui me concerne, je serai ravi, quel que soit l'endroit où on s'installera. Tu sais, ça pourrait même être des baignoires côte à côte au bord d'un lac, comme dans la pub.

Il sourit de toutes ses dents, mais, voyant qu'elle ne lâcherait pas, il fit le tour du bar pour la rejoindre.

— Si c'est pour toi une question de liberté, tu n'as aucun souci à te faire pour ton indépendance. Pas avec moi. Tu le sais, n'est-ce pas ?

— Oui. Bien sûr. Écoute, tu ne veux pas qu'on en reparle plus tard ? Tout ça m'a vidée, surtout avec ce parano de Maloney convaincu que j'en ai après lui.

— Ce qui est, évidemment, le cas.

— Maintenant, oui.

À 5 h 45, le lendemain matin, Heat partit de chez elle avec, sur l'épaule, son uniforme de capitaine tout droit sorti du pressing. Cette tenue n'allait pas chez Rook ; elle l'emportait à la vingtième pour l'avoir sous la main. Les autres rechanges qu'elle gardait au bureau étaient tous des vêtements civils, comme ceux qu'elle portait de nouveau ce jour-là.

Ils étaient destinés à parer aux inévitables taches de café ou de sang, alors que son uniforme pouvait lui servir si ses fonctions le nécessitaient à l'improviste. Elle qui avait l'habitude de se moquer, avec les autres inspecteurs, de feu Wally Irons, le capitaine toujours prêt à se montrer devant les caméras, voilà qu'elle l'imitait à son tour avec sa tenue réglementaire prête pour le cas où une conférence de presse ou l'occasion de poser sur une photo se présenteraient.

— *Et on devient ce qu'on déteste*, cita Rook dans l'ascenseur.

— Nietzsche ?

— Les Screeching Weasel, un groupe punk de Chicago.

Tous deux étant sur leurs gardes après l'incursion de la veille, lorsqu'ils traversèrent la rue pour rejoindre la voiture, la présence du SUV noir garé devant n'échappa pas à Rook.

— Vous êtes montée en grade, Nikki Heat. Outre une voiture de protection, vous avez droit à une garde rapprochée.

Par prudence, Heat ralentit le pas, puis s'arrêta. Quelque chose clochait. Les quatre portes du Ranger Rover HSE s'ouvrirent en même temps. Elle se retourna pour chercher un abri et glissa la main vers son étui.

— Suis-moi.

Alors qu'elle indiquait à son compagnon de se mettre à couvert entre deux voitures, Nikki reconnut l'un des hommes en noir qui descendaient du 4 x 4. Rook aussi.

— Kuzbari, grommela-t-il.

À la vue de l'attaché à la sécurité de la mission syrienne à l'ONU, la policière fut partagée entre le soulagement et l'inquiétude.

— Capitaine Heat, attendez ! héla Kuzbari en agitant la main.

Au même instant, la voiture de patrouille postée dans la rue démarra au quart de tour, sa sirène émit un hoquet, puis elle s'arrêta dans un crissement de pneus. D'un bond, les agents furent en position de tirer, l'arme en appui sur le haut de leur portière ouverte.

— Mains en l'air ! crièrent-ils. Personne ne bouge !

Mais les gardes du corps de l'attaché prenaient aussi leur rôle très au sérieux. Tous trois dégainèrent leur arme. Dans l'explosion de cris et de menaces en différentes langues qui s'ensuivit de part et d'autre, Nikki lança son uniforme à Rook pour se jeter dans la mêlée.

— Baissez vos armes ! cria-t-elle d'abord à ses collègues. Vous aussi ! ajouta-t-elle à l'adresse des étrangers. Tout le monde recule ! Sur-le-champ !

Fariq Kuzbari prononça quelques mots en arabe, et ses hommes, bien qu'hésitants, rengainèrent leur arme. Heat croisa le regard du Syrien et ce qu'elle y lut l'incita à se tourner vers ses propres hommes. Merci, les gars, mais c'est un ordre. Tout va bien. Quelques minutes plus tard, Heat se retrouva assise au calme à bord du HSE, en tête-à-tête avec Kuzbari. Dehors, les hommes du Syrien faisaient front aux agents de police, également prêts à réagir au moindre problème. Exclu de la réunion, Rook sortit son iPhone et filma la scène pour s'occuper.

Fariq Kuzbari avait assez peu changé depuis la dernière fois où Nikki l'avait croisé. Quelques années auparavant, lorsqu'elle avait appris que sa mère, alors espionne, s'infiltrait chez les diplomates et agents étrangers sous prétexte de leçons de piano et que la famille de Kuzbari avait fait partie de ses clients, la policière s'était intéressée à lui, pensant qu'il était peut-être impliqué dans le meurtre de sa mère. Au final, elle l'avait écarté des suspects, et une sorte de respect mutuel mâtiné d'une saine suspicion s'était établie entre eux.

— Mon intention n'était pas de vous alarmer ni de déclencher un incident international, capitaine, commença Kuzbari.

Nikki nota que son anglais était aussi parfait que dans son souvenir, avec une pointe d'accent britannique qui, comme ses traits, lui rappelait sir Ben Kingsley. Il ne lui échappa pas non plus qu'il connaissait son nouveau grade. Soit il avait repéré les deux barrettes dorées sur le col de son uniforme à travers le film plastique de protection du pressing, soit il était bien renseigné. Elle optait pour la seconde solution.

— Vous n'êtes peut-être pas au courant de tout ce qui se joue en ce moment.

— Quelque chose que j'ignore. Comme c'est rafraîchissant !

Il avait l'air sincère.

Compte tenu de l'actualité dans son pays, de la guerre civile et de ses atrocités, Nikki imaginait qu'il devait en effet avoir la tête pleine d'informations. Elle se demanda quel était son sentiment à propos de tout cela. Était-il un partisan, un acteur des abus ou un homme sur le fil du rasoir prêt à quitter ce cauchemar avec toute une panoplie de bagages Louis Vuitton remplis de lingots d'or ? Affichait-il une gentillesse de façade ou avait-elle affaire au vrai Fariq ?

— Je serai bref, poursuivit-il, car nous avons tous les deux des tas de choses sur le feu. En termes de diplomatie, voici ce qu'on appelle une tentative en sous-main de nouer le dialogue. Vous n'êtes pas sans savoir, j'en suis certain, qu'une affaire d'une extrême importance et d'une grande délicatesse occupe nos gouvernements.

— Le faussaire que nous avons arrêté.

Il marqua une pause comme s'il allait répliquer. Apparemment, il n'avait toutefois aucune envie d'engager un débat sémantique avec les forces de police de New York.

— La tension qui entoure Mahmoud Algafari est en effet ce à quoi je faisais référence, reprit-il.

— Pardonnez-moi, monsieur Kuzbari, mais qu'est-ce que tout cela a à voir avec moi, hormis le fait que la sécurité de ma ville a été compromise par la cyberattaque réclamant la libération du jeune Mahmoud ?

— Vous allez droit au but, vous !

— Comme vous le disiez, nous avons tous les deux des tas de choses sur le feu.

— Je m'adresse à vous en raison de nos relations très particulières. Même si nos échanges ponctuels au fil de ces dernières années ont connu un certain degré de saines frictions, je vous ai toujours trouvée franche et digne de confiance. En outre, je dois l'avouer, j'ai souvenir de la gentillesse de votre mère à l'égard de mes enfants à l'époque où elle leur enseignait la musique.

Même si maman vous espionnait, songea Nikki, qui garda cependant cette pensée pour elle.

— Donc, pour en revenir à nos moutons – ou plutôt mon message, devrais-je dire –, je voulais que vous entendiez directement de ma bouche que le gouvernement syrien n'a aucun lien officiel avec les perturbations que subit l'infrastructure technologique de cette ville.

— Et vous venez me dire cela parce que... ?

— Parce que je sais que vous me croirez et que vous en informerez les dirigeants de la ville en défendant ma position, je l'espère.

— Si ce n'est pas le gouvernement syrien, alors, qui ? Des insurgés rebelles ? Des dissidents ? Des défenseurs des droits de l'homme ? Des anonymes ? Les faussaires de Mahmoud ?

Fariq ouvrit sa portière.

— Vous voyez, je me suis sans doute adressé à la bonne personne.

— Le Syrien se moque de vous, capitaine.

L'inspecteur Ochoa retira son sachet d'earl grey de sa vieille tasse ébréchée et le regarda tourbillonner jusqu'à ce qu'il eût fini de s'égoutter.

— Il vous raconte des craques.

— C'est exactement ce que je lui disais.

Rook appuya le pied sur la pédale de la poubelle de la salle de pause. Le couvercle s'ouvrit grand, offrant une vaste piste d'atterrissage au sachet de thé d'Ochoa. Rook se tourna vers Nikki.

— Quels étaient mes mots exacts ? Laisse-moi te rafraîchir la mémoire. « Ce voyou de Syrien voudrait qu'on le croie sur parole, que ce ne sont pas eux, mais un petit farceur anonyme ? Dans ses rêves ! »

— Du calme, petit, dit-elle. Je n'ai jamais vu personne vouloir autant avoir raison.

— Ah ! j'ai donc raison !

— Seulement dans le sens où je n'ai pas encore prouvé que tu avais tort.

Elle adressa à Rook un rapide sourire avant de s'emparer de son café.

— Le temps joue pour moi.

Heat passa dans la salle de la brigade pour se tenir au courant des progrès sur le tableau blanc. Dès son retour au poste, elle avait appelé le responsable du renseignement au One Police Plaza afin de lui rapporter son entrevue avec Fariq Kuzbari. Son interlocuteur avait semblé plus intrigué par les raisons qui avaient poussé le Syrien à choisir un capitaine de police pour récipiendaire de son message que par le fond dudit message. Elle raccrocha avec le sentiment d'avoir brassé du vent. Les deux appels émanant du même endroit qu'elle reçut par la suite la troublèrent davantage. D'abord, son commissaire la réprimanda pour avoir zappé la présentation des statistiques. Comme elle indiquait pour sa défense avoir suivi une piste concernant deux meurtres, elle subit une nouvelle salve de reproches concernant son incapacité à trouver l'équilibre entre ses différentes fonctions. Du coup, lorsque le chef des inspecteurs prit le relais quelques minutes plus tard, ce fut bien évidemment pour exiger plus de résultats sur le double homicide. Et vite. Tandis qu'il lui cassait les oreilles avec la menace à peine voilée de s'en mêler en personne, Nikki porta le regard de son bureau encombré vers le portemanteau, auquel pendait son uniforme enfermé dans son sac en plastique. À la vue des barrettes dorées sur le col, Heat songea qu'elle n'avait peut-être pas choisi un boulot en or.

Raley vint se joindre à elle. Le tableau aurait dû constituer la feuille de route menant au meurtrier de Lon King et de Fred Lobbrecht. À dire vrai, il ressemblait plutôt au chantier d'une route en construction.

— Peu importe qui est derrière, ce piratage nous tue, dit l'inspecteur. On passe des heures sur des trucs qui d'ordinaire ne nous prennent que quelques secondes. Feller s'est fait suer toute la soirée dans sa planque à espérer intercepter Barsotti. Quant à Opossum, il va se choper un canal carpien à force de tourner des pages d'albums. D'après lui, il a de meilleures chances de tomber sur le type qui s'est introduit chez King en remontant la 5e Avenue pour dévisager les passants un par un.

— Dites-lui d'essayer quand il n'aura plus de photos d'identité à examiner, dit-elle. C'est le résultat qui compte.

— Voilà comment on devrait se répartir les tâches, proposa Raley. On devrait assurer votre protection et veiller à ce que Maloney ne vienne pas vous gâcher la vie.

— C'est un ancien flic : il se rendrait compte qu'il est filé, objecta Aguinaldo de son bureau.

Heat acquiesça d'un hochement de tête.

— C'est pourquoi je vais changer certaines choses. L'avis de recherche ne va pas nous aider, surtout avec les caméras en panne dans les rues. Et Inez a raison : il est trop malin pour se faire prendre à me suivre.

— Et très sûr de lui, ajouta Rook. Je suis certain qu'il nous a suivis au Cocina hier soir. Quand il a vu qu'on était là pour manger et non pour prendre un verre, il nous a lâché la semelle pour aller déposer sa petite surprise chez Nikki, à cinq minutes de là, puis il est revenu et s'est assuré qu'elle l'avait vu par la fenêtre, juste pour lui prendre la tête.

— À mon tour de lui prendre la sienne, déclara Heat. On n'attend plus passivement de tomber sur lui par hasard. Creusons un peu son passé. Les Gars, voyez si vous pouvez trouver dans sa vie d'autres éléments qui pourraient nous donner un indice sur les endroits où il traîne et où il pourrait être. Ses habitudes, ses préférences, peut-être des fréquentations connues…, ce serait pas mal. A-t-il des amis chez les flics ? D'anciens potes de lycée, des copains de régiment ?

— Apparemment, il a fait son service dans le Nevada, annonça Ochoa, qui avait déjà ouvert le dossier personnel de Maloney. Sur la base de Creech, dans l'armée de l'air, ajouta-t-il, le doigt posé sur la page.

— Je connais. C'est juste à côté de Las Vegas, intervint Inez Aguinaldo. Quand j'étais dans la police militaire, j'y ai fait un stage de formation, expliqua-t-elle en adressant à Heat un regard appuyé. C'est de là que l'armée de l'air fait décoller ses drones.

Maloney et les drones. Le tableau blanc était peut-être encore en chantier, mais le lien entre le passé militaire de l'ancien flic et le mode opératoire de l'assassin apporta un soudain regain d'énergie dans la salle de la brigade. Pour Heat, qui entendait encore une petite voix douter de la responsabilité de Maloney dans le meurtre de Lon King, cet élément propulsait désormais le paranoïaque au sommet de la liste. Les scrupules que lui dictait son instinct reposaient sur les moyens employés par l'assassin plus que par son mobile. Le simple fait d'ajouter *Drone ?* sous le nom de Maloney au tableau semblait donc accroître ses chances d'être le coupable. Par ailleurs, la découverte de cette connexion soulageait Heat de son autre hésitation : sa peur de ne donner la chasse à Maloney que par vengeance personnelle et de détourner ainsi esprits et talents de l'objectif principal, à savoir le double meurtre. Même si cette piste se révélait être une impasse, la policière expérimentée qu'elle était savait cependant qu'il ne fallait omettre aucune piste pour tomber enfin sur la bonne. L'inspecteur Aguinaldo mit de côté sa mission en cours, à savoir le visionnage des immatriculations sur les images vidéo de Roosevelt Island Bridge, pour passer quelques coups de téléphone dans le Nevada et chercher à découvrir ce qu'elle pouvait sur le service effectué par Timothy Maloney au laboratoire des aéronefs de combat sans pilote. Le personnel y commandait les drones américains envoyés en Irak et en Afghanistan, à douze mille kilomètres de là, dans des entrepôts remplis d'électronique sophistiquée. Outre ses attributions, l'enquêtrice devait réunir autant d'informations qu'elle pouvait sur Maloney lui-même, en particulier sur des amitiés ou des liaisons qui auraient pu mener de ses années passées dans le désert à New York aujourd'hui... Une idée guère plus improbable que celle de lancer un missile à l'autre bout du monde à partir d'un aérodyne télécommandé en gros comme un jeu vidéo pour adultes.

Raley et Ochoa, qui ne semblaient toujours pas avoir retrouvé leur mode de fonctionnement en duo, entreprirent, chacun à leur bureau, de mettre au jour des liens similaires au sein des postes de police fréquentés par Maloney avant son licenciement.

Ochoa, qui appelait successivement ses collègues et les Affaires internes, bondit de sa chaise de bureau, dont les roulettes heurtèrent le mur derrière lui.

— Capitaine, interpella-t-il sa supérieure en passant la tête par sa porte. On vient de me signaler des coups de feu chez Nathan Levy. C'est l'un des dénonciateurs du groupe dissident.

Rook monta en voiture avec Heat qui les conduisit dans le quartier où le Bronx longe l'eau, dans une jolie avenue proprette bordée de petites maisons individuelles de style Cape Cod à étage, de garages pour une ou deux voitures, de pelouses bien entretenues, de clôtures en fer forgé peintes en blanc, de drapeaux américains hissés haut, sans oublier les paniers de basket portatifs plantés tous les cent mètres au bord du caniveau, comme par décret municipal.

— C'est parti, dit Rook, comme si la présence des trois voitures de patrouille et du fourgon de la scientifique devant le périmètre de sécurité établi autour de la maison au bardage crème avait pu échapper à Nikki.

Ils se garèrent à la place de l'ambulance qui partait, sans gyrophare ni sirène. Un agent de la circulation fit signe aux badauds de s'écarter pour lui céder le passage. Tout en se dirigeant vers l'entrée, Nikki s'emplit les poumons d'air pur chargé d'iode. S'il avait fait plus chaud, si elle n'avait pas eu tant de meurtres et de paperasserie sur le dos, elle se serait peut-être offert une journée de planche à voile. Avec un soupir, elle constata que pas une seconde il ne lui venait à l'idée que ce pût justement être une bonne raison. Un jour peut-être, songea-t-elle.

Après avoir franchi la rubalise, puis le chemin d'accès en briques rouges, Heat et Rook trouvèrent Nathan Levy assis jambes pendantes sur le hayon ouvert de son pick-up Ford 450 gris métallisé, une bouteille de Brooklyn Lager à la main. Il adressa à Rook un hochement de tête signifiant qu'il le reconnaissait ; toutefois, il ne semblait pas vouloir aller plus loin. Heat lui montra son insigne et se présenta. Levy reposa sa bière.

— Je bois en public, mais je suis chez moi, c'est un problème ?

— Nous ne sommes pas là pour appliquer la politique de la tolérance zéro, monsieur Levy.

— Bien, parce que j'ai sacrément besoin d'un remontant.

À première vue, il ne semblait pourtant pas avoir besoin de prétexte. À ses paupières gonflées et son teint bouffi, qui n'allaient pas avec son physique d'adepte de l'entraînement croisé, Nikki voyait bien que cet homme buvait. Les colliers de Mardi gras accrochés au rétroviseur de son véhicule laissaient par ailleurs entendre qu'il était du genre à faire la fête.

— Avez-vous été touché ? On m'a dit que non.

Il secoua la tête.

— J'imagine qu'ils ont fait venir l'ambulance par pure précaution. Ou par habitude. Qu'est-ce que j'en sais, moi ? Je ne sais plus où j'en suis, là.

Nikki attendit qu'il ait avalé une nouvelle gorgée de bière. Malgré son tee-shirt ample, son torse semblait musculeux. Il lui était difficile d'en être certaine, étant donné la manière dont il était assis sur le hayon, mais elle le voyait plutôt petit, athlétique, cependant, comme un plongeur, un footballeur ou, oui, un pilote de course automobile : compact, mince, agile. Elle l'imaginait les mains sur le volant, soumis aux forces g dans les virages en épingle d'une piste d'essai.

— Cela vous ennuierait de me raconter ce qui s'est passé ?

Il partit d'un rire sec, et elle sentit l'odeur du houblon.

— On m'a tiré dessus, voilà ce qui s'est passé.

Sous le choc, on avait parfois de drôles de réaction. Aussi se montra-t-elle patiente. Il posa la bouteille sur le plateau à côté de lui.

— J'allais sortir rejoindre mes potes pour une répète, expliqua-t-il. Tout à coup… Pan ! Un coup de feu. Quelque chose a sifflé à côté de moi... Une balle. Elle s'est fichée dans le garage derrière moi.

Heat et Rook regardèrent derrière lui. Dans l'espace entre son pick-up et sa BMW M3 blanche, l'encadrement de sa porte de garage présentait une perforation, juste au-dessus de son étui de saxophone, posé de côté sur le sol de briques, où les experts de la scientifique commençaient à installer leur matériel.

— Ce n'est pas passé loin, observa Rook. Vous avez vu d'où elle venait ?

— J'étais plutôt occupé à me retenir de pisser dans mon froc.

Ravalant de nouveau sa morgue, il reprit :

— Je n'ai pas trop fait attention. Je suis un peu distrait depuis la mort de Fred Lobbrecht. Ça m'a donné un coup.

— D'où l'idée d'aller taper un bœuf avec les copains…, fit Rook sans dissimuler son agacement.

Levy lui adressa un regard noir, puis il but une nouvelle gorgée avant de poursuivre son récit :

— Alors, je me suis baissé. C'est là que ça devient flippant. Je me suis avancé et j'ai vu cette soucoupe volante, un de ces drones, vous savez, au bout de mon allée. Il a filé.

— Par où ? s'enquirent Heat et Rook en chœur.

Levy pointa du doigt en direction de son toit.

— On peut jeter un œil ? demanda Nikki.

Dans ce quartier, les maisons étaient étroites, mais profondes, telles des boîtes à chaussures. Avec une légère claudication, Nathan Levy leur fit emprunter le passage abrité entre chez lui et chez ses voisins. Une fois arrivés dans le jardin, ils gravirent la terrasse en teck qui surplombait la baie formée par l'embouchure de l'East River.

— C'est par là qu'il est parti. Où et d'où il venait ? Mystère.

À gauche et à droite, on apercevait d'autres terrasses et

d'autres jardins : rien de particulier. Au-delà, Heat et Rook distinguaient, au nord, le Throggs Neck Bridge qui franchissait l'école supérieure maritime et reliait le Queens. Au sud s'étendait le nouveau terrain de golf de Donald Trump, à Ferry Point, et le Whitestone Bridge derrière. De vastes terrains découverts, de vastes plans d'eau, et pas le moindre signe de drone ni de quiconque aurait pu le commander.

— Avec une portée de plus d'un kilomètre, ce truc a pu partir n'importe où, observa Rook.

— Et il doit être loin, acquiesça Heat.

— Ce n'est pas un peu tôt pour la saison, les sorties en bateau ? fit Rook, le regard rivé sur le hors-bord rouge et blanc arrimé au ponton de Levy.

— Seulement si on craint l'eau froide.

Nikki se demandait si cet esprit bagarreur était lié à sa mentalité de pilote d'essai viril, imbibé de bière et encore sous le choc, ou si cela cachait autre chose.

— Vous êtes sûr de ne pas avoir été blessé ce matin ?

— Oui, pourquoi ?

— Je vois que vous privilégiez votre jambe droite.

L'homme se redressa un peu.

— C'est rien. Je me la suis juste tordue au handball, samedi. Suite à une connerie d'un gars de l'équipe.

Il en fait un peu trop, songea Nikki. C'était en général signe de mensonge. Elle en prit note, puis lui demanda s'il avait reçu des menaces, même indirectes. Levy répondit que non. Il indiqua en outre qu'il n'avait vu aucun inconnu ni voiture étrangère dans les environs. Il y avait peu de délinquance dans le quartier, et, avec autant de gamins dans les environs, le moindre événement sortant de l'ordinaire avait tendance à faire rapidement le tour du voisinage. Heat revit alors la foule massée derrière la rubalise et comprit l'allusion.

— Encore une chose : reconnaissez-vous l'un de ces hommes ?

Elle lui montra un cliché de Timothy Maloney. Levy fit non de la tête. Idem pour Joseph Barsotti.

— Un dessin ? s'exclama-t-il lorsqu'elle lui présenta le portrait réalisé par Sampson Stallings de l'intrus dans son appartement. Quoi ? Les Syriens ont aussi piraté la carte mémoire de votre appareil photo ?

— Un oui ou un non suffiront. Vous est-il familier ?

— Non.

Pour terminer, elle lui soumit une captation d'écran du site Internet de Tangier Swift.

— C'est une plaisanterie ou quoi ? C'est Swift, l'enfoiré qui tue tout le monde avec son foutu logiciel.

Sans rien ajouter, Levy lança un regard furieux à Rook, comme s'il aurait dû le savoir.

— Vous a-t-il approché, directement ou indirectement, fait des menaces ou intimidé ?

— Ce connard respire l'intimidation.

— Et les menaces, alors ? poursuivit Nikki. Nous sommes au courant pour votre groupe dissident chez Forenetics.

Levy tourna vivement la tête vers Rook.

— Je vois. Vous m'interviewez, et ensuite vous allez tout déballer à la police. Allez vous faire voir.

— C'est une affaire de meurtre, maintenant, dit Rook. J'en ai autant à votre service.

Heat tenta d'assommer Levy de questions :

— À votre avis, l'attaque d'aujourd'hui est-elle liée à vos activités de dénonciateur ?

Levy sembla prêt à répondre, mais il se ravisa.

— Jamais je n'aurais dû me mêler de ça.

— Pourquoi ?

— Je ne veux plus en parler, O.K. ?

— Vos mains tremblent, fit remarquer Rook.

— Mettez-vous à ma place ! Vous ne voyez pas ce qui se passe, putain ? Regardez ce qu'ils ont fait à Fred Lobbrecht. Et, d'après Abigail, ils s'en sont aussi pris à Backhouse. Avec un putain de drone.

Il rendit son mobile à Heat.

— J'ai eu de la chance, aujourd'hui. Mais je suis un pilote ; alors, je sais que la chance n'est pas éternelle.

— Monsieur Levy, dit Heat, vous me cachez quelque chose.

Or, si vous êtes vraiment inquiet, je vous conseille de tout nous divulguer si vous voulez que je vous aide.

Levy se contenta de fixer, sans un mot, un point sur l'eau. Cela se révéla être une mouette, pas un drone. Heat se demandait toujours si cet homme restait évasif sous le coup de la panique parce qu'on lui avait tiré dessus, ce qui était au demeurant tout à fait compréhensible, ou s'il essayait de protéger un secret, quelque chose de beaucoup plus gros, qui le dépassait peut-être. Pour l'instant, elle ne pouvait toutefois que se poser des questions et insister pour obtenir des réponses.

— Quand vous serez prêt, n'hésitez pas à me joindre, rappela la policière en lui remettant ses coordonnées.

Alors qu'ils démarraient la voiture, un éclair blanc leur indiqua que Levy venait de jeter la carte par terre.

— Chouette type, commenta Rook, ce qui fit éclater de rire Heat.

Les voitures de patrouille parties, les voisins rentrés échanger des cancans au téléphone, Heat s'éloigna, laissant la sombre victime qui l'avait échappé belle les regarder partir depuis son allée.

— Ça m'étonne que vous ne soyez pas plus proches, tous les deux. Tu n'es donc pas du genre à prendre une bière au petit-déjeuner ?

— Bien sûr que si, à condition de me réveiller à 17 heures sous les tropiques. Mais sous les tropiques, je me ferais des oranges pressées ; alors, je crois que le film *Jameson Rook-Nathan Levy, des amis pour la vie* ne verra jamais le… Demi-tour !

Elle jeta un regard par-dessus son épaule.

— Pas toi. La voiture. Arrête-toi et rebrousse chemin, vite !

Heat freina.

— Cette voiture qui nous a croisés dans l'autre sens, en direction de chez Levy..., ajouta Rook tandis qu'elle attendait pour tourner au milieu de Tremont Avenue.

— Au volant, c'était le type du portrait.

À ces mots, Nikki fit demi-tour sur les chapeaux de roues. Elle grimpa à moitié sur le trottoir, puis se lança à fond à la poursuite de l'autre véhicule.

DIX

East Tremont est une belle quatre-voies à l'ancienne, bien large, ce qui lui facilita la tâche. Heat se faufila à une vitesse correcte entre un lambin qui envoyait des SMS et un camion de plombier, de sorte qu'elle ne tarda pas à atteindre la rue où habitait Nathan Levy. Malheureusement, un camion de livraison attendait au stop du carrefour en T.

— Mais qu'est-ce qu'il fout ? s'insurgea Rook.

— Il bloque la rue en attendant de pouvoir tourner dans cette entrée, là.

Nikki avait repéré le portail roulant qui s'ouvrait devant l'entreprise d'un traiteur, de l'autre côté du croisement.

— L'imbécile.

— Tu as conscience qu'on est à deux doigts de devenir les vieux grincheux du *Muppet Show* dans leur loge d'avant-scène ? fit remarquer Rook.

Heat alluma ses signaux lumineux et donna un bref coup de sirène. Le chauffeur sortit le bras par sa fenêtre et, d'un moulinet, lui fit signe de le contourner. Elle le doubla et s'arrêta brièvement à sa hauteur pour tourner en direction de chez Levy.

— La Chevrolet bleu foncé, annonça Rook en indiquant l'Impala, deux rues devant eux.

— Vue.

Heat décrocha sa radio.

— Un-Lincoln-Quarante, à la poursuite d'une berline Chevrolet bleue dernier modèle, en direction du sud dans Schurz Avenue, a tourné dans East Tremont, la rue perpendiculaire.

En retour, le central lui demanda l'immatriculation. Elle se trouvait maintenant à distance suffisante pour déchiffrer la plaque, qu'elle lut à voix haute.

— Conducteur recherché pour éventuel dix-trente et un. Demande renforts. Code dix-quatre, Un-Lincoln-Quarante.

Elle laissa retomber le micro sur ses genoux.

— J'espère qu'il n'y a pas trop de petits curieux, dit-elle. Je n'ai aucune envie de finir à la télé ce soir pour avoir fauché un citoyen.

Puis, quelque chose de curieux se produisit devant eux. Les stops de l'Impala s'allumèrent.

— Mais qu'est-ce qu'il fout ? s'exclama-t-elle à son tour.

Le conducteur ralentit, mit son clignotant à droite, et la voiture se rangea le long du trottoir. Lorsqu'elle fut garée, l'homme coupa le moteur.

Rook se tourna vers sa compagne.

— J'enfonce peut-être des portes ouvertes, mais c'était la pire poursuite en voiture jamais vue.

Heat était trop concentrée sur sa tâche pour avoir entendu la remarque. Elle signala sa position et ouvrit sa portière, puis s'approcha du véhicule par l'angle mort du conducteur, la main sur son étui, à l'affût du moindre geste brusque. Or la première chose qu'elle vit fut ses mains posées sur le volant, dans la position classique en dix heures dix : bien en vue. Nikki vérifia qu'il n'y avait personne sur la banquette arrière ni arme près de lui. Ni drone, non plus, nota-t-elle. Lorsque leurs regards se croisèrent, elle constata qu'il souriait. Sa ressemblance avec son portrait était frappante.

Assis les mains croisées sur la table, Eric Vreeland semblait parfaitement à l'aise dans la salle d'interrogatoire. Il arborait un costume bien taillé et une de ces chemises bleu clair comme on en voit encore, mais que portaient surtout les diplômés d'école de commerce lâchés dans le bas de Manhattan dix ans auparavant. Sa coupe de cheveux datait aussi, et, de l'avis de Heat, d'ici un an, il aurait à choisir entre les implants et le crâne rasé, en passant peut-être par l'étape intermédiaire de la mèche rabattue avant de cesser de faire l'autruche et de franchir le pas.

— On va rester assis ici comme ça longtemps ? s'enquit-il enfin. On ne rajeunit pas.

Vous lisez dans mes pensées, songea Nikki, qui remarqua au-dessus de son ventre la ligne horizontale due à la ceinture abdominale qu'elle avait sentie lors de sa fouille à Throggs Neck.

— La balle est dans votre camp, monsieur Vreeland. Vous n'avez qu'à commencer à répondre à certaines de mes questions, et nous pourrons avancer.

En réaction, il jeta un bref coup d'œil à son reflet dans le miroir sans tain, puis il étudia ses mains. Nikki distingua la marque laissée par une alliance disparue, ce qui complétait le portrait qu'elle se faisait de cet homme d'âge mûr.

De l'autre côté du miroir, dans la salle d'observation, Rook vint rejoindre Raley et Ochoa qui suivaient l'interrogatoire.

— Ah ! zut, elle a commencé sans moi.

— Tu piques un somme, on te pique ta place, vieux, dit Ochoa.

— Pour ta gouverne, sache que j'étais loin de piquer un somme, mon pépère. Je passais un coup de fil à un de mes contacts pour voir ce que je pouvais dénicher sur Timothy Maloney.

— Et ça a donné quoi ? demanda Raley.

— Le temps nous le dira. C'était juste un travail préparatoire.

Au silence qui régnait dans la salle d'interrogatoire répondit un blanc gêné dans la salle d'observation. Telle une tourelle, Rook tourna la tête de droite à gauche, car Raley et Ochoa, entre lesquels s'était creusé un gouffre, se tenaient chacun à un bout du miroir.

— Je peux faire quelque chose pour vous deux ?

— Oui, continuer à remuer ciel et terre comme tu le fais, répondit Ochoa. Peut-être cela finira-t-il par payer.

— Je ne parlais pas de l'affaire. Je veux dire pour vous.

Il écarta les mains comme pour mesurer la distance qui les séparait.

— Vous pensez peut-être que personne n'a remarqué les tensions entre vous ? Vous devriez peut-être sortir boire un verre et vous soûler ensemble. Ou aller voir un film. Ou vous soûler au cinéma, je l'ai déjà fait… Enfin, c'était un film porno, et c'était purement professionnel : des recherches pour un article. Pourquoi payer sinon pour voir *Le Seigneur des anus* ? Un nom pareil !

Il marqua une pause.

— J'ai l'impression que vous ne m'écoutez plus.

— Oh si ! Je t'écoute. C'est juste que je ne veux pas en parler, déclara Raley. Il vaut mieux garder certaines choses pour soi. Est-ce que nous, par exemple, on discute de ce qui se passe entre vous, Heat et toi ?

— Je ne vois pas du tout de quoi tu parles, fit Rook, pris de court.

— Et voilà, rétorqua Raley avec un sourire en coin. C'est comme ça qu'on esquive les gens qui fourrent leur nez dans vos affaires. On nie et on la ferme.

Comme la voix d'Eric Vreeland leur parvenait à travers les haut-parleurs, ils tournèrent leur attention vers l'autre salle. Rook, cependant, fut tout à coup distrait par la remarque de Raley.

— Mon avocate ne va pas tarder. Vous croyez que je vais vous dire quoi que ce soit en son absence ?

À dire vrai, Heat avait beau se montrer patiente, car elle espérait voir le silence finir par mettre son client mal à l'aise, elle n'en avait pas moins conscience que l'heure tournait et qu'il lui fallait avancer avant l'arrivée de l'avocate.

— C'est comme ça que ça marche pour les salauds dans votre genre, finit-elle par s'impatienter. Vous faites comme bon vous semble, vous définissez votre proprc moralité, vous ne respectez même pas la loi puisque vous avez mieux de votre côté : l'argent et les avocats qu'il vous permet de payer.

— C'est quoi, ce bordel ?

Enfin une réaction. Il posa les mains sur ses genoux et se sécha les paumes sur les cuisses.

— Je suis détective privé agréé.

— Payé par la société SwiftRageous.

— Et alors ? C'est un de mes nombreux clients. Et c'est quoi, cette histoire de « salaud » ? Je n'ai absolument rien à me reprocher.

— Parlons-en.

— Certainement pas.

— C'est ce qu'on verra. Pourquoi vous intéressez-vous à Lon King ?

— Qui ?

— Sampson Stallings ?

— Qui ?

— Nathan Levy.

— Je ne vous suis plus.

— Nathan Levy. Je viens de vous suivre jusque dans sa rue.

— Qu'en savais-je ? fit Vreeland en toute innocence. Je faisais juste un tour en voiture. Il faisait beau, j'ai eu envie de passer voir le nouveau parcours Jack Nicklaus financé par Donald Trump. J'ai vu que vous me suiviez… La police, c'était d'une telle évidence que je me suis rangé. Et maintenant, pour une raison que j'ignore, me voilà retenu ici. Alors, j'attends mon excellente avocate.

La conversation ne prenait pas le tour que Heat aurait aimé ; néanmoins, il parlait.

— Qu'avez-vous fait des documents que vous avez volés dans cet appartement, à Roosevelt Island ? martela-t-elle.

— Quel appartement ? Quels documents ?

Avant qu'elle ne puisse le pousser davantage dans ses retranchements, la porte s'ouvrit, et Helen Miksit entra à pas lourds. L'avocate, de stature monolithique, arborait une veste de tailleur en tweed et un froncement de sourcils entièrement dédié à Nikki.

— Heat, je vous croyais mieux aguerrie, dit-elle sans prendre la peine de s'asseoir. Salut, Eric. Ne prenez pas trop vos aises.

Ancienne membre du bureau du procureur et désormais l'un des meilleurs défenseurs au pénal de la ville, la femme de loi ne lâchait rien au tribunal et, Nikki en avait fait l'expérience malheureuse, elle n'y allait pas de main morte non plus en amont.

— Cet interrogatoire est terminé, asséna-t-elle.

— Ce n'est pas à vous d'en décider, maître.

Heat demeura assise face à Vreeland.

— Balivernes. Vous avez des charges ?

— Pas encore. Mais un homme qui a trouvé votre client chez lui arrive pour l'identifier.

— Oh ! Il est donc déjà jugé et condamné, rétorqua Miksit en usant de son sarcasme habituel. Pourquoi ne pas le mettre directement sur la chaise et le faire griller pour l'enlèvement du petit Lindbergh ?

Cette fois, Heat se leva pour faire face à l'emmerdeuse.

— Il n'ira nulle part, Helen. Pas avant d'avoir été soumis à une séance d'identification pour mon témoin oculaire.

— Très bien.

Miksit posa son énorme serviette sur la table et s'assit.

— On va donc attendre la fin de votre petite procédure pour payer sa caution.

Heat se rassit.

— Je veux d'abord lui parler.

— C'est déjà fait. Merci de l'intérêt que vous lui portez.

L'avocate se cala au fond de sa chaise. Elle avait un sourire suffisant qui fit détester à Heat tous les avocats.

Après avoir chargé Raley et Ochoa de préparer la séance d'identification pour Sampson Stallings, la policière se rendit dans son bureau pour passer l'appel qui s'imposait.

— C'est à quel sujet, capitaine ? demanda l'assistante de M. Swift.

— Vous avez ce qu'il faut pour noter ?

— Je vous écoute.

— Dites à monsieur Swift que je viens d'arrêter son détective privé pour s'être introduit chez la victime d'un meurtre et que je veux savoir pourquoi il l'a envoyé là-bas.

Il y eut un blanc, puis il sembla à Nikki entendre un clic.

— Allô, vous avez saisi ?

Elle crut alors qu'on lui avait raccroché au nez, mais ensuite elle perçut le brouhaha de la rue, suivi de la voix de l'homme d'affaires.

— Nikki Heat, je devrais vous engager comme VRP. Vous êtes très douée pour mettre le pied dans la porte.

— Eric Vreeland aussi, rétorqua-t-elle, ni flattée ni séduite. Comme il travaille pour vous, nous allons nous revoir. Et vite.

Pendant le trajet en voiture jusqu'à Tribeca, pour sa seconde entrevue avec Tangier Swift, Heat retourna l'idée qu'Eric Vreeland pouvait être le tueur. D'un certain point de vue, cela paraissait logique, car les hommes de la position de Swift confiaient les basses besognes à des cancrelats comme Vreeland. Aussi le privé, ou disons l'agent ou encore l'homme de l'ombre, quel que fût le terme poli choisi pour nommer celui qui maniait l'art sordide de « régler les problèmes », représentait-il le moyen le plus expéditif pour ce magnat conquérant de se débarrasser des gênants dénonciateurs à ses basques.

Cependant, cette idée si attrayante à première vue ne résistait pas à un examen plus poussé. Eric Vreeland n'était pas armé lors de sa capture. Aucun résidu n'avait été retrouvé sur ses mains ou ses vêtements. Il clamait ne rien connaître aux drones, si ce n'est avoir entendu dire à la télévision qu'ils remplaceraient peut-être un jour les livreurs de pizza. Mensonge ou non, on n'avait trouvé ni drone ni télécommande dans sa voiture. De plus, il avait été appréhendé alors qu'il se dirigeait chez Levy après l'agression. Vreeland s'y rendait-il pour achever le travail ou seulement surveiller la victime, voire s'introduire chez elle pour le compte de son patron ?

Heat ne se souvenait pas d'avoir jamais dû résoudre une affaire composée de tant d'éléments mouvants, en orbite, apparemment reliés entre eux, mais se refusant à fournir le moindre indice quant à leurs relations. Les dénonciateurs qui s'en prenaient à Swift, le soi-disant saboteur de sécurité automobile, avaient certes des motivations claires. Mais pourquoi un milliardaire des hautes sphères se donnerait-il la peine d'éliminer ses détracteurs alors qu'il disposait d'avocats pour gérer automatiquement ce genre de problèmes ? Et que venait faire un truand tel que Tomasso Nicolosi dans le tableau ? Aucun doute, il était dangereux, mais, selon son propre raisonnement, il n'irait pas commettre un meurtre pour récupérer une dette de jeu. Même si Swift ou quelqu'un d'autre avait eu recours à ses services, le drone et l'accident de voiture au terrain d'essais semblaient bien trop sophistiqués pour un personnage aussi grossier. En revanche, Heat savait que le seul moyen de découvrir les liens qu'elle cherchait était de continuer à poser des questions et à observer. En gardant la tête à tout ce qu'elle avait à faire d'autre en cette première semaine à son nouveau poste.

Qui craquerait en premier, se demandait-elle, l'affaire ou elle ?

Heat esquiva le voiturier, glissa sa caméra de surveillance entre le tableau de bord et le pare-brise et laissa sa voiture garée dans la rue, devant le Greenwich. Comme l'hôtel chic et branché de Robert De Niro se dressait à deux pas de chez Rook, tous deux étaient souvent venus, au cours de l'année écoulée, savourer le *ragù* d'agneau aux *pappardelles* servi dans son restaurant, le Locanda Verde.

Le salon du Greenwich était à la hauteur de sa réputation : calme, décoré avec goût et réservé à la clientèle. Tangier Swift devait louer une chambre sur place, ou en avoir réservé une juste pour ce jour-là afin de pouvoir y tenir sa réunion. Le concierge fit entrer Heat, qui trouva son interlocuteur au coin du feu, le nez plongé dans son iPad. À son arrivée, il posa la tablette.

— Sans vouloir remuer le couteau dans la plaie, mon électronique marche, contrairement à celle de New York. N'hésitez pas à me demander, si vous avez besoin d'une recherche dans Google.

— Volontiers, rétorqua Nikki sans ciller. Pourquoi pas sur les privés versés dans la violation de domicile pour milliardaires du Net ?

— Rien ne vous fera baisser les bras, n'est-ce pas ?

Elle s'assit et le regarda droit dans les yeux.

— Comptez sur moi.

— Je suis surpris de vous voir seule. Jameson Rook est-il donc parti battre la campagne et/ou les bas-fonds à la recherche de nouvelles cibles pour ses « reportages » ?

Swift mima même les guillemets avec ses doigts.

Ne souhaitant pas gaspiller son temps à défendre son fiancé, Heat resta concentrée sur l'objet de son interrogatoire.

— Nous ne bénéficierons peut-être pas d'un cadre aussi agréable lors de notre prochaine rencontre, monsieur Swift. Comme je vois les choses, vous pourriez même ne porter ni ceinture ni lacets.

— Oh Seigneur ! Que c'est drôle ! Chercheriez-vous à m'intimider ? Sérieusement ?

Il décroisa les jambes et se pencha en avant.

— Sur quelle planète vivez-vous, capitaine ?

Bien qu'il ne mimât pas les guillemets autour de son titre, son ton suffit à les suggérer.

— Vous croyez peut-être m'avoir convoqué ? Que je vais rester assis là à me laisser brusquer par vos investigations fantaisistes et vos théories du complot ?

Aussitôt, Nikki se demanda pourquoi il avait accepté de la voir. Elle se tourna pour vérifier qu'on ne l'avait pas piégée. Ils avaient la pièce pour eux seuls... Du grabuge au Greenwich ? Ce serait très étonnant.

— Laissez-moi vous expliquer quelques petites choses. Quand on ose comme moi la vision mondiale… Certes, j'ai d'abord fait fortune grâce à Internet, mais qu'y puis-je ? Vous créez un site, les gens le consultent, ça paye. Oh Seigneur ! Oui, beaucoup. Quoi qu'il en soit, quand on a un profil comme le mien, on se retrouve constamment la cible des pique-assiettes qui veulent vous soutirer une part de ce gâteau si durement gagné. Ça prend toutes sortes de formes et ça n'arrête pas. Les chasseurs de brevet, le non-respect de la propriété intellectuelle, les recours collectifs, sans oublier les revendications spécieuses concernant les dommages et les morts causés involontairement par l'un de mes innombrables produits. Retenez bien ici le mot « spécieux ». Alors, que fais-je ? Des tas de chèques. Mes avocats appellent ça l'argent qui règle tout. Et que font les pique-assiettes ? Ils disparaissent. Néanmoins comme certaines allégations sont volontairement nuisibles, je dois prendre certaines mesures pour me protéger, ce que je fais de diverses manières. L'une d'elles consiste à engager les services d'un « homme de l'ombre », comme on dit ; on pourrait aussi parler d'« agent » ou de « privé ». Pour moi, c'est une question de prudence. Alors, restons-en là, car, vous l'aurez compris, je ne m'abaisserai pas devant vous – et encore moins devant les procéduriers – à m'excuser de faire acte de prudence en faisant intervenir quelqu'un face à ces attaques bidon.

— Reconnaissez-vous que vous l'avez fait ? Que vous êtes… ?

Heat mima à son tour des guillemets.

— … « intervenu » pour mettre un terme aux enquêtes concernant votre logiciel défaillant ?

— C'est un mensonge. Mon système n'est pas défaillant.

— On dirait que vous admettez avoir chargé votre homme de l'ombre de régler le problème. Le problème était-il Fred Lobbrecht ? Lon King ?

— Vous ne m'écoutez pas.

— Wilton Backhouse ?

Swift jeta ouvertement un coup d'œil derrière elle. Cette fois, lorsque Nikki se retourna, quelqu'un approchait. Mais ce n'était pas un homme de main. Du moins pas au sens physique. L'homme aux cheveux gris qui se cramponnait à sa canne à s'en blanchir les articulations et dont le pas était si laborieux n'était autre que le député Kent Duer.

Méfiante, mais incapable de lutter contre ses réflexes, Heat se leva par respect, tandis que le septuagénaire se joignait à eux. Sans lui adresser plus qu'un bref signe de tête, il se laissa tomber avec un gros soupir dans le fauteuil en cuir rouge à côté de Tangier Swift.

— Trop jolie pour un flic, fit-il remarquer en aparté à son hôte.

Son clin d'œil sournois indiquait clairement qu'il ne s'agissait pas du tout d'un compliment.

Depuis sa plus tendre jeunesse, Heat avait toujours vu le député dans les journaux, aux informations télévisées et, dernièrement, aux émissions de débat du dimanche dès lors que le sujet touchait aux budgets militaires et à la course à la puissante présidence du sous-comité de la Défense.

— Je viens de loin pour ce qui va être une très brève entrevue, déclara Duer en la regardant pour la première fois droit dans les yeux. Ce n'est pas un problème, à condition que vous compreniez bien le message. Tout ceci doit immédiatement cesser.

Dans le fauteuil en cuir rouge à côté de lui, Tangier Swift esquissa un sourire. Se trouvant brusquement dominée, au lieu de laisser tomber, Heat agit comme elle l'aurait fait dans un combat de rue : elle gagna du temps pour évaluer la situation et choisir la meilleure tactique.

— Je ne suis pas sûre de bien comprendre, monsieur.

— Je suis certain du contraire. Voulez-vous que je reprenne dans le détail ?

Tangier Swift posa la main sur le genou de son voisin, un geste dont la familiarité n'échappa pas à Nikki.

— C'est inutile, Kent.

— Non, ce n'est pas grave. J'aimerais être sûr que notre jeune dame comprenne bien.

Le parlementaire se racla la gorge, puis reprit avec calme, mais détermination :

— Non seulement vous faites fausse route, mais, pour des raisons que je ne peux vous exposer, vous représentez une menace éventuelle pour la sécurité nationale.

Il laissa l'information faire son effet.

— Cela éclaire-t-il votre lanterne ?

— Il faudrait donc que je lâche l'affaire.

Duer gloussa et se tourna vers Swift.

— Et brillante, avec ça.

Toutefois, Heat n'avait pas encore déterminé ce contre quoi elle s'érigeait. Il semblait un peu exagéré d'invoquer la sécurité nationale dans cette affaire.

— Monsieur le député, j'ai bien peur que cela ne suffise pas.

— Peut-être n'êtes-vous pas aussi brillante, finalement. Alors, laissez-moi vous présenter les choses sous un autre angle. Vous croyez savoir ce que vous faites. Or, à tâtonner à l'aveugle comme vous le faites, vous allez finir par plonger la main dans un sac de serpents à sonnette.

Satisfait du tableau qu'il avait dressé et de l'avertissement qu'il venait de lancer, Duer étudia la tête d'aigle polie sur sa canne, qui lui avait été offerte le jour de son départ de l'hôpital naval de Bethesda, où il avait séjourné après avoir perdu un pied au Viêt Nam.

— Cela vous donne-t-il suffisamment de grain à moudre ?

Heat digéra le tout.

— Monsieur le député, j'ai le plus grand respect pour vous, vos fonctions et votre comité.

Le législateur secoua la tête.

— « Mais… »

— Cependant, je ne reçois d'ordres que de ma hiérarchie sur la manière de mener mes enquêtes. Vous devez le comprendre.

— Malheureusement, oui. Tout ce que je peux dire, c'est que vous feriez mieux de bien réfléchir à tout ceci.

Il se tourna vers Swift pour lui indiquer qu'il en avait terminé, puis il revint à elle.

— Et maintenant que je vous ai tout expliqué, pourquoi ne pas utiliser ces jolies gambettes pour passer votre chemin ?

Lorsqu'elle ressortit dans Greenwich Street, Nikki avait mieux à faire qu'à ruminer le fait d'avoir été traitée comme une femme-objet. Ou s'en soucier. Plus elle réfléchissait aux implications de cette conversation, plus elle se demandait s'il s'agissait d'information ou de désinformation. En tout cas, une chose était sûre, un meurtre n'était jamais simple. Alors, deux… Et voilà que l'une des plus influentes personnalités de Washington voulait l'empêcher de mener l'enquête. Certes, cela rendait la situation plus complexe. Cependant, sa volonté de découvrir la vérité ne s'en trouvait que renforcée.

La mauvaise nouvelle, qui ne la surprit guère à son retour à la criminelle, fut que l'homme de l'ombre de Tangier Swift avait été relâché. Eric Vreeland avait non seulement été libéré, lui rapporta Ochoa, mais sans caution ni charges retenues contre lui.

— Que s'est-il passé lors de l'identification ? demanda Heat. Stallings n'a-t-il pas reconnu Vreeland ?

— Oh ! il l'a bien identifié, compléta Raley. Sur-le-champ. Mais le bouledogue du privé l'a alors pris à part et l'a fait douter quant à savoir si Vreeland se trouvait dans les parties communes ou à l'intérieur de l'appartement.

— Pourtant, Stallings nous a dit être tombé sur le type à l'intérieur, dans son entrée, protesta Nikki.

— Vous savez comment ça marche, rétorqua Ochoa. La confusion dans le feu de l'action, l'impulsion du moment, le doute semé. Le choix est vaste.

À vrai dire, Nikki l'avait souvent constaté, comme tous les policiers : les témoins oculaires les plus fiables amalgament ou confondent des détails qui paraissent pourtant inoubliables à ceux qui n'ont pas vécu le traumatisme de l'incident. Comme les défenseurs des criminels ne l'ignoraient pas non plus, Helen Miksit avait sauté sur l'occasion.

— En plus, à cause du retard de folie accumulé suite à la cyberattaque, le bureau du procureur n'a pas voulu miser sur un plaignant hésitant.

— Ça craint carrément, résuma l'inspecteur Raley au nom de tous.

— Comme toujours, acquiesça Heat.

Rhymer semblait presque le prendre personnellement.

— C'est vraiment pas cool. J'ai passé toute la nuit à feuilleter les albums d'identification, et le type sort d'ici avant même que j'aie le temps de revenir voir à quoi il ressemble.

— À peu près à ça.

Ochoa brandit le dessin à partir duquel son collègue avait travaillé, et tous s'esclaffèrent.

Lorsque Heat eut informé la brigade de sa réunion à Tribeca, la pièce remplie de sceptiques-nés ne crut pas plus que Nikki à un problème de sécurité nationale.

— Si la sécurité est menacée, c'est par un crétin qui s'est mis un homme politique dans la poche, commenta Rhymer. Je ne sais pas si Kent Duer est corrompu, mais, en tout cas, vu ce que coûte une campagne aujourd'hui, je parie que le député centralise sa recherche de fonds.

— Et qu'obtient Tangier Swift en retour ? demanda Raley.

— Ce qu'on lui a justement offert aujourd'hui, dit Ochoa. Une intervention avec séance d'intimidation à la clé.

Heat s'avança vers le tableau blanc.

— Bien, qu'on y croie ou non, dit-elle en inscrivant le nom du député de sa plus belle écriture majuscule, il faut continuer à considérer cette histoire de sécurité nationale comme une option, jusqu'à ce qu'on en sache un peu plus.

— Sur ce point, je peux peut-être vous aider, intervint Rook dans son dos.

Nikki, qui ne l'avait pas revu depuis son départ pour son rendez-vous au Greenwich, continua d'écrire.

— Laisse-moi deviner. Une de tes sources de la zone 51 ? demanda-t-elle avant de se retourner, un sourire espiègle aux lèvres, qui se figea lorsqu'elle vit qui se tenait un peu trop près de Rook sur le pas de la porte.

— Je ne sais pas trop, répondit-il. Pour quelle agence opères-tu maintenant ?

Il se tourna vers sa compagne en tailleur-pantalon.

— La CIA, la NSA, le NRO, le GDIP ?

— Restons-en à la zone 51, dit Yardley Bell en portant un doigt à sa jolie bouche fendue d'un large sourire.

Puis, l'ancienne petite amie de Rook s'avança et tendit une main parfaitement manucurée à Nikki.

— Bonjour, ravie de vous revoir. Jamie m'a dit que vous étiez passée capitaine. Bravo !

— Et voyez-moi cela : votre propre bureau, siffla l'agent Bell, après que Heat leur eut fait signe de la suivre dans un endroit plus tranquille que la salle de la brigade.

Yardley affichait un sourire d'agent immobilier, comme disait Nikki. Peut-être cette bonne humeur était-elle sincère, peut-être était-elle pour la galerie ou destinée à cacher mille pensées peu aimables, mais peut-être cette femme était-elle simplement radieuse. Lorsque leurs chemins s'étaient croisés quelques années auparavant, dans le cadre d'une affaire, Nikki avait toutefois eu l'occasion d'apercevoir un côté plus sombre chez elle : Bell, Heat le savait, pouvait se montrer dure et sévère en un clin d'œil. Après une première expérience mouvementée, les deux jeunes femmes avaient fini par mettre de l'eau dans leur vin. Elles avaient échangé des propos plus aimables, avaient déjeuné ensemble une fois (ou était-ce un brunch ?) et s'étaient promis de rester en contact, vœu mêlant savamment hypocrisie et politesse. La dernière fois qu'elles s'étaient parlé, c'était au téléphone juste après l'ouragan Sandy. Yardley avait rendu service à Nikki en l'aidant à faire pression sur un mercenaire étranger pour obtenir des aveux indispensables.

Assise face à elle, de l'autre côté de son bureau, elle soufflait sur le café américain que lui avait préparé Rook, et Nikki s'efforçait de ne pas trop montrer qu'elle dévisageait cette seule autre femme avec laquelle son fiancé avait eu une relation sérieuse. Sa teinte de cheveux était passée du brun à un léger caramel aux reflets fauves de bon goût. Elle semblait toujours aussi svelte et en forme, peut-être grâce à des séances de yoga associées à du renforcement, à en juger par sa posture de danseuse, à moins que cela ne fût simplement destiné à offrir à Rook un meilleur point de vue sur sa poitrine. C'était aussi une possibilité.

Yardley croisa les jambes et posa sa tasse sur son genou.

— Il paraît que des félicitations sont de mise.

— Oui, en effet, répondit Nikki. Merci... On compte sur vous… Vous viendrez ?

— Bien sûr. C'est quand, le grand jour ?

— En août, le…

— Faut voir, acheva Rook. Note la date : en août.

— Nous n'avons encore rien décidé, s'empressa d'ajouter Nikki.

Bell la fixa des yeux et la jaugea. Yardley avait un regard saisissant, digne d'un mannequin. Néanmoins, il voyait tout sans rien renvoyer en retour. Heat se demanda si Rook y avait vu quelque chose de plus. Et en quelles circonstances. Puis, elle préféra oublier cela. Inutile de se torturer ; il y avait de quoi se rendre folle. Elle passa à un sujet beaucoup moins délicat.

— On me parle de sécurité nationale, et cinq minutes plus tard vous débarquez. Finalement, les espions valent mieux que je ne l'aurais cru !

— On pourrait m'accorder un peu de crédit, là ? s'insurgea Rook. C'est moi qui ai pris contact avec l'agent Bell, ce matin.

Nikki sentit un petit tiraillement sous le sternum.

— Tu as pris contact ?

— Exact. J'ai projeté mon signal de Batman sur un nuage.

— Et me voici, s'esclaffa Bell, qui tendit le poing à Rook pour qu'il le frappe du sien.

L'impact résonna dans l'estomac de Heat.

— Comme nous avons appris, lors du briefing ce matin, que Timothy Maloney avait été stationné sur une base de drones, j'ai cru que cela irait plus vite de demander à Yards d'accéder à son dossier militaire.

— Vous l'ignoriez ? demanda Bell.

Ne voulant pas donner l'impression que Rook ne la tenait au courant de rien, ce qui devenait de plus en plus difficile, Nikki haussa les épaules.

— On divise pour mieux régner, par ici.

— Nikki est capitaine, maintenant, ajouta Rook. Comme il lui est impossible d'assister à toutes les conversations, l'initiative prime.

Annette, la standardiste, entra pour remettre un message plié à son chef.

— Tu vois ? dit Rook. Elle n'a pas une minute à elle.

Nikki déplia le message. *Zachary Hamner, One Police Plaza : 3e appel. Il insiste*, disait-il. Annette ne repartit qu'une fois assurée que Nikki l'avait lu.

— Je vois que vous êtes pressée. Je ne vous fais donc que mon topo et je m'en vais, déclara l'agent Bell.

Sans notes ni la moindre hésitation, elle cita de mémoire :

— Timothy James Maloney, formation militaire initiale sur la base aérienne de Lackland, à San Antonio. Puis, stationné à Sheppard, également au Texas, pour six semaines de formation professionnelle, il a ensuite été transféré à Creech, au Nevada.

— Or, d'après ce qu'on sait, rebondit Heat, Creech est une base de drones.

— Oui. Cela n'a rien de confidentiel. Creech est un site de lancement pour RPV : *Remotely Piloted Vehicles*, « appareils pilotés à distance ». Le MQ-1 Predator et le MQ-9 Reaper effectuent des missions de reconnaissance et des missions tactiques au Moyen-Orient et..., bref, au Moyen-Orient.

— Oh, oh, oh ! Dis donc, gémit Rook de façon théâtrale. Tu as failli le dire. Tu allais nous révéler où les drones se rendent.

— Tu crois ? rétorqua-t-elle avec un clin d'œil.

Nikki interrompit leur petit jeu.

— Les détails de vos opérations clandestines ne m'intéressent pas plus que ça. Maloney a-t-il été formé à piloter un drone ?

— Non. Maloney figurait sur la liste des spécialistes en munitions. Il a pu monter des Hellfires sur des drones, mais sa formation ne lui donnait pas accès à ce que les pilotes de RPV appellent la « salle de jeux ».

L'enthousiasme qui s'était emparé de Heat à l'idée d'avoir établi un lien entre Maloney et les drones retomba. Néanmoins, la policière savait que toute information était bonne à prendre, même si ce n'était pas celle qu'elle avait espérée.

Rook devait partager ce sentiment.

— Mais ne serait-il pas possible qu'il ait développé un intérêt pour les drones ? demanda-t-il.

— Tout est possible, Jamie. On le sait bien.

Elle leva son café à sa santé avant d'en boire une gorgée.

— Puisque vous êtes là, reprit Nikki, cela vous dérangerait si je vous demandais ce que vous savez de Kent Duer et d'un dénommé Tangier Swift ?

Heat reprit point par point les faits concernant le double homicide sur lequel ils travaillaient, jusqu'à l'intervention du député une heure auparavant.

— Intéressant, conclut Bell, mais sur un ton qui donna à Heat l'impression qu'elle lui dissimulait quelque chose.

Nikki parvenait-elle mieux à déchiffrer les signes révélateurs de l'agent, ou prenait-elle encore ses désirs pour des réalités ?

— SwiftRageous, répéta Bell, les yeux fermés, comme pour fouiller sa mémoire. Je vérifierai.

De nouveau, Heat eut la sensation qu'on lui jouait la comédie, mais pour l'instant elle s'en contenterait, ravie par ailleurs de voir « Yards » sur le départ.

— Merci de votre aide, dit-elle en lui serrant la main, sur le trottoir devant le poste. Je suppose que votre présence ici était liée à la cyberattaque. Que pouvez-vous m'en dire ?

— Ce n'est pas vraiment mon domaine, mais nous avons une armée d'experts qui s'arrachent les cheveux à Langley et à Fort Meade. Si j'apprends quoi que ce soit, je ne manquerai pas de vous en faire part.

— Je devrais pourtant savoir maintenant que ce n'est pas la peine de supposer quoi que ce soit avec vous, gloussa Heat. Je vous croyais à New York à cause du piratage.

— Oh ! mais je n'étais pas ici. J'étais à Washington quand Jamie m'a appelée.

Heat se sentit blêmir malgré elle. Yardley serra le bras de Rook.

— Vous le connaissez : on ne peut rien lui refuser. Il faut dire aussi que la CIA disposait d'une voiture dont personne n'avait besoin, à Andrews, et le plein était fait.

Rook agita la main, mais l'agent Bell, assise à l'arrière du 4 x 4 GMC Yukon, avait déjà baissé la tête sur son écran de téléphone et tapait un SMS, tandis que son chauffeur l'emportait loin de la 82e Rue Ouest.

— C'est gentil de ta part d'avoir raccompagné Yardley à la porte, dit-il.

Mais, lorsqu'il se retourna et vit le visage de pierre que lui adressait Nikki, il fronça les sourcils.

— Quoi ?

— Je suis sortie jusqu'ici parce que je ne voulais pas que nous ayons cette conversation dans l'aquarium.

Ce fut à son tour de pâlir.

— Parce que nous allons avoir une... conversation ?

D'un signe de tête, elle indiqua Columbus Avenue et se dirigea vers l'est. Elle n'avait pas fait plus de trois longues enjambées rageuses que Rook la rattrapa, et il se maintint à sa hauteur.

— Qu'est-ce qui ne va pas chez toi ? fit-elle.

— Ce n'est donc pas vraiment une conversation, mais plutôt une analyse de mes défauts. Je me trompe ?

— À ton avis, Rook ? Tu dois bien avoir une idée du fonctionnement des rapports sociaux, non ?

— Assez bonne pour savoir que nous en sommes maintenant aux préliminaires d'une dispute.

Elle s'arrêta au carrefour.

— Tu vas cesser, oui ? La mettre un peu en veilleuse et me parler ?

Il réfléchit un instant.

— Je crois que je ferais mieux de t'écouter.

— Bonne idée.

Nikki laissa passer une poussette pour jumeaux, dans laquelle dormait un bambin d'un an d'un côté, alors que de l'autre se tenait un carlin.

— Je ne comprends pas. Tu n'arrêtes pas de me provoquer depuis quelques jours. Tu as des secrets pour moi, tu me prends la tête parce que je veux passer la nuit chez moi, et maintenant ?... Tu me balances la visite-surprise de ton ex.

— Ça sort d'où, tout ça, exactement ?

— C'est ce que je ressens, si tu veux savoir.

Rook serra un peu les dents.

— Je peux répondre ?

— Volontiers, je suis tout ouïe.

— Cette idée que je te cache des choses, c'est de l'histoire ancienne. J'avais mes raisons, mais je t'ai tout dit, non ?

— Parce que j'ai menacé de te jeter en prison.

— Ce n'est jamais bon signe dans une relation saine, au risque de dire un lieu commun, mais le fait est que j'ai parlé.

Il leva les yeux au ciel tout en réfléchissant au second point.

— Quant à l'appartement. N'ai-je pas accepté de rester, au final ?

— Il n'était pas question que de ce soir-là.

— Pour moi, si. J'avais toutes les raisons de m'inquiéter de ta sécurité après l'intrusion de ce harceleur que tu t'es dégoté.

Il grimaça.

— Désolé, ce n'est pas ce que je voulais dire.

— Tu sous-entends que c'est ma faute si Maloney me suit ?

— Non, non, non, bien sûr que non. C'est juste arrivé comme

ça, je sais bien. À force de traîner autour du cirque, on tombe forcément sur quelques femmes à barbe.

Nikki bascula la tête en arrière.

— De quoi diable parles-tu ?

— C'est une analogie.

Rook tendit une paume ouverte.

— Ici, c'est le cabinet de Lon King… Autrement dit, le cirque.

Il ouvrit l'autre.

— Maloney, là, c'est la femme à barbe.

— Ce n'est pas très sympa ni pour la psychothérapie ni pour les patients, mais ça me semble témoigner surtout d'une grande insensibilité.

— On devrait peut-être passer à l'agent Bell, suggéra-t-il, voyant qu'il s'enfonçait.

— « Yards ».

Le diminutif qui lui tournait au fond de la gorge fusa tel un crachat. C'était mesquin, mais la mesquinerie soulage, parfois.

— C'est simple, affirma-t-il. Nous manquions de bras pour tout ce qu'on avait à faire à cause de la cyberattaque ; en plus, tu es archidébordée à cause de tes nouvelles fonctions administratives. Je n'ai rien vu de mal à faire preuve d'initiative en consultant quelqu'un de très bien placé aux renseignements. C'est comme ça que je procède pour écrire un article.

— Choix de mots révélateur. Ton article au lieu de notre affaire.

— Ce n'est qu'une question de sémantique. On est ensemble, dans cette histoire.

— Vraiment ? J'ai plutôt l'impression que c'est chacun pour soi.

Nikki aurait pu en rester là, car elle se savait à bout, et son instinct lui suggérait de se calmer, de laisser tomber. Tout cela lui rappelait trop le soir où, sur le toit du loft, elle avait baptisé Rook d'un verre de Patrón.

— Je sais ce qu'il y a, affirma Rook. Tu es jalouse de mon ancienne copine.

La rage s'empara alors de Nikki tandis qu'il poursuivait :

— Je te jure que je croyais que tu avais dépassé ça. Et tu devrais. Tu vois peut-être une bombe dynamique et drôle quand tu regardes Yardley, mais moi, je vois quelqu'un de totalement déconnecté de ses émotions, et ce n'est pas pour moi. Yards et moi, c'est du passé.

— Je ne suis pas jalouse.

— Bien. C'est quoi, alors, la raison de cette tension ? La promotion ?

— Tu plaisantes ?

— Je vois bien que ce nouveau poste te met la pression.

— Arrête. À t'entendre, on croirait que je ne suis pas à la hauteur.

— Pourtant, c'est normal. Lourde est la tête qui porte la couronne, etc. Il faut bien évacuer. Ce n'est pas un problème, pour moi.

Ce fut la goutte d'eau…

— C'est ça, noble martyr ! Rook, ce n'est ni de la jalousie pour cette bimbo ni le stress du boulot. Tu sais ce que c'est ? C'est moi, j'en ai marre de te voir agir comme un jeune prince immature et prétentieux qui ne se sent jamais responsable de rien et ne veut rendre de comptes à personne. Comme d'habitude, tout tourne autour de toi.

Il leva les mains.

— Eh ! du calme…

— Quoi ? J'ai mis le doigt sur quelque chose ?

Là encore, Nikki aurait pu s'arrêter, mais l'incendie dévorait tout sur son passage, et elle traversa la zone coupe-feu.

— Si toutes ces conneries, c'est parce que tu vas bientôt devoir dire adieu à ta vie de célibataire, je refuse d'avoir à te regarder faire. Fais-moi signe quand ce sera terminé, mais peut-être qu'il vaudrait mieux qu'on se demande où cette relation nous mène.

Rook en resta bouche bée et jambes tremblantes. De son côté, Heat repartit comme une furie en direction du poste de police, le cœur déjà lourd de regrets. À mi-chemin, elle ralentit et faillit se retourner ; elle envisageait de courir le retrouver pour tout reprendre à zéro. Pas question, cependant, qu'il la voie en pleurs.

À sa sortie des toilettes, où elle s'était rendue pour se passer de l'eau sur le visage afin de reprendre figure, des éclats de rire l'attirèrent vers la salle de la brigade. L'inspecteur Feller semblait être l'objet des railleries de ses petits camarades. Pourtant, lorsqu'elle entra dans la pièce, c'était lui qui riait le plus fort. Ochoa se pinçait le nez de manière exagérée, tandis que Raley et Rhymer s'éventaient à l'aide de dossiers en traitant Randall de « mouffette » et de « singe puant » ; ils s'étranglaient de rire, tels de jeunes étudiants ivres.

Ravie de les voir évacuer les tensions, Nikki se faufila afin de ne pas faire peser l'ombre de son autorité sur leur bonne humeur. Mais voir ses copains se moquer de Feller, de sa barbe sale, de ses vêtements qui sentaient fort et de ses cheveux gras à cause de sa planque prolongée ne fit qu'accroître la tristesse qu'elle éprouvait suite à son explosion de rage envers Rook. Le calme revint, soit parce que les rires s'étaient taris, soit parce qu'ils avaient aperçu leur capitaine.

— Je ne voulais pas interrompre votre cirque, dit-elle.

— C'est bien le mot ! s'écria Rhymer. Vous avez dû sentir ce fauve-là de loin !

Il s'ensuivit une nouvelle volée d'insultes et de gros rires. Lorsque le calme fut revenu, Feller indiqua à sa supérieure que sa tenue négligée avait ses avantages.

— J'ai réussi à mettre la main sur notre homme, annonça-t-il non sans fierté. Le « persuadeur » de Gros Tommy.

— Vous avez pincé Joseph Barsotti ? Bravo, le complimenta-t-elle. Il a fini par se pointer à La Roue de la Fortune ?

— J'ai laissé tomber cet endroit au bout de la première nuit parce qu'il ne s'était rien passé. J'ai pensé que Gros Tommy avait dû faire savoir qu'il risquait d'être surveillé après l'assassinat de Lon King.

Il marqua une pause.

— Je pue vraiment, non ?

Heat recula d'un demi-pas.

— Ça... va.

— Avec le central et les autres bases de données HS, comme je ne pouvais pas vérifier les plaintes pour harcèlement aux mœurs, j'ai opéré à l'ancienne et j'ai entamé le circuit des clubs dans lesquels Gros Tommy a des intérêts. Ce midi, en plein jour, durant le *Gentlemen's Fashion Lunch* organisé dans l'un des bars à strip-tease d'East Harlem, j'ai repéré Barsotti dans le parking alors qu'il tirait les vers du nez à une fille en peignoir. La danseuse est en train de se faire recoudre à l'hôpital ; Barsotti est en salle d'interrogatoire.

Par la vitre de la salle d'observation, Joseph Barsotti donnait l'impression de calme que seuls arborent les gens sans conscience. Le regard était mort, comme si son esprit avait quitté son corps pour partir ailleurs, car il devait savoir ce qu'il allait subir. C'était pour lui simplement la vie et ce que le capo voulait.

— Qu'en diriez-vous comme agent de recouvrement ? fit Feller.

Alors qu'il était peu probable que le tueur à gages puisse les entendre à travers le miroir, Barsotti tourna le menton vers eux et, de ses yeux vides, il sembla les passer aux rayons X pour les ajouter sur sa liste de cibles. Randall frissonna.

— Ouh ! Glacial !

Heat sentit son iPhone vibrer. À son grand soulagement, Rook répondait par texto à sa proposition de dîner ensemble. Pour reprendre cette conversation, comme Nikki l'avait formulé. Son inquiétude apaisée, elle laissa son mobile de côté.

— Randall, à vous l'honneur.

— Sérieux ?

— C'est vous qui l'avez coffré, il est à vous.

À ce geste de sa supérieure, qui s'effaçait pour le laisser mener l'interrogatoire à sa guise, l'inspecteur se redressa.

— Merci. Mais ça m'étonnerait qu'il l'ouvre, vous savez.

— On ne sait jamais. Il cédera peut-être à l'odeur de fauve.

Elle repartit dans son bureau pour téléphoner et entamer la montagne de formulaires qu'elle devait taper sur la machine à écrire déterrée du sous-sol. Au moins, c'était un modèle électrique.

Par courtoisie professionnelle, le policier qui surveillait le garage de l'administration des postes, au nord de la station abandonnée de Roosevelt, fit signe au capitaine Heat de s'avancer dans l'allée pour se garer à côté des camions en chargement. Nikki n'aimait pas abuser de ses prérogatives, mais elle n'avait cessé d'être retenue par des besognes administratives.

Or elle ne voulait pas faire attendre Rook parce qu'elle cherchait une place de stationnement. Pour être honnête, elle préférait surtout arriver la première afin de pouvoir s'installer tranquillement. La honte avait fini par s'immiscer dans le cocktail d'émotions qui la tourmentait, comme si la tristesse et les regrets de s'être emportée ne suffisaient pas.

Un brouillard froid était tombé sur Manhattan. Nikki, devant le bureau de poste de Midtown East, laissa passer le faisceau conique des phares avant de traverser pour rejoindre le pub irlandais à l'angle de la 55e Rue. Situé au rez-de-chaussée d'un bâtiment en briques d'un étage entouré d'immeubles modernes sur la 3e Avenue, le P.J. Clarke's était une véritable institution qui avait vu passer du beau monde, dont Sinatra, Buddy Holly et Hedy Lamarr. Moins connu, raison pour laquelle Heat l'appréciait d'autant plus, le Sidecar, un chaleureux grill branché, était installé à l'étage. Une partie de son charme tenait à son entrée dérobée sur le trottoir, à l'arrière, marquée par une petite enseigne discrète, au-dessus d'une porte noire.

Chaque fois qu'elle venait appuyer sur la sonnette et présenter son visage à la petite caméra pour que l'hôtesse lui ouvre la porte par l'interphone, Nikki avait l'impression de se retrouver au cœur de Gotham City.

Elle gravit la double volée de marches, dont les murs étaient ornés de vieux souvenirs, de photos anciennes de l'équipe des Yankees et de unes de journaux encadrées sur lesquelles on reconnaissait le maire LaGuardia, des chanteurs de *big bands* et des boxeurs du siècle dernier. En haut de l'escalier, la jeune femme poussa la porte du restaurant, où régnait une ambiance festive mais feutrée. Sans tenir compte de l'accueil chaleureux de l'hôtesse, elle chercha des yeux Rook au bar et parmi les banquettes de bois sombre. À la fois déçue et soulagée, elle déclara alors préférer attendre l'arrivée de son compagnon pour s'asseoir. La jeune femme s'éloigna pour aller chercher les manteaux d'autres convives et, par réflexe, Nikki consulta sa montre. Elle avait une minute d'avance. Au ronronnement à peine audible de la porte, elle tendit le cou vers l'écran de surveillance derrière le guichet de l'accueil et vit Jameson Rook, tout sourire face à la caméra. De son angle de vue, Heat eut l'impression qu'il lui adressait directement son regard. Rien à voir avec celui que Barsotti lui avait lancé derrière le miroir sans tain. C'était beaucoup mieux que bien des choses.

Puis tout changea. Très vite.

À l'écran, Rook pivota pour jeter un regard distrait derrière lui, comme pour laisser passer d'autres clients, hors champ. Cependant, alors qu'il se retournait, deux paires de mains surgirent dans le cadre et se saisirent de lui. La scène laissa Nikki un instant perplexe, comme si le moniteur avait brusquement basculé sur la retransmission d'une série télévisée policière. Pourtant, l'image était bien réelle et en direct.

— Police, appelez les secours ! cria Heat alors que Rook se débattait.

La policière bondit sur la porte.

Dans l'escalier, qu'elle dévala, Nikki rata une marche en tournant et tomba sur le palier. Sans prendre la peine de se relever, elle se laissa emporter par sa chute, puis, d'une roulade, elle se remit sur ses pieds et se rua sur le trottoir.

D'abord, elle regarda à gauche, dans la direction où elle avait vu Rook être emmené. Mais il n'y avait aucune trace de lui, ni la moindre raison de penser qu'il fallait s'engager par là, à moins qu'ils aient disparu dans le hall de l'immeuble de bureaux voisin, ce qui semblait peu probable. Au moment où elle tournait la tête à droite, elle perçut un cri et vit deux gros costauds bousculer une femme en s'efforçant d'entraîner Rook au coin de la 3e Avenue.

Elle leur courut après.

— Police ! Agent en difficulté ! cria-t-elle dans l'espoir de faire réagir le policier du bureau de poste.

Néanmoins, des bus urbains étaient garés le long de la rue ; inutile pour elle de compter se faire entendre ou même voir.

Heat tomba sur les deux sbires alors qu'ils tentaient de faire monter Rook à l'arrière d'une fourgonnette familiale. Le journaliste ne se laissait pas faire. Toutefois, il avait beau tendre bras et jambes pour gêner ses ravisseurs, il était évident que les deux gorilles finiraient par avoir le dessus. Heat dégaina son Sig Sauer, mais, juste au moment où elle allait leur hurler de s'immobiliser, un type à la carrure de catcheur, qu'elle n'avait pas vu arriver à côté d'elle, pivota sur lui-même et, d'un bras, lui fit le coup de la corde à linge, ce qui l'étendit sur le trottoir et envoya son arme valdinguer dans le caniveau.

Au lieu de tenter de la récupérer, elle s'en prit aux jambes de son agresseur, mais elle eut l'impression de se heurter à un tronc d'arbre, car elle n'était pas placée du bon côté. Il en profita pour s'écarter, prendre son élan et lui décocher un coup de pied, qu'elle évita en roulant sur le côté. La chaussure ne lui toucha que le gras de l'avant-bras.

Toujours au sol, Nikki perçut un vague mouvement de pieds et de bas de pantalon lui indiquant qu'ils avaient réussi à hisser Rook à bord du véhicule. Elle voulut donc tendre le bras vers son pistolet, mais elle fut sonnée par un coup de pied asséné derrière l'oreille. Sa vision s'obscurcit, et sa tête roula par terre. Aveuglée et prise de nausée, elle n'entendit plus que des pas s'éloigner en courant, une porte coulisser, puis claquer, et la fourgonnette disparaître dans un crissement de pneus par la 3e Avenue. Dieu sait où elle emportait Rook.

ONZE

Nikki Heat déboula en trombe dans la salle de conférences et aboya ses ordres avant même d'avoir franchi le seuil. Il était à peine 10 heures. Pourtant, Raley et Ochoa avaient déjà rassemblé la brigade, et l'ambiance était électrique. Rhymer et Aguinaldo avaient annulé leurs projets de la soirée pour venir prêter main-forte à leur capitaine. Même l'inspecteur Feller, mal rasé mais vêtu de propre, était venu au radar et s'échauffait au téléphone. Pour Nikki, cette journée avait des allures de cauchemar.

— Les Gars, l'avis de recherche pour le van gris argenté n'a encore rien donné. Envoyez une autre escouade de voitures et renforcez les patrouilles déjà en place. Rien à foutre des heures sup. Je veux tout le monde sur le pont. Tout de suite.

Raley se précipita à son bureau pour passer l'appel. Heat se tourna vers Ochoa.

— Miguel, la police de l'air. Voyez combien d'hélicoptères sont en stand-by. S'il reste un seul hélico au sol, prévenez-moi, je m'en occuperai personnellement. On a déjà deux cadavres sur les bras, pas question d'en avoir un troisième.

Pendant que le capitaine donnait des directives, tout le monde se mettait au travail. Personne ne s'alarma de l'anxiété que Nikki répandait dans la brigade. Rook venait d'être kidnappé. Rook. L'un des leurs. Leur ami. Son fiancé, pour l'amour du ciel ! Ils savaient que ce n'était pas le moment de prendre des gants. Les heures à venir étaient cruciales dans un tel cas de figure. Ils devaient tout passer au peigne fin sans perdre une seconde. La moindre hésitation pouvait lui coûter la vie.

— Le FBI pour vous, capitaine, lui dit la standardiste depuis le seuil de la porte. Je vous le transfère sur votre poste.

Nikki se pencha sur son bureau pour attraper le combiné.

— Heat à l'appareil.

— Capitaine, ici l'agent spécial Jordan Delaney, FBI.

— J'ai déjà appelé deux fois vos services.

— Je suis en route pour le Federal Plaza, où je vais briefer mon équipe. On vient seulement de me transmettre le dossier. Et je suis avec vous. Pas question de lambiner.

— Tout à fait d'accord.

Nikki n'avait pas l'intention de perdre de précieuses secondes, pas même pour le FBI. Elle résuma les événements à Delaney et lui rapporta les faits qui s'étaient produits avant, pendant et après l'enlèvement sur la 3e Avenue. Puis, elle lui donna les descriptions dont elle disposait (celles des deux kidnappeurs), ainsi que le numéro tronqué de la plaque d'immatriculation qu'elle avait réussi à apercevoir depuis le trottoir.

— L'inspecteur Raley se rend en ce moment même au restaurant pour récupérer les bandes de vidéosurveillance.

— Je les veux aussi, dit l'agent fédéral.

— D'accord. Vous en aurez une copie dans l'heure.

Elle expliqua ensuite à Delaney les mesures prises jusque-là : l'avis de recherche lancé, l'interrogatoire de témoins présents sur les lieux, le renforcement des patrouilles dans les rues, et les appels qu'ils passaient inlassablement sur le portable de Rook.

— J'ai envoyé un agent à son appartement pour récupérer son ordinateur portable et ainsi activer le programme « Trouve mon iPhone ».

— Laissez tomber. Nous avons déjà pisté le numéro de Jameson Rook. Rien. Apparemment, sa carte SIM a été déconnectée ou enlevée de l'appareil.

Un frisson de panique lui parcourut l'échine. Nikki avait envie de s'asseoir, mais s'exhorta à ne pas flancher.

— Capitaine, vous êtes là ?

— Et les caméras de la rue ?

Sa voix était encore plus mordante – elle s'efforçait de ne pas imaginer ces brutes en train d'arracher à Rook son portable.

— La cyberattaque a neutralisé nos caméras. Les fédéraux n'ont pas d'autres systèmes de repérage ?

— Non.

— Vous êtes sûr ? Ou bien vous n'avez pas l'autorisation de m'en faire part ?

— Je comprends votre frustration.

— J'espère bien.

Soit ce Delaney était un agent expérimenté, soit il était particulièrement flegmatique. Il marqua une pause pour lui laisser le temps de digérer cette rebuffade, puis reprit sur le même ton monocorde :

— Nous sommes dans une situation délicate. J'ai cru comprendre que vous aviez une relation particulière avec monsieur Rook ?

— C'est mon fiancé.

— Je vois. Laissez-moi vous assurer, capitaine Heat – vous avez ma parole, il fait partie de la famille – que je ne vous cacherai aucune information.

— Merci, agent Delaney.

Son ton conciliant masquait difficilement le sentiment d'urgence qui l'étreignait.

— Pas de problème.

Il se tut, puis elle entendit son clignotant avant qu'il reprenne :

— Votre fiancé est relativement connu et, malheureusement, les journalistes sont des cibles privilégiées de nos jours, et pas seulement sur le sol étranger.

Comme la patience de Heat concernant les différents scénarios possibles était proche de zéro, elle l'interrompit :

— Inutile de perdre notre temps en spéculations. Je préfère aller droit au but. Ça n'a rien de l'enlèvement d'un journaliste par des djihadistes. Je sais exactement pourquoi Rook a été kidnappé.

— Je vous écoute.

Nikki lui détailla l'affaire sur laquelle son équipe travaillait et lui conseilla de s'intéresser de près à Tangier Swift, leur suspect numéro un en termes de mobile et de ressources. Même si la probabilité était faible, elle évoqua ensuite Timothy Maloney, qui l'avait harcelée et, étant donné ses troubles psychiques, aurait pu s'en prendre à Rook pour se venger d'elle.

— En somme, dit Delaney, un ex-flic livré à lui-même avec des problèmes psychologiques. Dont des tendances paranoïaques.

Heat hocha la tête pour elle-même.

— Je suis d'accord avec vous. Je ne vois pas Maloney disposer des moyens nécessaires pour monter une telle opération.

— Mais il ferait un numéro deux viable. Compris.

Nikki entendit de nouveau le signal du clignotant.

— Écoutez, j'entre dans le parking souterrain. Envoyez-moi cette vidéo. Mon équipe est spécialisée dans la recherche des personnes disparues et des enlèvements. Nous allons mettre aussi un moniteur sur vos téléphones au cas où vous seriez contactée par monsieur Rook – espérons-le – ou par une personne qui réclamerait une rançon. Oh ! Avez-vous besoin d'un dessinateur pour faire le portrait-robot de vos kidnappeurs ?

— Le nôtre vient d'arriver.

— Envoyez-moi les portraits. Et, Heat..., accrochez-vous.

Quelques minutes après avoir raccroché, la ligne fixe de Nikki sonna de nouveau, et, comme chaque fois qu'elle voyait s'afficher le numéro de Zachary Hammer, au One Police Plaza, elle hésita avant de répondre. Même si elle n'appréciait guère le personnage, il était haut placé dans la hiérarchie, et elle se décida à décrocher. C'est alors que Nikki perçut dans la voix de son interlocuteur une chose inimaginable : de la compassion.

— Je vous appelle pour vous dire combien je suis désolé pour Rook. Mais, surtout, je peux vous promettre que nous sommes tous sur les dents. J'ai appelé le FBI, mais j'ai appris que vous m'aviez devancé... Bien. Ne lâchez rien, on est avec vous. Si j'entends quoi que ce soit à son sujet, vous serez bien sûr la première informée. Et si vous rencontrez un quelconque obstacle dans le département, n'importe lequel, n'hésitez pas.

Elle le remercia et, en remettant le combiné sur son socle, se dit que, pour une fois, Zach avait presque l'air d'un être humain.

Son tête-à-tête avec le portraitiste fut pour Heat un double calvaire. D'abord, cela l'obligea à rester tranquille pendant vingt minutes – interminables –, même si l'esquisse du visage des ravisseurs était un élément crucial de leur enquête. Ensuite, cela lui donna tout le temps de réfléchir à des idées qu'elle avait jusqu'ici refoulées en raison d'un débordement d'activité. Était-il encore en vie ? Souffrait-il ? Le reverrait-elle un jour ? Au milieu de ces réflexions angoissées, elle repensa à leur toute dernière conversation, une querelle amère. Au croisement de Columbus et de la 82e Rue, Nikki avait brisé ses chaînes émotionnelles et s'en était prise à lui. L'idée de perdre Rook était déjà suffisamment intolérable. Vivre avec les dernières paroles venimeuses qu'elle lui avait jetées à la figure serait une pénitence éternelle.

Elle devait s'assurer que cela n'arriverait pas.

Dès que le portraitiste eut terminé sa tâche, Nikki retourna en trombe dans la salle de brigade et s'arrêta net : Raley – de retour de chez P.J. Clarke's – et Ochoa avaient transformé la salle de conférences en cellule de crise dédiée à l'enlèvement de Rook. Ils avaient fait venir des agents du service cambriolages, ainsi que plusieurs agents administratifs supplémentaires pour leur donner un coup de main dans la logistique : passer des appels, servir de messagers..., ce genre de choses. En tandem, les Gars firent le point de la situation.

— Nous avons décidé d'adopter une double stratégie, commença Ochoa.

L'agent Raley prit le relais.

— Notre meilleure chance de résoudre cette affaire est de la décomposer. Donc, nous allons opérer sur deux fronts : d'abord, la recherche de Rook. Et voilà où nous en sommes...

Il indiqua une liste sur le nouveau tableau blanc qu'ils avaient déroulé.

— Un employé appelle son portable toutes les dix minutes. Même si sa carte SIM est inactive, ça ne nous coûte pas grand-chose – alors, pourquoi ne pas tenter le coup ? Ensuite, nous avons contacté ses compagnies de carte de crédit pour qu'elles nous alertent dès que l'une d'elles est mise en service et qu'elles nous donnent le lieu et l'heure de leur utilisation.

— Même chose pour ses cartes bancaires ?

— Affirmatif, répondit Raley. Si Rook – ou quelqu'un

d'autre – veut retirer du liquide à un distributeur, nous le saurons aussitôt, et des voitures et un hélicoptère seront immédiatement dépêchés sur les lieux. On a envoyé un agent de la première fouiller le loft de Rook, au cas où il présenterait des signes d'effraction ou dc cambriolage.

Les rouages du cerveau de Nikki fonctionnaient si vite que, dans son impatience, elle lut les données du tableau avant même que Raley ne les énonce. La liste lui parut censée : chercher un van gris argenté dans le service des immatriculations ; vérifier les vans déclarés volés récemment, en particulier durant ces vingt-quatre dernières heures (très difficile sans avoir accès à la base de données, mais ils allaient devoir procéder manuellement) ; assigncr un agent administratif à la vérification toutes les demi-heures des appels anonymes auprès d'Échec au crime ; rester en contact avec le 911 au cas où seraient signalés des bagarres… ou des coups de feu.

Avec cette dernière entrée, la liste prenait un goût très corrosif. La bouche de Nikki était sèche. Elle croisa les bras et serra ses mains sur ses côtes pour les empêcher de trembler. À la fin de son compte rendu, Raley conclut :

— On est à cent pour cent sur ce front. Mais nous opérons sur un second front avec autant d'énergie, continua Ochoa. Il s'agit de redoubler d'efforts pour résoudre les meurtres de Lon King et Fred Lobbrecht.

Il dut percevoir la réaction de Heat, car il voulut aussitôt s'expliquer.

— Notre théorie est que…

— … les meurtres et l'enlèvement de Rook sont liés, coupa Heat. Résoudre cette affaire revient à sauver Rook.

— Exactement. On ne sait pas comment…

— … mais on est persuadés que les deux affaires sont liées, termina Raley. Donc, on ne peut en aucun cas se relâcher sur l'affaire en cours.

Heat hocha la tête.

— Bien vu. Le temps nous est compté.

L'inspecteur Ochoa lui montra la salle débordante d'activité.

— Voilà pourquoi nous avons fait venir des enquêteurs des

cambriolages. Pour que notre brigade soit pleinement opérationnelle sur les homicides. De plus, tous les collègues ont annulé leurs projets pour être ici. Nous allons le retrouver, capitaine.

— Et si on n'a pas de pistes solides…, reprit Raley.

— … on suivra toutes les pistes, même les plus improbables, jusqu'à ce qu'on retrouve Rook sain et sauf, termina Ochoa.

L'alternative donnait la nausée à Nikki, et elle se dit pour la centième fois qu'il n'y avait *pas* d'alternative.

— Bon boulot. Continuez. Et ramenez-le à la maison.

Sa gratitude était implicite. L'exprimer ne ferait que leur faire perdre du temps. Mais, en chemin vers son bureau, Nikki fit une brève pause pour apprécier le fait que ses coéquipiers aient mis de côté leurs différends pour accomplir leur mission. Voir les Gars fonctionner de nouveau à plein régime lui mettait du baume au cœur et lui redonnait espoir. Heat referma la porte de son bureau et passa un autre coup de fil, un appel que sa fierté lui avait fait différer, mais l'orgueil ne l'aiderait pas à sauver Rook. La standardiste du gratte-ciel de verre niché dans les bois que Nikki imaginait dans la banlieue de Washington répondit à la première sonnerie. Au bout d'un bref moment – heureusement sans musique d'ascenseur –, elle entendit un cliquetis, puis une voix électronique.

« Vous êtes sur la messagerie de l'agent principal Bell. Merci de laisser votre message… »

Supposant que la ligne cryptée était sécurisée, Heat laissa à Yardley un long message décrivant l'enlèvement de Rook et la pressa de la rappeler pour qu'elles parlent de Tangier Swift. S'efforçant de masquer le désespoir dans sa voix, elle termina :

— Il est une heure du matin, mais vous pouvez m'appeler n'importe quand.

Avant de raccrocher, elle ajouta avec emphase :

— N'importe quand, vraiment.

Tant pis pour le désespoir.

Lon King, docteur en psychiatrie

Transcription

Séance du 21 mars 2013 avec Heat, N., agent grade 1, police de New York

L.K. : Je ne vous avais pas vue depuis un bon moment.

N.H. : Pas si long.

L.K. : Vous avez annulé notre dernière séance. Ainsi que la précédente.

N.H. : J'avais l'intention de venir, mais la vraie vie m'a rappelée à l'ordre. Une affaire de meurtre, comme d'habitude. Vous voyez...

L.K. : Ce n'est pas à cause du désagrément que vous a causé notre dernière conversation ?

LH : Bien sûr que non. Juste le boulot.

L.K. : Alors, cela ne vous dérange pas que nous reprenions là où nous en étions ? D'après mes notes, vous étiez sur le point de me parler de votre engagement avec Rook. [Agitée, N.H. évite mon regard.] J'ai l'impression qu'il s'agit là d'un sujet délicat pour vous, Nikki, je me trompe ?

N.H. : Non. Je veux dire : nous sommes fiancés. C'est un engagement, n'est-ce pas ?

L.K. : Vraiment ?

N.H. : Absolument. Nous allons le faire.

L.K. : Voilà qui est très concret. Comme vous êtes une femme très performante, je ne doute pas de votre implication. Ma question est : que ressentez-vous à ce sujet ?

N.H. : Eh bien, le grand moment est arrivé. [Longue pause.] Merde ! Je suis désolée. Je viens de recevoir un SMS du poste. Je dois y aller. Désolée.

L.K. : Le devoir n'appelle plus : il envoie des SMS. Mais c'est un point que vous devez explorer. Dès que les événements deviennent trop émotionnels, vous vous réfugiez dans votre travail.

N.H. : C'est un travail important, auquel je me voue entièrement.

L.K. : Oui, vous avez un long chemin à parcourir. J'aimerais seulement vous poser une question : qu'est-ce qui vous motive ? Aller vers l'avenir ? Ou vous éloigner du passé ?

Juste avant l'aube, après une nuit sans sommeil, Nikki était en communication avec le superviseur de l'équipe de nuit du service des immatriculations qu'elle avait déniché à Albany et l'avait supplié de fouiller la section des enregistrements de vol pour lui fournir une liste de vans gris argenté. Tandis qu'il lui délivrait l'information – à une lenteur insupportable –, Heat essaya d'ouvrir le tube de Doliprane qu'elle avait trouvé dans la trousse des premiers secours, afin d'apaiser la douleur qui lui vrillait l'oreille depuis que l'un des ravisseurs lui avait donné un coup de pied en pleine tête. De ses doigts tremblants, elle réussit à ôter le bouchon, mais, dans son élan, elle fit tomber tous les cachets sur le bureau et par terre. Tant pis. Heat en ramassa deux et les avala sans eau.

Alors qu'elle terminait sa conversation avec l'employé du service des immatriculations, elle entendit des bruits de pas sur du gravier et se retourna. Mais ce n'était pas du gravier. C'était Ochoa qui écrasait les cachets de Doliprane. Son visage reflétait un sentiment qu'elle n'avait pas vu de la nuit : de l'espoir.

— J'ai une piste.

— Dites-moi tout ! s'écria-t-elle en se levant d'un bond, soudain revigorée.

Par réflexe, elle nota mentalement l'heure : 5 h 42.

— Je viens d'avoir l'info. Un type de Port Chester qui dînait en ville hier soir a vu Rook se faire embarquer dans le van. Les types lui ayant paru louches, il les a suivis le plus loin que possible.

— Fiable, d'après vous ?

— Le numéro de la plaque qu'il a donné correspond à ta plaque partielle.

— Pourquoi a-t-il mis si longtemps à se faire connaître ?

— Il a dit qu'il n'était pas censé être avec une certaine dame et ne voulait pas être vu en sa compagnie. Je suppose qu'il a une conscience.

— Voyons ce qu'il a à nous dire, dit Heat en enfilant sa veste. Je veux voir l'endroit où il les a perdus.

Pour s'assurer qu'il ne se défile pas au dernier moment, l'inspecteur Feller passa prendre Alvin Speyer à son hôtel sur Times Square et emmena l'entrepreneur – séducteur de ces dames – jusqu'au parking du Pier 36, où le van des ravisseurs s'était arrêté. Heat les attendait entre l'entrepôt des cargos et le complexe sportif. Raley et Ochoa voulaient être de la partie, mais elle avait préféré venir seule pour ne pas alarmer son témoin, déjà nerveux face à l'afflux massif de policiers.

Heat s'approcha de Speyer et lui adressa son plus beau sourire avant de lui serrer chaleureusement la main. Elle avait glissé son badge dans sa ceinture pour ne pas l'effrayer davantage. Speyer avait environ quarante-six ans, avec ce visage de mauvais garçon farceur, que certaines femmes trouvaient irrésistible, et la musculature molle d'un entraîneur de banlieue. Nikki se demanda s'il avait passé la nuit précédente chez la mère d'un de ses petits footballeurs ou chez une heureuse cliente, puis chassa de son esprit ces pensées sans intérêt.

— Bonjour, monsieur Speyer, je suis Nikki, dit-elle en adoptant un ton léger (inutile de préciser son grade). Je voulais vous remercier de votre coopération et vous assurer que tout ce que vous nous direz restera entre nous.

— Super. Parce que je finirais au tribunal si on savait où j'étais. Pour ma femme, je suis à East Meadow, sur un gros chantier, toute la semaine.

— Votre secret est bien gardé, avec moi.

Pour éviter d'aborder le sujet de l'adultère, elle ajouta :

— Pourquoi ne pas me dire ce que vous avez vu ?

Speyer se massa la nuque.

— D'accord. On allait dîner chez Neary's, vous savez, le resto irlandais, quand un connard en van gris m'a coupé la route et a pilé devant moi. Je l'ai klaxonné comme un malade, mais trois gros costauds en sont sortis et je me suis dit qu'il valait mieux pas la ramener. Ensuite, je les ai vus traîner un type qui n'avait aucune envie de les suivre. Ma nana m'a dit qu'on ferait mieux de se tirer de là, mais mon père était pompier, vous voyez ? C'est dans mes gènes d'aider mon prochain. Je lui ai dit qu'on allait juste les suivre un moment pour voir, on ne sait jamais. Ensuite, quand j'ai vu la fille se faire tabasser sur le trottoir, alors, je lui ai dit : « Non, pas question de filer, on suit ces connards. »

Speyer lui expliqua le chemin, et Heat se réjouit de voir Randall Feller prendre des notes discrètement derrière lui. De l'East Side, ils avaient emprunté le F.D. Roosevelt Drive, le Williamsburg Bridge, puis South Street jusqu'au parking où ils se trouvaient à présent.

— Je ne voulais pas m'approcher trop près. Qui sait ce que ces types avaient en tête ? Et ce qu'ils transportaient. Alors, je suis resté en retrait dans cette rue et je les ai observés. Ils ont descendu cette rampe là-bas.

Il tendit le bras vers l'East River.

— Ensuite, ils ont fait sortir le type du van et l'ont fait monter sur un bateau à moteur qui les attendait. Puis, ils ont disparu.

Le cœur battant à tout rompre, Nikki demanda :

— Comment était l'homme ? Blessé ? Est-ce qu'il se débattait ?

— Non. Pas du tout. Il avait l'air dans les vapes. Il tenait debout, mais ces gros costauds le portaient pratiquement sur leurs épaules.

— Drogué ?

— Je dirais que oui. Ou alors, ils lui ont fait passer un sale quart d'heure. Il avait pas mal de sang sur sa chemise.

Nikki sentit le sang se retirer de ses mains et ses pieds.

Feller intervint pour détourner son attention.

— Parlez-nous du bateau.

— Il n'y a pas grand-chose à dire, et on ne s'est pas attardés, vous pouvez me croire.

Tous les policiers savent que, lorsqu'un témoin dit qu'il n'y a pas grand-chose à dire, c'est seulement qu'on ne lui a pas posé la bonne question. Randall en avait quelques-unes en réserve.

— Avez-vous vu des numéros dessus ? Peut-être un nom ou une signalisation ?

— Il avait sûrement un nom et des chiffres, mais j'étais trop loin pour les distinguer.

— Avez-vous pu voir sa couleur ?

— Il faisait sombre, bien plus qu'en ce moment.

Ils regardèrent dans la direction de l'est. Le soleil n'était pas encore levé, et le ciel était chargé de gros nuages bas.

Heat avait recouvré ses esprits :

— Mais je vois des lumières là-bas, sur le port. Elles sont encore allumées.

— Hmm, bleu, je pense. Oui, c'était un bateau bleu.

— Bien, dit Feller. Quel genre de bleu, Alvin ? Marine, clair, foncé ?

— Clair et brillant. Un peu comme le ciel, je dirais.

— Bleu ciel.

— Oui, je suis sûr que c'était bleu ciel. Un bateau ouvert, aussi. Un peu comme une yole. Avec un gros moteur. Ce truc était capable de tracter quelque chose.

— Alors, vous l'avez vu partir ? demanda Nikki. Quelle direction a-t-il prise ?

— Dans la brume, je l'ai perdu de vue. Mais je crois qu'il est parti par là, dit-il en indiquant la direction de Brooklyn.

Rien de concluant, mais c'était mieux que cinq minutes plus tôt.

L'inspecteur Feller n'avait pas besoin qu'elle lui pose la question. Il avait eu un bon contact avec les policiers du port et les gardes-côtes plus tôt dans la semaine, quand il avait suivi la piste du kayak de Lon King, et il se proposa de lcs rejoindre immédiatement pour consulter les registres et lancer un avis de recherche pour un bateau bleu ciel, en particulier dans la zone comprise entre Williamsburg et Red Hook.

Heat transmit la description à Ochoa pour que les hélicoptères sillonnent le port, ainsi que les rues aux alentours, au cas où le bateau serait tracté par une voiture. Ochoa allait prévenir les bateaux de chercher un van gris argenté à Brooklyn, si jamais c'était la destination des ravisseurs.

Sur le chemin du retour au poste, la panique de Nikki avait fait place à un léger espoir. Rien de mieux qu'une piste pour se donner du courage. Aussi s'accrocha-t-elle à cette idée.

Le roi de tous les moyens de surveillance avait connu des jours meilleurs. Heat apparut dans la salle de contrôle où il tentait désespérément d'améliorer la qualité de l'enregistrement de la caméra du restaurant, qui jusqu'ici n'avait pas fourni d'images claires des ravisseurs. L'image figée sur son écran était celle de Rook, grimaçant sous la coupe des deux gorilles qui le tiraient par-derrière. Nikki dut détourner les yeux de lui et sortir précipitamment.

Elle venait de retourner dans son bureau quand l'agent Rhymer lui fit signe à travers la vitre de le rejoindre dans la cellule de crise.

Assis à son bureau, il lui montra quatre épais dossiers bourrés de documents marqués de différentes étiquettes de couleur.

— Les Gars m'ont demandé de fouiller dans les finances des victimes. Le dossier de Lon King ne présente pas de réelles surprises. De gros prélèvements pour couvrir des dettes de jeu jusqu'à ce qu'il n'y ait plus rien à écluser. Je suis sûr qu'il vivait sur les commissions de son partenaire artistique. Avec le chaos cybernétique, j'ai dû revenir aux vieilles méthodes pour Fred Lobbrecht. Et emprunter la voie papier. Des tonnes de documents, pour que rien ne se perde dans l'éther.

Il tapota ses dossiers.

— Je viens de finir ses relevés bancaires. Très intéressant. Voilà un type qui s'en est toujours sorti avec son salaire d'agent de police. Aucun écart jusqu'à…

Il sortit une impression de l'un de ses dossiers en accordéon et le posa sous les yeux de Heat.

— Jusqu'à il y a un mois, quand les dix dernières années de son crédit ont miraculeusement été remboursées.

— C'est ce qui s'appelle un don du ciel, dit Heat.

— Comme vous dites, capitaine. Maintenant, pouvez-vous me dire comment un simple flic peut toucher autant d'argent d'un coup sans gagner à la loterie ?

— Je ne sais pas. Un oncle riche ? Peut-être dans l'industrie automobile ?

Bien sûr, une somme aussi providentielle ne disait jamais rien de bon dans une enquête sur un homicide. Qu'est-ce que ça signifiait ? Une grosse somme pouvait générer plusieurs hypothèses : un pot-de-vin, le moyen d'acheter le silence de quelqu'un, une compensation à une taupe au sein des organismes de contrôle, voire de l'argent extorqué à Swift par Lobbrecht. Grâce aux relevés bancaires, Rhymer avait découvert les agissements des dénonciateurs qui avaient soudainement changé de vie : l'une pour décamper dans les Everglades, en mission de sauvetage des lamantins, l'autre pour conduire des voitures de course et vivre son rêve de jouer les Clarence Clemons dans les bars de blues du Bronx. Heat savait que ce genre d'indépendance provenait soit d'un changement brutal de vie, soit de beaucoup d'argent. Il était temps de retourner voir les dénonciateurs pour leur poser quelques questions à propos de leur collègue décédé – et leur faire passer un examen de moralité.

L'inspecteur Rhymer retourna à Throggs Neck pour interviewer de nouveau Nathan Levy. L'inspecteur Aguinaldo avait pour mission de mettre la main sur Abigail Plunkitt, qui n'était pas encore revenue de Floride. Heat passa un appel pour exiger une étude comptable approfondie de Tangier Swift et de sa société, SwiftRageous, en espérant trouver un paiement équivalant à la somme versée à Lobbrecht. Cela prendrait un certain temps, lui avaient répondu les experts-comptables, mais ils feraient de leur mieux. La lenteur bureaucratique mettait Nikki à l'agonie. La vie de Rook était dans la balance. Elle avait besoin de bien plus qu'un employé qui ferait de son mieux. Elle raccrocha et composa le numéro du One Police Plaza pour accepter l'offre de Zach Hammer de botter le cul de l'administration.

Après quoi, Heat se rendit à NoHo pour en apprendre davantage à propos de Fred Lobbrecht à l'Université d'Hudson.

Stationnés dans leur véhicule bleu et blanc, les policiers affectés à la protection de Wilton Backhouse lui confirmèrent que le professeur se trouvait dans l'annexe des sciences et pratiques d'ingénierie. Avant qu'elle pénètre dans le bâtiment, le conducteur brandit le poing et dit :

— On est avec vous, capitaine !

Elle lui retourna son geste d'encouragement.

— Toujours.

Tout en traversant Thompson Street, Nikki s'étonna de la vitesse à laquelle la nouvelle s'était propagée, alors même que l'intranet était HS. Cela lui redonna espoir : bien plus de personnes qu'elle ne l'imaginait cherchaient Rook.

Heat fit sursauter Backhouse, dans son bureau ouvert, en train de collecter des matériaux pour le cours pratique qu'il devait donner à son laboratoire.

— C'est embarrassant, dit-il dès qu'il eut recouvré ses esprits. Je sursaute pour un rien. Au moindre bruit ! Même une porte qui claque.

Heat comprenait son angoisse et tenta de le rasséréner :

— Tout va bien se passer.

— Vous vous foutez de moi ? Vous êtes sérieuse ? Vous croyez que je ne suis pas au courant pour Nathan Levy ? Il m'appelle pour me parler du foutu drone qui l'a attaqué, et vous me dites que tout va bien se passer ? Vos agents sont incapables de faire fonctionner un ordinateur, et je suis censé me sentir en sécurité parce que deux flics jouent au Sudoku dans une voiture garée devant mon bâtiment ?

— Nous faisons tout ce qui est en notre pouvoir pour résoudre cette affaire.

L'universitaire devant à tout prix être rassuré, elle décida de l'impliquer.

— Vous pouvez m'aider. Avez-vous quelques minutes à m'accorder ?

Il jeta un coup d'œil à la Pebble à son poignet.

— Dix minutes, pas plus.

Il parut étonné quand Heat ferma la porte, mais reposa son ordinateur et ses documents, et s'installa sur la balle de yoga dont il se servait comme d'un fauteuil de bureau.

Le reste de la pièce était plus utilitaire que confortable. La fenêtre derrière lui donnait sur un puits entre deux bâtiments masqués par des persiennes de guingois. Les néons fluorescents diffusaient une lumière trop vive pour la migraine de Nikki. Des ouvrages techniques bourrés de papiers emplissaient les étagères sur deux pans de mur. L'étagère au-dessus du bureau était chargée de DVD (*Blade Runner*, la série du *Seigneur des anneaux*, *Matrix*, la série télévisée *Firefly*), entourés de serre-livres en forme de cabine téléphonique britannique bleue, ce qui confirmait l'obsession de Backhouse pour *Dr Who*, comme Rook l'avait pressenti. Une intuition que confirmait le tee-shirt de l'intéressé, qui disait : LES DALEKS SONT VENUS NOUS EXTERMINER. Elle remarqua également l'affiche derrière lui. Deux posters de l'acteur Benedict Cumberbatch ; l'un où il jouait le rôle de Kahn dans *Star Trek vers les ténèbres ;* l'autre où il incarnait Julian Assange, le fameux dénonciateur, dans *Le Cinquième Pouvoir.*

— Où est votre collègue, Jameson Rook ? l'interrogea le professeur.

La question lui fit l'effet d'une décharge électrique.

— Mon histoire lui a fait peur, hein ? Il fallait en parler. Des vies sont en jeu, vous comprenez ?

Heat parvint à rester de marbre tout en écoutant les lamentations de Backhouse. Pourtant, une pensée la taraudait : qui mieux qu'elle était consciente des vies en jeu, ici ? Rook était là, quelque part, et elle ne savait même pas s'il était encore vivant. Mais, étant donné la nervosité de son interlocuteur, elle préféra taire la véritable raison de l'absence du journaliste et lui mentit par omission :

— Non, croyez-moi, Rook est toujours au cœur de cette affaire.

Heat voulait les impressions de Backhouse sur la soudaine manne financière de Fred Lobbrecht, mais décida de garder ce sujet pour plus tard.

— Pouvez-vous m'aider à en savoir plus sur Tangier Swift ?

— Vous plaisantez ? Que voulez-vous savoir ?

— Que savez-vous de sa relation avec le député Kent Duer ?

— Le représentant du ministère de la Défense ? Pas grand-chose. Pourquoi ?

Le professeur se balança sur sa balle de yoga pendant que Nikki lui racontait leur rencontre au Greenwich. Quand elle eut terminé son récit, il repéra un élastique qui pendait au bout d'un stylo dans son pot à crayons et s'en servit pour nouer ses cheveux en queue de cheval.

— Je ne connais pas les détails, mais voilà ce que vous devez savoir : Tangier Swift est un bâtisseur d'empire. Son seul but dans la vie est de surpasser l'héritage de Steve Jobs. Il fait tout pour étendre son influence technologique. Aussi, je suis certain qu'il apporte une généreuse contribution à la campagne de certains politiciens en échange de contrats ministériels. Avec Tangier, tout est question d'ego.

Le regard de Heat alla de Wilton Backhouse à son poster de Julian Assange. À l'évidence, le PDG de SwiftRageous ne détenait pas le monopole du narcissisme.

— C'est une question sans doute un peu délicate, mais je dois vous interroger sur Fred Lobbrecht.

Il termina d'attacher ses cheveux et la regarda d'un air circonspect.

— Eh bien ?

— Nous avons passé en revue ses finances et nous avons la preuve que monsieur Lobbrecht a touché de l'argent le mois dernier. Une très grosse somme.

L'expression de Backhouse passa de la perplexité à l'illumination.

— Pas possible !

— Que savez-vous de ce paiement ?

— Mon Dieu, c'est bien ce que Nate soupçonnait. Levy pensait que Fred Lobbrecht était corrompu.

Comme les souvenirs semblaient affluer dans la mémoire du jeune professeur, Nikki ouvrit son calepin à spirale.

— Expliquez-moi d'où lui venait cette idée ?

Sa question le prit de court, et il secoua légèrement la tête.

— Je ne veux pas m'immiscer là-dedans. Ce n'est rien. Oubliez ce que je vous ai dit.

— Wilton, regardez-moi. Vous croyez vraiment que je vais oublier ce que vous venez de me dire ?

Pendant qu'il bondissait sur sa balle géante, elle lui laissa un temps de réflexion pour bien lui faire comprendre qu'elle n'avait pas l'intention de s'en aller.

Enfin, il cligna des yeux.

— Je ne voulais pas en parler, dit-il avec un soupir résigné, mais il s'est passé un truc pas clair entre Lobbrecht et Levy.

— Un truc pas clair ?

— Exact. C'était une question de solidarité : notre groupe dissident devait-il poursuivre sa mission et dénoncer la supercherie ? Fred était très enthousiaste au début, puis, soudain, il a voulu freiner des quatre fers. Nathan a vu rouge et a accusé Lobbrecht de vouloir fermer les yeux. Freddy l'a frappé, et Levy a menacé de le tuer. Après tout ce qu'ils avaient traversé…

— Nathan Levy a explicitement menacé de tuer Lobbrecht ?

— Ce sont ses propres termes.

— Quelqu'un a été témoin de cet échange ?

— Lobbrecht. Mais il est mort. Levy, bien sûr. Et Abigail Plunkitt. Abby a dû m'aider à les séparer. Posez-lui la question. Je pense qu'elle n'est pas près de l'oublier.

— Où cela s'est-il passé ? Chez Forenetics ?

— Au bureau ? Oh mon Dieu, non !

Heat repensa à son entretien avec Backhouse après l'attaque du drone à Washington Square.

— On dirait que Lobbrecht, Levy, Plunkitt et vous étiez tous réunis au même endroit. Cela s'est passé pendant votre sommet dissident à Rhinebeck ? Vous avez dit que la situation s'était envenimée au cours du week-end.

Il hocha la tête.

— Vous avez bonne mémoire.

— C'est votre mémoire qui m'intéresse. Quand était-ce, déjà ?

Backhouse plissa les yeux et fouilla le plafond acoustique carrelé du regard.

— Six, sept semaines.

— Et c'est au cours de cctte rixe que Nathan Levy s'est blessé à la jambe ?

— Je vous l'ai dit, c'était une sacrée bagarre.

Backhouse tapota le cadran de sa montre et se leva pour se rendre à son laboratoire.

— Une dernière chose avant de vous laisser partir, dit Nikki en prenant son iPhone. Regardez cette photo et dites-moi si vous reconnaissez l'un de ces trois hommes.

Le professeur étudia brièvement chacun des trois visages : Timothy Maloney, non. Joseph Barsotti, non. Eric Vreeland, non.

— Vous êtes sûr ? Vous n'avez pas besoin de plus de temps ?

— Non, vraiment. Ils ne me disent rien.

— Je m'intéresse surtout à celui-là, dit-elle en brandissant le portrait d'Eric Vreeland.

Préférant ne pas évoquer son rôle d'intermédiaire auprès de Tangier Swift, Nikki déclara :

— Cet homme a été vu dans le voisinage de la maison de Nathan Levy après l'attaque du drone.

Une lueur d'inquiétude traversa le regard de Backhouse.

— Ce salaud est là dehors ? Et vous n'avez pas réussi à mettre la main dessus ?

— On l'a fait venir au poste pour l'interroger, mais son..., hum..., son avocat l'a fait sortir.

— Ma parole, vous êtes vraiment à côté de la plaque ! s'écria-t-il en prenant son ordinateur et ses documents sous le bras. Vous ne me rassurez pas du tout, vous le savez ?

Il jeta un coup d'œil dans le couloir, puis s'éloigna à grands pas avant que Nikki puisse lui répondre. Ce qui était pour le mieux, car elle n'avait pas vraiment de réponse à lui donner.

Avant de reprendre l'ascenseur, Nikki scanna de nouveau ses e-mails et ses SMS, au cas où elle aurait des nouvelles de Rook. Chaque heure qui passait augmentait sa détresse. Ce qu'ils avaient entrepris ne lui paraissait pas suffisant. Dans la cabine, Nikki ferma les yeux, en quête de sérénité, et se répéta les paroles des Gars au poste : enquêter sur les homicides revenait à chercher Rook, car les deux affaires étaient liées. Cela dit, elle en était moins convaincue, à présent.

Armée de cette nouvelle information sur la menace de mort proférée par Levy, Heat appela Inez Aguinaldo pour qu'elle interroge Abigail Plunkitt sur l'incident de Rhinebeck.

Pendant que le téléphone sonnait, le capitaine décida que, budget ou pas, elle allait mettre un agent dans un avion pour la Floride dès cet après-midi si leur témoin était injoignable au beau milieu des Everglades.

Quand Aguinaldo répondit, une urgence perçait dans sa voix.

— J'allais justement vous appeler, capitaine. Abigail Plunkitt n'est pas en Floride. Elle est ici, à New York. Morte.

DOUZE

L'agent de la circulation avait reconnu la voiture de Heat, qui n'eut pas besoin de sortir son badge pour être dirigée vers le van du légiste dans la 3e Rue Est, au cœur d'Alphabet City. Une policière montait la garde devant la porte de l'immeuble, un bâtiment de briques commun coincé entre une laverie automatique et une immense publicité qui vantait l'ouverture prochaine d'un club de gym. La femme fit un signe de tête entendu. Heat signa le registre, emprunta le vieil escalier jusqu'au cinquième étage et pénétra sur le toit par la porte de service. Sur la surface du toit, peinte en blanc au gré des dernières tendances écologiques, Lauren Parry avait pris place avec son équipe médicale près de la victime. À côté d'elle, l'agent Aguinaldo prenait des notes. Nikki marqua une pause pour présenter silencieusement ses respects à la défunte. Puis, elle étudia les lieux.

Chaque scène de meurtre avait ses particularités. La dernière impression laissée par Abigail Plunkitt était que, vue de dos, elle ne paraissait pas morte. Simplement allongée sur son transat, en train d'apprécier la vue du Lower East Side depuis son patio. L'ambiance décontractée de la scène était renforcée par le verre de vin rouge sur la table basse en teck à côté d'elle et le Kindle sur ses genoux. Ce n'est que lorsque Heat se positionna devant la victime qu'elle vit la différence. Une traînée de sang séché partait de la petite cavité entre les sourcils, au-dessus de l'arête du nez. La coulure rouille descendait le long de la joue droite, contournait la bouche, plongeait dans le cou et disparaissait dans le tee-shirt jaune pâle, où elle avait été absorbée et délayée par la bruine tombée deux nuits plus tôt avant de s'oxyder. Jusque-là, cette scène de crime n'avait rien d'extraordinaire.

— Cause de la mort : même que celle de Lon King sur la rivière, commenta Heat.

Agenouillée près de la victime, le Dr Lauren Parry plissa les yeux.

— D'habitude, je ne fais pas de conclusion hâtive, mais ton intuition me paraît juste.

— Tu dois d'abord procéder à des examens, bien sûr.

— Je vais le faire.

La légiste se releva et s'approcha d'elle.

— Pour le moment, c'est surtout toi qui m'inquiètes.

— Merci.

— Pas de nouvelles ?

Elle déchiffra le visage de son amie et laissa tomber :

— D'accord, mais si tu as besoin de quoi que ce soit, n'hésite pas. N'importe quoi.

Parry eut le cœur de ne pas insister et se concentra sur le rapport préliminaire d'Abigail Plunkitt.

— Arme de petit calibre, point d'entrée unique, même MO que pour King. J'ai procédé à un examen rapide et j'ai trouvé des résidus de poudre. Le labo fera des recherches complémentaires, qui révéleront probablement des traces de métal.

— Donc, un autre tir à bout portant.

— On dirait bien.

Nikki effectua un tour complet sur elle-même, puis se pencha pour examiner les genoux de la victime.

— Tu vas sûrement trouver aussi des résidus de lubrifiant sur l'écran de ce Kindle.

— C'est déjà fait.

Heat étudia le corps, dont le gonflement et la décoloration indiquaient le début de la décomposition.

— Depuis combien de temps est-elle morte, d'après toi ?

— À vue de nez, Nikki, je dirais trois, peut-être quatre jours.

— Tuée le même jour que Lon King ?

— Possible.

Heat se tourna vers Aguinaldo.

— On sait maintenant pourquoi elle était injoignable.

— Nous avons fouillé son appartement, sa voiture, interrogé ses amis.

Après réflexion, Nikki reprit :

— Je suppose que nous avons au moins appris quelque chose.

Elle n'en dit pas plus. Inez allait se creuser les méninges. Nikki n'avait pas besoin d'ajouter sa propre analyse à celle de la légiste.

— Reprenons nos recherches. Nous devons découvrir si Nathan Levy est notre prochaine victime ou notre premier suspect.

Le rapport de l'agent Rhymer, qui l'appela de Throggs Neck, fit nettement pencher la balance.

— Putain, j'ai bien failli me faire tamponner, cette fois ! Je roulais sur Schurz, à environ un bloc de la maison de Nathan Levy, quand une Ford 450 me fonce droit dessus. Je fais une embardée et je l'évite de justesse. Il s'en est fallu de peu. J'ai reconnu Levy au volant et je faisais demi-tour quand la voiture de police qui le surveillait a déboulé à sa suite. Elle a failli m'enfoncer l'arrière-train en souvenir.

Le pouls de Nikki s'accéléra. Enfin, je vais avoir des réponses, songea-t-elle.

— Ça s'est passé quand ?

— Il y a dix – non, onze minutes. Levy a entraîné la voiture de police dans un cul-de-sac et a pédalé dans l'herbe en faisant demi-tour, mais les policiers se sont embourbés. Quand enfin ils ont réussi à se dégager, notre oiseau s'était envolé. Il connaît bien le coin et sait conduire une bagnole, c'est clair. On se serait cru dans *Fast and Furious*.

Nikki se remémora l'impressionnante carrure de Levy et l'imagina manœuvrer son 4 x 4 comme un petit bolide.

— On a évidemment lancé immédiatement un avis de recherche, ajouta l'inspecteur. Il pourrait être n'importe où, maintenant.

Les pensées de Nikki dansaient dans sa tête, et l'une d'elles devint très claire.

— Modifiez l'avis de recherche. Dites à toutes les patrouilles de ne pas appréhender le suspect. Si elles le repèrent, qu'elles se contentent de le suivre. Au cas où Levy serait impliqué dans la disparition de Rook. Il pourrait nous conduire jusqu'à lui…

— Entendu.

— Et, à la seconde où il est repéré, je veux en être informée. Compris ?

Maintenant que Levy avait tout du suspect potentiel, Raley et Ochoa étaient déjà plongés dans les détails de son passé. Ils passaient des appels pour tenter de trouver des arrestations ou séjours en prison le concernant.

— Pendant que vous y êtes, un type qui conduit de cette manière a forcément commis des infractions, dit Heat à son retour au poste de police. Cherchez de ce côté-là…, même les contraventions, en fait. Voyez quelles adresses il a données. Peut-être qu'il est attaché à une ville ou un quartier.

— On est dessus, dit Raley.

Ochoa siffla entre ses dents.

— Bon sang, qu'est-ce que c'est frustrant ! Si les bases de données fonctionnaient, on aurait la solution en moins de deux. Au lieu de cela, on appelle plusieurs juridictions et on doit attendre des plombes qu'ils fassent des recherches manuelles.

Heat l'observa d'un regard sévère.

— On n'a pas le choix, Miguel.

— Regardez ce qui vient de revenir de la balistique, dit Raley en brandissant un rapport imprimé.

Nikki se précipita vers lui, sa voix intérieure suppliante. S'il te plaît, s'il te plaît, donne-moi un indice…

— C'est à propos de la balle trouvée dans l'encadrement de la porte de garage de Nathan Levy. C'était un calibre .38.

— Pas un .22 ? Lon King a été tué par un .22. L'autopsie préliminaire parle aussi d'un .22.

— Levy a affirmé que le drone lui avait tiré dessus, dit Ochoa. Or, ce n'est pas possible si c'cst un .38. Ce qui signifie que, soit l'arme du drone a été modifiée…

— … soit il nous a menti et a mis en scène l'attaque, termina Raley.

Heat souleva l'enveloppe griffonnée de si nombreuses signatures qu'elle semblait circuler dans les bureaux depuis l'Administration Bush. Elle lut la date de mise en circulation et sentit sa poitrine s'enflammer de rage.

— Deux jours pour nous parvenir ! Bon sang ! Si on avait eu connaissance d'une telle divergence même trente-six heures plus tôt, on aurait déjà mis la main sur ce type. Bon, dit-elle en froissant la feuille avant de la jeter à la poubelle, maintenant, je veux savoir si une arme de calibre .38 est enregistrée au nom de Nathan Levy.

De retour dans son bocal, elle appela Feller, qui patrouillait le long des berges à bord d'un Zodiac emprunté à la police portuaire. Après un lent repérage des berges de Long Island City durant la matinée, il avait décidé de sillonner le canal Gowanus. Jusque-là, rien de neuf, l'informa-t-il. Le cafouillage balistique en tête, elle lui demanda s'il avait opéré toutes les vérifications nécessaires concernant l'enregistrement du bateau.

— Affirmatif. Les enregistrements sont gérés par les immatriculations, dont le système informatique fonctionne toujours, mais je n'ai trouvé aucune correspondance. J'ai aussi vérifié les registres du New Jersey, du Connecticut, du Rhode Island. Rien non plus. Du moins, pas encore. Bien sûr, il pourrait ne pas être enregistré ou avoir été volé. Si le central fonctionnait, je pourrais faire une vérification rapide. Mais j'ai des collègues du port dessus.

— Combien de kilomètres devez-vous encore couvrir ?

— Je n'avais pas idée que cette ville comptait autant de côtes. C'est un vrai travail de fourmi. Mais je suis sur le coup, patron. Je le ferai à la nage, s'il le faut.

Gagnée par la panique, à l'idée de ne pouvoir rien faire d'autre qu'attendre, Nikki fit les cent pas dans son bureau. Que faire ? Des images de Rook l'assaillaient sans relâche. Où était-il ? Que faisait-il ? Que lui était-il arrivé ? Était-il seulement en vie ? Au lieu de l'aider, ces questionnements la plongeaient dans un véritable vortex de désespoir et de spéculations.

— Stop ! s'écria-t-elle à haute voix. Arrête ça tout de suite !

Ce qu'il lui fallait, c'était se sentir utile. Et s'occuper. Quels principes de base n'avaient pas été couverts ? Aucun. Ce qui lui manquait, c'étaient des résultats. Elle se laissa tomber sur son siège et enfouit sa tête dans ses mains pour réfléchir. Tout enquêteur digne de ce nom suit la piste la plus convaincante. Quel était l'élément essentiel dans le discours de Randall Feller ? Le bateau. Là où Rook avait été vu pour la dernière fois. Mais, étant donné les huit cents kilomètres de côtes de la ville de New York, même si on écartait le Queens, Brooklyn et le sud de Manhattan, cela revenait toujours à chercher une aiguille dans une botte de foin. À supposer que le bateau fût encore sur l'eau, et n'ait pas été tracté sur une des îles. Voire quitté l'État. S'ils avaient de la chance avec l'enregistrement, ils pourraient remonter sa piste. Mais combien cela prendrait-il de temps ?

Elle serra ses poings contre ses tempes. Réfléchis, Nikki, réfléchis. Quand la piste principale se termine dans une impasse et que la technologie que tu utilises habituellement t'explose à la figure, que fais-tu ? Elle repensa à sa formation au combat. Quand tu es désarmée, piégée, ou immobilisée, quelle est ta stratégie ?

Embrasser l'obstacle.

Elle se leva, fonça vers la salle de conférences et passa la tête par la porte.

— Appelez-moi si vous avez du nouveau.

— Où allez-vous ? demanda Raley en levant les yeux de son bureau.

— Je retourne à l'école.

Pendant ses années de lycée, Nikki Heat avait passé beaucoup de temps dans l'endroit le plus paisible de la planète, la salle de lecture principale de la New York Public Library. Une cathédrale de livres, pensait-elle à l'époque. Et, alors qu'elle admirait le North Hall, avec ses immenses tables de chêne et ses majestueuses lampes cuivrées entourées de kilomètres de littérature, elle le pensait encore. Heat savait que plusieurs grands écrivains comme Singer et Doctorow avaient sereinement travaillé sous ces hauts plafonds. Elle savait aussi que le véritable pouvoir de la section « recherches », désormais appelée bâtiment Schwarzman, provenait des bibliothécaires qui répertoriaient les ouvrages, cherchaient des réponses et conseillaient les lecteurs, les écrivains, les universitaires, les dilettantes… et les adolescentes ayant soif de connaissances.

Caroline Jay, qui avait été pour la jeune Nikki à la fois une source d'inspiration et un guide spirituel, était devenue plus mince, plus anguleuse, et ses cheveux grisonnaient davantage depuis leur dernière entrevue, mais ses yeux brillaient de la même malice, même derrière ses nouvelles lunettes, et son sourire désabusé était resté le même.

Quand Carolyn vit Nikki, elle quitta son comptoir de bois sombre, et les deux femmes s'étreignirent comme de vieilles amies. C'est la bibliothécaire qui s'attira les regards des lecteurs par sa démonstration de joie bruyante.

— Allons dans mon bureau, dit-elle enfin d'un ton moqueur. Nous ne dérangerons personne.

La pièce fermée d'une lourde porte de chêne qui indiquait RÉSERVÉ AU PERSONNEL était conforme au souvenir de Heat. Une petite salle intimiste dédiée au dur labeur, avec plusieurs tables massives orientées vers le mur. Mme Jay possédait toujours le même bureau, comme figé dans le temps. La même étagère de livre au-dessus, la même lampe ancienne, le même gobelet d'eau près du pot à crayons. L'ordinateur dernier cri prenait moins de place sur la table, mais cela ne l'aiderait guère aujourd'hui.

— Vos informaticiens éprouvent-ils les mêmes problèmes que nous ?

— Oui, c'est complètement dingue. Je me rappelle encore ma première recherche Internet. Tom Wolfe voulait un inventaire rapide des propriétés de millionnaires à Atlanta. On est tellement habitué à obtenir des réponses en quelques clics. Me voilà obligée de revenir aux vieilles méthodes. Pour vous dire la vérité, j'adore ma propre technologie.

— Et j'imagine que vous avez toujours vos anciennes compétences.

— Mes compétences ?

La dame éclata de rire, puis prit le temps d'étudier Nikki.

— J'ai comme l'impression qu'il ne s'agit pas d'une visite de courtoisie.

— J'ai besoin de votre aide, madame Jay.

— Absolument, tout ce que vous voudrez. En quoi puis-je vous être utile ?

— J'ai besoin que vous me retrouviez un bateau.

Carolyn Jay ne parut pas intimidée par sa mission. Nikki lui montra les notes qu'elle avait prises sur son calepin à spirale, incluant la description du bateau bleu ciel de l'entrepreneur en plomberie qui avait suivi Rook et ses ravisseurs jusqu'au Pier 36. Le seul moment où la bibliothécaire tressaillit fut quand elle lut le nom de Rook. Elle observa Nikki, comprit la gravité de la situation sans avoir besoin de poser la moindre question, et se mit au travail. Mme Jay fit des photocopies du calepin de Nikki et écrivit quelques commentaires pour elle-même au dos de bouts de papier qu'elle avait découpés, selon son habitude, dans des feuilles imprimées destinées à la poubelle.

Elle entraîna Nikki le long du couloir dallé de marbre pour lui montrer comment elle comptait procéder, mais, au moment où elle pénétrait dans la salle des catalogues, le portable de Heat se mit à vibrer. C'était l'inspecteur Ochoa. Nikki alla dans le couloir pour ne pas déranger les chercheurs et répondit au téléphone.

— J'arrive tout de suite, dit-elle.

Carolyn, qui se tenait près de la porte, lui demanda si tout allait bien. Sa question n'était pas innocente. Nikki se sentait défaillir. Elle devait gagner East River au plus vite : on venait de repêcher un corps dans l'eau.

À peine sortie de la bibliothèque, Heat s'exhorta à respirer normalement. Le trajet de quinze minutes jusqu'au fleuve lui parut durer une éternité, un voyage dans un brouillard silencieux jusqu'aux portes mêmes de l'enfer, l'isolant de tous stimuli extérieurs. Ses mains étaient moites sur le volant, ses poumons, comme desséchés. Il lui semblait qu'en raison de l'implosion de son cortex cérébral, les messages évolués émis par sa raison et son jugement ne lui parvenaient plus, tandis que son amygdale surchauffée submergeait son esprit de scénarios aussi désespérés qu'insupportables.

L'une des roues de sa voiture heurta violemment le trottoir de l'allée qui menait sous le Queensboro Bridge. L'agent posté à l'entrée du pont grimaça en voyant l'impact. Nikki sursauta sur son siège, mais ne remarqua ni le choc ni la réaction du policier. Elle descendit la pente inclinée qui continuait sous le pont, abandonna sa voiture tout près de la clôture et se rua vers la rivière sans se soucier de refermer la portière. Peinant à faire entrer de l'air dans ses poumons, elle courut vers la berge, où étaient stationnés deux ambulances, un camion de pompier et un van de la brigade de recherche de la ville de New York. Elle parvint à une rambarde en fer forgé, où elle se pencha juste à temps pour voir deux plongeurs en combinaison attacher un harnais de flottaison à un corps sans vie à environ trente mètres du rivage.

La tête et les épaules du cadavre étaient toujours immergées. Nikki se pencha au maximum, les mains à plat sur la rambarde de métal froid, comme si s'approcher de quelques centimètres supplémentaires allait lui fournir plus d'informations. Elle entraperçut les vêtements de la victime – une tenue de sport – et s'autorisa à croire que ce n'était pas le cadavre de Rook qui flottait là. À moins qu'il n'ait changé de vêtements – ou qu'on lui ait ôté sa chemise ensanglantée pour lui passer un sweat-shirt –, ce n'était pas lui. Impossible. S'il vous plaît, songea-t-elle. Le courant formait des vaguelettes qui s'émoussaient sur la jetée. Le haut du dos de l'homme apparut dans la surface écumeuse, révélant une peau hâlée et un crâne rasé et luisant.

Son soulagement fut si violent qu'elle faillit s'évanouir sur les pavés et dut d'agripper au montant métallique pour calmer le tremblement de ses genoux. Recouvrant ses esprits, Nikki adressa un merci silencieux au ciel tout en regardant le défunt être hissé dans l'un des Zodiac. Un second bateau s'approcha pour aider le premier à remonter le cadavre, dont les pieds émergèrent de l'eau vaseuse dans un éclat vert fluo. Nikki avait vu des chaussures de cette couleur récemment – des New Balance Zantes – et dans la fraction de seconde qu'il lui fallut pour avoir accès à sa mémoire, elle reconnut le visage de Sampson Stallings, dont la tête pendit mollement au moment où il fut transféré dans la vedette de police.

Douze heures plus tard, à la faible lueur d'une bougie, Nikki mit *Stay*, de Rihanna, à pleins tubes et remplit de Patrón son verre sur le rebord de la baignoire. Son geste fut hésitant, sans doute l'angle improbable de son bras et le niveau d'alcoolémie élevé de son sang. La boisson déborda et s'écoula le long du verre jusqu'à ce que la tequila se diffuse dans l'eau du bain, faisant éclater de petites bulles avec un crépitement.

Nikki avait commencé par un verre de vin à son retour à la maison, mais, au bout du troisième, la bouteille étant vide, elle avait pris le menu du Rosa Mexicana, décidé qu'il ne servait à rien de prendre des *enchiladas suizas* sans tequila, puis finalement que la tequila serait parfaite sans les enchiladas. Ce soir, Nikki ne faisait que des mauvais choix, et cela ne s'arrangeait guère. L'idée traumatisante de voir Rook émerger des eaux boueuses de la rivière lui avait retourné les entrailles et l'avait submergée d'émotions contradictoires. Son soulagement, aussi intense que bienvenu, avait disparu quand elle avait compris que l'amant de Lon King s'était arrêté au milieu de son jogging quotidien sur l'aire de récréation du Queensboro Bridge et, d'après les nombreux témoins oculaires, s'était signé devant la rambarde avant de se laisser tomber dans le vide. L'autopsie démontrait la présence d'eau dans les poumons ; donc, ce n'était pas la chute qui l'avait tué. Nikki savait que ce n'était pas non plus la rivière, mais le poids intolérable du chagrin. Elle vaporisa autour d'elle un nuage de lavande jusqu'à ce qu'elle ne puisse plus respirer, jusqu'à ce qu'elle ne puisse plus imaginer le désespoir de Sampson Stallings.

Décidément, elle faisait tous les mauvais choix.

Son portable sonna. Nikki fit un bond de dauphin pour sortir de la baignoire et s'emparer de son téléphone. Elle avait pensé à mettre son portable à portée de main, au cas où on voudrait lui donner des nouvelles de Rook, mais elle avait finalement renoncé à cette idée, par crainte de le faire tomber dans l'eau. Dans son égarement alcoolisé, elle glissa sur le carrelage mouillé et chuta lourdement sur le sol, ce qui lui fit un mal de chien et envoya dinguer son téléphone vers les toilettes comme un palet de hockey.

Malgré la douleur, elle réussit à ramper jusqu'à l'appareil et à répondre avant que ne s'enclenche la messagerie. Mais, dans sa maladresse, le téléphone lui échappa de nouveau et heurta le sol. Elle réussit à le rattraper et, enfin, croassa un « Allô ».

— Nikki, c'est moi.

Lauren Parry. Pour la deuxième fois aujourd'hui, Heat pria pour qu'il ne s'agisse pas de la découverte du corps de Jameson Rook.

— Qu'est-ce qui se passe ? Tu as une voix bizarre, dit son amie.

— No-on, je vais bien.

Elle tressaillit, se demandant si elle ne s'était pas fêlé une côte. L'élancement douloureux lui avait fait prononcer « non » en deux syllabes.

— N'essaie pas de me berner. Je t'appelle parce que je m'inquiète pour toi. Ai-je des raisons de m'inquiéter ?

Nikki ne répondit pas. Elle ne savait pas quoi répondre, n'avait pas l'énergie de le faire et ne voulait pas ouvrir les vannes. Elle décida de rouler sur le dos, espérant trouver un peu de réconfort au contact du tapis, mais dut s'arrêter au milieu de son mouvement. Un grincement lui échappa.

— J'arrive tout de suite, dit Lauren.

— Non ! Lauren, je vais bien, vraiment. C'est juste que... Ça va. Tu me connais.

— C'est pour cette raison que j'appelle. Tu avais une mine affreuse cet après-midi.

Au lieu de répondre, Heat secoua la tête pour dire non, comme si Lauren pouvait la voir, tout en se réjouissant que ce ne soit pas un appel via FaceTime.

— Eh bien, la journée n'a pas été facile, avoua-t-elle.

— J'imagine, en effet. Que fais-tu en ce moment ? Tu restes chez toi à te morfondre ?

Nikki recula le téléphone pour l'examiner, se demandant si, finalement, ce n'était pas un appel FaceTime. Elle voulut répondre à Lauren de ne pas s'inquiéter, mais, au moment de sortir de sa bouche, ses paroles s'évanouirent et la laissèrent sans voix. Submergée par l'alcool et le désespoir, Nikki se mit à sangloter. Sa très chère amie fit tout ce dont elle était capable : elle l'écouta pleurer. Environ une minute après, peut-être deux, ou cinq, quand Nikki gémit d'une voix aiguë « Je suis désolée… », Lauren lui répondit simplement qu'elle était là, qu'elle pouvait compter sur elle.

Quand ses pleurs se tarirent enfin, Nikki s'obligea à se mettre en position assise, le dos contre la cuvette des toilettes.

— Veux-tu de la compagnie, Nikki ?

— Tu veux savoir ce que je fais ? Je suis assise par terre dans ma salle de bains, nue et trempée, et je me sers des toilettes comme dossier. Je tremble comme une feuille, je suis ivre et j'en ai besoin, je crois. Je te choque ?

— Non, je comprends.

— Parce que, si tu voulais débouler comme Melissa McCarthy, dans *Mes meilleures amies*, et me secouer pour me faire revenir à la raison, tu risques de ne pas aimer le résultat.

Le Dr Parry gloussa.

— Je préfère ne pas voir ça.

— Tu as bien raison.

— D'accord, comme tu voudras.

— Merci.

— Attends, ne raccroche pas. Si je venais chez toi – ce que je ne vais pas faire –, mais si je venais et si je jouais les Megan Price pour te botter les fesses, je te dirais une chose : « Sois Nikki Heat. Sois forte. Quoi qu'il arrive, ne baisse pas les bras. »

— Ça fait trois choses.

— Et commence par reboucher la bouteille de vin.

— Oh ! je l'ai vidée il y a une heure. Et je suis passée à un truc plus fort.

— Promets-moi seulement, Nikki, de faire ce que je te demande. Et appelle-moi à n'importe quelle heure. D'accord ?

— Hé ! Lauren ?

— Oui ?

— N'appelle plus jamais ce numéro.

Toutes deux raccrochèrent en riant – mais seul le rire de Nikki se mua en larmes. Elle se remit péniblement à quatre pattes, dénicha le bouchon de la bouteille de tequila par terre et se hissa sur ses pieds en s'aidant du rebord de la baignoire. Le verre étant sans doute tombé dans son bain, elle but directement au goulot. C'était décidément une soirée de mauvais choix.

Privilège de la gueule de bois, se dit Nikki le lendemain matin, elle vous rend incapable de déterminer précisément la source de la douleur. Était-ce le coup que le malfrat lui avait asséné à la tête ? L'élancement dans ses côtes, dû à sa chute dans la salle de bains (l'un des grands moments de son existence) ? Ou la gueule de bois elle-même ? Alors qu'elle avalait une seconde gorgée de son *latte* à la vanille, Heat sut où se situait la vraie douleur – voilà pourquoi elle se trouvait sur le trottoir de Warren Street à 7 h 30, à attendre que les portes de l'Hôpital du stylo s'ouvrent.

— J'ai personnellement laissé un message à monsieur Rook pour lui faire savoir qu'il était réparé, dit Terry Wiederlight, l'un des propriétaires, en revenant de l'arrière-salle avec une boîte en carton de la taille d'un stylo. C'est toujours un plaisir de vous voir, Nikki, mais monsieur Rook était tellement impatient de récupérer son Hemingway que je suis surpris qu'il ne soit pas venu en personne.

Peut-être pour se convaincre elle-même, en même temps que Terry, elle sourit et répondit :

— Il a été retenu par une mission. Mais il sera heureux de le retrouver dès qu'il aura terminé, je le connais.

— Parfait, j'espère que ce sera pour bientôt. Vous savez combien il peut devenir obsessionnel, parfois.

— Oui, parfois, il suffit d'un petit rien pour nous aider à tenir le coup, Terry.

— Vous avez parfaitement raison. Quoique ce ne soit pas rien, n'est-ce pas ?

Il décapuchonna le stylo de collection Montblanc et lui montra le bec remplacé, parfaitement conforme à l'original : or 18 carats plaqué rhodium avec de délicates circonvolutions gravées autour du nombre 4810, l'altitude du sommet éponyme, le plus haut des Alpes.

— Il sera tellement heureux… quand il le verra.

Au moment de quitter la boutique, Terry la héla :

— Ah ! Et si vous en êtes à choisir vos cadeaux de mariage, nous avons aussi des éditions limitées. Peut-être Agatha Christie ou Edgar Allan Poe ? Même s'il n'a rien d'un auteur de romans policiers, n'est-ce pas ?

Le Montblanc était enveloppé d'une gangue de papier bulle. Pourtant, Nikki le portait avec un soin extrême, comme s'il s'agissait d'un fragile souvenir. Elle commençait à se demander avec inquiétude si elle n'était pas en train de perdre la raison, à s'accrocher à son stylo comme la pauvre Mlle Havisham à sa robe de mariée décatie. Que ce soit un geste d'espoir ou un exercice de pur déni, aller chercher le stylo de Rook était telle la réaffirmation qu'il était bien en vie, en l'absence de faits avérés. Il fallait qu'il soit en vie, oui, il le fallait.

Si les paroles bien intentionnées de Lauren l'avaient secouée, elles n'étaient en fait qu'un simple picotement. Le véritable choc émotionnel eut lieu ce matin-là, quand Nikki se réveilla seule dans son lit. Cela se produisit dans l'appartement, la chambre, le lit où, plus de dix ans plus tôt, elle avait commencé une autre descente aux enfers, une lutte désespérée dans l'abîme créé par le meurtre de sa mère. À l'époque, Heat avait fini par comprendre que rester positive ne suffisait pas : elle devait aussi agir de manière positive.

Les actions portaient un grand pouvoir, parfois mystique, et, au début du nouveau millénaire, après avoir passé une semaine misérable à sangloter sous les couvertures, Nikki avait pris la décision d'agir plutôt que de se lamenter, ce qui l'avait menée à entrer dans la police. Aujourd'hui, elle était allée chercher le stylo de Rook, une action sans doute pas aussi significative que préférer la carrière de policier à celle d'actrice, mais dont la finalité était la même : deux avancées concrètes. Le Dr Parry avait vu juste en la sommant d'être Nikki Heat.

Nikki Heat était une femme d'action, pas du genre à pleurer sur son sort.

Elle allait ouvrir la portière de sa voiture, garée au deuxième niveau du parking du City Hall, quand elle entendit une voix masculine murmurer son nom. Elle semblait provenir du haut de la rampe. Nikki jeta le paquet contenant le stylo sur le siège passager et se retourna vivement, la main sur son Sig Sauer.

Elle se recroquevilla entre deux voitures et patienta, l'oreille aux aguets.

Seuls lui parvenaient le bruit de la circulation sur Broadway et le bourdonnement désagréable d'un néon à l'entrée de la cage d'escalier. La voix s'éleva de nouveau. Calme, posée, claire :

— Vous n'aurez pas besoin de cette arme, capitaine, je vous le promets.

L'écho de l'espace caverneux l'empêchait de localiser la voix. Heat se coula contre le mur, au cas où le type se serait trouvé juste au-dessus d'elle.

— Je vous conseille de ne pas le dégainer. Ce serait très mal avisé de votre part.

Elle décida de lui répondre, espérant le faire sortir de sa cachette ou obtenir un indice sur sa position.

— Est-ce une menace ?

Une minute s'écoula avant que l'inconnu ne reprenne, depuis un autre endroit. Il s'était rapproché, semblait-il, mais son ton pondéré résonnait toujours dans l'immense espace bétonné, empêchant Nikki de le repérer depuis son poste d'observation entre deux capots de voiture.

— Je ne suis pas là pour vous menacer ou vous blesser. Je suis là pour vous parler de Jameson Rook.

Son estomac fit un saut périlleux. Oh non ! Rook est-il mort ? se demanda-t-elle avec angoisse. Est-il venu m'annoncer la mauvaise nouvelle ? Nikki lutta contre son envie de se ruer sur la rampe pour trouver son interlocuteur anonyme. Ou lui sauter dessus. S'il avait des informations à propos de Rook, elle voulait les obtenir – et tout de suite.

— Que savez-vous sur Rook ? Dites-le-moi !

Sa voix angoissée et tremblante contrastait avec celle de l'inconnu.

— J'ai pensé que cela pourrait vous intéresser et, au son de votre voix, je comprends que j'ai toute votre attention. Tant mieux, car ce que je m'apprête à vous dire est de la plus haute importance.

Il se tut de nouveau. Il prenait son temps, mettant Nikki à l'agonie. Son cœur battait maintenant à tout rompre tandis qu'elle se demandait où il voulait en venir.

— Je suis venu vous demander de faire moins de zèle dans votre affaire d'homicides. Non seulement vous explorez des zones où vous n'avez rien à faire, mais cela pourrait être dangereux pour monsieur Rook.

Ses paroles la remplirent d'effroi.

— Oh mon Dieu !… Il est en vie…

Sans réfléchir, elle se redressa vivement et demanda :

— Il est en vie ?

Comme elle n'obtenait pas de réponse, elle cria, cette fois, si bien qu'elle entendit ses propres paroles résonner dans tout le parking.

— Ne vous foutez pas de ma gueule ! Est-ce que Rook est en vie ?

Après une nouvelle pause, la voix de baryton lui parvint de nouveau, mais plus éloignée, toujours aussi égale, avec un léger accent – de l'Oklahoma ?

— Je vous supplie de m'écouter. Je sais que cela vous est très difficile, car cela va à l'encontre de tout ce que l'on vous a appris, ainsi que, assurément, de votre implication émotionnelle.

— Bon sang ! Répondez-moi ! Est-il en vie ?

De la même voix atone, il souffla :

— Oui. Jusqu'ici…

Son cerveau de policière s'actionna. Si c'était vrai – si Rook n'avait pas été tué d'une balle dans la tête et ne gisait pas dans un caniveau –, ce type pouvait la conduire à lui.

Elle quitta sa cachette entre les voitures et cria de nouveau :

— Qui êtes-vous ?

Nikki prit son portable et texta sa localisation, ainsi qu'une demande urgente de renfort.

Il gloussa.

— Que diriez-vous de monsieur Jones ? Cela vous irait ?

Au moment où elle appuyait sur le bouton Envoi, M. Jones déclara :

— Je vois que nous n'avons plus beaucoup de temps ; alors, permettez-moi d'être aussi clair que possible. Si vous vous acharnez dans cette voie, vous mettez la vie de monsieur Rook en danger.

— S'il est en vie, prouvez-le. Laissez-moi lui parler. Laissez-moi le voir ! Conduisez-moi à lui !

— Vous n'écoutez pas et vous supposez que vous avez le contrôle de la situation. J'essaie de vous donner un avertissement clair. Si vous ne voulez pas qu'il soit blessé, ou pire, battez en retraite.

Le cœur de Heat s'emballa. Il semblait en avoir terminé avec elle. Or il fallait continuer à le faire parler, aussi bien pour lui soutirer des informations que pour donner le temps aux renforts d'arriver.

— Si vous n'avez pas le contrôle sur lui, qui l'a ?

Nikki attendit la réponse, en vain. Elle tendit l'oreille, supposant qu'il changeait une nouvelle fois de position.

— Et où est-il ? Parlez-moi !

Toujours pas de réponse.

— Pour qui travaillez-vous ? Monsieur Jones ?

Rien, sinon l'écho d'une porte qui claqua à l'autre bout du parking, au niveau inférieur. Ce bruit sourd lui vola son dernier espoir.

À l'arrivée de la cavalerie, il était trop tard. Heat fit son rapport au chef de la première, mais tous deux savaient que chercher un suspect sans sa description physique était une perte de temps et d'énergie. Malheureusement, Heat s'était garée dans un parking municipal, si bien que les caméras de sécurité étaient HS, comme le reste des services touchés par la cyberattaque.

Heat retourna au poste en compagnie de Raley et Ochoa.

— Peu importe qui était cet homme, c'est le second avertissement que je reçois. Le premier était du député Duer, et maintenant de ce « monsieur Jones ».

— Alors, vous pensez que ce gars à la mystérieuse voix est de mèche avec Duer ? demanda Raley.

Nikki haussa les épaules.

— Difficile à dire. Mais… si je ne me fie qu'à mon intuition, je dirais qu'il était avec les fédéraux. Pas à l'Intérieur, peut-être un ancien du FBI.

— Et, donc, il peut aussi bien être à la solde de Duer, de Swift ou des Syriens, dit Ochoa avec un soupir.

— Une chose est sûre : c'est un pro. Bien informé. Dès que j'ai envoyé une demande de renforts, il a mis fin à notre conversation. Ce qui me porte à croire qu'il a accès à mon téléphone.

Raley croisa les bras et l'observa d'un air buté.

— Bon. Et ce type du parking pensait vraiment pouvoir vous intimider ?

Annette apparut sur le pas de la porte.

— Zachary Hammer pour vous. Dois-je transférer l'appel dans votre bureau ?

Heat eut un sursaut de panique. Zach avait promis de l'appeler à la seconde où il aurait des nouvelles de Rook.

— Oui, dans mon bureau, dit-elle en se ruant vers la porte.

En chemin, elle ordonna à ses chefs de brigade de se tenir près.

— Heat ?

Hammer avait prononcé son nom comme s'il s'agissait d'un dossier. Comme tout le reste à propos de cet homme, son ton était impersonnel et sans joie.

— Cette conversation ne va pas être facile.

— Oh mon Dieu !…

— Vous feriez bien de fermer la porte.

— Zach, ne me torturez pas. C'est Rook ? Dites-le-moi.

— Non, ce n'est pas Rook.

Tentant de respirer après un nouvel élancement dans les côtes, elle l'entendit couvrir le combiné et dire à quelqu'un qu'il rappellerait dans trois minutes, qu'il avait une affaire à régler. Nikki était trop soulagée pour se sentir insultée de n'être qu'un point sur sa liste.

Il découvrit le combiné et revint à elle.

— Voilà où nous en sommes. Je vous appelle pour vous demander de vous retirer de vos fonctions de capitaine.

Nikki tira le cordon du téléphone jusqu'à la porte pour la fermer.

— Vous êtes toujours là, Heat ?

— Me retirer de mes fonctions ?

— Je vous avais dit que cette conversation ne serait pas facile.

— C'est le moins qu'on puisse dire. Je n'occupe ce poste que depuis une semaine.

— Oui, et un certain nombre de problèmes ont d'ores et déjà été soulevés. Dois-je les énumérer ?

Il marqua à peine une pause. Sa question était rhétorique.

— Ne pas informer vos supérieurs hiérarchiques des suspects au profil important. Déranger des personnalités en déboulant au beau milieu d'une réunion. Négliger le processus statistique – les chiffres, pour l'amour du ciel ! – et annuler la réunion hebdomadaire. Dans votre propre poste, la hiérarchie présente des lacunes dues à votre incapacité à nommer votre successeur au département des homicides. Et vous passez trop de temps sur le terrain au lieu d'envoyer votre équipe user ses chaussures et écrire des rapports, en bon administrateur que vous devriez être. Vous êtes toujours avec moi ?

— Je vous écoute, oui. Mais je ne vous suis pas, non.

Agacée par cet homme qui lui avait offert ses condoléances et son soutien inconditionnel, et qui lui passait maintenant un savon, Heat réussit malgré tout à garder son sang-froid. Lorsqu'elle avait pris ses fonctions, elle avait compris qu'elle devrait se frotter à la machine administrative de temps à autre, et se dit qu'il s'agissait là d'un premier test. Elle aurait pu s'en passer, mais elle n'avait pas le choix. Si Nikki répliquait d'un ton larmoyant ou se mettait sur la défensive, elle était fichue. Elle décida donc de faire montre de résistance professionnelle et de lui renvoyer aussitôt la balle.

— Vous et vos collègues du central envoyez des messages contradictoires. L'un me dit de rester sur cette affaire pour avoir des informations de première main, et voilà que vous me reprochez de ne pas déléguer assez. Vous voulez de la prise de décisions ? J'ai choisi d'annuler ces réunions pour suivre de près le double homicide que le commissaire m'a personnellement ordonné de superviser. Ce que j'essaie de faire en ce moment même. Mais voilà le problème, Zachary : non seulement je gère ma circonscription au maximum de mes capacités, mais je me démène aussi pour sauver la vie d'un homme, et j'ai bien l'intention de réussir. Si vous voulez me renvoyer, faites-le, mais je ne démissionnerai pas. Virez-moi, mais la presse en fera des gorges chaudes, je vous préviens.

Dans le bref intervalle qui suivit, Heat fut ravie d'entendre son interlocuteur s'éclaircir la gorge. Peut-être que Zach Hammer, l'adjoint principal du commissaire adjoint aux Affaires juridiques de la police de New York, n'était pas habitué à une telle résistance de la part d'un simple capitaine de quartier.

— Bon, dit-il enfin, avec l'air d'un requin en train de rôder autour de sa proie. Je crois que nous ferions mieux de reparler de ce sujet ultérieurement.

— Ce sont des conneries et vous le savez parfaitement.

Elle décida de tirer parti de cet appel désagréable et de lui poser la question qui lui brûlait les lèvres :

— Qui vous a demandé de réclamer ma démission ? Qui essaie de me retirer cette affaire ?

— Quelle idée ! C'est absurde.

— Pas du tout, Zach. Qui ?

— Entendez-moi bien : personne n'essaie de vous empêcher de résoudre cette affaire au plus vite.

— Pourquoi ai-je du mal à vous croire ?

Il ignora sa réponse.

— Au Plaza, certains s'inquiètent de votre capacité à remplir vos fonctions, étant donné votre distraction actuelle.

— Ma distraction actuelle ?

La colère faillit prendre le dessus, mais Nikki s'exhorta au calme.

— Si vous considérez mes efforts pour résoudre l'enlèvement d'un citoyen en plein New York – sans parler de ma relation avec lui – comme une *distraction* et non la définition même de mon métier de policier assermenté, vous allez devoir descendre de votre petit nuage administratif et vous frotter au monde réel. Et vous pouvez commencer par vous bouger le cul !

Sur ces mots, Nikki raccrocha.

Puis, elle jeta la machine à écrire contre le mur, ce qui lui valut des regards effarés de tous les agents du poste. Puisqu'elle avait leur attention, elle ouvrit la porte et déclara :

— Raley. Ochoa. Au tableau. Maintenant.

Si sa résolution faisait l'objet de doutes, cette troisième tentative pour l'écarter de l'affaire n'avait fait que renforcer sa détermination. Sa seule crainte était que sa persévérance forcenée ne scelle le destin de son fiancé.

Ce fut sans doute la première fois dans l'histoire de New York qu'un plombier était escorté à travers Manhattan par une escouade de policiers à moto. Alvin Speyer, le « séducteur à la clé à molette », comme la brigade l'avait surnommé, dut interrompre un rendez-vous galant pour monter dans la voiture de Heat, stationnée devant son hôtel de Times Square. Ils filèrent jusqu'aux célèbres lions de marbre de la New York Public Library derrière les deux motards qui leur ouvraient la route.

Quand ils retrouvèrent Carolyn Jay dans son bureau du second étage, Heat remarqua aussitôt que la bibliothécaire portait les mêmes vêtements que la veille.

— Ce n'est pas ma première nuit blanche, lui dit-elle avec un clin d'œil espiègle. Dieu merci, je suis en bons termes avec les agents de sécurité, et la cafetière a été réparée.

— Mais vous avez fait des progrès, n'est-ce pas ?

Nikki s'efforça de ne pas se montrer irrespectueuse envers la femme qui avait passé sa nuit à l'aider.

— C'est un long processus. L'interprétation d'un catalogue n'est pas comme la salle de cartographie, où chaque réponse est lisible sur la carte. Mais je ne vous ai pas fait venir pour rien… Monsieur Speyer ? Venez, laissez-moi vous montrer pourquoi vous êtes ici.

Il était si tôt que Mme Jay avait la salle pour elle seule, si bien qu'elle tira deux chaises de deux autres bureaux pour les placer à côté d'elle.

— Laissez-moi vous expliquer comment j'ai procédé. Succinctement, je vous le promets. Le temps vous est compté, j'en ai parfaitement conscience. C'est pour cela que je vous ai demandé de venir. Ce n'est pas simple sans le réseau informatique, je ne vous apprends rien.

— Et je vous remercie de tous vos efforts, madame Jay.

— Eh bien, vous me remercierez quand vous aurez obtenu des résultats.

La dame chaussa les lunettes de lecture qui pendaient à une chaîne à son cou et prit son calepin noirci de notes, acronymes et codes chiffrés.

— La clé de l'énigme, grâce à l'attitude fort citoyenne de monsieur Speyer ici présent, était de se focaliser sur la provenance du bateau. D'après votre description, un cinq-mètres en bois, c'est bien cela ? S'il vous plaît, dites-moi que oui.

— Oui, répondit Alvin Speyer.

— Dieu merci, dit-elle en retournant à ses notes. Toute recherche nécessite un point de départ. Le mien est que les bateaux en bois sont rétro et nécessitent une importante maintenance, un peu comme les voitures de collection, si bien que le propriétaire est si fier de son joujou qu'il voudrait partager sa passion avec d'autres aficionados. Cela m'a conduite à la salle des catalogues, où j'ai feuilleté le *Répertoire des associations* et les prospectus répertoriés dedans. Voilà ce que j'ai écumé pour vous. J'ai passé des heures à éplucher l'*Oxbridge Directory*, le *Benn's Media* et d'autres ouvrages du même acabit pour trouver des associations de propriétaires de petits bateaux en bois dans la région. Armée de cette liste, je suis allée dans la salle des microfiches, où j'ai déniché les lettres d'information des cinq dernières années, une limite arbitraire, mais cette durée m'a semblé raisonnable, étant donné les circonstances. Je suis alors tombée sur la Foire aux bateaux qui se tient chaque année à Queensbury, dans le nord de l'État de New York.

Nikki ouvrit son propre calepin.

— Et vous nous avez trouvé un contact ?

— C'était bien mon intention. Au lieu de cela, j'ai trouvé ceci.

Mme Jay sortit deux photocopies en couleurs d'un dossier d'archives et les leva au niveau de sa poitrine.

— Ce sont les impressions des newsletters des foires de 2010 et 2012. Vous vous rappelez, ce que je vous ai dit sur le besoin de maintenance des bateaux en bois ? On trouve de nombreuses publicités pour des entreprises de restauration. Et elles adorent montrer des photos de leurs œuvres.

Elle posa les deux feuilles côte à côte sur le bureau.

— Monsieur Speyer, l'une de ces embarcations pourrait-elle être le bateau que vous avez vu l'autre soir ?

Heat se serait amusée de la formulation de la question de Mme Jay, si conforme aux usages de la police, si elle n'avait été aussi concentrée sur les deux publicités. L'une vantait les mérites d'un restaurateur de Glen Cove, à Long Island, avec les images pixélisées d'un Penn Yan de 1962 et d'un cinq-mètres bleu ciel trafiqué en hors-bord. La seconde entreprise se situait près de Paterson, dans le New Jersey, et ne mettait en avant qu'un seul bateau, un quatre-mètres rutilant, lui aussi bleu pâle, équipé d'un moteur.

Alvin Speyer se pencha sur les deux pages tour à tour.

— Hmm.

Pendant qu'il examinait les images avec soin, la bibliothécaire déclara :

— Bien sûr, j'aurais pu appeler ces personnes moi-même, mais, étant donné les enjeux, j'ai préféré ne pas prendre de risque. Je ne suis pas de la police.

— Vous pourriez aisément faire illusion, répliqua Nikki.

Carolyn Jay rougit.

— Eh bien… Alors, je suis plus miss Marple que Nikki Heat.

— Celui-là, conclut Speyer en brandissant l'une des feuilles.

— Vous en êtes sûr ? s'enquit Nikki. Vous savez que cela ne pourrait être aucun des deux ?

— Non, c'est bien celui-là. Il a le même poste de commande blanc avec le gouvernail chromé. Et vous voyez ces motifs, là ? Je ne les avais jamais vus sur un bateau.

Il tapota la page de son index.

— C'est celui-là, je vous dis.

Avec un hochement de tête reconnaissant à la bibliothécaire, Heat prit son portable et composa le numéro indiqué sur la publicité.

Le propriétaire de Neil's Marine Restoration de Glen Cove n'eut pas besoin de rechercher le bateau bleu dans ses registres, car, comme pour toutes les autres embarcations passées entre ses mains, il avait travaillé dessus personnellement.

Le quatre-mètres était arrivé avec bon nombre d'autres vaisseaux endommagés après le passage de l'ouragan Irene en 2011, et il avait tant aimé le résultat de son travail qu'il avait ajouté une photo du bateau dans ses publicités l'année suivante. Dès que Neil fut certain que Heat était bien qui elle prétendait être, il consulta ses registres pour trouver l'adresse du propriétaire. Avant de raccrocher, il ajouta :

— Au fait, il n'est pas vraiment bleu ciel. Dans le métier, on appelle cette couleur *celeste pallido*.

Une demi-heure plus tard, l'inspecteur Feller, coiffé d'un chapeau mou et affublé d'une canne à pêche en guise de couverture, quitta le canal Red Hook à bord du Whaler de la police portuaire pour pénétrer dans le bassin Erie de Brooklyn. Il progressait paresseusement, prétendant s'intéresser davantage aux mouettes et aux nuages qu'à son véritable objectif, les bateaux à quai. La société de transport fluvial qui avait réglé les réparations du bateau se situait devant Beard Street, non loin du nouvel IKEA. Feller s'écarta du canal étroit pour ne pas éveiller les soupçons, coupa le moteur et se laissa dériver sur le bassin. Puis, il lança plusieurs fois sa ligne, toujours en direction du quai, pour pouvoir examiner au passage les différentes embarcations amarrées. Au bout de quelques lancers, il fixa sa canne sur le plat-bord, ouvrit sa boîte de déjeuner et en sortit un sandwich. Après deux bouchées, il reposa le sandwich et prit son portable d'un air décontracté. Heat répondit à la première sonnerie.

— J'ai votre bateau bleu.

TREIZE

Randall continua à pêcher un moment, au cas où il serait observé, même s'il avait pris toutes les précautions possibles. Comme il fallait une demi-heure à Nikki pour venir de Midtown, la priorité absolue était de maintenir une surveillance discrète pour tenter de glaner un maximum d'informations sur Channel Maritime, pendant que la police installait un périmètre de sécurité autour du quai, afin de ne laisser personne passer à travers les mailles du filet. La difficulté de cette mission était d'agir en toute discrétion. À la moindre erreur, on risquait de perdre un complice qui s'était absenté pour aller chercher une pizza.

Le premier objectif de Feller était de regagner la terre ferme. Rapidement, trois navettes de la police portuaire répondirent à son appel radio et formèrent un barrage au large, hors de vue des berges. Cela lui permit de ranger sa ligne et traverser le bassin jusqu'à sa voiture, garée sur le parking d'IKEA, à deux cents mètres à l'est.

L'inspecteur retrouva Heat juste au moment où elle arrivait à la cellule de crise que le lieutenant Marr avait mise en place dans le parking envahi de mauvaises herbes d'un vieil entrepôt. Le premier appel de Heat, après avoir eu confirmation par Feller de la présence du bateau bleu, avait été pour le lieutenant Marr. Elle voulait demander à ce vétéran spécialiste des opérations d'urgence de commander le raid. Même s'il travaillait au poste de la 108e Rue, à Long Island City, elle avait déjà collaboré avec lui et, comme Rook était peut-être retenu prisonnier à cet endroit, elle voulait le meilleur agent de terrain – un professionnel doué de sang-froid, qui laissait peu de place à la chance.

— On ne devrait pas placer quelques guetteurs autour de la zone pendant qu'on met en place l'opération ? demanda Feller.

— C'est déjà fait, répondit Marr avec un sourire.

— Je viens d'arriver, et pourtant je n'en ai vu aucun.

Les coins ridés des yeux du lieutenant s'étirèrent avec espièglerie.

— C'est plutôt rassurant. Alors, on peut se détendre.

Remarquant la tension de Nikki, il déploya une carte agrandie du quartier sur le capot de sa voiture. Nikki était stupéfiée que Marr ait réussi à établir une stratégie d'intervention complète – avec un code coloré pour le positionnement de chaque homme et une tactique de déploiement – en moins de trente minutes, le temps pour elle de venir du Queens. Ce plan d'action, le flegme du lieutenant et le passé militaire de Feller la rassuraient quant à la suite des opérations.

— Nous mettons tout en place pour intercepter les suspects par voie de terre comme de mer. Inspecteur Feller, vous avez sécurisé le port pendant que je positionnais des unités à ces intersections…

Il prit un stylo argenté et s'en servit comme d'un pointeur.

— Nos goulots d'étranglement sont Beard et Dwight, Beard et Van Brunt, Richards et Van Dyke. Des renforts sont positionnés sur Coffey Street, entre Otsego et Conover.

Il tapota la carte.

— Personne ne sortira de ce périmètre sans l'équipement de 007, dit-il avec un clin d'œil à Nikki. Cela arrivera sûrement un jour, mais pas aujourd'hui. J'ai un bon pressentiment.

— Et le soutien aérien ?

— En stand-by. Les hélicos risqueraient d'attirer l'attention des médias. On a Bell 429 à Cobble Hill, à moins de deux minutes d'ici. Si on veut un renfort aérien, on l'aura, et vite.

Il retourna à sa carte.

— Voilà le plan. À mon feu vert, le BearCat garé derrière nous entre par le portail, qui est fermé par un verrou. C'est pour ça que Dieu a créé les BearCat. Au même moment, notre autre véhicule d'assaut défonce la clôture par l'est, ici, où des équipes se déploieront des toits. L'unité de la police portuaire nous envoie deux bateaux pour décourager toute fuite par voie fluviale. Les trois équipes – portail, clôture et fleuve – ont des cibles précises.

Nikki se pencha pour le voir pointer ces différentes localisations, chacune marquée d'un code coloré différent.

— Le mobile-home, l'entrepôt, la péniche un, la péniche deux, même le van et le bateau – juste au cas où monsieur Rook se trouverait là.

Percevant la respiration altérée de Heat, il ajouta avec fermeté :

— Vous savez quoi ? S'il est ici, nous allons le sortir de là, capitaine.

Heat ouvrit son coffre et enfila sa tenue en kevlar, tandis qu'une sourde mélancolie l'envahissait peu à peu au souvenir de Rook, dont elle se moquait chaque fois qu'il portait son gilet pare-balles flanqué de la mention JOURNALISTE, au lieu de POLICE, avec ses deux médaillons brodés dessus – un pour chaque prix Pulitzer. Elle aurait donné n'importe quoi à cet instant pour qu'il se mette en tenue avec elle, plutôt que de s'apprêter à aller le secourir. Elle chassa sa mélancolie. S'il fallait se montrer positive, c'était maintenant.

Heat et Feller se recroquevillèrent derrière un conteneur, un genou à terre sur les vieux pavés polis qui réapparaissaient par endroits sous le bitume. Les pierres anciennes – signe de négligence ou de nostalgie – formaient une allée jusqu'au portail de la société Channel Maritime et son quai, qui s'étirait sur environ deux cents mètres en direction du bassin Erie. L'espace intérieur de la propriété était conforme à la description de Randall. Deux péniches imposantes, de quarante mètres chacune, étaient arrimées le long du quai, où des aussières s'enroulaient autour de taquets géants. Entre elles, la silhouette d'une embarcation plus petite se dessinait sous une bâche trouée, ballottée par le clapot.

Le bateau en lui-même n'était pas visible de l'endroit où se trouvait Heat, mais Feller avait confirmé avoir vu un carré de bleu ciel sous son camouflage sommaire. Des rondins vermoulus, squelettes de vieux bateaux, s'empilaient contre le mur de briques de l'entrepôt, relique de l'âge d'or du transport fluvial de Red Hook avant que le bizness ne se déplace à Perth Amboy. Non loin d'eux, un mobile-home affaissé faisant office de bureau se trouvait si près du trottoir qu'il avait été tagué à travers la clôture d'initiales et de visages de diable. À l'autre extrémité du mobile-home, Heat vit dépasser le devant du van gris, à présent dépourvu de plaque d'immatriculation. Elle entendit un bruit sec, comme si un sac en plastique pris dans la clôture claquait au vent. Puis, le BearCat démarra, et l'opération s'enclencha.

Après une légère pression, l'oreillette de Nikki diffusa la voix posée et rassurante du lieutenant Marr.

— À toutes les unités : feu vert.

Feller et elle dégainèrent leur arme et progressèrent derrière le véhicule blindé, à couvert, comme le reste de l'équipe d'intervention. Le BearCat ne s'emballait jamais, ne déviait jamais de sa trajectoire. Sous le grondement du moteur, Heat entendit le froissement du métal quand le véhicule enfonça le portail avant de repartir de plus belle. Le raid était telle une symphonie composée par le lieutenant : le second véhicule blindé stationné près de la clôture est déversa une cascade d'agents dans la propriété. Deux unités de la police portuaire déboulèrent du canal et ralentirent à la hauteur des péniches pour débarquer leur unité. Le groupe de Heat se scinda : la moitié se dirigea vers l'entrepôt, l'autre moitié, dont Heat et Feller, resta à l'abri du blindé pendant qu'on traversait l'espace découvert entre le portail et le mobile-home.

— La fenêtre, murmura Feller.

Heat avait elle aussi repéré du mouvement. Quelqu'un à l'intérieur du préfabriqué avait écarté les rideaux avant de les refermer. Ils se courbèrent sous les vitres sales.

— Équipe alpha, mouvement dans le mobile-home, dit Heat dans son talkie-walkie.

À son soulagement, Marr intervint immédiatement.

— Équipe alpha, ne tirez pas. Je répète : ne tirez pas. Nous ne savons pas qui est à l'intérieur.

La porte de la caravane s'ouvrit à la volée, et un gros balèze se rua dehors, bondit par-dessus la rambarde qui courait le long des trois marches et se précipita vers le portail éventré. Juste au moment où Heat reconnaissait l'un des ravisseurs de Rook, l'homme sortit un pistolet glissé dans son dos.

— Il est armé ! cria Nikki.

L'homme tira un coup qui heurta le blindage devant elle.

— Ne tirez pas tant qu'on n'a pas vérifié l'intérieur !

Telles étaient les instructions du lieutenant.

Heat et son équipe se réfugièrent de l'autre côté du véhicule pour s'abriter et attendirent l'interpellation.

— Police de New York, plus un geste ! Lâchez votre arme ! hurla le haut-parleur du blindé.

L'homme ignora l'injonction et accéléra l'allure en direction du portail, vers lequel une escouade d'agents en uniforme progressait. Il leva son arme, prêt à faire feu. Conscients du danger, les policiers tirèrent une salve qui jeta l'homme dans le grillage avant qu'il ne chute sur l'allée. Son sang macula les pavés de rouge. Un policier donna un coup de pied dans l'arme du malfrat à terre et, d'un signe de la main, indiqua au reste du groupe que le danger était écarté.

— Le mobile-home, maintenant. Police de New York, vous êtes encerclés. Jetez vos armes et sortez, mains en l'air !

Le conducteur fit rugir le moteur du blindé pour appuyer la sommation. Pas de réponse.

Ils attendirent. Mais pas longtemps. Après avoir échangé des signes avec les mains, l'équipe alpha se mit en formation d'assaut. Un groupe prit position derrière un bloc de béton près des marches et un autre se glissa entre le van gris et l'extrémité du mobile-home. Heat rejoignit les hommes derrière le bloc au moment où, armés d'un bélier, ils progressaient vers la porte. Elle attendit en bas des marches, et, juste au moment de l'impact, elle entendit un bruit de verre brisé.

— La fenêtre de derrière ! cria Nikki en courant vers le portail.

Heat atteignit le trottoir au moment où un autre gros costaud, celui-là même qui avait pris sa tête pour un ballon, enjambait la fenêtre du mobile-home et escaladait la clôture.

Le fuyard ne grimaça même pas sous la morsure des barbelés. Il dégringola sur le trottoir, les mains en sang. Mais, vif comme l'éclair malgré sa carrure imposante, il se remit aussitôt sur pied et détala.

— Police ! Plus un geste ! cria Nikki.

L'homme ralentit pour regarder son poursuivant par-dessus son épaule et eut une moue amusée pendant que, dans son oreillette, Nikki entendait : « RAS dans le mobile-home. »

Pas de trace de Rook. À cet instant, Heat sut qu'elle le voulait vivant. En l'état actuel des choses, ce malabar était son unique lien avec Rook. Grâce à lui, elle pourrait découvrir où il était. Et ce qui lui était arrivé. Elle rengaina son arme et le prit en chasse. Voir cette femme se ruer vers lui pour un corps à corps causa un tel choc au fugitif qu'elle réussit à le plaquer au sol. Il se redressa sur un coude et, de son bras libre, tenta de la frapper comme il l'avait fait sur la 3e Avenue. Mais elle lui présenta son épaule pour absorber le coup et contre-attaqua d'un puissant coup de talon et d'un coup de la main dans le nez, qui émit un bruit d'os brisés. Sans un gémissement, le malfrat roula sur le côté, s'agenouilla et passa une main derrière son dos. Le temps d'un battement de cils, Heat entendit des pas se précipiter vers elle. Les cris : « Un flingue ! » et « Il est armé ! » se mêlèrent à sa propre voix : « Ne tirez pas ! » et au « Non ! » qu'elle aboya à son adversaire en dégainant sa propre arme. Mue par l'instinct, la poésie ou le simple esprit de revanche, elle lui donna un coup de pied dans la tête. Il tomba à la renverse sur le trottoir, et son Glock dingua dans les mauvaises herbes.

— Je le tiens ! cria Heat.

Elle le retourna et le menotta. Tandis que les autres arrivaient à la rescousse, Nikki se leva et se pencha sur son prisonnier en criant :

— Où est-il ?

Feller et un autre agent remirent sur pied l'homme, qui jeta à Heat un regard torve, avec son nez en sang, mais ne lui donna pas la moindre réponse.

— Laissez-moi emmener ce type faire un tour, dit Feller. Il va se mettre à table.

Il ne plaisantait pas. Randall avait un côté homme de la rue. Une partie de lui était capable de tout, si les circonstances l'exigeaient.

— Ce n'est pas le genre de la maison.

Le commentaire du lieutenant tenait plus de l'observation que de la réprimande. Comme tout le monde, il connaissait les enjeux et comprenait la nécessité d'obtenir l'information – et rapidement. Cela dit, l'éthique de leur chef n'était pas situationnelle. Malgré tout, Feller adressa à Heat une supplique silencieuse. Avant que quiconque puisse répondre, tous les talkies-walkies grésillèrent :

— À toutes les unités. Otage localisé.

Heat repartit aussitôt en direction du mobile-home au pas de course et entendit l'information répétée par le maître-chien. Au loin, elle vit des agents se rassembler tout au bout de la deuxième péniche. Quelques secondes plus tard, elle sauta du quai sur le plat-bord et se précipita sous le pont du bateau par la trappe ouverte. Des agents avaient allumé des lampes halogènes pour illuminer le boyau de métal, donnant à l'intérieur de la péniche des allures de mine souterraine. Elle progressa en baissant la tête sous chaque traverse, jusqu'à l'endroit où le maître-chien avait donné l'alerte. Quand le berger allemand s'écarta, elle resta sans voix. Rook était assis par terre, les jambes étendues devant lui, la tête baissée sur sa chemise tachée de sang. Ses mains étaient dans son dos, menottées à un montant métallique, et un agent accroupi près de lui s'escrimait à le libérer. Le soulagement envahit Nikki quand Rook leva sur elle un visage souriant.

— Je parie que je vais devoir changer de chemise. C'est décidément une entorse au code vestimentaire de P.J. Clarke's.

Il la faisait rire, comme toujours, et elle porta ses doigts à ses lèvres pour empêcher son émotion de se traduire par un gémissement.

— Tu es blessé ?

— Tu parles de tout ce sang ? Entièrement ma faute. J'ai fait l'erreur de vouloir jouer les héros et botter les fesses de mon ravisseur. Celui qui ressemble à un orque.

Il pointa le menton vers le policier derrière son épaule.

— Monsieur, pourriez-vous vous presser un peu ou dois-je arracher ces chaînes moi-même pour embrasser ma fiancée ?

Heat ne put tenir davantage. Elle s'agenouilla et le serra dans ses bras, de toutes ses forces, puis se recula pour l'embrasser passionnément. Quand enfin ils se séparèrent, il gloussa :

— Hum, un peu *Cinquante Nuances de Grey*, tu ne crois pas ?

— Non, dit-elle fermement, avec un regard en coin aux autres policiers. Et au chien. Pas du tout.

— Ah ! d'accord.

Il haussa un sourcil et se tourna vers les deux agents.

— Mais vous en avez vu d'autres, les gars, n'est-ce pas ?

Les menottes tombèrent enfin. Il l'enveloppa dans ses bras et l'étreignit pendant que les sauveteurs les laissaient à leurs retrouvailles.

De retour à l'air libre, pendant que Rook inspirait profondément et laissait ses yeux s'ajuster à la lumière, Feller prit Heat en aparté.

— Que fait-on avec Beckham ?

Le malfrat qui avait joué au ballon avec la tête de Heat avait maintenant un surnom. Sur le quai, les secouristes étaient en train de panser les plaies que le fuyard s'était faites sur les barbelés.

— L'enlèvement est un crime fédéral, répondit-elle. Le FBI a la priorité sur cette affaire.

— Mais vous, qu'est-ce que vous voulez ?

— Interroger le suspect moi-même, bien sûr.

L'inspecteur se tourna pour lui faire face.

— Je ne vois aucun pingouin en costume fripé dans le coin, et vous ?

— Eh bien, je crois que nous allons embarquer notre Beckham et le faire patienter dans notre salle d'interrogatoire.

Avant de se mettre en route, Randall se retourna.

— Est-ce que je dois lui coller un carton rouge ?

— C'est bon, Feller. Allez-y.

Quand elle pensa avoir suffisamment d'avance sur le Bureau, Heat téléphona à l'agent spécial Jordan Delaney pour l'informer du raid. Tenter d'obtenir des informations en première main était une chose. Le sens des responsabilités de Nikki l'empêchait d'ignorer le protocole et de continuer à mobiliser des agents et des ressources pour une affaire classée. Delaney la remercia de son appel et lui demanda comment elle avait réussi à le localiser.

— Grâce à la New York Public Library.

Sa réponse fut suivie d'un long silence.

Enfin, l'agent spécial répondit :

— Non, franchement ?

Heat lui expliqua que sa frustration due à la cyberattaque l'avait obligée à recourir à des méthodes ancestrales.

— Je ne suis pas seulement revenue aux recettes de grand-mère. Je suis allée voir une femme de la vieille école.

Delaney éclata de rire et la félicita pour le sauvetage réussi de son fiancé.

— Je présume que monsieur Rook s'en est sorti indemne.

— Oui, en effet, je vous remercie. En ce moment même, je suis devant un Banana Republic près du Lincoln Center et je le regarde payer une chemise. Sans taches de sang.

À Red Hook, Nikki avait proposé à Rook d'être reconduit à son loft par une patrouille pour qu'il prenne une douche rapide, se change et fasse une sieste. En réponse, le journaliste avait exigé de retourner avec elle à la vingtième pour se replonger immédiatement dans l'enquête.

— Rien de grave, alors.

— Un simple nez en sang. Il dit qu'il n'a pas été maltraité. Sauf quand ils lui ont enfoncé une aiguille pour lui administrer un sédatif sur le chemin de leur planque.

— Je veux un tête-à-tête avec lui. Pour le débriefing.

— Bien sûr.

Pour couper court à leur conversation, avant que le sujet du prisonnier ne vienne sur le tapis, elle ajouta :

— Je suis à dix minutes du poste. Je vous appelle dès mon arrivée.

— Attendez. Capitaine Heat ?

Elle sut au ton de sa voix que ses petites manigances avaient échoué.

— Vous avez dit que l'un des ravisseurs était vivant. Je veux lui parler, à lui aussi. Tout de suite, en fait.

— Bien sûr. Comme je vous l'ai dit, je serai bientôt au poste. Je vous rappelle.

Elle mit fin à l'appel sans lui laisser le temps de répondre.

L'avantage de travailler avec les fédéraux, c'était qu'ils avaient déjà trouvé des renseignements sur le ravisseur tué pendant le raid et sur Beckham, dont le vrai nom était George Gallatin. Le désavantage, c'était que l'agent spécial Delaney n'attendit pas Heat. Quand elle pénétra avec Rook dans la salle de conférences des homicides, il avait déjà parlé à son prisonnier, qui était menotté et patientait dans la salle d'interrogatoire n° 1.

Rook eut le plaisir de serrer des mains, de recevoir des accolades et des claques dans le dos.

— Tu m'impressionnes, mec, en venant directement ici après ton sauvetage ! s'écria Ochoa.

— Tu plaisantes ? répondit Rook. Je ne voulais pas rater ça. Depuis mon enlèvement, cette affaire est devenue incroyablement fun.

Il se tourna ensuite vers Randall Feller.

— Je ne pourrai jamais vous remercier assez pour votre contribution à mon sauvetage. Et, en gage de ma gratitude…

Il brandit son sac Banana Republic.

— Je vous offre cette relique. Ma chemise tachée de sang !

Même Feller éclata de rire.

Avant de livrer son prisonnier aux fédéraux, Heat demanda à Rook de leur faire partager son expérience, pour que la brigade en sache davantage sur Gallatin quand elle serait avec lui dans la salle d'interrogatoire. Raley lui tendit une tasse de café, et Rook s'assit à l'ancien bureau de Heat pour leur raconter tous les événements depuis son enlèvement.

— Je ne sais pas du tout comment ils ont su que je serais à ce restaurant. Ils ont dû me suivre depuis Times Square, où se trouve le bureau de mon éditeur, First Press. Ou alors, ils t'ont suivie, Nikki, et ont attendu que je t'accompagne pour intervenir. Le kidnapping en lui-même manquait cruellement de dignité.

Il pencha la tête vers sa compagne.

— Je t'ai entendue venir à mon secours, mais, apparemment, aucun de nous deux n'était de taille contre ce malabar. Ils m'ont poussé dans le van et, après m'être cassé le nez sur eux, ils m'ont enfoncé une aiguille dans l'épaule. Avant de perdre connaissance, j'ai entendu l'un d'eux dire :

— Tu ferais bien de prévenir le Chevalier Noir.

Les policiers échangèrent des regards entendus.

— Quoi ?

— Rook, tu es en train de tout inventer, hein ? Mais c'est pas la peine, tu sais. C'était déjà une super aventure sans que tu…

— … la transforme en remake des Monty Python ? termina Raley.

— D'accord, je sais bien qu'il n'est pas sorti de *Sacré Graal* ! Et je n'ai pas besoin de broder. C'était clairement un nom de code. À un moment, quand j'étais dans la péniche, j'ai vu le gros costaud composer le numéro de ce Chevalier Noir sur son portable. Je me suis servi d'un vieux truc de journaliste pour mémoriser le numéro en suivant le mouvement de ses doigts sur l'écran. Eh oui, l'un de mes talents cachés, comme ma capacité à lire un mémo à l'envers.

Heat ouvrit son calepin à une page blanche.

— D'accord, donne-moi le numéro.

— Une seconde, répliqua le journaliste avec un petit sourire. J'ai oublié. Ah ! Ça va me revenir.

— Vous l'avez vu, ce Chevalier Noir ? demanda Feller.

— Un type est venu me voir deux ou trois fois pour me poser des questions, mais j'avais une capuche sur la tête. Étant donné les circonstances, je n'ai pas jugé opportun de lui demander s'il était le Chevalier Noir.

— Froussard, railla Feller.

— Donc, je n'ai entendu que sa voix. Grave, avec un léger accent du Sud, mais pas franchement Nouvelle-Orléans.

— Plutôt Oklahoma ? dit Heat.

— Oui ! Ou Texas. Comment le sais-tu ?

— Je crois l'avoir rencontré dans un parking souterrain.

Elle jeta un coup d'œil à sa montre.

— Je t'expliquerai plus tard.

— Et tu n'as jamais été frappé ou menacé ? Pas même la tête plongée dans l'eau glacée ? insista Ochoa.

— N'aie pas l'air si déçu, Miguel. Le Chevalier Noir, ou peu importe l'identité de cet homme, voulait seulement m'interroger.

Espérant trouver un lien avec Tangier Swift, Heat demanda :

— À propos de la dénonciation de SwiftRageous ?

— J'ai eu des questions du genre : « Avez-vous vu Swift rencontrer d'autres personnes que le groupe dissident ? » « Étiez-vous au courant d'un voyage récent ? » Je ne sais pas ce qu'il cherchait à savoir.

Il remua le café dans sa tasse et en but une gorgée.

— Mais je ne leur ai rien dit, vous savez.

Puis, il sourit à Nikki.

— Je ne sais pas si vous l'avez remarqué, mais je suis très doué pour garder un secret.

Nikki n'aimait pas la manière dont George Gallatin avait pris ses aises dans la salle d'interrogatoire. Monsieur Muscles était renversé dans son siège, autant que ses liens le lui permettaient, et se balançait sur les deux pieds arrière de sa chaise tout en s'admirant dans le miroir.

— Je vous dirais bien de faire attention, George, que vous risquez de tomber – mais nous savons tous les deux que vous êtes déjà sur la mauvaise pente.

Elle jeta ses documents sur la table et prit un siège. Beckham ne parut guère intimidé et poursuivit son petit numéro d'équilibriste. Elle tenta de se concentrer sur un point fixe. Heat n'avait pas l'intention de relâcher ce type tant qu'il ne lui aurait pas avoué pour qui il travaillait.

— L'enlèvement est un crime fédéral de classe B, passible de cinq à vingt-cinq ans de prison. Ajoutez à cela résistance aux forces de l'ordre et molestation d'un agent de police. Et je suis prête à parier que d'autres mandats de recherche ont été émis contre vous, ce qui va alourdir votre peine d'un bon quart de siècle.

Le détenu, imperturbable, se laissa retomber sur les quatre pieds de la chaise.

— Vous jouez aux devinettes ? Parce que vous êtes incapables de me retrouver sans vos putains d'ordinateurs, hein ?

Pas la peine de me raconter des salades. Vous n'avez rien contre moi.

— Monsieur Gallatin…

— Parlez à ma bite…

Ce genre de commentaire ne lui faisait aucun effet. Plusieurs centaines d'heures dans cette pièce l'avaient immunisée contre les injures, mais cela ne l'empêchait pas de répondre.

— D'après ce que j'ai vu, il faudrait d'abord que je la trouve. Pourquoi croyez-vous que je vous ai frappé à la tête plutôt qu'entre les jambes ?

Amusé, il voûta ses épaules et émit un hululement primal qui fit vibrer les vitres et, un instant, prit l'air de l'orque du *Seigneur des anneaux* décrit par Rook. Elle referma son dossier et poursuivit :

— Votre attitude macho vous sera utile, là où vous irez. Mais je suis prête à passer un accord avec vous en échange d'informations.

— Même si vous dansiez sur mes genoux tout de suite, je ne vous dirais pas la couleur de ma pisse ce matin.

Heat avait eu affaire à ce genre de postures bien des fois. Parfois, les détenus étaient sûrs d'eux, parfois, ce n'était qu'une attitude pour garder la main sur les négociations. Elle continua son interrogatoire en partant de la seconde hypothèse :

— Je peux appeler le procureur général et lui demander une fleur. Mais, d'abord, je veux savoir qui vous a demandé d'enlever monsieur Rook.

Comme il s'était de nouveau renversé sur son siège, Nikki ajouta :

— Pensez-y, George. Vous risquez de longues années au trou.

Il se gratta le menton. Elle entendit le frottement de sa barbe naissante.

— Il vous suffit de répondre à une simple question : qui est le Chevalier Noir ?

Elle lui laissa le temps de la réflexion. Puis les épaules de l'homme se mirent à tressauter. Allait-il sangloter ? Non, il ricanait. Un ricanement insolent.

— Vous voulez savoir comment je conclus les accords ? dit-il en portant la chaîne de ses menottes à sa bouche. Avec les dents.

Il éclata d'un rire féroce et lâcha ses liens.

— Gardez vos conneries pour les imbéciles. Je suis pas stupide.

Gallatin se pencha et prit un ton détaché.

— Vous savez qui j'aime bien ? Ce type du FBI. Il a l'air d'un brave gars. Je crois que je vais tenter ma chance avec lui au lieu de l'os que votre procureur va me donner à ronger.

Il se renversa de nouveau dans son siège.

— J'ai changé d'avis. Je veux bien cette danse sexy, maintenant.

L'agent spécial Delaney attendait dans la salle d'observation quand Heat sortit. Il était mécontent de s'être fait devancer, mais se montra plutôt conciliant.

— Écoutez, capitaine, j'ai joué à ce petit jeu un millier de fois dans ma carrière. Alors, je comprends. Je sais que vous pensiez en tirer plus que nous. Mais vous avez eu votre chance. C'est mon tour.

Heat accepta de livrer personnellement George Gallatin au Federal Plaza dans la demi-heure, mais demanda si, en échange, elle pouvait prendre part aux interrogatoires. L'agent fédéral soupira avant de répondre :

— D'accord, je ne peux pas vous le refuser. Mais je voudrais une faveur, moi aussi.

— Je vous écoute.

— Je veux savoir par quel tour de passe-passe vous avez réussi à dénicher leur cachette à la Public Library.

Pendant qu'ils préparaient le transfert de Gallatin, Heat passa aux homicides une dernière fois. Feller lui rapporta les résultats de son enquête préliminaire auprès des gardes-côtes et de la police du port concernant l'entreprise fluviale.

— Chanel Maritime a déjà eu des démêlés avec l'Immigration, et s'en est toujours tirée à bon compte.

— Traduction, dit Rook, elle a des relations haut placées.

Cela paraissait plausible, si bien que Heat songea aussitôt

à Duer. Mais elle peinait à imaginer un homme de sa stature régler les différends d'une petite société de transport.

— Gardons l'esprit alerte, dit-elle.

Pour être sûr que George Gallatin ne tente aucune action héroïque, trois policiers l'escortèrent du commissariat jusqu'à la voiture banalisée de Heat, garée en double file avec six autres voitures de police sur la 82e Rue Ouest. L'un d'eux posa la main sur la tête du détenu pour l'empêcher de se cogner au moment de s'installer sur la banquette arrière et attacha sa ceinture de sécurité.

— Confortable ? demanda Heat, qui se tenait près de la voiture avec Rook.

Pour toute réponse, Gallatin agita la langue pour mimer un cunnilingus. Un policier tendit à Nikki l'ordre de transfert à signer.

— Il est tout à vous, dit-elle en refermant la portière.

La vitre s'embua de l'haleine railleuse de Gallatin. Nikki prit ses clés et demanda à son compagnon :

— Tu es sûr de vouloir venir ?

Mais, avant qu'il puisse répondre, le moteur se mit en marche. Nikki se tourna pour voir qui était au volant, mais le siège du conducteur était vide.

— Comment as-tu fait ça ? demanda Rook.

— Ce n'est pas moi.

Nikki tendit le bras vers la portière quand elle entendit le cliquetis du verrouillage automatique. Elle tira en vain sur la poignée.

— Rien à faire. C'est bloqué. Essaie de ton côté.

Rook contourna le coffre pour tenter d'ouvrir la portière côté passager.

— Verrouillée.

Tous deux actionnèrent les portières arrière. Même résultat. Le moteur ronronna, d'abord timidement, puis fit plusieurs vroum ! retentissants, qui attirèrent l'attention des trois policiers en faction devant les portes vitrées du commissariat. Heat chercha autour d'elle un objet pour briser une vitre quand la voiture démarra en trombe, sans conducteur, dans un crissement de pneus. Alors qu'elle prenait de la vitesse, George Gallatin se retourna et croisa le regard de Nikki avec une expression de victoire insolente.

QUATORZE

La voiture de police, qui en avait sous le capot, prit rapidement de la vitesse et fonça droit sur la remorque d'un poids lourd garé un bloc plus loin. Rook se tourna pour observer la scène, se préparant au pire. Mais, à la dernière seconde, juste avant l'impact, les roues avant pivotèrent brutalement et la voiture évita l'obstacle. Les portières gauches émirent un crissement strident quand elles éraflèrent le bord métallique du camion. Malgré son ébahissement, Heat cria aux policiers :

— Appelez des renforts ! On le prend en chasse ! Allez !

Un policier était déjà au volant d'une voiture derrière elle.

Pendant qu'il démarrait, la voiture de Heat grillait un feu rouge sur Columbus. Puis, elle tourna à droite à une vitesse effrénée, faisant crisser ses pneus sur le bitume et manquant percuter les arbres en pots qui séparaient la piste cyclable de l'avenue. Heat courut en direction de l'intersection, au cas où la voiture aurait ralenti. Si elle arrivait à temps, elle pourrait tirer dans les roues. Mais le véhicule fit rugir son moteur et quitta Columbus dans un nuage de fumée bleutée. Le policier qui était à ses trousses la dépassa en trombe, mais la panique causée par la fuite d'une voiture sans conducteur avait provoqué un embouteillage, si bien qu'il ne put rien faire d'autre qu'enfoncer la pédale de frein et de klaxonner comme un perdu. Parvenue au coin de la rue, Heat se jucha sur l'un des pots dans l'espoir d'apercevoir la voiture en fuite. Rook arriva à son tour, mais elle secoua la tête. Disparue depuis longtemps. Quand Nikki descendit de son perchoir, Rook lui posa les mains sur les épaules.

— Il ne s'est rien passé.

Et pourtant, si. Comme c'était une première, Heat dut réfléchir à la manière de traiter cette déconvenue. Naturellement, un avis de recherche fut immédiatement lancé, même si Raley dut se répéter quand l'opératrice demanda la description du conducteur. Heat réquisitionna sans difficulté deux hélicoptères. Autre conséquence de la cyberattaque : le signal du transpondeur de sa voiture ne pouvant être localisé, elle avait besoin d'un hélicoptère pour couvrir la zone et tenter de repérer la voiture visuellement. Elle demanda au deuxième hélicoptère d'effectuer une surveillance aérienne des toits entourant le poste de police. Si sa voiture avait été télécommandée à distance, le responsable de ce prodige avait besoin de visualiser tout le quartier pour les virages, même brutaux. Pour couvrir un maximum de postes d'observation, une brigade de policiers en uniforme arpentèrent la 82e Rue et frappèrent aux portes des appartements plausibles.

Bientôt, une vague d'humour noir se répandit dans le poste de police. Sur le tableau d'information était déjà affichée la couverture du *Car and Driver* du mois, mais le titre avait été maquillé en *NO Driver*. Dans l'esprit d'un flic, il n'était jamais trop tôt pour faire une bonne blague.

Lors d'une conversation téléphonique très désagréable, l'agent spécial Jordan Delaney – d'abord inquiet à l'idée que Heat ait inventé toute cette histoire pour retarder le transfert de George Gallatin au FBI –, avait fini par se laisser convaincre par ce récit bien trop saugrenu à son goût pour être imaginaire.

— Et puis, vous n'êtes pas du genre à jouer à ce genre de jeux.

Avant de raccrocher, il ajouta :

— Arrangez-vous pour ne pas traîner cet incident toute votre carrière.

Comme tout le monde, Heat soupçonnait Tangier Swift de tirer les ficelles.

— Le penser est une chose, le prouver en est une autre, dit Rook après que Nikki eut encerclé de rouge le nom de Gallatin sur le tableau pour le relier au magnat de l'informatique.

— Qu'est-ce que tu nous fais là ? demanda Ochoa. Quand

les ravisseurs t'ont mis cette cagoule sur la tête, ils t'ont privé d'oxygène ?

— Ouais, renchérit Feller. C'est Rook, là ? Qui veut jouer la prudence ?

— Quoi ? Parce que je dis que nous devons être sûrs de notre coup avant de l'arrêter ? Vous croyez que je n'ai rien appris en traînant avec vous de temps à autre ces dernières années ?

— Tout le temps, tu veux dire, rétorqua Raley en regardant Ochoa pour vérifier s'il appréciait la boutade.

Mais l'autre moitié des Gars s'était détournée. Nikki réalisa que, s'ils avaient accepté de travailler ensemble, ils n'avaient peut-être pas envie de s'amuser comme avant.

— Alors, comment un truc pareil peut-il arriver ? demanda Aguinaldo. Je veux dire, techniquement parlant ?

— C'est possible, dit Feller. Puisque c'est arrivé.

— Ce n'est pas une réponse, dit Rook, c'est une déclaration.

— Hé ! Si des Syriens peuvent pirater toute la ville, prendre le contrôle d'une simple voiture ne doit pas être trop compliqué.

Heat n'en savait rien, mais elle connaissait quelqu'un qui pourrait sans doute la renseigner.

Nikki tomba directement sur la messagerie de Wilton Backhouse, mais il la rappela dans les trois minutes, juste au moment où elle quittait les toilettes des dames et découvrait la dernière plaisanterie affichée sur le tableau d'information. Quelqu'un avait remplacé la tête de Nicolas Cage par une photo d'identité de George Gallatin sur une affiche du film *Ghost Rider*.

— Désolé, vous m'avez appelé en pleine conférence. J'avais éteint mon portable.

Elle entendait le bruit de ses pas sur le lino, alors qu'il se rendait dans son bureau.

— Des nouvelles de Nathan ? demanda-t-il.

— Non, pas encore. En fait, c'est la raison de mon appel. Je voulais savoir s'il avait repris contact avec vous.

— Hum, j'ai même essayé plusieurs fois son portable. Rien. Il a dû paniquer quand il a appris pour Abigail. Putain, moi aussi, je flippe. Et Nathan n'est pas du genre à s'asseoir sur ses émotions, si vous voyez ce que je veux dire.

Heat se glissa derrière son bureau et s'assit.

— Oui, je vois très bien. Il avait l'air plutôt méfiant le jour où je l'ai rencontré.

— On le serait à moins !

Backhouse fit une pause, l'air lugubre. Et, pour la première fois, vulnérable.

— Vous ne pouvez pas arrêter cette machine infernale ?

— Nous faisons le maximum, croyez-moi.

Dans un moment d'empathie, elle faillit partager l'épreuve qu'elle venait de traverser avec Rook, mais se ravisa, se disant qu'évoquer un enlèvement ne rassurerait guère son interlocuteur.

— En fait, vous pourriez nous aider, si vous avez un peu de temps.

— Je vais en trouver.

Elle l'entendit s'installer à son propre bureau.

— Je voudrais savoir s'il est possible de pirater une voiture.

Backhouse laissa échapper un gloussement. Elle l'imagina sur sa balle de yoga, le sourire aux lèvres.

— Vous me faites marcher ?

— À votre avis ?

— Bien sûr.

Pendant le bref silence qui suivit, Nikki l'entendit endosser son rôle de professeur.

— Les principes fondamentaux s'appliquent à toutes les machines. Ce qui signifie, en substance, que l'on peut pirater tout appareil qui contient un ordinateur.

— Et les voitures…

— … ressemblent plus que jamais à un ordinateur de nos jours. Elles disposent de systèmes électroniques pour leur dire comment fonctionner : direction assistée, contrôle de traction, de stabilité, comme dans le logiciel défectueux que couvre ce satané SwiftRageous. Sans oublier les airbags, le régulateur de température, le GPS, l'affichage numérique, le système de détection d'un véhicule dans un angle mort… Vous voyez le topo. Les voitures sont de véritables systèmes informatiques. Donc, on peut pirater.

— Comment ?

— De multiples manières. Il y a ce qu'on appelle OBD-II sous le tableau de bord. En gros, tout ce qu'il vous faut, c'est un ordinateur et un câble USB que vous branchez dessus pour faire tourner votre programme. Il existe aussi des logiciels open-source, et, si vous avez un bus CAN – un Controller Area Network –, vous pouvez avoir un accès total au véhicule, comme un mécanicien fait tourner un logiciel de diagnostic pour vérifier le bon fonctionnement de l'équipement électronique de votre voiture. Verrouillage, Bluetooth, GPS, phares, essuie-glaces…

— Concernant la manœuvre de la voiture elle-même ?

Il rit de nouveau.

— Pourquoi pas ?

Au moins, il ne trouvait pas sa question trop idiote.

— Des petits malins implantent des puces performantes dans leur propre voiture depuis des années pour augmenter le couple. Avec de nouveaux codes, on pourrait imaginer contrôler n'importe quoi. Les freins, le démarrage…

— Et l'accélérateur ? Le volant ?

— À quoi pensez-vous ? Pourquoi voulez-vous savoir tout ça ?

Cette fois encore, Heat sentit la panique affleurer dans la voix du professeur. Elle préféra ignorer la question et en poser une :

— Et pour réussir un coup pareil, faut-il un simple pirate informatique ou un spécialiste dans ce domaine ?

— L'un ou l'autre. Mais cette technologie de pointe me ferait pencher vers la seconde catégorie. Est-ce à propos de Swift ?

— Je rassemble seulement les faits, répondit Heat.

— On appelle ça de la recherche fondamentale. De la recherche sans objectif précis.

— Plutôt intéressant.

— Mais je n'en crois pas un mot, conclut le professeur.

Après que Heat eut partagé avec son équipe les informations glanées auprès de Backhouse, Ochoa déclara :

— Ce type en connaît un rayon. Et toute cette expertise sur les bagnoles sort de sa petite tête ?

— Une tête plutôt bien remplie, fit observer Rook.

— Un vrai petit génie de l'informatique, oui ! s'exclama Heat.

Même si elle rit avec eux, Heat ne pouvait évacuer ce petit grain de sable dans les rouages de son cerveau. Juste pour être bien sûre de ne négliger aucun scénario, même improbable, elle se tourna vers l'inspecteur Rhymer.

— Opossum, voulez-vous vous renseigner discrètement pour savoir à quelle heure le professeur Backhouse donnait son cours à l'université aujourd'hui ? Et s'il était bien présent ?

— Vous lui cherchez un alibi pour le piratage de la voiture ?

— Je préfère me montrer méticuleuse, c'est tout.

À la fin de la journée, comme rien n'était résolu et que tout le nécessaire avait été entrepris, Heat posa la main sur l'épaule de son compagnon.

— Tu as une sale tête, lui dit-elle.

— Merci. Des mots que j'ai rêvé d'entendre pendant les heures sombres de ma captivité.

— Je ne plaisante pas. Tu mérites une médaille pour avoir tenu aussi longtemps, mais il est temps de sortir d'ici.

Il ne protesta pas. Elle éteignit les lumières de son bureau et prit son talkie-walkie, le gros appareil qui lui servait de moyen de communication depuis que la cyberattaque avait transformé son BlackBerry en nid à poussière. Par habitude, elle prit ses clés de voiture, puis haussa les épaules et les jeta sur son bureau.

— Bah, elles finiront par l'oublier, dit Rook en se levant péniblement de son siège.

Sur le chemin de la sortie, ils s'arrêtèrent devant le tableau d'information, où se trouvait désormais une affiche de KITT, la voiture dotée d'une intelligence artificielle de K2000, à côté de la couverture arrachée de *Christine,* le roman de Stephen King. Rook se servit de son application Hitch ! Quand ils sortirent, une voiture noire avec un pouce ridicule en 3D sur le toit les attendait.

— Au moins, il ne s'allume pas, railla Nikki.

— Donne-leur un peu plus de temps. Cette ville sera bientôt folle des pouces lumineux.

Tous deux mouraient de faim, mais ils étaient tellement impatients d'échapper au reste du monde et de tomber dans les bras l'un de l'autre, qu'ils agirent en vrais New-Yorkais et commandèrent des plats cuisinés. Nikki appela Hamachi depuis la banquette arrière, mais, quand elle voulut demander à Rook ce qui lui ferait plaisir, il sommeillait sur son épaule. Elle choisit un menu pour lui. La porte était à peine refermée derrière eux que les amoureux s'étreignirent, un élan spontané attisé par leur besoin urgent de se retrouver. Ils restèrent un long moment dans le noir, silencieux, enlacés, émus. Leurs poitrines se soulevaient et se pressaient l'une contre l'autre. Il leur semblait qu'ils n'en auraient jamais assez, pas après ces deux derniers jours.

Seule la sonnerie du livreur à l'interphone réussit à les séparer. Ils se résolurent à lui répondre uniquement parce qu'ils aimaient beaucoup ce restaurant et ne voulaient pas être rayés de la liste des clients pour avoir ignoré le malheureux.

— Que m'as-tu commandé ? demanda Rook quand Nikki déballa le sac de papier brun et déboucha le vin.

— De l'anguille et des œufs de poisson.

— Je déteste l'anguille et les œufs de poisson.

— La prochaine fois, reste éveillé.

Ces petits riens – rire dans la cuisine, partager des sushis, s'embrasser après avoir porté un toast –, tous deux savaient très bien qu'ils n'étaient pas anodins.

Pendant que Rook, installé au comptoir, étalait du wasabi avec ses baguettes sur son *o-toro* préféré, Heat lui donna les détails de ses recherches. Elle lui avoua combien elle avait eu peur. Et était tombée bas. Elle lui confessa même que l'avant-veille, elle s'était enivrée et avait failli perdre tout espoir. Il ne répondit pas, mais se leva de son tabouret et vint l'enlacer. Leur étreinte fut plus forte que n'importe quel discours.

Lorsque Nikki se rassit, elle déclara :

— Serait-ce exagéré que de dire que c'est le paradis ?

— Faisons une brève comparaison. Je me suis réveillé il y a seize heures les mains menottées derrière le dos dans la cale humide et malodorante d'un bateau. Au fait, je prends une décision unilatérale : pas de croisière pour notre lune de miel.

Elle posa son verre et lui prit la main. Il se tourna vers elle et sentit son regard intense posé sur lui.

— Quoi ? demanda-t-il d'un air malicieux.

— Oui, je le sais, dit-elle en nichant son visage dans son cou. Et je pense comme toi. L'absence attise l'ardeur.

Elle posa sa serviette et se leva sans lâcher sa main.

— Prouve-le.

Le baiser de Rook la prit par surprise, car il effleura ses lèvres avec tendresse au lieu de l'abandon qu'elle attendait. Sa fougue adolescente s'était envolée, exposant un homme vulnérable, à la douceur infinie, comme s'il voulait revisiter la magie de leur étreinte interrompue dans le vestibule – une tentative de terminer quelque fantasme inavouable. Les mots indicibles de l'écrivain trouvèrent une autre manière de l'atteindre. Elle le goûta de nouveau, s'imprégna de sa chaleur, sa force et sa faiblesse, et se délecta de la manière dont il parvenait à créer chez elle une attente, qui se muait bientôt en besoin ardent d'être à lui, tout entière. Comme enhardie par sa propre volonté, et impuissante en même temps, elle se releva et se pressa contre lui, le poussant contre le comptoir. Sa respiration s'accéléra. Il laissa échapper un faible grognement et l'attira contre lui. Il la serra contre son torse. Nikki, à bout de souffle, s'arracha à son baiser. Il murmura son nom à son oreille une fois, puis une deuxième fois, et trouva de nouveau sa bouche, l'embrassant avec voracité.

Ils furent transportés comme par magie dans la chambre plongée dans l'obscurité, et s'effondrèrent sur la couette pour s'embrasser avec fougue avant de s'interrompre, émerveillés par le feu de leur passion, par la magie du moment et par ce qui allait suivre. Toujours perdu dans son regard, Rook laissa sa main s'égarer, explorer son corps comme Nikki le faisait avec le sien. Le désir qui les narguait et l'avidité qui avait si longtemps tiré sur ses chaînes les embrasèrent.

Dès lors, leur sentiment de perte fut vaincu.

Pendant les heures brumeuses entre la fin de la nuit et la pointe de l'aube, Heat et Rook restèrent éveillés et discutèrent à bâtons rompus. Ils étaient épuisés, mais cela n'avait pas d'importance.

Ils se délectaient de l'amour tendre et profond qu'ils venaient de partager. Front contre front sur un seul oreiller, Rook avoua à Nikki que son visage l'avait aidé à tenir le coup quand il n'avait aucune idée du sort qui l'attendait. Au cours de sa carrière journalistique, Rook avait déjà été kidnappé et emprisonné plusieurs fois. Une fois en Tchétchénie. Deux fois en Afrique. À Paris, cela leur était arrivé à tous les deux. Un soir, à cause d'un espion russe paranoïaque qui désirait une entrevue secrète en dehors de la ville, ils avaient été enlevés place des Vosges et transportés dans un coffre de voiture dans les bois en périphérie de la ville.

— C'était le bon temps, dit-elle en français avec un gloussement.

— Je suis désolé de t'avoir fait traverser un tel calvaire.

— Nous avons tous les deux eu notre lot d'épreuves. Ce n'est pas la première, et j'ai le sentiment que ce ne sera pas la dernière.

Elle haussa les épaules et caressa les cheveux de son front.

— Tu es en train de ruiner mon look décontracté chic ! Une partie intégrante de ma personnalité virile et séduisante, que je peine à entretenir.

Nikki éclata de rire. Il posa sa joue contre la sienne et lui souffla dans le creux de la clavicule.

— C'est bon de t'entendre rire.

— Tu arrives toujours à me dérider. C'est pour ça que je te garde, si tu veux tout savoir.

— Pas pour le sexe ?

— Ça aussi.

Après un silence, elle sentit sa poitrine se soulever doucement contre elle et murmura :

— J'ai vraiment paniqué quand j'ai cru t'avoir perdu. Je me disais : et si nous venions de voir nos dernières chutes de neige ensemble ? Ou : reverrai-je ta petite danse sexy du dimanche matin sur un blues endiablé ?

— Cette musique qui vient de l'âme me fait vibrer, c'est certain.

— Ou encore : m'emmèneras-tu un jour en vacances à Nice ?

— Attends un peu ! Je pensais que j'avais définitivement ruiné Nice à cause de mon rendez-vous avec Yardley Bell.

— Et tu crois que je vais laisser Yardley Bell dominer mon existence ? Me priver de destinations enchanteresses ?

— Hé ! En voilà, une bonne idée ! Si nous allions à Nice pour notre lune de miel ?

Mais il lut l'expression de son visage.

— Non, ce serait trop bizarre.

Se hissant sur un coude, Nikki l'observa dans la pénombre de la chambre.

— Enfin, voilà pourquoi j'ai lâché la rampe l'autre soir. Je n'ai pas besoin de Joni Mitchell pour me rappeler d'apprécier ce que j'ai avant de l'avoir perdu.

Rook fronça les sourcils.

— Les Canadiens. Toujours aussi honnêtes et introspectifs. Je pense que c'est à cause de leurs longs hivers. Je préfère moins de discours et plus d'action.

— J'ai remarqué, dit Nikki. À mon tour, maintenant.

Elle le fit rouler sur le dos et le chevaucha.

Après sa douche matinale, Heat s'habilla devant *Eyewitness News*, la version locale de l'émission *Good Morning America*, et les informations étaient sensiblement les mêmes que la semaine passée : la cyberattaque avait plongé les services municipaux dans le chaos.

La seule nouveauté était la fuite d'un employé du département des systèmes d'information de la ville, qui avait avoué aux fédéraux avoir fait appel, non sans frustration, à des hackers dans l'espoir de trouver une solution à cette crise complexe. Faisant écho aux propos du FBI quelques jours plus tôt, la source anonyme expliquait que, chaque fois qu'ils trouvaient une parade, l'attaque se déplaçait, les ramenant à la case départ.

— Un véritable jeu du chat et de la souris, commentait le journaliste.

Pendant ce temps, même si Damas continuait à nier toute responsabilité, le secrétaire d'État était arrivé à Paris, sans doute pour une entrevue officieuse avec les Syriens.

— Un bien long trajet pour un énième déni, dit Rook quand Heat lui résuma les derniers développements.

— Ils devraient se contenter de dire aux gens d'aller à la bibliothèque municipale.

Nikki se servit une tasse de café.

— Qu'est-ce que tu fais ? Tu réfléchis à un moyen de gagner à la loterie ?

Devant lui, sur la grande table de la salle à manger, Rook avait éparpillé des feuilles de papier avec des grilles de chiffres, qu'il barrait un à un, avant de recommencer le même manège sur un espace vierge.

— Pour tout te dire, j'essaie de me rappeler le numéro de téléphone que ce type a composé sur la péniche pour appeler le Chevalier Noir.

Il jeta son stylo avec irritation et poussa un profond soupir.

— Ce truc me rend fou.

Il brandit plusieurs pages, qui représentaient le pavé numérique d'un téléphone, avec plusieurs numéros barrés. Nikki l'observa avec perplexité.

— Quoi ?

— Rien. C'est juste que ça paraît un peu…

— Dingue ? dit-il d'un air égaré.

Elle ne savait pas s'il plaisantait ou non. Elle connaissait ce regard obsessionnel, comme lorsqu'il ne parvenait pas à redémarrer son ordinateur ou à localiser un sifflement imaginaire sous les fenêtres de son bureau.

— Peut-être que tu devrais laisser tomber…

— Je ne peux pas… laisser tomber.

Il sourit.

— D'accord, c'est un peu dingue, n'est-ce pas ?

Elle secoua gentiment la tête.

— Ouais, c'est bien ce qui me semblait.

Il but une gorgée de café froid et se renversa dans son siège, s'exhortant au calme.

— Je voulais seulement régler ce problème.

— Tu es fier de ton système mnémotechnique, je le sais.

— Ce n'est pas de la fierté. Enfin, si, un peu. Mais, en réalité, je voulais vraiment faire avancer cette histoire.

Il se corrigea aussitôt :

— Cette affaire, je veux dire.

Nikki prit place à côté de lui.

— Ne t'inquiète pas. Ça peut être les deux. Je sais que c'est aussi une histoire pour toi. Et que cela pourrait être un prix Pulitzer. Ce serait formidable. Tu pourrais broder une autre médaille d'or à ton gilet pare-balles.

Cela lui valut un ricanement de la part de son compagnon. Rook ne serait pas Rook s'il n'avait pas conscience de sa propre folie.

— Ouais, ouais, on se moque du Pulitzer. Le Pulitzer n'est pas si mal. Je ne peux pas dire que je ne l'aime pas. J'en ai deux, tu sais.

— Je l'ai entendu dire.

— Mais les prix ne sont pas une finalité en soi. Ils ne sont que la conséquence logique d'un dur labeur. Tu sais que mon but est de faire la différence, n'est-ce pas ? J'ai dénoncé des trafiquants d'armes, des terroristes, des exploiteurs de diamants, des esclavagistes... Aujourd'hui, je peux prendre part à l'incrimination de Tangier Swift et sa petite opération de couverture. J'ai une chance de sauver des vies. Qui peut en dire autant ?

— Les médecins, les infirmières, les conseillers de SOS suicide...

— D'accord, j'ai compris, on se moque de mes Pulitzer. Ha, ha ! LOL. Hashtag. C'est très clair.

— Non, je t'ai entendu, dit Heat. Et je t'aime pour cette passion qui t'habite.

— Tu l'as, toi aussi, Nikki. C'est un tempérament que nous avons en commun. Et je veux résoudre cette affaire. Je n'obtiendrai peut-être pas justice pour toutes les victimes des accidents – et maintenant des personnes assassinées –, mais, quand mon article sera publié, plus aucune vie ne sera gaspillée.

— Alors, continue. Et laisse-moi faire justice. Si tu insistes pour griffonner des chiffres, pourquoi ne pas mettre tes talents au service d'une bonne cause ?

Elle alla chercher son manteau drapé sur le dossier d'une chaise et revint avec la boîte de l'Hôpital du stylo. Rook la prit, ouvrit le couvercle et trouva son Montblanc Hemingway niché dans le lit de velours. Il en dévissa précautionneusement le capuchon et étudia le nouveau bec, puis regarda sa compagne avec tendresse.

— Je suis sans voix… Je n'arrive pas à croire que tu aies touché mon stylo préféré.

Quand Heat et Rook arrivèrent au poste ce matin-là, une surprise les attendait. Nikki vit le costume de satin rouge à travers les portes vitrées et donna un coup de coude à Rook.

— Qu'est-ce qui se passe ?

Sa curiosité ne fit que croître quand elle vit Gros Tommy et, assis à côté de lui dans la salle des visiteurs, Joseph Barsotti. Dans ce contexte, au lieu d'un truand et son bras droit, on aurait dit un vieil homme irascible et son petit-fils dévoué qui insistait pour accompagner son grand-père à l'arrêt de bus.

Sa prudence instinctive incita Heat à les étudier de la tête aux pieds, en quête d'une arme éventuelle, et de s'assurer qu'ils étaient les seuls dans le poste, en dehors du sergent derrière la vitre pare-balles. Pour Nikki, aucun endroit n'était jamais réellement sûr, pas même les hôpitaux ou le siège du FBI.

— Dieu merci, vous commencez tôt la journée, dit Gros Tommy. La nuit a été longue à La Roue de la Fortune, et j'ai une furieuse envie de me pieuter.

— Monsieur Nicolosi, dit Heat avec une bienveillance calculée.

Elle salua plus froidement Barsotti, qui se trouvait sur sa liste des truands difficiles à appréhender et qui refusaient obstinément de coopérer.

— Allons, poupée, tout le monde ici m'appelle Gros Tommy, dit le vieil homme en tirant sur un fil échappé de son survêtement.

Il se releva péniblement et ouvrit les bras pour étreindre Rook.

— Ah ! vous voilà, mon vieil ami !

Après avoir étreint le vieil homme frêle, Rook recula d'un pas, et Tommy prit l'air pensif.

— Vous m'avez fait une peur bleue ! Quand ce flic est venu

me cuisiner pour savoir si je vous avais kidnappé, j'ai failli m'étrangler. Pas littéralement, mais pas loin. Je peux ?...

Il indiqua la chaise branlante en plastique, et Rook et Barsotti l'aidèrent à se rasseoir. Heat consulta sa montre.

— Monsieur Nicolosi, puis-je vous aider d'une manière ou d'une autre ? Sinon, si vous veniez simplement prendre des nouvelles de Rook...

— Si vous pouvez m'aider ? C'est tout l'inverse, Nikki Heat. C'est moi qui suis là pour vous aider.

— Je vous écoute.

Gros Tommy ajusta ses lunettes de soleil. Ce geste sembla altérer son comportement en même temps.

Son personnage des *Affranchis* disparut pour faire place au truand au visage dur, qui fit frissonner Nikki.

— Je ne plaisantais pas quand j'ai dit que personne ne pouvait s'en prendre à votre petit ami sans me mettre en rogne. Rook a toujours été réglo avec moi. Pas la peine d'entrer dans les détails, mais je respecte notre ami ici présent. Il est temps de le prouver. Alors, je ne sais pas si ce que vous attendez de mon associé a un rapport avec le ravisseur. Mais, au cas où, je vous ai amené Joseph Barsotti, qui a ma bénédiction pour coopérer avec vous.

Nikki regarda Barsotti, qui haussa les épaules.

— Eh bien, nous apprécions votre geste, Gros Tommy.

— Vous entendez ? dit Rook. Elle vous a appelé Gros Tommy.

— Il était temps !

Puis, quand Barsotti passa à travers le détecteur de métaux et entra dans le poste avec Heat et Rook, Gros Tommy héla Heat :

— Vous avez bien fait de balancer cet uniforme. Ce serait dommage de cacher tant d'atouts.

La porte fermée, Rook se tourna vers elle :

— Ne serait-ce pas drôle si c'était là la véritable raison de sa présence ? Te déshabiller mentalement ?

Nikki lui jeta un regard glacial.

— Plus ironique que drôle, je dirais.

Heat s'arrêta brièvement dans son bureau pour prendre le temps de mettre en place sa stratégie. Au fil des ans, elle avait appris que le levier le plus puissant d'un interrogateur était d'avoir un objectif. Comme elle ne voulait pas gâcher cette occasion, elle réfléchit au meilleur moyen d'obtenir gain de cause. Dès qu'elle eut une idée, elle rassembla les documents dont elle avait besoin, puis fit quelques vérifications. L'inspecteur Aguinaldo avait réussi à contacter d'anciens militaires de la base de Creech Air Force.

— L'un de mes anciens coéquipiers se rappelle un incident avec un aviateur du nom de Timothy Maloney. Il devait enquêter sur une plainte pour harcèlement sexuel et a découvert que le suspect épiait une femme officier – attendez la suite – avec un drone. L'affaire n'a pas eu de suite, car Maloney a prétendu avoir perdu le contrôle de l'appareil. Néanmoins, il a été viré du club des amateurs de drones.

Donc, l'information de Yardley Bell était confirmée : Maloney n'était pas un ancien opérateur de drones de l'Air Force, mais il avait attrapé le virus à Creech. Restait à savoir s'il avait laissé ses jouets dans le Nevada ou les avait emportés à New York – avec des conséquences létales ?

Raley vint l'informer qu'un pick-up correspondant au Ford de Nathan Levy avait été repéré dans un parking du Marine Air Terminal de LaGuardia la nuit dernière. La police des transports avait déjà examiné le véhicule, enregistré au nom d'un fournisseur d'Edison, dans le New Jersey. Toujours aucun signe de George Gallatin et de la voiture volée de Heat, malgré l'avis de recherche diffusé en boucle sur les scanners de la police.

L'inspecteur Rhymer lui confirma l'emploi du temps de Wilton Backhouse la veille, ce qui ne la surprit guère.

— Le professeur dirigeait en effet des travaux pratiques au laboratoire de l'Université d'Hudson à l'heure indiquée. Le sujet de son cours était…, écoutez bien : « Vélocité, vrille, coefficient de friction et angle d'impact. »

Il leva les yeux de son calepin.

— On dirait le titre d'un film porno.

— Peut-être en Virginie, dit Heat avec un sourire.

Pour toute autre personne que Joseph Barsotti, petit truand notoire, Heat aurait organisé une entrevue informelle dans un lieu comme la salle de conférences. Mais, l'homme figurant sur la liste noire, le processus était irréversible. Donc, après une fouille en règle, pour lui rappeler qu'il ne s'agissait pas d'une conversation amicale, Rook et elle prirent place en face de lui dans l'une des salles d'interrogatoire.

Son plan était de faire de Barsotti le suspect principal de l'assassinat de Lon King. Même si cela semblait peu probable à Heat, étant donné l'acharnement de Gros Tommy à garder son débiteur en vie, l'homme de main ne le savait pas et serait plus vulnérable s'il cherchait à se défendre d'une accusation de meurtre. Nikki le harcela donc de questions sur ses armes à feu, ses permis, ses arrestations pour agressions, et ne cessa de répéter des phrases comme : « La dernière fois que vous avez vu Lon King vivant… » Sans le code du silence de son protecteur, Barsotti était agité et détournait le regard. Heat était satisfaite. Maintenant qu'elle l'avait affaibli, elle n'avait plus qu'à l'amener où elle le souhaitait.

— Si vous espérez me faire avaler que vous n'avez pas tué Lon King…, il va me falloir un os à ronger. Une info en béton. Sinon, c'est vous le coupable, Joe.

Heat savait que Barsotti n'était pas le tueur, mais lui faire porter le chapeau était un levier pour lui arracher les informations dont elle avait besoin – et elle allait s'en servir.

— Qu'est-ce que je peux vous dire de plus ? Je n'ai pas zigouillé ce type !

Il geignait presque. Nikki prêtait toujours attention aux mains. Celles de Barsotti étaient larges, couvertes de bagues, et ses phalanges étaient cerclées d'hématomes. Elle l'imagina mettre une dérouillée à un malheureux endetté et se félicita de lui mener la vie dure.

— Vous allez tout me dire. Depuis quand harceliez-vous King ?

— Je sais pas. Quelques jours.

Heat tapa du poing sur la table, le faisant sursauter.

— Vous ne savez pas ?

Rook inclina la tête vers son interlocuteur et lui adressa une expression de sympathie.

— Faites-moi confiance, mon vieux, si j'étais vous, je me mettrais à table.

— Une semaine. Pas tous les jours. Six. Oui, six jours.

Elle regarda Rook, qui lui fit un clin d'œil.

Nikki fit glisser un bloc-notes vierge et un stylo vers Barsotti.

— Écrivez. Les dates, les lieux, les durées.

Barsotti hocha la tête.

— Je veux aussi savoir s'il y a eu une activité inhabituelle autour de King.

— C'était un psy. Tout autour de ce type était inhabituel.

Elle entendit un « Hmm » discret de la part de Rook, mais ne quitta pas Barsotti du regard.

— Vous ne m'aidez pas, ce qui signifie que vous ne vous aidez pas vous-même. Donnez-moi des détails. Vous l'avez harcelé, n'est-ce pas ?

— Je n'emploierais pas ce terme…

Il capta le regard de Rook, qui lui fit un signe d'avertissement.

— Oui, je l'ai surveillé. Mais uniquement pour trouver le meilleur moment de le persuader de payer sa dette.

— Avez-vous vu quelqu'un d'autre le surveiller ?

Il réfléchit avant de répondre.

— Possible.

— Vous feriez bien de peser vos mots parce que, si vous me mentez, je le saurai. Et ce ne sera pas joli à voir.

Son témoin ayant atteint l'état émotionnel qu'elle souhaitait, elle posa une photo sous ses yeux.

— Connaissez-vous cet homme ?

— Oh ! lui ? Un peu, oui ! Un drôle de gars.

Il repoussa la photo de Timothy Maloney comme s'il risquait d'attraper une maladie.

— Racontez-moi.

— Je lui ai fait, disons, une petite visite à son bureau pour lui rappeler ses dettes de jeu. Quand je suis arrivé dans la salle d'attente, King se disputait avec ce type qui lui en faisait baver. Tout le monde flippait.

Il marqua une pause avant de reprendre :

— Il a dit qu'il allait le tuer. Vous n'écrivez pas ?

Heat posa le doigt sur la page devant Barsotti.

— Vous, écrivez-le.

Puis, elle prit une autre photo dans son dossier et la glissa sur la table.

— Et cet homme ? Déjà vu ?

Il l'étudia un moment, puis hocha la tête.

— Vous en êtes certain ?

— Oui. Deux ou trois fois. Je l'ai vu traîner autour du cabinet. J'ai pensé que c'était un médecin ou un truc de ce genre. Mais je me souviens de lui.

— Réfléchissez bien. Prenez un calendrier s'il vous en faut un et donnez-moi les dates et les heures précises.

Heat dut cacher son exaltation. Elle sentit à ce moment le lien fort qui l'unissait à Rook, qui éprouvait la même chose. Elle reprit la photo et quitta la pièce.

Tous deux regagnèrent le département des homicides.

— On a du nouveau !

Toute l'équipe se rassembla autour d'elle.

— Regardez qui Joseph Barsotti vient d'identifier comme l'homme qui rôdait autour du bureau de Lon King.

Nikki sortit la photo de l'intéressé de son dossier et l'afficha sur le tableau blanc.

— Eric Vreeland.

— Le détective privé de Tangier Swift ?

— Lui-même, confirma Rook.

— Joli coup, dit Ochoa.

— Allez me chercher Vreeland, dit Heat. Ça ne fait pas de lui le tueur – pas forcément –, mais c'est notre premier lien entre Tangier Swift, Lon King et Nathan Levy.

— Deux de nos victimes de meurtres, renchérit Raley.

Heat haussa les sourcils

— *Deux* de nos victimes ?...

— Je viens de recevoir un appel, dit Feller. On a trouvé le corps de Nathan Levy dans son pick-up il y a quinze minutes.

QUINZE

Poétique. Ce fut le premier mot de Rook quand ils arrivèrent sur les lieux du crime. Il n'avait pas vraiment tort, songea Nikki. Un spécialiste d'essais automobiles tué derrière son volant. Mais la seule rime que vit Nikki était le trou sanglant dans son front, comme deux autres victimes.

Heat était arrivée avant même le médecin légiste, ce qui lui permit d'avoir une bonne vue d'ensemble du site, un parking payant sous la Highline, non loin de Chelsea Piers. La patrouille qui avait repéré le pick-up était non seulement vigilante, mais bien entraînée. Au lieu de contaminer la scène, une affligeante habitude, les policiers s'étaient contentés de mettre des gants et d'ouvrir la portière côté conducteur pour voir s'il était en vie. Ensuite, ils avaient délimité le périmètre de sécurité. Et attendu les renforts.

— Donc, la portière était fermée quand vous êtes arrivés sur les lieux ?

— Oui, répondit une policière. Mais la vitre était baissée.

Nikki s'approcha de la portière ouverte et jeta un coup d'œil à l'intérieur.

— Le moteur était en marche comme en ce moment ?

— Euh, je ne sais pas.

Un regard de novice, se dit Heat. Elle venait toujours sur les scènes de crime comme si elle débutait dans le métier. Rien n'était jamais acquis. Les vétérans avaient la mauvaise habitude de manquer des indices. Elle nota mentalement le moteur en marche et la batterie morte. La scène suggérait que Levy était en train d'écouter la radio. La ceinture de sécurité était détachée et rétractée. Quant au corps lui-même, il faisait face à la vitre ouverte, la tête renversée et tournée du côté passager, conséquence évidente du coup de feu.

— Dois-je énoncer une évidence ? À moins de me convaincre qu'il s'agit d'un suicide, monsieur Levy n'est pas notre tueur.

Il est revenu…, chantonna Heat pour elle-même en songeant à *Vendredi 13*.

Elle préféra néanmoins garder sa plaisanterie pour elle, étant donné la présence de deux policiers ignorants de l'affaire.

— Vous savez quoi ? Je ne pense pas qu'il va les porter à Mardi gras cette année.

Rook désignait les perles en plastique coloré qui pendaient au rétroviseur avant. Dans les reflets rouge, vert, pourpre et jaune, un objet attira le regard de Nikki. Elle se pencha et, de la pointe de son stylo, souleva un bracelet en latex.

— Qu'est-ce que c'est ? Un bracelet d'hôpital ?

Heat se pencha pour déchiffrer l'inscription sur la bande plastique. Le nom de Nathan Levy s'y trouvait.

L'idée que Levy n'était pas le coupable semblait se confirmer pour Rook, alors qu'il n'avait pas encore les informations que l'inspecteur Aguinaldo leur fournit à leur retour au poste.

— Quand il s'est fait la malle, j'ai décidé d'établir l'emploi du temps de monsieur Levy au moment des différents meurtres. Vous voulez les résultats ?

— J'ai l'impression que rien ne vous arrêtera, dit Heat, impressionnée par son initiative.

Inez était douée et allait de l'avant, sans doute pour faire oublier sa négligence concernant l'appartement d'Abigail Plunkitt, dont elle n'avait pas pensé à fouiller le toit.

— Au moment des assassinats de King et Lobbrecht, dit Aguinaldo, Levy se trouvait à Monticello, dans l'État de New York, pour un entretien d'embauche. Il a passé la nuit sur place.

— Ce n'est qu'à quatre-vingt-dix minutes d'ici, observa Feller.

— Oui, mais il a passé son entretien tôt dans la journée et

a dormi à l'hôtel Courtyard de Middletown. J'ai vérifié qu'il se trouvait bien physiquement aux deux endroits. Au moment du meurtre de Plunkitt, il n'était pas là non plus. Il a dit à son voisin de palier qu'il allait à Atlantic City pour faire la rééducation de sa jambe.

— Attendez, dit Rhymer. Il est allé jusqu'à Atlantic City pour faire de la rééducation ?

Aguinaldo sourit.

— J'ai vérifié. Cette rééducation n'est pas vraiment couverte par son assurance, si vous voyez ce que je veux dire. Une vidéo de surveillance le montre dans le hall de l'endroit. À deux reprises.

— Ah ! dit Rook. Au moins, le massage de Nathan a eu une fin heureuse. Pas comme son existence.

Heat déchira une page de son calcpin.

— Inspecteurs Raley et Ochoa.

Les deux hommes, assis à l'écart du groupe, levèrent la tête.

— J'ai fait une copie de l'inscription sur le bracelet d'hôpital retrouvé dans le pick-up de Levy. Lisez le nom du patient, dit-elle en tendant la feuille à Ochoa.

L'inspecteur la lut, puis la passa à son coéquipier.

— C'est un bracelet du service d'urgence de Cortlandt, dans le comté de Westchester. Il a été admis en février, il y a environ un mois et demi. Je ne sais pas ce qu'on peut en tirer – peut-être la raison de sa claudication –, mais renseignez-vous.

— Pas de problème, dit Raley. Pendant qu'on est tous ensemble, on a quelques infos pour vous. D'abord, on a retrouvé le portable de Gallatin sur une remorque modulaire de Channel Maritime.

— Formidable ! s'écria Rook. On va pouvoir retrouver le numéro du Chevalier Noir !

— « Reviens ici, gros lard ! dit Feller, mimant un passage du film des Monty Python, ce n'est qu'un peu de sang. »

— Tu te moques de moi, mais je vous jure que j'ai entendu Gallatin l'appeler Chevalier Noir.

Il se tourna vers Raley.

— Il suffit de vérifier les appels récents.

— Désolé, vieux. L'historique a été effacé. Alors, soit tu continues à te lamenter, soit tu laisses tomber.

— Non, je suis trop dingue pour renoncer.

Nikki vit le regard de Rook se perdre au loin alors qu'il tentait en vain de recomposer mentalement le numéro de téléphone.

Raley consulta sa feuille de papier.

— J'ai aussi des nouvelles d'Eric Vreeland.

— Je sens qu'elles ne vont pas me plaire, dit Nikki.

— Eh bien, alors, je ne vais pas vous décevoir, patron. On va avoir du mal à le faire venir au poste. Son bureau nous a dit qu'il était en vacances. On a vérifié auprès des Douanes et de l'Immigration : Vreeland a pris l'avion hier à JFK, direction la Croatie.

— La Croatie, dit Rook d'un air appréciateur. Vous connaissez ? La Croatie a tout. Des châteaux, des femmes magnifiques… Vraiment, d'une beauté stupéfiante. Oh ! et pas d'accord d'extradition avec les États-Unis.

— Les vacances idéales pour une personne soupçonnée de plusieurs assassinats, observa Heat. Formidable.

Alors que chacun retournait à sa tâche, Heat regagna son bureau, qui avait des allures d'une immense corbeille à papier. L'effet collatéral de la cyberattaque était l'accumulation de montagnes de documents. Les piles qui encerclaient son buvard pouvaient se mesurer à l'aide d'une toise. D'un autre côté, elles étaient l'exemple concret des bienfaits de l'ère numérique pour l'environnement. Cela lui conférait également un peu d'intimité dans le bocal qui lui servait de bureau.

Le capitaine s'acquitta diligemment de ses devoirs administratifs : une entrevue avec le délégué syndical, une autre avec le fournisseur de distributeurs de boissons, et une troisième avec le responsable de la maintenance des voiturettes. Autant de tâches qui ne lui donnaient pas l'impression de combattre le crime.

Heureusement, l'inspecteur Raley apparut sur le seuil pour lui faire part de son appel au service des urgences de l'Hudson Valley.

— Le rapport indique que Nathan Levy est arrivé au milieu de la nuit avec une grave plaie à la jambe droite. Il a prétendu s'être violemment cogné contre une table. Son dossier fait état d'un important hématome, très enflé. Ils ont fait une radio qui a montré une fracture du tibia, juste en dessous du genou. Ils l'ont soigné, lui ont donné une béquille, et il a signé une décharge.

Nikki se rassit et croisa les bras.

— Sûrement une très méchante table, dit-elle.

— Ouais, je n'ai pas gobé le bobard non plus.

— Quoi d'autre sur notre patient ?

— Il était fou de bagnoles, dit Raley.

— Et il aimait les conduire à toute vitesse.

— Je vais contacter le bureau du comté pour leur demander s'ils ont eu à déplorer des accidents de la route autour de cette date.

L'inspecteur fronça les sourcils.

— Je me demande si ça a un rapport avec notre affaire.

— On le saura le moment venu. Au moins, on aura exploré cette piste.

Au moment où il quittait le bureau, elle le héla.

— Hé ! Raley ? La situation s'arrange entre Miguel et vous ?

Il faillit répondre, mais préféra s'abstenir.

— Je vais passer ces appels maintenant, dit-il en retournant à son bureau.

Le bureau du légiste ayant été frappé par la cyberattaque comme les autres services de la ville, Lauren Parry appela Heat personnellement pour lui faire part de son rapport d'autopsie sur Nathan Levy.

— Bon, combien d'autopsies crâniennes vais-je devoir encore pratiquer ?

— C'était la dernière, j'espère.

— Bien, parce que, si je vois encore un trou dans un crâne, je vais avoir besoin…

— Lauren, arrête. Laisse tomber. J'ai ma dose de plaisanteries morbides avec Rook.

— Oh ! Alors, maintenant, tu te plains de lui au lieu de t'enivrer dans ta baignoire ? Je te rappelle que je travaille jour et nuit sur des cadavres, ici, et, pour une fois que j'ai la chance d'avoir une interaction humaine, tu me coupes l'herbe sous le pied !

— D'accord ! Tu veux me faire rire ? Parle-moi de ton cadavre.

L'autopsie de Levy était très similaire à celle de Lon King et Abigail Plunkitt, comme l'on pouvait s'y attendre. Un petit point d'impact, correspondant à une arme de calibre .22, de graves lésions cérébrales, pas de point de sortie. Et, comme pour les deux autres victimes, des traces de tir à bout portant, des résidus de poudre et la brûlure du canon.

— Dans quel état est la balle ?

— Plutôt bon. Je l'ai déjà transmise à la balistique.

— Merci, dit Nikki. Je vais envoyer un agent en Jamaïque et récupérer le rapport personnellement. La dernière fois, ils ont pratiquement utilisé un pigeon voyageur.

— Toujours mieux que mon intranet. J'ai noté un autre élément dans mon rapport : une fracture récente…

— Du tibia droit ? Juste sous la rotule.

— Incroyable. Comment le sais-tu ?

— Voyez-vous, docteur, c'est comme ça que l'on crée des interactions humaines, dit Nikki en riant. Prenez-en bonne note.

Elle lui détailla alors le contenu du rapport du service des urgences, et son amie déclara que, sans être impossible, une telle fracture ne résultait certainement pas d'un choc malencontreux avec un meuble.

— Dernière question, dit Nikki. Des résidus d'huile ?

— Non. Pourtant, j'en ai cherché. Surtout après en avoir trouvé sur les deux autres.

— Je te pose la question parce que j'ai bien examiné la portière de son pick-up et je n'ai rien vu. Je vais vérifier avec les experts.

— Je l'ai déjà fait. Pas de résidus d'huile.

Après une longue pause, Parry demanda :

— Tu es toujours là ?

— Oui, je réfléchis juste à ce paramètre.

— Une illumination ?

— Quand le mode opératoire change, ce n'est pas anodin, dit Heat. Ce fut un plaisir d'interagir avec vous sur un plan humain, doc.

Après avoir raccroché, Nikki eut un sentiment de malaise. Un sentiment plaisant. Le fait est que les grains de sable avaient la curieuse habitude de se transformer en indices.

Environ une heure plus tard, après une réunion où Heat avait donné de nouvelles consignes pour décourager le vol de smartphones sur les quais de métro, Raley vint la trouver.

— J'ai vérifié auprès de la police d'État de New York, et du Département des transports de Westchester et Putnam, les villes les plus proches des urgences de Cortlandt. Ils ont eu essentiellement des incidents. Collisions mineures, pneus crevés, moteurs en panne, plaques d'immatriculation manquantes, phares cassés, enfants faisant du vélo sur la pelouse et conducteurs ivres. Et un accident mortel.

Sans s'en rendre compte, Nikki s'assit à son ancien bureau. Rook s'approcha et se percha dessus. Une vieille habitude.

— Où ? demanda-t-elle.

— Sur le Cold Spring Turnpike, une portion d'autoroute entre les montagnes Taconic et la route 9.

— Je connais cet endroit, dit Rook. Vous parlez d'une autoroute ! C'est plutôt une route de campagne.

— Plutôt déserte, dit Raley. Et très sinueuse. L'accident n'implique qu'une seule voiture. La conductrice était seule. Le véhicule a quitté la route et s'est encastré dans un arbre.

— Des dommages ? demanda Heat.

— Non. Et l'autopsie ne révèle aucun problème physique comme une crise cardiaque ou un anévrisme, rien de ce genre.

L'esprit de Heat fonctionnait à toute allure.

— Et c'était un événement isolé.

— Les enquêteurs vont m'envoyer le rapport détaillé, mais voilà leurs conclusions : un renne ou un coyote a fait faire une embardée à la conductrice. Ou alors, elle était distraite. Sauf qu'elle avait son portable dans son sac à main et n'a reçu aucun appel avant l'accident. Pas de penchants suicidaires non plus.

Rook pivota sur le bureau pour faire face à Nikki.

— Tu crois que ça peut avoir un rapport avec Nathan Levy ? Laisse-moi reformuler mon idée. Quelle est l'implication de Nathan Levy dans cet accident, d'après toi ? Tu penses qu'au lieu d'un cerf ou – je ne sais pas – une marmotte enragée, ou le loup de Tex Avery, c'est lui qui a fait perdre le contrôle de son véhicule à cette femme ?

Raley intervint :

— Mon contact dans la police locale m'a dit que leur enquêteur avait conclu à un véhicule fantôme.

— Malgré tout, dit Nikki, drôle de coïncidence, tu ne trouves pas ?

Inclinant la tête, Rook ajouta :

— Et je sais ce que tu penses des coïncidences. Elles sont comme les mouettes : on ne les voit qu'à proximité d'une zone poissonneuse.

Nikki grimaça.

— Je n'ai jamais rien dit de tel.

— Je suis écrivain. Simple figure de style. D'accord ?

Heat demanda à Raley d'appeler Inez Aguinaldo, qui fouillait la maison de Nathan Levy à Throggs Neck avec l'équipe spécialisée dans les scènes de crime. Raley lui détailla le rapport des urgences et l'accident fatal qui s'était produit le même soir, sans personne dans les parages.

— Sauf que nous avons du mal à croire que personne n'était dans les parages, justement, dit Heat.

— J'ai déjà demandé aux experts de chercher sur son Ford 450 des traces de dommages ou de réparations récentes. Pourquoi ne pas leur demander d'examiner aussi de près sa BMW ?

Aguinaldo rappela moins d'une demi-heure plus tard. Il ne fut pas difficile pour l'expert de remarquer que la M3 avait un aileron neuf, ainsi que de nouvelles jantes et roues avant. Rien de particulier sur la carrosserie. Les airbags ne s'étaient pas déployés. Cela dit, le couvercle de la boîte à gants semblait avoir été remplacé.

— J'ai fouillé son bureau dans le salon et j'ai déniché une facture pour les réparations. Ça s'est passé le mois dernier chez un petit carrossier du Bronx. Le propriétaire se souvient de l'accident. La voiture a été remorquée jusque chez lui.

Raley fit cliquer son stylo.

— De quel endroit ?

— J'ai l'adresse. Un service de dépannage à Peekskill.

— On imagine mal le rapport avec notre affaire, dit Raley en entrant dans le bureau de Heat. La voiture cabossée de Levy a été remorquée de Peekskill – une ville à équidistance entre le lieu de l'accident et l'hôpital où il est allé aux urgences.

Ne sachant pas s'il s'agissait d'un développement significatif ou simplement d'une piste séduisante qui se terminerait dans une impasse, Heat gardait la tête froide. Pourtant, elle se donna la permission d'être intriguée par la nouvelle.

— La prochaine étape est de se mettre en relation avec la société de dépannage.

— J'allais l'appeler, dit Raley, mais je voulais vous en parler d'abord.

— Attendez.

Une idée se forma dans l'esprit de Nikki, et elle prit le temps d'y réfléchir avant de la formuler.

— Vous devriez vous rendre sur place au lieu de passer un simple coup de fil.

Raley ouvrit son portable pour vérifier l'heure.

— Je pourrais être à Peekskill avant le déjeuner. Vous voulez que je m'en occupe ?

— Non.

Comme il lui jetait un regard perplexe, elle tapota au carreau de sa fenêtre.

De l'autre côté, l'inspecteur Ochoa se détourna du tableau blanc et entra.

— Je veux que vous vous mettiez en route pour une opération de terrain. Votre partenaire a tous les détails.

Elle vit les deux hommes se jeter des regards de biais.

Enfin, Ochoa prit la parole :

— Vous ne pensez pas que c'est une perte de temps ?

Heat avait déjà réfléchi. Elle avait remarqué combien la recherche de Rook avait rapproché les deux hommes. Une nouvelle mission était exactement ce qu'il fallait aux deux compères : deux heures dans une voiture. Raley et Ochoa, comme au bon vieux temps. Avant que sa promotion ne transforme les deux complices en concurrents.

— Au contraire, je crois que c'est une excellente manière de l'employer. Je voudrais que vous fassiez ce que vous faites de mieux : sentir le vent tourner, faire parler les faits.

— Ah ! je vois, dit Ochoa. Un nouveau procédé dû à la cyberattaque ? Être plus en prise avec le réel ?

— Quelque chose dans ce goût-là, oui.

Avant de s'en aller, Raley lança :

— Comptez sur nous, boss ! On est comme des mouettes sur un chalutier.

— Attention, où je vous envoie Rook aussi, dit-elle en se retenant de rire.

— Je suis désolée, Nikki, vraiment, lui dit la jeune femme aux yeux larmoyants. Vous savez que j'aimerais vous aider, mais je ne peux pas.

Elles étaient assises dans le bureau de Lon King. Correction : l'*ancien* bureau. Josie Zenger s'était perchée au bout du canapé, le buste tourné vers Heat. La standardiste redoutait le fauteuil beige du psy de l'autre côté de la table basse. Ce siège resterait vide tant qu'elle serait là, songea Nikki. Simple évidence. Le bureau du praticien avait été vidé, et tout – des bibelots sur les étagères au contenu des tiroirs – avait été rangé dans des boîtes étiquetées par Josie et maintenant disposées sous la fenêtre. Les livres et les récompenses se trouvaient là aussi, dans doute. Sans le tapis, la pièce aurait eu de l'écho.

Nikki n'avait guère envie d'entendre ce genre d'écho.

L'endroit lui semblait étrange, au-delà même du silence. Quand cette affaire serait terminée, un autre praticien s'approprierait l'espace. Peut-être un autre psychologue. Un dentiste ou un pédiatre, créant de l'agitation et du bruit. Pour le moment, néanmoins, seul régnait le silence. Et les reniflements de Josie. La boîte de mouchoirs n'avait pas encore été emballée. Nikki en prit un et le lui tendit. Puis, elle attendit que Josie se sente mieux pour lui demander avec douceur :

— Mais vous me confirmez l'incident, n'est-ce pas ? J'ai un témoin oculaire, Joseph Barsotti, qui dit avoir vu une altercation dans la salle d'attente.

— Oui, c'était il y a deux semaines et demie. Je peux vous le confirmer parce que j'étais présente. Ce n'était pas beau à voir. Mais, d'un point de vue éthique, je ne peux vous révéler les noms des patients. Pas plus que leurs dossiers. Je suis moi aussi astreinte à des clauses de confidentialité.

— Mais Lon King était présent. Ainsi que Fred Lobbrecht.

— Oui, mais tous deux sont décédés.

Josie étouffa un sanglot avant de reprendre :

— Nos avocats nous ont dit que nous pouvions coopérer s'il s'agit de défunts. Je veux coopérer. Mais je ne peux vous donner aucun autre nom parce qu'il s'agissait de personnes vivantes. Et elles sont toutes considérées comme des patients.

— Que voulez-vous dire ?

— Même si une personne ne s'est pas formellement engagée, sa présence ici lui assure le privilège du secret médical.

— Donc, vous dites que quelqu'un est venu chercher de l'aide ? Un malade ? Un gardien, un visiteur, qui ?

— Vous pouvez obtenir ce qu'on appelle une ordonnance administrative. Dès lors, je serai libre de répondre à toutes vos questions et de vous aider.

— Merci, Josie, je comprends. Je vais faire cette demande.

— Ou, si vous voulez, je peux contacter les personnes intéressées et leur demander leur permission.

— Non, surtout pas !

Nikki avait parlé si abruptement que la secrétaire tressaillit. Elle sourit et reprit d'un ton plus doux :

— Désolée, mais je ne voudrais pas affoler inutilement ces gens (ce qui voulait dire : « Ne prévenez personne ! »). Je vais demander cette ordonnance, comme vous l'avez suggéré.

Nikki jeta un dernier regard à la pièce aux tons crème, où elle avait pleuré, ri, soupiré, paniqué et fini par trouver, si ce n'est la paix, au moins un peu ce qu'elle était. Aucune boîte ne pourrait contenir cela, songea-t-elle en refermant la porte. Elle se félicita d'avoir pris quelques mouchoirs pour son propre usage.

Rook leur avait acheté quelque chose à déjeuner quand elle revint de sa visite sur York Avenue.

— Comment savais-tu que je mourais de faim ? Cuisine naturelle ? Excellent choix.

Heat souleva le couvercle de la boîte en carton.

— Et tu m'as pris mon plat préféré.

— Salade thaï et falafels, madame.

— Et qu'est-ce que c'est que ce truc bizarre ?

Il lui montra son plat.

— Salade composée au quinoa.

— Je ne t'ai jamais vu commander du quinoa.

— Je n'ai jamais su prononcer ce mot. Maintenant que j'y arrive, je trouve ça délicieux.

Après quelques bouchées pour apaiser sa faim, Nikki appela le bureau du procureur pour avoir l'autorisation de passer outre le secret médical et obtenir les noms des personnes présentes le jour de l'altercation dans la salle d'attente de Lon King. Comme pour la faible piste de Nathan Levy aux urgences, Heat ne savait pas encore si l'information de Barsotti aurait une quelconque importance. Mais le but d'une enquête n'était pas de déterminer instantanément quelles données étaient essentielles. Il fallait d'abord les rassembler et les analyser. Parfois, elles ne menaient nulle part. Heat pensa aux lions jumeaux de la bibliothèque : patience et détermination. Elle ne cherchait pas à conquérir tous les sommets. Celui-là lui suffirait amplement.

— Désolée, capitaine Heat, répondit l'assistante du procureur.

— De quoi ?

Nikki posa sa fourchette et repoussa sa nourriture.

— Je croyais que je n'avais pas besoin d'autorisation juridique. Je pensais qu'il me suffisait de remplir une requête écrite avec une demande précise, rien d'autre.

— C'est exact. Et vous venez de soulever le problème. Votre requête est trop large. Un patient précis est possible. Comme Timothy Maloney.

— Je n'ai pas besoin d'en savoir plus sur lui. Je veux les noms des autres personnes dans la salle d'attente.

— C'est bien le problème, capitaine : votre recherche est trop large.

— Voilà un fait : nous savons pourquoi les gens détestent les avocats.

Heat raccrocha et ressentit une pointe de honte mêlée de satisfaction.

Cette conversation lui avait coupé l'appétit. Après avoir inscrit ses initiales sur son plat à emporter, elle était en train de le mettre au réfrigérateur quand l'inspecteur Rhymer entra dans la salle de repos.

— Excusez-moi, capitaine…

— Oui, Opossum, quoi de neuf ?

Rhymer était incapable de bluffer au poker. Son excitation était visible. Nikki referma le réfrigérateur et le suivit.

— Raley et Ochoa au téléphone pour vous. Venez écouter ça.

Les inspecteurs étaient en conférence téléphonique, et Heat eut droit à un double bonjour quand elle décrocha.

— Hé ! Un véritable appel des Gars. Vous ne plaisantiez pas quand vous disiez que vous seriez arrivés à l'heure du déjeuner.

— Ouais, et je suis bien content de m'être déplacé, comme vous l'avez suggéré, dit Raley. Nous allons tout vous expliquer.

Ochoa prit la balle au bond.

— On a trouvé le service de dépannage de Peekskill, Dunne Dépanneurs. Le propriétaire a été très coopératif. Il a appelé le gamin qui conduisait la dépanneuse cette nuit-là.

— Son nom est Dooley.

— Dooley est allé chercher la BMW de Nathan Levy sur le Cold Spring Turnpike. Devinez où ?

— Non loin du lieu de l'accident fatal, termina Raley.

Heat sentit son pouls s'accélérer. Quand elle leva les yeux, elle vit Opossum hocher vigoureusement la tête.

— Capitaine, vous êtes toujours là ?

— Je suis juste… C'est énorme.

— Et on n'a pas terminé. Miguel ?

— D'après Dooley, les dommages de la M3 n'impliquaient pas une autre voiture.

Raley s'expliqua :

— Pas de collision avec un autre véhicule.

— La voiture s'est encastrée dans un talus sur le bas-côté. Les deux roues avant ont été tordues, et l'aileron, abîmé par les gravillons. Comme la voiture n'était plus utilisable, Dooley l'a remorquée jusqu'au garage. Mais Levy a catégoriquement refusé que des gens du coin touchent à sa voiture. Il a donc organisé son transport chez ce carrossier dans le Bronx, dont Aguinaldo a trouvé la facture.

Nikki réfléchit aux implications de ces nouvelles données.

— Voilà qui est bizarre.

— Comme vous dites ! s'exclama l'inspecteur Ochoa.

— Enfin, vous et moi savons qu'un accident mortel déclenche une foule de recherches de la part de la police. Comment se fait-il que l'accident de Levy n'ait pas été rapporté par l'entreprise de dépannage ?

— Eh bien, en fait, elle l'a bien signalé.

— Cela n'a aucun sens. La police locale a déclaré que c'était un événement isolé. Comment est-ce possible ? Est-il fiable, ce monsieur Dooley ? Vous le croyez ?

— Oh ! il est parfaitement fiable, dit Ochoa.

— Absolument, renchérit son partenaire. C'est pour cette raison qu'on a bien fait d'y aller en personne. Dooley nous a montré les documents en bonne et due forme.

— J'en ai un exemplaire sous les yeux, dit Ochoa. Vous êtes prête ? Il a été signé par un agent de la police d'État.

— Ah !...

Heat attrapa un crayon dans le pot du bureau de Rhymer. Je veux parler à cet agent.

— Impossible, répondit Raley. D'après ce rapport, l'agent qui a mené l'enquête était leur expert en collisions de l'époque : Fred Lobbrecht.

SEIZE

Opossum ne cessait de secouer la tête.

— C'est vraiment très bizarre, non ?

— Plus j'y pense…, dit Rook en faisant glisser son fauteuil aux roulettes grinçantes jusqu'à Heat. « Très bizarre », n'est-ce pas une manière de dire « très cool » ?

— Plutôt flippant, je dirais, renchérit Ochoa, toujours sur haut-parleur à Peekskill.

Raley, sur la même ligne, grommela son assentiment.

Heat était tout aussi intriguée par la nouvelle, mais son cerveau étant occupé à réfléchir aux conséquences, elle voulait toute son équipe autour d'elle.

— Peut-on simplement affirmer que les Gars viennent de nous secouer et de nous donner une nouvelle piste ? Qui avec un peu de chance nous mènera au tueur ?

— Oh ! bien sûr, si vous le dites, dit Randall Feller en posant ses bottes sur une chaise vide avec un sourire ironique. On peut pas le nier.

Rook leva l'index.

— J'ajouterais que ceci nous fait voir sous un jour nouveau les tourments de Fred Lobbrecht. À l'évidence, sa conscience le tiraillait à cause de son implication douteuse dans cet accident.

— Douteuse et illégale, renchérit Aguinaldo.

— En effet. Mais, ce que je veux dire, c'est que cela explique pourquoi il avait besoin de Lon King comme médiateur pour soulager sa conscience et me raconter son histoire. Même officieusement. Lobbrecht ne devait plus dormir la nuit.

Rhymer, qui avait épluché les finances de Lobbrecht, feuilleta ses notes.

— Et que penser alors de la somme importante que notre ex-policier a touchée juste après l'accident pour rembourser son emprunt ? Et si le pot-de-vin venait de Levy, et non de Tangier Swift, comme on le supposait ?

Heat se mordit la lèvre.

— Si vous avez raison, Opossum, cela ferait de Levy la source de cette manne providentielle, et on n'aurait plus rien pour impliquer Swift. Du moins, sur ce point.

— Je n'aime pas ça, dit Feller.

— Attention, le prévint Nikki. N'oubliez pas…

— « Suis ta conscience, pas tes préjugés », récita Feller, le mantra de Heat. Je le sais très bien. Mais je pensais qu'on tenait ce salaud.

— Et c'est peut-être le cas. Nous devons seulement explorer d'autres possibilités. Dois-je vous rappeler que cette affaire présente de nombreuses zones troubles ?

Elle reporta son attention sur Rhymer.

— Je me demande si Nathan Levy avait l'argent nécessaire au remboursement de l'emprunt de Lobbrecht. Épluchez ses comptes. Allez voir son banquier ou son créancier, s'il en a un. Cherchez des mouvements sur ses comptes qui coïncident avec la date de l'accident. Voire un virement important sur le compte de Lobbrecht.

— Enfin, de quoi m'amuser un peu !

Feller croisa les jambes et tira sur le bout d'élastique qui dépassait de sa chaussette. Il finit par le délaisser et dit :

— Cette bagarre entre Lobbrecht et Levy. Wilton Backhouse a dit qu'elle avait eu lieu pendant leur petite réunion secrète à Rhinebeck ?

— Ils l'appellent le « groupe dissident », précisa Heat. D'après le professeur Backhouse, Levy a accusé Lobbrecht d'être à la solde de Swift, et Lobbrecht l'a frappé.

Randall triturait de nouveau l'élastique échappé de sa chaussette.

— C'est là que notre scénario ne tient plus la route. Si notre ex-flic a sauvé les fesses de Levy – ce qui lui a valu une jolie récompense –, pourquoi Levy l'accuserait-il d'être la marionnette de Swift ? À moins que Levy n'ait craqué parce que son comparse lui réclamait plus d'argent ?

Rook secoua la tête.

— À en juger mes séances avec Lobbrecht au cabinet de King, Fred ne paraissait pas du genre à se laisser intimider par qui que ce soit.

La voix de Raley s'éleva du haut-parleur :

— Eh bien, peut-être que Fred jouait double jeu : il extorquait Nathan Levy et prenait le fric de Tangier Swift pour être son indic.

— Si un flic est capable d'accepter un pot-de-vin pour couvrir un accident mortel, grogna Ochoa, alors, plus rien ne peut m'étonner de sa part.

— J'essaie toujours de trouver un lien avec Tangier Swift dans toute cette affaire, dit Rhymer.

— Et le député, ajouta l'inspecteur Aguinaldo. Kent Duer est un héros de guerre sans tache. Jusqu'ici, capitaine, son unique transgression est d'avoir tenté de vous intimider au Greenwich.

Nikki était d'accord avec eux. De plus, elle se posait elle aussi un problème insoluble : pourquoi Rook avait-il été enlevé et quel était son rôle dans cet imbroglio ? Il s'agissait d'un phénomène contradictoire qu'elle avait déjà rencontré bien des fois par le passé : plus ils s'approchaient de la vérité, plus ils s'éloignaient de certains éléments de l'affaire.

— Puisque nous en sommes aux évidences, dit Rook, personne ne trouve bizarre que Lobbrecht ait obtenu un poste dans la même société que Levy ?

— Avant qu'on ne découvre son rôle dans l'accident, cela ne m'avait pas frappé, dit Heat. Je suppose que c'est une progression logique dans son métier. Il travaillait comme agent d'État au service des collisions et, quand il est passé dans le privé, il est devenu consultant pour une société spécialisée dans les accidents de la route. Les procureurs deviennent avocats de la défense, les politiciens, lobbyistes, les quarterbacks, journalistes sportifs. C'est le cours normal des choses.

— D'accord, dit Rook. Pourquoi pas ? Mais le poste en lui-même pourrait être un pot-de-vin.

Par instinct et par habitude, Nikki fit les cent pas devant le tableau.

— Bien, continuons. Voilà ce que nous allons faire.

Ne voulant pas entamer l'enthousiasme des deux coleaders de la brigade au téléphone, elle déclara :

— Miguel, Sean. Comment voulez-vous déployer le reste de l'équipe ?

L'espace d'un battement de cils, les deux complices furent pris de court. Mais Ochoa se reprit rapidement :

— Je pense qu'il ne faut pas lâcher Lobbrecht. Qu'en penses-tu, mon vieux ?

— Totalement d'accord avec Miguel, dit Raley. Randall, tu avais un contact aux ressources humaines de cette société d'experts où Lobbrecht était consultant, n'est-ce pas ?

— Affirmatif. La société s'appelle Forenetics.

— Récupère les dossiers des employés auprès des RH. Vérifie les éléments de base : le salaire, un bonus qui aurait pu lui fournir une somme substantielle en liquide, et d'éventuels griefs, en particulier concernant son travail avec Levy.

Ochoa enchaîna :

— Il nous faut aussi un examen minutieux du passé de Lobbrecht, avant Forenetics, quand il était dans la police d'État. Si ce type était un flic véreux, je veux un papier qui le prouve. Inspecteur Aguinaldo, contactez la police de l'État de New York. Apportez-nous son dossier et tout ce que vous pourrez trouver sur lui.

— D'accord, dit Inez.

— Et je veux aussi un maximum d'informations sur l'accident. Pas seulement le rapport, mais des cartes, des dépositions, des photographies…

L'inspecteur Feller se pencha vers le haut-parleur.

— Vous faites quoi, là, tous les deux ? En dehors d'aboyer des ordres et vous balader dans un champ de fleurs ?

Raley éclata de rire.

— La jalousie est un vilain défaut, Randall.

— Qui explique ta tête ! dit Ochoa.

Tous gloussèrent à ce bon mot, et Nikki se réjouit de constater que les Gars étaient de nouveau complices.

Puis, Miguel reprit :

— Nous allons demander à monsieur Dooley, de l'entreprise de dépannage, de nous emmener sur le lieu de l'accident.

— Puis nous passerons par l'hôpital pour parler à l'infirmière des urgences qui a soigné Levy, termina Raley.

Heat s'approcha du téléphone.

— Moi, je vais avoir une petite conversation avec Wilton Backhouse à propos de tout ça. Bon boulot, les Gars. N'oubliez pas de nous rapporter un petit bouquet.

Elle raccrocha sans leur laisser le temps de répondre.

Pas de messagerie, cette fois. Le professeur en ingénierie répondit à la deuxième sonnerie.

— Bonjour, Nikki Heat à l'appareil.

Son ton se voulait léger et informel. Nikki avait de mauvaises nouvelles à propos de Nathan Levy, retrouvé mort dans son pick-up, mais, puisque Backhouse avait la frousse, elle préférait lui demander d'abord s'il était au courant que l'un de ses collègues avait apparemment accepté un pot-de-vin pour cacher l'implication probable d'un autre dans un accident de voiture mortel. Ce genre de discussion avait tendance à faire dérailler les gens les plus solides.

Mais c'est un professeur survolté qui lui répondit. Ou plutôt qui lui sauta à la gorge, pour ainsi dire, avec son propre sujet brûlant.

— Je ne vous réponds que parce que je veux savoir pourquoi votre satané petit ami fait traîner mon article !

— Waouh ! Wilton. D'abord, bonjour. Ne partons pas du mauvais pied, voulez-vous ? Quels que soient vos différends avec Rook, ce n'est pas la raison de mon appel.

Malgré sa réponse, Nikki se leva et fit signe à Rook à travers la vitre. Il était absorbé par son ordinateur portable sur un bureau dans le fond, mais vit son geste et se dépêcha de la rejoindre.

— Votre petit copain m'a harcelé pour avoir accès à mes

recherches – mes découvertes incendiaires sur Tangier Swift – et maintenant ? La lune de miel est terminée ! Où est-il ?

— Attendez, dit Heat en passant sur haut-parleur quand Rook prit place en face d'elle. Vous êtes là ? J'ai Jameson Rook ici avec moi.

— Salut, Wilton.

— Salut, Jameson, répondit Backhouse avec la même ironie dans la voix. Tu sais quoi ? Depuis notre dernière conversation, une personne est morte sur l'autoroute et deux autres ont été grièvement blessées à cause du système défectueux de Swift. Si le but est de me caresser dans le sens du poil d'une main et de me planter un poignard dans le dos de l'autre, autant que je dénonce ce salaud sur le Net moi-même. Suis-je bien clair ?

— Absolument, mais vous ne voulez pas cela.

— Je pense que si.

— Je comprends votre impatience, mais vous avez besoin de crédibilité, Wilton. Ma crédibilité. Et j'en ai parce que je suis un homme très méticuleux.

— Certaines personnes pensent que cette histoire est crédible. Elle continue à tuer des gens.

Rook haussa les sourcils et regarda Nikki, qui lui fit signe de continuer à le faire parler. Rook s'exécuta.

— Wilton, si vous précipitez les choses – et postez votre histoire sur quoi ? un blog ? –, vous prenez le risque d'un échec cuisant. Ou vous passerez pour un dingue qui crie au loup, ou pour un de ces types qui inventent ce genre d'histoire de toutes pièces pour se faire de la publicité. Une notoriété qui risque de vous exploser à la figure. Laissez-moi faire mon boulot : rassembler les faits et écrire un exposé détaillé, qui fera l'effet d'une bombe.

Il termina avec emphase et attendit la réponse du professeur. Comme elle ne venait pas, il dit :

— Wilton, vous m'avez entendu ?

Un coup de feu retentit dans le haut-parleur. Tous les policiers connaissaient ce son. Tous les agents du poste tournèrent la tête vers le téléphone.

Rook et Heat entendirent la chute du combiné de Backhouse sur le sol. Nikki se leva en sursaut.

— Wilton ! Wilton, que s'est-il passé ?

La voix du professeur était à peine audible.

— C'est pas vrai…

— Wilton, que se passe-t-il ? insista Nikki.

Des bruits de meubles qu'on déplace, puis de nouveau la voix de Backhouse, faible et hagarde.

— Le drone. Il était devant la fenêtre de mon bureau.

La radio derrière Heat revint à la vie.

« Coups de feu. Université d'Hudson. Thompson Street, nord de Bleecker. »

— Restez à terre. Cachez-vous sous le bureau. Avez-vous été touché ? demanda Heat.

Tout en écoutant la réponse, elle prit son talkie-walkie :

— Un-Lincoln-Quarante. Unités, répondez à l'appel de l'Université d'Hudson. Une victime possible au vingt-deuxième étage, salle 3-A.

Un bruit sourd se fit entendre, comme si le professeur avait lâché le téléphone, puis un souffle rauque, altéré :

— C'est votre manière d'assurer ma sécurité ? Me dire de me planquer sous la table ? Sérieusement ?

— Les secours arrivent. Restez à couvert.

— Je ne vais pas rester coincé là comme un rat. Et j'en ai marre de faire confiance à des incompétents.

Il raccrocha violemment, et la ligne se tut.

— Il a dû prendre l'escalier, dit l'agent Tew quand Heat arriva sur les lieux.

Son coéquipier, l'agent Townsend, lui désigna le bout du couloir.

— Ou l'ascenseur de service.

Quelques jours plus tôt, ces policiers lui avaient fait un signe d'encouragement depuis le siège avant de leur voiture, en faction devant l'université. À présent, dans le bureau du Pr Backhouse, ils étaient gênés : l'homme sous leur protection avait été la cible de coups de feu, sans compter qu'il avait échappé à leur surveillance.

— Pour être honnêtes, nous pensions devoir désarmer un criminel.

— Je comprends, dit Heat. Mais votre criminel pourrait être à un kilomètre d'ici.

— Et qui aurait cru qu'un drone pouvait descendre dans une cheminée, hein ?

Townsend regarda Heat avec appréhension, en quête de l'approbation de son capitaine.

— En effet, dit-elle, ce qui détendit immédiatement les deux agents. Je ne l'aurais jamais imaginé.

Près de la fenêtre, un expert de la police les observa à travers l'orifice créé par la balle et déclara :

— Il existe plus de passages que vous ne le pensez entre ces bâtiments. Pas de vent de travers ? Une descente directe ? Avec une assistance vidéo et un opérateur expérimenté ? Un jeu d'enfant.

Heat désigna le verre percé.

— C'est un petit calibre. Vous avez trouvé la balle ?

— À l'instant, dit l'expert en la conduisant près de l'étagère, au-dessus du bureau du professeur. Elle s'est logée dans ce serre-livres.

— Oooh ! s'écria Rook. En plein dans le TARDIS !

L'expert le regarda, l'air perplexe.

— *Dr Who* ? La cabine téléphonique apparemment inoffensive qui masque un vaisseau capable de voyager dans le temps ? Cette balle aurait pu atterrir n'importe quand entre la découverte de l'Amérique et le prochain millénaire.

Le technicien prit la cabine miniature, en délogea la balle et la montra à Rook.

— Eh bien, vous avez de la chance aujourd'hui, mon vieux.

Pendant que l'équipe scientifique faisait son travail, Heat et les deux policiers interrogeaient les témoins. Deux étudiants et un gardien du vingt-deuxième étage avaient vu Backhouse fuir à toutes jambes.

— Comme si sa vie en dépendait, dit le gardien. Son sac à dos ballottait contre son épaule quand il a monté les marches quatre à quatre.

Aucun des témoins n'avait vu de trace de blessure. Nikki fut soulagée à l'idée que Backhouse n'ait pas été touché. Malheureusement, cela la privait de la possibilité de le retrouver dans un service d'urgences, légalement forcé de signaler toute victime d'un coup de feu.

C'est Backhouse qui la retrouva. Rook et Heat venaient d'atteindre Thompson Street quand le portable de Nikki reçut un appel non identifié.

— C'est moi, dit le professeur.

— Wilton, où êtes-vous ?

Par habitude, elle fit un tour complet sur elle-même, mais ne le vit nulle part.

— Dans une cabine téléphonique, mais pas pour longtemps.

— Où ?

— Aucune chance. Quelqu'un a fait plus que pirater la police de New York : je pense que votre téléphone est sur écoute.

La paranoïa s'entendait dans sa voix. Heat comprenait aussi pourquoi : une deuxième attaque de drone en l'espace d'une semaine.

— Venez avec moi au poste. J'organiserai votre protection.

— C'est impossible. Je me fie à vous – personnellement, je veux dire –, mais je n'ai aucune confiance en la protection de la police. Donc, je vais m'éloigner autant que possible de vous jusqu'à ce que vous démêliez cet imbroglio. Disparaître quelque temps est ma seule chance de salut.

Avant qu'elle puisse protester, il raccrocha.

Plusieurs semaines auparavant, Rook avait réservé une table à La Esquina pour Heat et son agent, mais, étant donné la tournure des événements, il annula la réservation. Donc, au lieu de dîner dans un restaurant mexicain ultrachic, les amoureux passèrent la soirée dans son loft. Rook cuisina pendant que Heat remplissait ses tableaux statistiques. De temps à autre, elle tentait de joindre Wilton Backhouse.

— Il ne répond toujours pas à son portable.

Nikki envoya dinguer son téléphone à côté d'elle sur le canapé, puis surligna en jaune des rangées de chiffres qui dénombraient semaine par semaine les arrestations de personnes ivres ou ayant troublé l'ordre public durant le dernier trimestre.

— Il ne prend pas non plus mes appels, répondit Rook depuis la cuisine. Quoique, pour tout te dire, ce n'est pas le premier professeur d'université à ne plus vouloir me parler.

Nikki marqua sa page avec un post-it et le rejoignit au comptoir.

— Tu as eu un professeur coriace à la fac ?

— Non, elle était au contraire très conciliante. C'est quand on a arrêté de coucher ensemble que les choses ont mal tourné.

Il haussa les sourcils et prit son batteur.

— Tu es prête pour mes fameux pancakes du matin ? Ou du soir ? C'est la beauté de la vie : on ne sait jamais.

Nikki raffolait de ces pancakes. Il avait ajouté des bananes et des noix de macadamia en forme de smiley à sa recette et remplacé le sirop d'érable par du sirop de noix de coco. L'effet obtenu avait le goût de vacances à Maui. Pour le moment, c'était ce qui paraissait le plus proche du répit. Elle en avala une bouchée.

— Bon, j'ai eu la confirmation par l'Université d'Hudson que Backhouse ne s'est pas présenté à la conférence qu'il devait donner cet après-midi. Feller dit qu'il a aussi raté une réunion du personnel chez Forenetics sans s'excuser, ce qu'il n'avait jamais fait.

Elle vérifia sa messagerie : toujours rien, comme deux minutes plus tôt.

— Personne ne répond à son appartement. Comme nous avons toutes les raisons de craindre pour sa sécurité, son propriétaire a laissé Rhymer et Aguinaldo entrer chez lui, mais il n'était pas là. Opossum a dit qu'il manquait une valise dans son ensemble de bagages, et toutes ses affaires de toilette ont disparu de la salle de bains.

— Ils ont interrogé ses amis, ses collègues ?

— L'un d'eux s'est pris un mur, littéralement, et les

deux autres, une balle dans la tête. Pas étonnant qu'il fasse tout pour nous éviter, même si c'est très mal avisé de sa part.

— De disparaître ? Je ne sais pas… Je crois que, si j'étais sur la liste des personnes à abattre, j'irais moi aussi me mettre au vert quelque temps. Dans un lieu connu de moi seul.

Ses paroles ravivèrent une intuition qu'elle n'arrivait pas encore à formuler clairement dans son esprit. Et qui ne cessait de la titiller. Il l'observait attentivement.

— Qu'est-ce qu'il y a ?

— Je réfléchissais.

— Tu es si belle quand tu réfléchis. Encore plus quand tu me dis à quoi tu penses.

Elle reprit son portable et appuya sur la touche bis.

— Tu ne vas pas me le dire, hein ?

— Si, dès que j'en saurai plus. Contrairement à d'autres, je ne cache rien dans cette relation.

Elle porta son téléphone à son oreille, écouta de nouveau le message enregistré de Wilton et raccrocha.

— Ce type a intérêt à ce que nous le trouvions avant eux.

— Et par « eux », tu penses aux mêmes personnes que moi ?

Mais je n'ai pas de preuve, songea Nikki. Du moins, pas encore.

Après de longues heures de paperasserie, ils rangèrent la cuisine devant l'émission *Nightline*, qui diffusa un bulletin spécial sur la cyberattaque qui avait frappé New York. Rook, lassé d'entendre continuellement le même récit, voulut changer de chaîne pour regarder un programme plus divertissant. N'importe lequel. Mais Heat sentait qu'elle devait s'imprégner des moindres détails et préféra suivre le bulletin jusqu'au bout.

Comme Rook aimait à le dire, on était plus proche de la lobotomie que de l'information.

— Moi qui connais un tant soit peu le journalisme, je peux te dire qu'il arrive un moment où l'appétit du public est plus vorace que le flux de l'information. Donc, ils font tourner l'histoire en boucle sans rien annoncer de nouveau.

Comme pour illustrer ses propos, la chaîne diffusa des images d'archives des grévistes qui avaient manifesté (« Libérez

Mahmoud ! »), suivies de la vidéo piratée de Mahmoud derrière les barreaux, et d'une conférence de presse où l'ambassadeur syrien s'adressait à l'ONU (avec un Fariq Kuzbari circonspect en arrière-plan) pour réclamer la libération de Mahmoud tout en niant l'implication de son pays dans le déplorable cyberévénement. Dans une déclaration depuis sa prison, par l'intermédiaire de son avocat, Mahmoud Algafari avait déclaré ne pas être un criminel, mais un prisonnier d'opinion. Rien de nouveau là-dedans non plus. Un expert en piratage informatique, dont on ne voyait que la silhouette noire et dont la voix avait été électroniquement altérée, apprit néanmoins quelque chose à Nikki. Le pirate déclara que la vulnérabilité du service des systèmes d'information venait du fait que la police de New York n'employait pas de développeurs, mais des responsables informatiques. Certes compétents, mais incapables de créer du code. Il faisait penser à Dark Vador avec sa voix mécanique :

— La majorité des applications utilisées par le réseau du département proviennent de diverses sources externes, si bien que la police a été incapable de mettre en place une solution unique. C'est pire que la tour de Babel !

Au moment de la pause publicitaire, Nikki proposa à son compagnon d'aller au lit.

— Bonne idée.

Rook fronça les sourcils.

— Mais je ne peux m'empêcher de m'interroger : est-ce la nuit qui précède le matin ?

Nikki lui donna un coup de torchon sur les fesses.

— Une seule manière de le savoir. Je te rejoins tout de suite.

— Tu vas encore tomber sur sa messagerie. Attention aux TOC !

— J'arrive. Ne commence pas sans moi.

Rook la fit rire en exécutant une marche chaloupée des plus sexy en direction du couloir et en prenant une voix rauque :

— Ne me fais pas attendre, bébé.

Heat composa une énième fois le numéro de Backhouse, toujours sans succès. Puis, elle éteignit la télévision et, happée par ses réflexions, observa l'écran vide quelques secondes. Elle reprit son portable et appela Sean Raley.

— Salut, je vous réveille ?

— Mmm, non.

— Bien. J'ai une mission pour le roi de tous les moyens de surveillance. Votre plus grand défi. Vous avez déjà essayé de parler une langue universelle ?

Un agent administratif prit son rapport chiffré dès son arrivée le lendemain matin, entoura le paquet de feuilles d'un large ruban adhésif, le rangea dans une boîte en carton et le confia à un autre agent, chargé de le remettre en mains propres au One Police Plaza.

— Tout ce temps passé sur ces rapports…, fit remarquer Rook. Le véritable crime, c'est de devoir remplir tous ces tableaux à la main comme tu le fais.

— Pas d'Internet. Pas de données électroniques. On ne peut pas risquer de voir des données aussi sensibles gagner le domaine public.

— Bien sûr, mais ensuite ? Jarretière et fard à paupières vert ?

Nikki lui jeta un regard de biais.

— C'est sur ta liste de fantasmes ?

— Non.

Puis, après réflexion :

— Oui.

Les membres du service des homicides se rassemblèrent dans la salle de conférences. Heat signa rapidement les demandes de congé de quelques agents, accepta de participer à une assemblée scolaire, puis rejoignit son équipe pour le briefing matinal.

Elle n'avait rien manqué. Raley et Ochoa, en virée à Peekskill la veille, apprirent par Rhymer la fuite de Wilton Backhouse après l'attaque du drone à l'université. Rook ajouta que Heat et lui avaient appelé en boucle le portable du professeur, sans oublier les e-mails et les SMS.

— Il ne répond pas, et je reçois un message d'absence automatique à tous mes e-mails.

— Si ce type ne fait pas gaffe, ça va finir par un « Je suis mort » automatique, railla Feller.

Inez Aguinaldo prit un siège.

— Bon, c'est humour morbide ce matin.

— C'est mon charme habituel. Vous allez vous y faire.

— Passons à Fred Lobbrecht, dit Heat. Inez, vous avez enquêté sur le rapport de l'accident, n'est-ce pas ?

— Oui. J'ai sympathisé avec l'agent du service des transports d'Albany, et il a passé une heure à me photocopier toutes les notes de Lobbrecht et les documents concernant l'accident.

Elle se leva et se positionna à côté du tableau d'information où elle avait aimanté des agrandissements pour la réunion.

— J'ai épluché une grande partie de ces documents. Tout d'abord, le lieu de l'accident ne se trouvait pas dans la juridiction de Lobbrecht, affecté au comté de Richmond, soit dans le sud de New York, bien loin de Peekskill, tout au nord. Quand il a pris en charge l'accident, Lobbrecht a déclaré être en déplacement et avoir vu la voiture encastrée dans un arbre.

— Plutôt tordu, dit Rhymer.

— Tout à fait d'accord. C'était le milieu de la nuit, un peu après 3 h du matin, et il a dit à l'opératrice que, comme il se trouvait sur les lieux, il se chargeait de l'enquête. Sa requête a été acceptée. Pourquoi pas ?

Elle s'écarta de la carte du comté de Westchester pour désigner un rapport imprimé.

— J'ai trouvé ce document parmi les preuves du département scientifique. La plupart des voitures actuelles disposent de systèmes informatiques sophistiqués.

— Sans rire, dit Heat.

Inez poursuivit :

— Parmi les objets retrouvés à bord de la voiture se trouvait la boîte noire, qui enregistre les vingt-cinq dernières secondes de la direction, l'accélération et le freinage du véhicule. Cela permet aux experts d'étudier les actions du conducteur juste avant l'impact. Comme enfoncer brutalement les freins ou donner un coup de volant.

Elle tapota la page.

— Eh bien, l'enquêteur a trouvé la boîte noire vide.

— Comment ça, vide ? demanda Rook.

— Facile, répondit Feller. Demandez à n'importe quel agent du service des transports. Tout ce qu'il avait à faire – je parle de notre cher Fred – était d'entrer dans la voiture de la victime, de couper le contact, de le remettre, de compter jusqu'à vingt-cinq, et voilà ! On obtient un nouvel enregistrement de données sur la puce. Un enregistrement de *nada*. Donc, les données n'ont pas été effacées, simplement remplacées par le néant. Très efficace pour effacer ses traces après un accident.

— Voilà pourquoi la procédure est d'enlever toutes les clés. Pour empêcher ce genre de bévue, expliqua Aguinaldo.

— En cas d'accident mortel, la procédure est aussi d'interroger tous les garagistes et les dépanneurs de la région, au cas où il y aurait un véhicule fantôme.

Opossum secoua la tête.

— Je parie que notre cher Fred s'est arrangé pour escamoter aussi cette démarche.

Nikki, qui avait pris des notes, posa son stylo.

— Laissez-moi réfléchir. Si la victime a freiné ou braqué le volant pour éviter la voiture de Levy qui venait en sens inverse, on devrait trouver des traces de dérapage sur la chaussée.

Ochoa leva la main.

— Justement ! Encore aujourd'hui, Raley et moi avons vu des éraflures sur la route. Il n'a pas beaucoup neigé depuis ; elles n'ont donc pas été totalement effacées.

— Ce n'est pas ce que montre ce document, intervint Aguinaldo en pointant du doigt des photos de la scène du crash.

Tout le monde se leva pour étudier les photos de plus près. Des traits de peinture indiquaient l'emplacement des pneus de la victime. Mais les photos officielles de la route adjointes au rapport étaient exemptes de traces de dérapage.

Raley prit son portable.

— Tenez. Comparez-les avec les clichés que j'ai pris hier.

L'angle était similaire à l'image affichée sur le tableau. Raley mit les deux clichés en regard. Même route, mais, sur celui de Raley, des éraflures, et sur celui de Lobbrecht, rien.

— Ce salaud l'a retouché sur Photoshop ! s'écria Ochoa.

— Tu veux dire sur Freddyshop ? railla Feller, d'un ton qui disait tout le mépris qu'il nourrissait pour les flics véreux.

Un dédain partagé par tous les policiers autour de lui.

Pendant que chacun reprenait son siège, Heat s'adressa aux Gars :

— Ce que vous nous avez rapporté valait vraiment le déplacement.

Ils acquiescèrent à l'unisson. On progresse, songea-t-elle.

— Qu'avez-vous appris aux urgences ?

— À propos de la blessure de Levy ? À peu près ce qu'il a décrit, répondit Raley.

— Mais, en discutant avec l'infirmière des urgences et le médecin, dit Ochoa, on a découvert que Levy était totalement ivre. Et plutôt agressif... Ils ont dû se mettre à deux pour l'obliger à se tenir tranquille.

— Moi qui ai passé vingt minutes avec lui, je peux l'imaginer sans problème, dit Heat.

Mais un détail la chiffonnait. Si infime qu'elle faillit ne pas le mentionner. Pourtant, elle finit par le formuler à voix haute :

— Un truc me gêne dans toute cette histoire. Si Nathan était si mal en point, comment a-t-il atteint l'hôpital ? C'était trop loin à pied, pour un homme éméché et blessé à la jambe. Pas en ambulance : il se serait fait pincer. Et, manifestement, Lobbrecht avait du pain sur la planche s'il voulait masquer les dégâts sur le lieu de l'accident. Cela nous laisse le dépanneur, Dooley ? L'a-t-il emmené à l'hôpital ?

Ochoa regarda Raley.

— On n'a pas pensé à ça.

— Posez-lui la question. On ne sait jamais. Et faites analyser toutes les pièces endommagées de la BMW de Levy. Aileron, jantes, couvercle de la boîte à gants... Envoyez tout ce que vous trouverez au labo pour refaire les analyses.

Autre conséquence de la paralysie informatique de l'infrastructure policière, la majorité des transactions étaient désormais réalisées en personne. Pour le responsable de la vingtième, cela signifiait davantage de coups de fil, de rendez-vous et, pire que tout, un flot de visiteurs inopportuns. L'aspect plus humain de ces relations pouvait sembler bénéfique. Mais, malgré ses efforts, Nikki avait le plus grand mal à rester concentrée sur l'affaire. À présent convaincue que la situation était critique, au vu des dernières révélations, elle décida égoïstement (ou grâce à une sorte d'illumination) de se soustraire aux devoirs que lui imposait son statut de capitaine pour faire ce qu'elle négligeait depuis un moment : apaiser son esprit survolté pour examiner sereinement les pièces fragmentées du puzzle sur le tableau.

Étudier le tableau blanc seule, dans le silence de la salle de la brigade, avait bien servi Nikki au cours de ses investigations passées, surtout quand le volume des faits créait davantage de chaos que de clarté. Tous ces noms, ces dates, ces lieux, ces événements, ces codes colorés, ces photos, ces flèches et ces questions encerclées étaient tels des flots tumultueux quand elle avait besoin d'une rivière paisible.

Ce matin, de nouvelles données avaient été ajoutées dans les rares espaces blancs du tableau. L'enquête de Randall Feller auprès des ressources humaines de Forenetics indiquait que Fred Lobbrecht avait été embauché comme expert en sécurité automobile à peine une semaine après l'accident avec la voiture fantôme. Ses nouvelles fonctions lui avaient valu une augmentation de 46 pour cent par rapport à son précédent poste d'agent de l'État.

Ces données digérées, Nikki ferma les yeux le temps nécessaire pour effacer entièrement le tableau inscrit dans son esprit. Elle les rouvrit pour examiner les éléments sans préjugés, se fiant à ses premières impressions.

Son instinct la ramena à la première entrée, non parce qu'il s'agissait du point de départ, mais parce que le meurtre de Lon King était à la croisée des chemins : la mort de son patient, Lobbrecht ; le mode opératoire, une balle dans la tête, que le psychologue partageait avec deux autres victimes, eux aussi consultants pour Forenetics ; le drone qui les avait attaqués, sauf Lobbrecht (un indice révélateur ou une simple bizarrerie ?), et s'en était aussi pris à Wilton Backhouse.

Malgré elle, Heat songea à la duplicité de Rook, qui avait rendu visite à son psy sans lui en parler. Elle voulut chasser cette pensée uniquement motivée par l'émotion, puis se ravisa. Dans un tel état méditatif, toutes les pensées étaient importantes. Donc, elle revint à cette idée. Bien sûr, un lien existait entre Lon King, Lobbrecht et Rook, et, par extension, l'article de Rook sur les experts scientifiques prêts à dénoncer la conjuration du silence autour du logiciel de sécurité automobile défectueux.

Cela attira son regard sur le nom de Tangier Swift, le milliardaire, magnat de l'informatique et cible des dénonciateurs, qui avait usé de son argent et son influence pour étouffer toute tentative de mettre en lumière le logiciel incriminé et pour intimider les incorruptibles consultants de Forenetics, à tel point que la direction avait ordonné aux dissidents d'abandonner leurs recherches sur SwiftRageous. Tangier Swift était à l'évidence un joueur-clé dans cette partie.

Tout comme les dénonciateurs, si passionnés, si outragés par le revirement de Forenetics qu'ils avaient formé un groupe dissident pour poursuivre leur investigation et bâtir leur argumentation. C'est à ce moment-là que Rook entrait dans la partie.

Et que les dénonciateurs s'étaient mis à tomber comme des mouches.

Les francs-tireurs de Forenetics avaient organisé un sommet, au cours duquel ils avaient voté pour la poursuite de leur rapport explosif. Heat lut la date sur le tableau et gagna un pari avec elle-même. C'était le week-end de l'accident de Nathan Levy sur le Cold Spring Turnpike.

Il rentrait probablement de Rhinebeck en voiture. Ironie du sort, songea-t-elle, un crash mortel étouffé par un homme qui parlait la veille de révéler au grand jour la dangerosité d'un système de sécurité automobile. C'était pourtant loin d'amuser Nikki. Un chauffard ivre avait pris une vie innocente, et un flic véreux avait étouffé l'affaire pour de l'argent.

Le temps joue pour toi.

Cet axiome, que Heat répétait à son équipe depuis des années, s'était toujours révélé juste. Pourtant, elle n'avait pas encore trouvé les connexions qui transformeraient les eaux turbulentes en un cours paisible. Des pans entiers de l'affaire restaient irrésolus, comme l'enlèvement de Rook. Pourquoi s'était-il produit, et qui était le Chevalier Noir ? Était-il l'homme à la voix mystérieuse dans le parking souterrain ? Tangier Swift ? Et le député Duer ? Ces questionnements lui rappelaient seulement combien elle était loin de pouvoir assembler toutes les pièces pour créer un tableau cohérent. Mais, au cœur de cet imbroglio, un fil conducteur se dessinait peu à peu. Un fil qui désignait une personne capable de commettre des meurtres pour garder un secret. Pour elle comme pour les autres membres de sa brigade, la réponse était évidente. Mais il n'existait pas de conviction sans mûre réflexion. Heat sourit pour elle-même. Elle venait de créer un nouvel axiome.

Nikki revint au pas de course de son inspection obligatoire des cellules de détention et reprit son souffle avant de prendre l'appel. Le standard l'avait transféré dans la pièce d'observation vide de la salle d'interrogatoire n° 1.

— Monsieur Swift, quelle coïncidence ! Je pensais justement à vous.

— Eh bien, croyez-moi, je vais vous donner autre chose à penser si vous n'arrêtez pas de me harceler.

— Pardonnez-moi, dit-elle d'un ton plus formel. Vous réalisez que je suis un inspecteur de police et que vos propos ont tout d'une menace ?

Il renifla.

— Bien. C'est que vous n'êtes pas aussi stupide que vous en avez l'air. Vous m'avez collé un comptable sur le dos ? Et notre accord, alors ?

— Vous allez devoir me rafraîchir la mémoire, mais, d'abord, je dois vous informer que je vais maintenant enregistrer cette conversation.

— Vous êtes fichue.

Elle appuya sur le bouton d'enregistrement du téléphone mural. Un bip accompagna la loupiotte rouge clignotante, mais trop tard. Swift avait raccroché.

— Ah ! Tu l'as fait fuir ! dit Rook. Dommage. Je voulais le remercier pour la balade en bateau.

En entendant la conversation, l'inspecteur Feller s'approcha du bureau de Rook à grands pas.

— Vous pensez que c'était une vraie menace ? Une menace de mort ?

— Mmm..., non. Ce n'était pas spécifique. Légalement, il pourrait se défendre facilement, dire que c'étaient des paroles en l'air, dues à sa frustration. Je ne savais pas que les comptables avaient commencé leur travail. Ils auraient pu m'avertir.

Randall était tel un chien avec un os.

— On se fout de la légalité ! S'il vous a menacée, il faut réagir. Je ne sais pas, envoyez Rook lui donner un camouflet, ou un truc du genre.

— Très amusant, comme toujours, inspecteur, dit Rook avant de se tourner vers Nikki. Peut-on au moins le faire venir ici et... ?

— Et quoi ? Tangier Swift se contenterait de s'asseoir devant nous avec sa cohorte d'avocats sans dire un mot. Ce serait agréable, mais cela créerait des frictions.

— Vous vous rendez compte que nous parlons de deux de mes deux passe-temps favoris ? Plaisir et friction.

— Je fiche le camp ! dit Feller, les deux mains levées.

Ochoa, apparemment en mission, le croisa en venant vers Heat.

— Bon, j'ai trouvé comment Nathan Levy est allé aux urgences...

— Vous avez parlé à votre gars de Peekskill ? demanda-t-elle.

— Dooley. Oui. Je lui ai parlé. Raley s'est occupé de la mission spéciale que vous lui avez donnée.

— Oui, Babel.

Heat remarqua la confusion de Rook.

Je t'expliquerai plus tard.

— Le conducteur de la dépanneuse dit qu'il a donné à Levy un service de voitures à Peekskill.

Ochoa prit son calepin jaune pour vérifier ses notes.

— Triplex Limo.

Rook fronça les sourcils.

— Il y a un Triplex à Peekskill ?

Miguel gloussa.

— Je lui ai posé la même question. On en trouve à Peekskill, Croton et Haverstraw. J'ai appelé le service de limousines, et ils ont vérifié leurs registres. Le chauffeur l'a emmené aux urgences et l'a attendu, puis il l'a déposé à une adresse à Astoria. J'ai employé les anciennes méthodes, l'annuaire inversé : il s'agit d'un espace commercial loué par Forenetics.

Rook prit son portable.

— On devrait appeler Forenetics et voir ce qu'il en est.

Heat secoua la tête.

— Non, ne leur mettons pas la puce à l'oreille.

— Tu as raison, n'appelons pas Forenetics pour savoir ce qu'il en est, dit Rook en rempochant son portable.

— Vous voulez que j'aille faire un tour là-bas ? demanda Ochoa.

— Je préférerais que vous gardiez le fort, tous les deux, dit Heat. C'est moi qui…

— Prems !

— Je voulais dire : c'est nous qui allons faire un tour dans le Queens.

Rook profita du trajet pour revoir les différents éléments de l'affaire. Il était relativement resté sur les rails, ces derniers temps, et n'avait pas encore sorti de son chapeau de théories abracadabrantes. Nikki considérait que c'était sa manière de méditer devant le tableau et, de ce fait, l'écouta attentivement.

— D'accord, voilà ce que j'en déduis. Dissimuler cet accident de voiture mortel est un mobile parfait pour que Nathan Levy tue Lobbrecht et Lon King. Pour les empêcher de parler. Qu'en penses-tu jusque-là ?

— Jusque-là, pas de problème. Mais laisse-moi te poser une énigme, Batman. Pourquoi s'en est-il pris à Abigail Plunkitt et Wilton Backhouse ?

— D'accord. Tu as raison. Parce que… Peut-être parce que

Fred Lobbrecht leur a parlé de l'accident. Ou parce que Levy s'est confié à ses comparses dissidents et l'a regretté ensuite. C'est une possibilité.

Un embouteillage se formait systématiquement au niveau de Queensboro Plaza, mais, quand l'agent de la circulation vit la voiture de Heat, il arrêta les autres véhicules et la fit passer.

— Ta théorie est plausible, dit Heat en faisant un signe de main à l'agent, mais seulement jusqu'à un certain point. Elle explique uniquement les meurtres de King et Lobbrecht. Ensuite, qui a tué Nathan ? Et pourquoi ? Pourquoi quelqu'un essaie-t-il encore de tuer Wilton ?

— J'admets que ma théorie n'en est qu'à un stade naissant, mais je m'approche du but, tu ne crois pas ?

— J'ai peur que tu sois encore plus loin que moi, répondit-elle, sans cependant se réjouir de ce fait.

L'adresse se trouvait à deux kilomètres environ du Northern Boulevard Bridge, dans un quartier où se mêlaient des maisons de plain-pied, des garages automobiles, une usine de crème glacée, et les nouvelles boîtes de nuit, chaînes de restaurants et franchises Starbucks qui préfiguraient l'embourgeoisement du quartier. Par habitude, Heat se gara à l'écart de l'adresse indiquée – assez près pour retourner à la voiture rapidement, mais assez loin pour ne pas se faire repérer.

La rue était calme à ce moment de la journée. Bientôt, les cafés et pizzerias mettraient en place les tables du déjeuner, mais, à cette heure, en dehors d'un vieil homme en déambulateur, Heat et Rook avaient le trottoir pour eux tout seuls. Il s'agissait d'un entrepôt d'un étage, comme on en trouvait beaucoup dans le Queens. Le volet roulant du garage était couvert de graffitis. Quand Nikki tenta d'ouvrir la porte d'entrée, elle constata qu'elle était verrouillée. Des deux côtés du bâtiment, la clôture de barbelés aurait découragé les voleurs les plus aguerris. Heat plaqua son visage contre les fenêtres, mais les vitres étaient peintes de l'intérieur.

Rook recula d'un pas et mit sa main en visière pour se protéger du soleil.

— Pas de pancarte. Pas de numéro de téléphone.

— Mais des caméras de sécurité en état de marche, dit-elle en indiquant les trois œilletons rouges sur la façade.

— C'est de l'esbroufe ! Comment pourraient-elles fonctionner alors que celles de la police de New York sont en panne ?

— Soyons fous. Demandons un mandat de perquisition.

Ils retournèrent dans la voiture, et Heat appela le bureau du procureur pour réclamer les documents nécessaires. L'assistant qui prit son appel se montra amical, ce qui signifiait que Nikki n'aurait aucun mal à l'obtenir, pas comme le mandat administratif qu'on lui avait refusé pour Lon King. Après avoir raccroché, elle se tourna vers son partenaire :

— Tout est en règle. Mais ça va prendre une heure, le temps d'obtenir la signature du juge et de récupérer les documents.

Ils gardèrent le silence un moment.

— Tu veux aller déjeuner ? demanda-t-elle.

— Et si on commençait par le dessert ?

— Oh oui ! Pourquoi ne pas se donner en spectacle sur la voie publique, en plein jour, juste avant de perquisitionner un entrepôt ?

— Je posais la question, c'est tout.

— Je te répondais, c'est tout.

Au bout de quelques secondes, il marmonna :

— Alors, tu ne veux pas ?

Heat riait quand la balle traversa la vitre de sa portière. Le coup de feu tiré à bout portant assourdit son oreille gauche, et des bris de verre giclèrent sur sa joue et ses épaules.

— Aaah ! gémit Rook.

Heat ne voyait plus rien à cause du sang qui ruisselait sur ses yeux.

DIX-SEPT

— Drone ! cria Heat. À terre ! À terre !

— Je l'ai vu. Ça va ?

— Je suis touchée.

— Moi aussi.

Nikki essuya le sang sur ses yeux et se tourna. Malgré son vertige, elle vit l'épaule droite de Rook se couvrir d'une auréole qui s'élargissait à vue d'œil.

— Exerce une pression dessus !

Il pressa sa paume sur sa plaic.

— Ton front…

— Le drone se déplace !

Heat mit le contact.

— Accroche-toi. Reste à couvert.

Elle écrasa la pédale de l'accélérateur, et la Taurus de la police vrombit dans la rue.

— Tu es gravement blessée ?

Nikki ignora sa question et plissa les yeux à travers le liquide poisseux pour regarder les voitures, les piétons et le drone, qui bourdonnait maintenant quelques mètres devant eux. Rook observa le drone, puis se tourna vers elle.

— Tu as l'intention de le prendre en chasse ?

— Tu connais ces gadgets ? À quelle vitesse volent-ils ?

— Voyons… Amateur d'objets volants ? Vitesse horizontale de neuf mètres par seconde, soit…, disons, environ trente kilomètres-heure.

Elle freina pour jeter un coup d'œil à droite et à gauche du croisement. Son mouvement lui fit mal à la tête et son front la tiraillait. Elle fit rugir le moteur et s'empara de la radio.

— Un-Lincoln-Quarante, demande de renforts immédiats et assistance après coups de feu. Un-L-Quarante et passager blessé. En chasse d'un drone. Je répète : un drone. Attention, objet volant armé et dangereux.

Imperturbable, l'opératrice répondit :

— Bien reçu, Un-Lincoln-Quarante. Quelle est votre position ?

— Astoria. Croisement de la 37e Rue et de la 36e Avenue, direction nord.

— Attention ! s'écria Rook.

Heat fit une embardée et évita de justesse un chariot de nourriture qui sortait d'une allée.

Elle alluma son gyrophare, mais préféra se passer de la sirène, au cas où le drone serait équipé d'une prise de son. Son propriétaire n'avait peut-être pas encore compris qu'elle était assez folle pour le prendre en chasse.

Les feux étaient verts sur la 35e Avenue, mais Nikki ralentit l'allure quand un bus déversa un groupe de collégiens devant le Musée de l'image animée.

— Je surveille les gamins, ne lâche pas le drone.

Après le car scolaire, Heat dépassa un camion garé en double file, puis accéléra.

— Oh ! Il prend de l'altitude, dit Rook. Je parie qu'il va bifurquer vers la gauche.

Il grimaça quand Nikki enfonça l'accélérateur pour pouvoir tourner à gauche avant que le feu ne passe au rouge.

— Désolée.

Elle sentit un goût métallique dans sa bouche. Le sang se coagulait sur ses lèvres, lui soulevant le cœur.

— Tu ne saignes plus ? demanda-t-elle à son compagnon.

— Je ne crois pas, dit-il en relevant sa paume avec précaution. En fait, si.

Le drone avait pris suffisamment de hauteur pour passer au-dessus d'une maison de deux étages avant de redescendre et d'opérer un virage serré vers la 36e Rue.

— Ne prends pas à gauche, la prévint Rook.

— Mais c'est sa direction.

— Tu vas tomber dans une impasse. Les studios Kaufman ont fermé l'accès.

Rook avait raison. La rue était barrée d'une grille bleu nuit.

— Je l'ai vu quand j'ai fait une apparition dans *Alpha House*.

Heat regarda le drone se diriger vers le sud, par-dessus la barrière.

— Au moins, on a tenté le coup, dit Rook.

Mais Nikki ne s'avouait pas vaincue. Elle tourna dans la rue suivante et fit demi-tour.

— Tu sais que tu es sur le point de reprendre une voie à sens unique ?

— Non, tu te trompes. Je vais reprendre le *trottoir* de cette rue.

Par chance, l'édifice abritait un plateau de tournage sur toute la longueur du trottoir, si bien qu'il ne comptait ni portes, ni boutiques, ni piétons. La voie était libre. Pourtant, Heat ralentit, au cas où quelqu'un émergerait de la rangée de camions de production garés. Quand elle atteignit l'extrémité de la rue, tous deux fouillèrent les alentours sur leur gauche.

— Là ! cria Rook juste au moment où le drone disparaissait derrière l'école d'art Frank Sinatra.

Les pneus crissèrent quand elle descendit brutalement du trottoir, leur arrachant à tous deux une grimace de douleur. Puis, elle coupa la route et reprit la 36e Avenue, à la poursuite du minuscule objet volant qui avait disparu derrière l'édifice. Sa vision se brouillait. Nikki s'essuya le front, mais cela ne changeait pas grand-chose.

— Je l'ai perdu. Où est-il ?

— Tu vas bien ?

— Qu'est-ce qu'il fait ?

— Il ralentit. Et il perd de l'altitude.

Nikki cligna plusieurs fois des paupières pour chasser le sang sur ses cils.

— Je le vois ! À deux heures, à côté du parking.

L'objet volant était plus facile à repérer dans le ciel. Maintenant qu'il volait à basse altitude, il se perdait dans le dédale de bâtiments, fenêtres et signalisations.

— Il continue à descendre, dit-il. On dirait qu'il va atterrir.

Un van rempli de personnes âgées apparut dans le virage, et Nikki dut freiner brutalement pour ne pas le percuter. Rook serra les dents pour absorber le choc. Une rangée de têtes grises s'aligna derrière les vitres du van pour les observer. Heat vérifia dans son rétroviseur et contourna le van juste à temps pour voir le drone descendre lentement au niveau de la chaussée et pénétrer dans le coffre ouvert d'un break, où il se posa sans bruit, avec élégance, comme dans un film de science-fiction. Le coffre se referma automatiquement et le break démarra, tourna au coin de la rue et prit la direction de l'ouest.

— Peux-tu lire la plaque, je ne la vois pas ?

— Ce n'est pas ta faute : elle est recouverte d'un film plastique.

Heat reprit sa radio et donna sa position. Ils venaient de passer sous les rails des métros N et Q quand Rook déclara :

— Il a mis son clignotant.

— Bien. Alors, il ne sait pas qu'il est suivi.

Le break tourna à droite, puis emprunta l'allée qui menait à une maison en briques. Il descendit la rampe et pénétra dans le garage souterrain ouvert.

Comme Nikki ne pouvait se garer dans la rue, elle stationna en double file.

— Reste dans la voiture, dit-elle en se ruant hors du véhicule pour courir vers le break.

Ses jambes flageolaient, à cause du traumatisme et de tout le sang perdu. Elle cligna des yeux pour améliorer sa vision et, comme cela ne changeait rien, elle s'essuya avec sa manche. Le tissu était taché de sang, et son front brûlait. Sans se retourner, elle déclara :

— « Reste dans la voiture » ne veut rien dire pour toi ?

— Pas grand-chose, non, répliqua Rook, qui s'était élancé à sa suite. Tu devrais le savoir, maintenant.

— Retourne à l'abri, tu as été touché.

— Toi aussi.

— Simple égratignure.

— Laisse-moi jeter un coup d'œil.

— Ouais, arrêtons-nous cinq minutes, bonne idée, railla-t-elle.

Elle accéléra la cadence, prit son Sig et se glissa dans le garage, du côté conducteur de la voiture.

— Police ! Montrez-moi vos mains ! Tout de suite !

Après quelques secondes, la portière s'entrouvrit.

— Vos mains !

Heat tenait son arme à deux mains. Le pistolet lui sembla si lourd qu'elle dut presser ses coudes contre ses côtes pour stopper ses tremblements.

— Tout de suite !

Les deux mains du conducteur apparurent dans l'entrebâillement de la portière.

— Bien, dit-elle. Maintenant, gardez les mains en l'air et sortez. Lentement.

Un vertige la saisit et son épaule heurta le mur du garage quand elle chercha à recouvrer son équilibre. Elle réussit néanmoins à rester debout, mais regretta l'absence des renforts. Nikki connaissait les indéniables symptômes du choc post-traumatique.

L'homme obtempéra et se glissa par l'interstice entre la voiture et le mur du garage. Quand il se redressa de toute sa hauteur, les mains levées, Timothy Maloney souriait. C'était ce même sourire que pendant son interrogatoire, ainsi que le jour où il l'avait regardée à travers la vitre du restaurant d'un air moqueur.

Étant donné son état, Nikki serait vulnérable si elle le menottait dans cet espace étroit. Aussi recula-t-elle d'un pas pour indiquer l'espace derrière le pare-chocs.

— Venez ici.

L'ex-policier garda les mains en l'air. Il souriait toujours, mais ne bougea pas d'un pouce.

— Non, dit-il aussi plaisamment que si on lui avait proposé du dessert.

Nikki cligna des yeux et lut dans le regard de Maloney les symptômes classiques du trouble de la personnalité paranoïaque : dissociation, comportement passif agressif et – ce qu'elle craignait le plus chez cet homme – tendance à la destruction. Le diagnostic de Lon King résumait très simplement le caractère de Maloney : intelligent et dangereux.

Heat ne recula pas, mais se montra ferme, sans le provoquer, pour éviter d'envenimer la situation.

— Allons, Tim, venez ici. Vous connaissez la procédure.

Après hésitation, Maloney finit par s'avancer vers l'arrière du break, les mains toujours en l'air. Puis, il s'arrêta net, et retrouva son sourire carnassier.

— Ce n'est pas possible, patron.

Derrière Heat se fit entendre le cliquetis menaçant d'un fusil qu'on vient d'armer. Sans cesser de tenir Maloney en joue, elle tourna la tête. Wilton Backhouse se tenait sous la porte du garage, un Mossberg SA-20 pointé sur Rook et elle.

La vue de Wilton ne fut pas une grande surprise pour Nikki. Backhouse n'était pas le premier sur sa liste, mais bien des indices pointaient dans sa direction.

Prendre le dernier dénonciateur sur le fait procura à Nikki un sentiment de satisfaction, comme quand on termine une ligne de Tetris avec un dernier cube. Bien sûr, la situation aurait été idéale si elle l'avait tenu en joue.

— Wilton, dit-elle le plus calmement possible.

Backhouse tira un coup de feu en l'air. L'explosion fut si assourdissante que Heat et Rook sursautèrent. Maloney se jeta à travers une pluie de plâtre et d'échardes, et tenta de lui arracher son pistolet. Nikki maintint fermement son arme et se débattit, mais le professeur réarma son fusil et le pointa sur la poitrine de Rook. Heat se figea. Maloney lui prit son Sig. Et le Beretta calibre .25 dans son holster de cheville.

Backhouse actionna la fermeture automatique du garage. Tandis que le volet s'abaissait, Maloney fit la grimace.

— Sur l'écran de mon iPad, tu avais une occasion en or. Comment as-tu pu manquer cette garce ?

— Je l'avais en plein dans mon viseur quand elle s'est mise à rire et a bougé la tête.

Rook se tourna vers Nikki.

— Tu t'en souviendras la prochaine fois que tu m'accuseras de faire le clown.

Elle baissa les yeux avec gravité.

— La prochaine fois…

Leurs ravisseurs se querellaient toujours.

— Fous-moi la paix ! gronda Backhouse. Satanés flics… Tu t'es fait avoir.

— Comment j'aurais pu deviner qu'ils allaient suivre le drone ?

— Et l'attraper ? ajouta Rook.

— Donc, les renforts vont bientôt arriver, dit Maloney en regardant Heat. Tu les as appelés, hein ? Bien sûr. La procédure.

Il pointa le sol du doigt.

— Bien. Face contre terre, tous les deux.

— Je tiens à vous faire remarquer qu'on m'a déjà tiré dessus aujourd'hui, dit Rook.

La réponse de Maloney fut inattendue. Il donna un coup dans l'épaule blessée de Rook, qui tomba sur un genou. Heat se jeta sur Maloney, qui la repoussa d'une bourrade, puis pointa son 9 mm sur son crâne. Elle l'observa à travers le sang frais qui coulait de nouveau de sa blessure au front.

— Arrête, dit Backhouse. Pas ici.

— Alors, on ferait bien de filer.

— Calme-toi ! aboya le professeur. Donne-moi une seconde pour réfléchir.

Durant une courte pause, le regard de Backhouse erra autour de lui, puis il hocha la tête pour lui-même, comme s'il venait de résoudre une équation difficile.

— C'est peut-être une bonne chose, après tout. Relève-les. On s'en va.

L'ex-policier se servit des menottes de Heat et des siennes pour les immobiliser tous les deux. Puis, il les poussa à l'arrière de la voiture de police. Pendant que Backhouse s'installait à l'avant, Maloney donna un coup de coude dans ce qui restait de la vitre, puis mit le contact et reprit la route qui les avait amenés jusqu'ici. Juste après être passés sous les rails du métro, ils croisèrent deux voitures de police lancées à toute allure. Avec une insolence grandiose, ou mû par sa tendance à la destruction, Maloney fit un signe de main à ses anciens collègues. Nikki étira le cou pour tenter de montrer son visage à travers la lunette arrière. Le conducteur de la voiture de police rendit son geste amical à Maloney. Et pourquoi pas ? De l'extérieur, c'était une simple voiture banalisée conduite par un policier, avec des délinquants à l'arrière. Les prisonniers avaient toujours l'air désespérés. Certains plus que d'autres, songea Nikki.

— Donnez-moi une chance de vous aider, dit-elle. Ce sera beaucoup moins pénible pour vous, surtout si vous arrêtez tout maintenant.

Heat savait que leur situation était critique, et son seul espoir était de faire appel à leur humanité, conformément aux consignes sur la prise d'otage. Malheureusement, l'un des hommes à l'avant connaissait le manuel par cœur.

— « Quand vous engagez la conversation avec le preneur d'otage, parlez calmement et faites votre possible pour établir avec lui un lien, sans cependant l'énerver. » Pas mal, hein ? Vous savez quoi ? Je devrais être flic !

Il rit de sa propre blague.

— Tu peux te contenter de conduire, grogna Backhouse.

Alors qu'ils se dirigeaient vers le sud de Long Island City, Nikki décida de changer de tactique et réfléchit à la relation entre les deux hommes, qui semblait plus pragmatique qu'amicale – comme si Maloney avait été engagé par le professeur comme homme de main, rien de plus. Sa stratégie consistait à créer une interférence entre eux, à effriter leur unité. Ce levier pouvait leur sauver la vie, à tous les deux. Elle voulait également vérifier l'intuition qui la titillait depuis qu'elle avait interrogé Joseph Barsotti.

Rook semblait mener une réflexion similaire.

— Une question, professeur ?

Comme Backhouse ne répondait pas, Rook continua comme si de rien n'était.

— Étant un adepte du jeu des Six Degrés, je me demandais comment un éminent scientifique et un policier s'étaient rencontrés. Et le Kevin Bacon qui me vient à l'esprit est Fred Lobbrecht. Je me trompe ?

Silence.

— Bien sûr, vous connaissiez Fred Lobbrecht professionnellement. Mais comment avez-vous rencontré l'agent Maloney ? Vous n'évoluez pas dans les mêmes cercles sociaux, il me semble. À moins que...

L'expérience de Rook l'avait mené à la même conclusion que Nikki : Wilton Backhouse était le visiteur qui se trouvait dans la salle d'attente du psychologue quand Maloney s'en était pris à King, selon le témoignage de Barsotti. Et c'est là que le professeur avait trouvé son arme létale.

La colère embrasa Nikki. Si elle avait obtenu ce mandat administratif, elle ne serait pas blessée et menottée à l'arrière de sa propre voiture. Elle mit cette pensée de côté et continua à faire parler ses ravisseurs.

— Wilton, je parie que Lobbrecht vous a fait venir pour parler à son psychologue, comme il l'a fait avec Rook, n'est-ce pas ? Tim et vous vous êtes croisés dans la salle d'attente. Vous avez vu là une opportunité de l'utiliser pour parvenir à vos fins.

Backhouse retint sa langue. Maloney, au contraire, écumait de rage.

— Hé ! Personne ne se sert de moi !

Puis, il se calma et ricana.

— Je me fais des amis très facilement. Je suis plutôt séduisant, costaud, et, croyez-moi, les gens m'aiment bien.

— Tim ! dit le professeur en secouant la tête pour l'inciter à se taire.

— Donc, vous vous êtes rencontrés ce jour-là, Wilton. Et vous avez vu en lui le candidat idéal pour régler vos petits problèmes ? Comme Lon King ?

— Lon King était un putain d'égoïste ! aboya l'ex-policier.

Nikki resta concentrée sur Backhouse.

— Parce que Lon King en savait trop, n'est-ce pas, Wilton ?

Maloney soupira.

— J'aurais dû abattre ces deux-là dans la maison.

— Conduis ! dit Backhouse.

— Mais que savait-il ? Qu'a dit Fred Lobbrecht à Lon King qui a signé leur arrêt de mort, à tous les deux ? Et aux autres ? Abigail Plunkitt. Nathan Levy.

Elle vit les deux complices échanger des regards muets.

— J'ai une théorie, dit-elle, mais j'aimerais l'entendre de votre bouche.

— Je n'ai rien à dire.

— Quel revirement pour vous, Backhouse ! s'écria Rook en se penchant le plus possible vers le conducteur. Moi qui pensais que vous étiez le roi du bal. Le leader des dénonciateurs. Le prochain Assange ou Snowden. Comme vous vous décriviez vous-même.

— Je n'ai jamais dit ça.

— Vous voulez que je reprenne mes notes ? J'habite à Tribeca. Je vous indique le chemin, si vous voulez.

— Il a raison, renchérit Nikki. Vous adorez les mises en scène. Comme la fausse attaque de drone de Washington Square.

Rook renchérit aussitôt.

— Une mise en scène destinée à vous faire passer pour une victime comme les autres et éloigner les soupçons de vous. Même chose pour l'attaque à votre bureau. De la poudre aux yeux.

— Hé ! Vous avez tout avalé ! ricana le professeur.

Nikki haussa les épaules.

— Au début.

— Conneries.

— Détrompez-vous. Vous savez ce qui m'a mis la puce à l'oreille ? dit Nikki. Le drone ne s'attaquait qu'à vous alors que Rook constituait lui aussi une cible de choix. Voyons, si cette attaque était censée me faire croire qu'il s'agissait d'une machination pour étouffer l'article – et son auteur –, Rook ne faisait-il pas partie des hommes à abattre ?

Rook fronça les sourcils.

— Tu ne m'en avais pas parlé.

— Nous avions d'autres problèmes à régler.

Une voix s'éleva de la radio pour demander à Un-Lincoln-Quarante de répondre. L'un des complices éteignit la radio.

— Cela ne vous aidera pas, dit Heat. Maloney, vous savez ce qui se passe quand on s'en prend à un policier. Pourquoi courir à votre perte ?

— Ce ne sera pas un problème, croyez-moi, dit-il avec une note d'incertitude dans la voix.

Les derniers rais argentés du soleil disparurent derrière les collines du New Jersey alors qu'ils s'engageaient sur le Verrazano-Narrows Bridge. Le malaise au creux de l'estomac de Heat s'accentua.

— Nous allons à Staten Island, murmura Rook, comme s'il lisait dans ses pensées.

— J'ai mis mon appartement en location pour venir vivre avec toi, dit brusquement Nikki.

Il intégra calmement l'information avant de répondre :

— C'est une excellente idée.

S'il n'avait été menotté, elle aurait aimé qu'il lui prenne la main.

— Tout est réglé ? demanda Backhouse par la vitre.

Ils ne distinguaient pas Maloney dans le noir, mais entendirent le bruit de ses chaussures sur le gravier tandis qu'il revenait vers la voiture. L'ex-policier jeta un regard condescendant au professeur et ferma sa portière. L'habitacle fut de nouveau plongé dans le noir.

— Il m'a fallu un peu de temps pour trouver le serveur qui commande les caméras de sécurité. Mais, maintenant, c'est bon.

Backhouse mit le contact et fit crisser les pneus. Nikki se contorsionna pour regarder par la lunette arrière, espérant voir une voiture. Une voiture de police, par exemple.

Mais elle ne vit que la nuit noire.

Bien sûr, en tant que consultant pour Forenetics, Wilton Backhouse connaissait le code de sécurité des portes d'entrée, mais, comme le mot de passe était personnalisé, au lieu de composer le sien et de laisser une trace de son passage, il enjamba l'agent de la sécurité inconscient sur le sol et désactiva le système depuis son poste.

Ils pénétrèrent dans le parking désert, éclairé par le faible halo orangé des réverbères. Dans la brume qui nappait les marécages alentour, l'énorme hangar se dressait devant eux tel un manoir sur une lande ténébreuse. Maloney gara la Taurus entre le mur du hangar et l'un des semi-remorques qui servaient à transporter les voitures accidentées hors du complexe, à l'abri des regards.

Backhouse sortit le premier du véhicule et courut jusqu'à la porte, qu'il ouvrit de sa main gantée, et disparut à l'intérieur. Maloney fit sortir Rook, puis Heat. Comme tous deux avaient les mains liées dans le dos, l'homme de main ne parut pas s'inquiéter d'avoir à les maîtriser. Heat voulut tirer avantage de la séparation des deux complices pour tenter de déstabiliser psychologiquement Maloney.

— Backhouse va vous poignarder dans le dos, vous le savez, Tim.

— À l'intérieur, dépêchez-vous.

Heat s'exécuta, mais progressa lentement pour avoir le temps d'attaquer Maloney sur son front le plus vulnérable : sa paranoïa clinique.

— Qu'allez-vous faire avec Backhouse ? Il ne vous respecte pas. J'ai vu la manière dont il vous parlait.

Rook comprit aussitôt la manœuvre et renchérit :

— Oui, je l'ai remarqué aussi. À vous aboyer des ordres sans arrêt. Vous dire d'attendre. De vous dépêcher. De conduire et de la fermer. À vous demander ce qui vous a pris tant de temps, comme si vous étiez son larbin.

— Je ne suis pas son larbin.

— Il vous prend pour son serviteur.

— C'est certain. Et vous croyez qu'il va accepter sa chute ? dit Rook. Et, croyez-moi, la chute sera terrible.

Comme ils se rapprochaient de la porte, Nikki s'arrêta net.

— Vous aurez de la chance si vous êtes encore en vie pour y

assister. Vous êtes un policier comme moi, Tim. Servez-vous de votre expérience. Regardez le mode opératoire de cet homme. Il tue ses partenaires.

— Elle a raison. Il est évident qu'il réfléchit déjà à la manière de se débarrasser de vous.

— Réagissez avant qu'il ne soit trop tard !

Nikki s'immobilisa et fit face à Maloney.

— Vous avez ma parole que je vous obtiendrai le meilleur marché possible.

— Et vous resterez en vie, ajouta Rook.

— Un problème, ici ?

Ils se tournèrent. Wilton Backhouse tenait la porte ouverte.

— Tu as du mal à t'en tirer, mon vieux ?

Nikki sentit un léger tressaillement chez Maloney. Peut-être une simple hésitation.

— Non, je m'en occupe, grogna Maloney en les poussant à l'intérieur.

Rook pénétra dans un immense espace dédié aux essais automobiles et s'arrêta net. Maloney poussa Rook, mais eut la sagesse de respecter l'aptitude au combat de Heat et lui empoigna le bras. Cependant, quand Rook fit un pas et que Nikki eut une vue dégagée de l'entrepôt, toute l'énergie qu'elle avait réussi à conserver après les violentes épreuves de la journée l'abandonna. Tout au fond du hangar, une flaque de lumière illuminait une voiture chargée sur une catapulte.

Les deux portières avant étaient ouvertes, dans l'attente de ses passagers.

DIX-HUIT

Sans mot dire, Heat et Rook tournèrent lentement la tête pour parcourir des yeux l'immense espace, de la longueur d'un terrain de foot, jusqu'au point d'impact : un monstrueux bloc de béton armé qui se dressait, impassible, tel le rocher de Gibraltar. Le mur de l'ancien hangar pour avions avait été repeint depuis leur dernière visite, une semaine plus tôt. Mais, pour quiconque était venu sur les lieux, rien ne pouvait effacer la vision du sang et des tissus éclaboussés de Fred Lobbrecht. C'était encore pire pour le couple destiné à subir le même sort.

Fidèle à lui-même, Rook fit son possible pour alléger le fardeau de Nikki.

— Prems ! dit-il gaiement.

Nikki refoula son émotion, s'exhortant à garder la tête froide. La faiblesse était synonyme de mort. Qu'elle reste concentrée leur donnait une chance.

— Sérieusement ? dit-elle d'un air indigné. Vous plaisantez, j'imagine ? Comment pouvez-vous croire que c'est une bonne idée ?

— Je ne suis pas vraiment sûr de mon coup, dit Backhouse. Vous m'avez pris par surprise. J'ai été obligé d'improviser. Je veux dire, on n'est pas dans un film où les méchants disent : « Nous vous attendions, monsieur Bond… »

— C'est le moins qu'on puisse dire, dit Rook.

— La ferme ! cria le professeur.

Maloney donna un coup de coude dans la blessure du journaliste. Heat lutta contre son instinct de venir à son secours.

Mais, menottée et désarmée comme elle l'était, une action désespérée serait vaine. Rook lui fit signe qu'il allait bien, même si ses lèvres étaient blanches, à force de serrer les mâchoires pour encaisser la douleur.

Backhouse n'était pas le seul à chercher une solution. La bravade de Nikki ne faisait qu'agacer ses ravisseurs alors qu'elle devait les faire parler.

Elle qui avait déjà mené des négociations de prises d'otages savait que, plus ce petit jeu durait, plus ils avaient de chances de survivre. Donc, elle changea de tactique et décida de gagner du temps en adoptant un ton plus amical.

— Attendez, prenons le temps de réfléchir à la situation, d'accord ? Wilton, je crois que nous avons tous l'impression d'être dans une terrible impasse, non ? Vous nous avez dit vous-même que vous cherchiez une échappatoire. Nous savons tous que vous êtes un homme intelligent, mais, vous l'avouerez, vos récentes actions vous ferment une à une les portes de sortie. Regardez autour de vous en ce moment. Vous êtes content de vous ?

Elle se félicita de voir le professeur examiner les lieux. Il observa ses deux prisonniers, blessés et ligotés, puis son complice d'humeur volatile, un problème qu'il réglerait plus tard. Puis, il baissa les yeux sur le Mossberg entre ses mains gantées. Comme il la regardait de nouveau, elle insista :

— Allons, trouvons un moyen de régler tout ceci. Laissez-moi vous aider.

Nikki vit dans ses yeux cette lueur de désespoir qu'elle avait remarquée chez tant de criminels pris sur le fait. Ils étaient loin de la solution, mais c'était un premier pas.

Or le professeur se ravisa.

— Tout n'est pas parfaitement planifié, c'est certain, mais je crois qu'on s'en sort plutôt bien.

— Et comment ! railla Maloney.

Nikki étouffa un juron.

— Nous allons bien voir..., dit Backhouse en écartant les bras pour embrasser l'immense espace. Je suis venu ici pour deux raisons. La première est la panique, je le reconnais. Je ne pouvais pas avoir des restes de corps dans ma maison du Queens. Mais ici…

Il observa de nouveau les alentours, cette fois en concentrant son attention sur la voiture et le mécanisme de lancement.

— Je pourrais bien faire d'une pierre deux coups.

— Je ne vois pas de quoi vous parlez, dit Heat.

— Ce n'est pas votre problème. Mais, si vous voulez tout savoir…, dit-il en remuant les doigts de ses gants bleus. Je ne suis jamais venu ici ce soir. Je vais mettre votre accident sur le dos de Tangier Swift.

— Comment ? demanda Rook avant de se contracter, dans l'attente d'un nouveau coup qui ne vint pas.

— Je n'en suis pas encore sûr. D'abord, ce drone que j'ai chez moi va se retrouver caché sur le yacht de Swift. Ou peut-être dans sa voiture.

Le visage de Maloney s'illumina.

— Je peux m'en charger !

Nikki tenta de masquer son mépris pour l'ex-policier, sans doute capable de donner une conférence sur la manière de contaminer une scène de crime avec de fausses preuves.

— C'est une bonne idée, dit le professeur, plus pour lui-même que pour eux. Et si cela ne suffit pas à faire tomber Swift, je m'en chargerai.

Il haussa les épaules.

— On trouve toujours des solutions. C'est le pouvoir de l'instinct.

Backhouse les laissa sous la surveillance de Maloney pendant qu'il se rendait dans la cabine de contrôle. À ses gestes sûrs, Heat sut qu'il avait déjà observé ou supervisé des lancements.

Assurément, au moins un : celui dc Fred Lobbrecht quelques jours plus tôt. Backhouse quitta la pièce et s'agenouilla derrière la voiture, devant un panneau de brassage d'où partait une armée de câbles qui disparaissait par une trappe dans le sol, pour accéder au système hydraulique de propulsion du sous-sol. Après avoir effectué plusieurs branchements et appuyé sur quatre boutons successifs, l'ingénieur se releva.

Il parla d'une voix sûre, qui résonna sur l'immensité grise du hangar.

— Tout est paré.

Le canon d'un pistolet – son 9 mm ou le Smith & Wesson calibre .40 qu'elle avait vu à l'épaule de Timothy Maloney –, lui labourait le dos.

— Vous avez entendu ? Finissons-en.

À côté d'elle, Rook trébucha sous le nouveau coup dont il écopa en guise d'encouragement.

Les vingt mètres qui les séparaient de la voiture rutilante sous les néons industriels semblaient un chemin de croix où le temps s'était figé. Même l'écho de leurs pas dans l'espace caverneux paraissait étouffé, et Nikki n'entendait plus que la pulsation sourde de son sang à ses tempes.

Elle refusait de laisser sa peur annihiler son raisonnement. Chaque seconde entre maintenant et le lancement nécessitait toute sa concentration, car c'étaient autant de chances de survie. S'inquiéter pour Rook, se demander si ce serait douloureux ou visualiser la cervelle de Lobbrecht éclatée ne faisaient que l'éloigner de son but. Heat s'exhorta à devenir un animal. Se battre et survivre.

— Entrez là-dedans, gronda Maloney.

Comme Nikki, décidée à résister, se raidissait, Maloney lui fit une méchante béquille, qui la fit chuter lourdement sur le sol, le souffle coupé. Il la tira par les menottes et la traîna sur le siège passager en lançant une bordée de jurons.

Puis, il claqua la portière avec un bruit métallique qui résonna dans les hautes poutrelles. Nikki se massa les poignets à l'endroit où les menottes lui cisaillaient la peau. Ce geste lui donna une idée. Ses chances étaient minces, mais le jeu en valait la chandelle. Comme sa portière n'avait plus de vitre, elle s'adressa à son ravisseur :

— Vous êtes vraiment un imbécile. Pas étonnant que vous soyez fichu.

— Hé ! C'est pas moi qui vais ressembler à une mouche prise dans un essuie-glace.

Heat s'accrocha à sa tactique de la dernière chance. Elle lécha une goutte de sang séché sur sa lèvre et répondit :

— Je vous l'ai dit pourtant : il vous a piégé, Tim. Et vous, un agent de grade 3, vous ne voyez donc pas ce qui se passe ?

— Tim, laisse tomber, dit Backhouse. Fais-les monter et finissons-en.

Toute personne atteinte de troubles paranoïaques vit dans l'angoisse d'être manipulée. Nikki voulait exploiter cette faille.

— Ouais, laissez tomber, Tim.

Son soudain revirement le troubla.

— Quoi ?

— Oubliez ça, dit-elle en lui faisant un clin d'œil. Vous le saurez bientôt.

Heat était entrée dans la tête de l'ex-policier. Maloney regarda Backhouse, puis revint à elle.

— Vous voulez que je vous fasse un dessin ?

Backhouse se racla la gorge.

— Tim, allons-y !

Nikki pencha la tête vers ses mains menottées dans son dos.

— Portiez-vous des gants quand vous nous avez menottés ? Non. Donc, quand les experts de la police vont ratisser cet endroit, quelles empreintes vont-ils trouver ? Et quel ADN ? Les vôtres. Quand je vous disais qu'il vous avait piégé !

— Elle a raison, dit Rook. Vous ne croyez pas qu'ils seront prêts à tout pour le meurtre d'un capitaine de police ?

— On ira les rechercher après, dit Backhouse. Allez !

Nikki sentit une ouverture et se jeta dans la brèche :

— Quelle charmante idée ! Et si vous ne les retrouvez pas ?

— Ou ne retrouvez que des morceaux ? ajouta Rook pour faire bonne mesure. Il en restera forcément des éclats, et vous serez fichu.

Maloney se tourna vers le professeur.

— Je récupère les menottes.

— Tu es fou ? On devrait déjà avoir filé d'ici !

— Vous voyez, Tim ? Ce ne sont pas *ses* empreintes.

— Je ne te demande pas la permission. Je t'informe, dit

Maloney en tendant le Sig Sauer de Nikki à Backhouse. Tiens, garde-les en joue.

Il pêcha les clés des menottes et ouvrit la portière de Heat. Elle n'attendit pas ses instructions et lui présenta ses mains. Maloney enleva la première, puis la deuxième, et les récupéra. Il recula et claqua de nouveau la portière.

— Détends-toi, Wilton. J'ai la situation sous contrôle.

Il tira Rook vers l'autre côté de la voiture. Comme le journaliste résistait, Maloney lui tordit son bras blessé et le poussa sur le siège. Rook lui présenta ses mains à son tour, mais son tortionnaire, maladroit, fit tomber ses clés. Quand il se pencha pour les ramasser, Rook murmura à sa partenaire :

— Excellente tactique. Quel est ton plan ?

— Avoir les mains libres.

— Ensuite ?

Elle haussa les épaules. Le regard de Rook examinait fébrilement les alentours.

— Attends, souffla-t-il.

La voiture s'inclina d'un côté quand Maloney posa un genou sur le siège passager.

— Tiens-toi tranquille, grogna-t-il.

La main droite de Rook se retrouva libre, mais, au lieu d'attendre que la gauche subisse le même sort, il écarta le bras vers l'intérieur de la voiture, hors de portée de son assaillant.

— Connard ! Donne-moi ta main !

Maloney s'étira en travers de Rook pour lui agripper le poignet. Heat en profita pour se jeter sur lui. D'une main, elle lui tordit le pouce et, de l'autre, tenta de lui arracher son holster d'épaule. Mais l'arme était coincée sous son bras gauche, lequel était piégé entre la poitrine de Rook et Maloney. Nikki tira de toutes ses forces sur son pouce. Maloney hurla de douleur, mais son gant en caoutchouc ne cessait de glisser, et elle ne luttait pas à forces égales.

— Prends-lui son arme, Rook ! Le holster !

— J'essaie !

Avec son bras compressé sous le corps de Maloney, Rook tenta de le repousser pour pouvoir atteindre le Smith & Wesson.

La balle logée dans son épaule droite l'affaiblissait, hélas, et, quand enfin il réussit à ménager une ouverture, l'ex-policier se pressa contre lui pour l'empêcher de saisir son arme.

— Tire sur elle ! cria Maloney. Tire !

Backhouse s'exécuta. Mais il était si fébrile qu'il rata sa cible. Nikki entendit le souffle de la balle qui vint se loger dans le tableau de bord devant Rook.

— Rapproche-toi, imbécile !

Nikki vit un mouvement sur sa droite, quand Backhouse s'approcha de sa portière pour se placer à bout portant. Elle lâcha le pouce de Maloney, déverrouilla la portière et la projeta de toutes ses forces dans le professeur. Le Sig tomba des mains de Backhouse et heurta le sol avec fracas. Backhouse atterrit lui aussi par terre. Nikki vit son assaillant chercher des yeux l'arme et se précipita dessus. Mais Maloney la saisit par-derrière et la retint en lui passant le bras autour de la gorge.

Pendant que Nikki tentait de desserrer l'étau qui l'étranglait, Backhouse se remit péniblement debout. Satisfait de les voir tous les trois à l'intérieur de la voiture, il enjamba son fusil et se rua vers le poste de contrôle.

Une alarme retentit trois fois, et la rampe de lancement s'illumina. Le professeur avait enclenché la procédure de mise à feu.

Impuissante à se dégager de l'étreinte de Maloney, Heat hoqueta :

— Rook, sors de là ! Sors de là tout de suite !

— Je ne peux pas, il m'écrase.

Rook se mit à tambouriner le dos de son ravisseur, mais, avec son bras blessé, c'était comme s'il frappait un sac de ciment.

La voix préenregistrée d'une femme résonna dans le hangar : « Attention. Restez derrière les lignes jaunes. Attention. Début de la séquence de lancement. »

Une autre alarme retentit, puis la voix reprit : « Lancement dans trente secondes. »

Heat se démenait dans tous les sens, donnait des coups de pied sans pour autant parvenir à briser l'étau du bras de son adversaire.

— Maloney, s'étrangla-t-elle, il faut… sortir… d'ici.

Pour toute réponse, l'ex-policier l'entraîna encore plus à l'intérieur de la voiture. « Lancement dans vingt secondes », dit la voix monocorde.

Le mouvement de Maloney permit à Rook de bouger légèrement. Malgré la douleur qui lui vrillait l'épaule, il réussit à enfouir sa main dans la poche de sa veste et tâtonna à l'intérieur.

« Lancement dans quinze secondes. »

— Rook ! Sors de là ! S'il te plaît !

« Lancement dans dix secondes. »

La main de Rook jaillit de sa poche, son Montblanc Hemingway au poing – décapuchonné –, le bec neuf fièrement dressé. Il plongea la pointe aiguisée dans l'oreille de Maloney, qui hurla de douleur et se recroquevilla instinctivement. Il relâcha aussitôt Heat pour porter la main à son oreille ensanglantée et arracher le stylo fiché dedans.

« Lancement dans cinq secondes. »

À peine libérée, Nikki roula du côté du siège conducteur pendant que Rook opérait le même mouvement de son côté. À l'intérieur de la voiture, Maloney, l'oreille en sang, la fixa de l'air incrédule des condamnés. Sans la moindre hésitation, elle lui tendit les deux mains. Il les saisit et elle le tira de toutes ses forces pour le dégager.

« Lancement. »

Un vrombissement aigu emplit l'espace, puis la catapulte s'enclencha avec un sifflement hydraulique.

La voiture jaillit de la rampe de lancement et atteignit instantanément les cent vingt kilomètres-heure avec Maloney piégé dans la boîte métallique. Le regard pathétique du malheureux, au moment où ses gants bleus étaient restés dans les mains de Nikki, hanterait ses cauchemars pour le restant de ses jours.

Elle s'épargna la peine de regarder l'impact. Les cris du condamné, puis le fracas de la collision lui suffirent.

Toujours assis par terre, Rook se releva douloureusement.

— Tu n'auras pas trop de celui-là, lui dit-il en lui donnant le Smith & Wesson qu'il avait fini par arracher aux mains de Maloney pendant la bagarre.

Nikki courut au poste de contrôle et s'arrêta derrière le mur de la cabine pour appeler Backhouse. Puis, elle vit que le Mossberg avait disparu. Le claquement d'une porte résonna à l'autre bout du hangar.

Elle cria à Rook d'appeler le 911, ramassa son Sig Sauer et piqua un sprint jusqu'à la sortie. Mais, au lieu de sortir, elle donna un coup dans la porte. Une rafale cribla l'acier de balles, là où elle aurait dû se tenir. Elle fit une roulade pour franchir le seuil et se releva en position accroupie, prête à tirer. Mais elle n'entendit que des pas précipités sur l'asphalte.

La sortie que Backhouse avait empruntée était à l'autre bout de la porte par laquelle ils étaient entrés. Aussi Nikki fit-elle tout le tour du bâtiment au pas de course pour regagner l'entrée. Derrière le semi-remorque qui camouflait la voiture de police, elle entendit le claquement d'une portière, puis vit des phares s'allumer.

Même avec une poussée d'adrénaline, Nikki connaissait ses limites. Après tout le sang qu'elle avait perdu et sa lutte désespérée avec Maloney, ses jambes ne la portaient plus. Nikki calcula la distance jusqu'à sa Taurus et opta pour une autre tactique. Pendant que la voiture reculait pour sortir de sa cachette entre le camion et le mur, elle coupa par le parking, espérant la devancer.

Si Maloney avait la trempe du policier qu'il prétendait être, il se serait garé de manière à pouvoir repartir en trombe. Mais il n'en était rien. Contraint de faire marche arrière dans l'étroit passage, Backhouse perdit un temps précieux, dont Nikki profita pour courir avec l'énergie du désespoir vers la maison du gardien.

Quand le professeur s'extirpa enfin du passage étriqué, il s'engouffra dans l'allée en faisant crisser les pneus de la Taurus. Puis, pied au plancher, il fonça vers le portail. Le rugissement de la V8 déchira la brume nocturne comme le cri d'une bête dans un film gothique.

Le souffle court, les jambes tétanisées, Heat puisa dans ses dernières forces, chassant l'idée du manque d'oxygène. Il n'était pas question de perdre de la vitesse en se retournant, mais elle vit, à la lumière des phares, qu'il gagnait du terrain. Nikki ne sentait plus ses poumons, ses muscles, elle ne sentait plus rien. Elle voulait n'être qu'une machine.

Quand enfin elle atteignit la maison du gardien, elle courait si vite qu'elle faillit la percuter. La voiture n'était qu'à cinquante mètres d'elle et se rapprochait à toute allure. Heat inspira une grande goulée d'air et se jeta dans l'allée, son Sig Sauer dans une main, le Smith & Wesson dans l'autre.

La silhouette du professeur se découpait dans le halo orangé du parking derrière lui. Backhouse prit son fusil, mais la longueur du canon l'empêcha de la mettre en joue. Il lâcha le Mossberg et mit ses pleins phares.

Heat le mit en joue, visa la cible et tira avec ses deux pistolets à la fois. Une volée de balles fit éclater les deux pneus avant. La suspension de la Taurus l'empêcha de perdre le contrôle, mais le conducteur dut se battre avec le volant. Nikki se jeta sur le côté quand il fit une embardée à sa hauteur. Elle tira une nouvelle salve, cette fois dans les pneus arrière, mettant fin à la tentative de fuite du professeur.

Nikki se précipita vers sa portière, les deux armes pointées sur lui avant qu'il ait l'idée de reprendre son Mossberg.

— Coupez le moteur ! Mains sur le volant ! Exécution !

Backhouse obéit, puis leva les yeux sur elle, l'air vaincu.

Elle le fit sortir du véhicule et le jeta face contre terre sur la chaussée. Puis, elle pressa son Sig à la base de son crâne et déclara :

— Qui est l'imbécile maintenant ?

Ce soir-là, quand Rook se réveilla de l'anesthésie après son opération à l'hôpital Bellevue, il vit le visage de Nikki penché sur lui. Elle lui pressa la main. Il sourit et lui dit :

— Diamondback.

— Hé ! C'est moi. Tu es à Bellevue.

— Diamondback.

Le regard de Heat se tourna vers l'infirmière qui prenait sa température.

— Vous seriez surprise de ce qu'ils sont capables de dire lorsqu'ils sont dans les vapes.

— Je vous entends, mademoiselle, et je ne suis pas dans les vapes.

Il pressa la main de Nikki en retour.

— Je rêvais de notre lune de miel. Nous étions dans le ranch dont j'ai entendu parler, à Diamondback, en Arizona. Nikki, ce serait tellement amusant.

— Continue à rêver. Tu veux m'emmener en lune de miel dans un endroit qui porte le nom d'un crotale ?

— Ce n'est pas très vendeur, sans doute. Mais c'est peut-être comme l'Islande. Une charmante île nordique nommée ainsi pour décourager les Vikings de venir piller leurs terres.

— Et le voilà de retour.

— Tout s'est bien passé, monsieur Rook.

L'infirmière Seton termina de prendre sa température et annota son dossier.

— Vous avez eu de la chance. Aucune artère n'a été touchée. Pas de fractures ni de lésions nerveuses. Le médecin a extrait une balle de calibre .22 qui, par bonheur, est restée en surface.

— C'est parce que, avant de me frapper, elle a été déviée par une surface dure.

Il regarda Nikki et désigna la gaze sur son sourcil.

— Dis-moi, qu'est-ce que tu as là ?

Elle gloussa.

— Ah oui ! Chacun ses cicatrices. Oh ! Au fait, bien joué avec le Montblanc.

— Hemingway aurait été fier de moi.

Quand l'infirmière s'en alla, Heat lui expliqua qu'elle avait prévu d'interroger Backhouse à la première heure le lendemain.

— Avec cette tête ? Tu devrais porter un foulard ou un voile.

— Je vais voir si j'ai un vêtement de la couleur de la Betadine. En attendant, repose-toi. Je viendrai te faire mon rapport.

— Ah non ! dit-il en se redressant péniblement. Tu crois que je vais rester alité et manquer l'histoire qui me vaudra mon prochain Pulitzer ?

— À quoi pensais-je ? C'est la balle. Elle a dû toucher le cerveau.

À 8 heures le lendemain, Wilton Backhouse était l'invité d'honneur de la salle d'interrogatoire n° 1. Son avocat, un ami de la famille plus expérimenté en droit des brevets qu'en droit criminel, était assis à ses côtés.

Étant donné les nombreux meurtres et autres chefs d'accusation auxquels son client devrait répondre, maître Watts allait devoir rapidement prendre du galon. Pour le moment, Nikki était enchantée que Backhouse ait emmené un amateur.

— Mon client invoque son droit à l'auto-incrimination. De ce fait, nous n'avons rien à dire aujourd'hui, dit Ethan Watts.

— Merci, maître. Cela dit...

Nikki lui montra du doigt le bras en écharpe de Rook à côté d'elle, puis son propre pansement au front.

— ... comme vous pouvez le voir, nous n'avons pas ménagé nos efforts pour faire venir votre client ici aujourd'hui, et nous avons bien l'intention d'avoir une petite conversation avec lui.

Elle se tourna ensuite vers le client, qui avait troqué sa tenue professeur décontracté contre celle de détenu. Après un long silence, Heat commença son discours, calmement et méthodiquement.

— Lon King. Fred Lobbrecht. Abigail Plunkitt. Nathan Levy. Et, maintenant, Timothy Maloney.

Nikki laissa ces noms faire leur effet. Backhouse se tortilla sur son siège. Il n'osait croiser son regard.

— Nous savons que c'est vous. Mais ce que nous aimerions savoir...

— Mon client ne reconnaît aucune responsabilité dans le décès de ces infortunées victimes.

— Trêve de plaisanteries, maître, dit Heat. Les *infortunées* victimes succombent au colibacille caché dans les épinards. Nous parlons de meurtres. Meurtres multiples. Et, pour tout vous dire, je n'ai pas besoin de vos aveux. Nous avons suffisamment de preuves concrètes pour monter le dossier auprès du procureur.

— Sans parler de notre propre expérience d'infortunées victimes, ajouta Rook.

— Donc, pour revenir à notre conversation, dit Heat, je

voudrais entendre le pourquoi de la bouche de votre client. Pourquoi avait-il besoin de tuer ces gens ?

Elle patienta, consciente que ce silence n'était qu'une posture. Nikki savait qu'elle avait affaire à un mégalomane, probablement narcissique. Le poster de Julian Assange en disait long sur ses fantasmes et son ego. Elle allait tout lui balancer à la figure et verrait bien si ce besoin désespéré de reconnaissance lui donnait ce qu'elle espérait.

— J'ai une théorie, vous savez. Vous voulez l'entendre ? Pourquoi pas ? Et vous direz si je me trompe.

Maintenant que la curiosité de ses interlocuteurs était bien attisée, elle reprit :

— Les gens tuent pour différentes raisons. Un élan passionnel – généralement en une seule fois. Même schéma avec le cambriolage, le vol…, la délinquance. Avec la revanche, il peut s'agir de plusieurs assassinats. Cette affaire ne sent pas la revanche. Mais… Si l'on écarte les tueurs en série et meurtriers de masse, je dirais que nous avons…

Elle se tut. Tous s'inclinèrent vers elle – signe que, comme elle l'espérait, ils avaient mordu à l'hameçon.

— Laissez-moi vous montrer quelque chose. Voilà, selon moi, la raison de ces assassinats…

Elle prit le sac de papier brun estampillé NYPD par terre à côté d'elle et le posa sur la table.

— Savez-vous ce qu'il y a à l'intérieur ? Je parie que oui. D'abord, parlons d'une autre histoire. Depuis un an, vous recherchez avec votre équipe la cause d'un pic de mortalité inexplicable dans les accidents de la circulation. Vos experts et vous avez conclu que ces décès étaient dus à une faille dans le logiciel qui contrôle la stabilité des véhicules. Mais vous vous êtes heurté à un mur quand Tangier Swift et son bataillon d'avocats se sont élevés contre vous et ont réussi à vous museler. Votre groupe dissident était si outré que vous avez organisé une réunion secrète à Rhinebeck, dans le nord de l'État de New York, où vous avez tous juré de faire éclater l'affaire au grand jour. Jusque-là, vous êtes d'accord ?

Backhouse fixait le sac brun du regard en silence.

— Donc, je continue. Vous m'avez dit que vous aviez beaucoup bu au cours de ce sommet. Et, le dernier soir de votre petit colloque, tard dans la nuit, s'est produite une collision fatale sur une route de campagne entre Rhinebeck et New York. Nous avons appris depuis que la voiture en question appartenait à un membre de votre équipe, Nathan Levy. Et qu'un autre employé de Forenetics, Fred Lobbrecht, avait étouffé l'affaire. Levy s'est rendu aux urgences de Cortlandt pour soigner une blessure à la jambe. Nous avons ses radios.

Wilton Backhouse restait impassible, mais le récit déstabilisait son avocat, qui prenait des notes.

— Aucun rapport avec la querelle que vous avez essayé de me vendre, Wilton.

Nikki poussa légèrement le sac contenant la preuve vers lui, pour le déstabiliser.

— Revenons à ce paquet. Le pourquoi – le fameux pourquoi de tous ces meurtres – est juste sous vos yeux.

Heat se leva et plongea la main dans le sac. Elle en retira un rectangle noir, de la taille d'un petit clavier d'ordinateur, scellé dans une enveloppe en plastique transparent. Elle le posa sur la table et vit Backhouse tressaillir.

— En tant qu'expert scientifique vous-même, Wilton, vous apprécierez ceci.

L'avocat jeta un coup d'œil inquiet à son client, puis tous deux observèrent le sac en plastique.

— Et je vois que vous appréciez déjà.

Heat poussa encore un peu plus le sac vers Backhouse. Le suspect détourna le regard comme un chien devant l'étron qu'il vient de laisser sur le tapis.

— Nous savons que Nathan Levy a fait réparer sa BMW. Ses pneus avaient éclaté et ses jantes étaient tordues. Nous savons aussi que la porte de la boîte à gants était endommagée.

Nikki prit le sac en plastique.

— Ceci est la porte abîmée. Au début, cela me chiffonnait de ne pas l'avoir retrouvée. Le garage ne l'avait pas. Nos experts ne l'ont pas localisée chez Levy. Ni dans son bureau. Savez-vous où nous l'avons finalement retrouvée ?

Heat la reposa sous le nez de Backhouse.

— Bien sûr que vous le savez. Parce que nos enquêteurs l'ont trouvée la nuit dernière dans votre appartement.

Le bruit des chaînes rompit le silence quand Backhouse s'agita sur son siège. La voix de son avocat s'éleva dans un croassement.

— Cela ne prouve rien.

— En effet, approuva Heat. Mais il se trouve que votre client, après avoir fait fuir Levy, sans doute en lui apprenant la mort d'Abigail Plunkitt, a volé la porte de la boîte à gants. Et pourquoi ?

Nikki se tourna vers Backhouse. Allez-vous le dire ou bien dois-je le faire ?... D'accord, je vais le faire.

Elle pointa le doigt sur le panneau noir sous plastique.

— Les dommages que vous voyez ici correspondent exactement aux blessures de Nathan Levy à la jambe.

Elle prit l'une des radios du dossier et la glissa sur la table.

— Ceci prouve que Nathan Levy était un passager dans cette voiture ce soir-là. Vous avez menti, Wilton. Il n'y a jamais eu de bagarre entre Fred Lobbrecht et lui. Pendant la collision, la jambe de Nathan a violemment heurté la boîte à gants. Abigail Plunkitt se trouvait sur la banquette arrière. Comment je le sais ? Parce qu'elle aussi devait mourir. Parce que tous deux connaissaient votre immonde petit secret, Wilton. Vous étiez ivre. Et vous étiez au volant. C'est vous qui avez tué cette femme au milieu de la nuit sur le Cold Spring Turnpike.

Nikki le laissa mariner encore un moment avant de reprendre :

— La question est : pourquoi les tuer ? Quand nous avons étudié vos comptes ce matin grâce au mandat du tribunal, nous avons constaté que vous aviez déjà acheté leur silence, n'est-ce pas ?

L'avocat posa la main sur le bras de son client pour lui ordonner de ne pas répondre.

— Je parie que votre premier pot-de-vin a été pour Fred Lobbrecht. Comme vous le connaissiez aux collisions et chez Forenetics, c'est l'agent de police Lobbrecht que vous avez appelé cette nuit-là pour vous sauver la mise. Pour prix de ses services, vous avez remboursé son crédit immobilier et lui avez trouvé un poste en or. Abigail Plunkitt a démissionné pour partir sauver les lamantins. Grâce à vos relations, sans aucun doute. Même chose pour Nathan Levy, qui est brusquement passé de conducteur d'essais automobiles à saxophoniste de blues. Tout se serait bien passé, sans ce grain dans l'engrenage…

Elle désigna la chaise à côté d'elle. Le jour où cet enquiquineur de Jameson Rook s'est donné pour mission d'écrire un papier sur votre dénonciation du logiciel défaillant, tout a changé. Parce que Jameson Rook ne laisse rien au hasard. Jameson Rook est votre pire cauchemar : un vrai journaliste d'investigation. Il a commencé à fouiner dans les rapports soignés de vos recherches et vous avez paniqué. Surtout quand Fred Lobbrecht a eu des remords et a voulu se confier à Rook par l'intermédiaire de Lon King. Lobbrecht a bien failli tout avouer. Mais vous l'avez assassiné avant ! Oh ! Et Lon King ? Fred s'était probablement déjà confié à son psy ; par conséquent, King devait mourir, lui aussi. Cela nous laissait Plunkitt et Levy. Quand le vin est tiré…, n'est-ce pas, Wilton ? Mais vous deviez écarter les soupçons de vous. Et comment un homme intelligent comme vous retourne-t-il la situation à son avantage ? Vous avez piégé Tangier Swift, vous l'avez fait passer pour l'homme qui éliminait un à un les dénonciateurs. Quelle ingénieuse idée ! Car, au final, si tout ceci avait été rendu public – votre conduite en état d'ivresse et la femme que vous avez tuée –, non seulement vous auriez été inculpé, mais vous auriez perdu toute crédibilité. Vous étiez prêt à sacrifier votre équipe entière pour satisfaire votre ego et faire tomber Tangier Swift. Ce que vous considérez comme le travail d'une vie. Je me trompe, Wilton ?

Le menton de Backhouse tomba sur sa poitrine. Puis, il leva les yeux pour la fixer intensément.

Heat pointa le pansement à son front.

— Je parie que vous regrettez de m'avoir manquée, hein ?

Watts posa la main sur le bras de son client.

— Ne répondez pas. Ne dites pas un mot.

— Vraiment ? Parce que j'aimerais faire une déclaration.

Nikki prit son calepin et le glissa sous le nez de Backhouse avec un stylo.

— Si vous coopérez, ce sera beaucoup plus facile pour vous.

Son avocat secoua la tête.

— Vous savez quoi ? reprit Heat en jetant un coup d'œil à Rook. Votre version, avec vos propres mots, ferait un article du tonnerre.

— Bien sûr ! s'écria Rook. Je prépare toujours ce papier sur le logiciel défectueux. C'est important pour vous, je le sais. Mais imaginez combien de gens vous allez atteindre – je parle d'une portée mondiale ! – si votre histoire, *cette* histoire, en faisait partie.

Backhouse vacilla.

— Wilton…, dit son avocat.

— Ethan, silence, j'essaie de réfléchir.

Quand son avocat se recula, bras croisés, Backhouse observa les forces en présence : Nikki, Rook, puis le sac contenant la preuve.

Rook, qui avait lui aussi vu le poster d'Assange dans le bureau du professeur, déclara :

— Je pense qu'il ne reste qu'une seule question à poser, Wilton : QFJ ?

Comme tous l'observaient sans comprendre, il s'expliqua :

— Que ferait Julian ?

Backhouse repoussa le calepin. Mais, alors que tout semblait terminé, il dit :

— Je ferais mieux de tout vous dire. Vous avez toujours votre dictaphone ?

— À moins de l'avoir laissé tomber dans la voiture hier soir… Je plaisante.

Rook prit son dictaphone et le mit en marche pour que Wilton Backhouse puisse raconter son histoire.

On pouvait toujours compter sur l'humour des policiers.

Après l'interrogatoire, Heat et Rook retournèrent dans la salle de conférences pour la première fois, ce matin-là, et tous les policiers avaient un pansement sur le front. C'était leur manière de décompresser. Quand un collègue venait de risquer sa vie, le sarcasme était à leurs yeux le meilleur remède au sentimentalisme.

Heat joua le jeu, leur montra sa reconnaissance en ignorant la plaisanterie jusqu'à ce qu'ils éclatent de rire. Elle n'avait pas besoin de leur raconter ce qui venait de se produire : la brigade avait déjà assisté aux interminables aveux de Wilton depuis la salle d'observation. Dans une rare démonstration d'affection, sans doute par respect pour Rook après son calvaire, les policiers félicitèrent le journaliste pour son interview.

Profitant de la bonne humeur générale, il les remercia :

— Vous savez, j'aime à croire qu'il ne s'agit pas seulement ici de rendre justice. Il faut aussi me faire gagner un autre Pulitzer !

— Ce serait drôle si c'était une vraie blague, répliqua Feller.

— Est-ce que ça veut dire qu'on doit des excuses à Tangier Swift ? demanda Raley.

— Oui, mais, au lieu de fleurs, je préférerais envoyer à monsieur Swift une douzaine de ceci…

Rook serra le poing de son bras en écharpe.

— Et ne me dites pas que ce sont des spéculations tout droit sorties de ma zone 51. Wilton Backhouse nie m'avoir kidnappé, et je le crois.

— C'est sûr qu'il n'avait pas les moyens nécessaires, dit Ochoa. Regardez qui il a engagé : Maloney !

Rook hocha la tête.

— Mais qui a ces ressources ? Exactement. Je n'ai encore aucune preuve. En attendant, je vais me reposer un peu et profiter de ces petites pilules antidouleur que le médecin m'a prescrites.

Ils firent une courte pause. Ceux qui n'étaient pas blessés ôtèrent leur pansement, prirent un café et se rassemblèrent autour du tableau pour profiter de ce moment où tout devenait enfin clair.

— Désolé, dit Rhymer, mais je reviens du service scientifique et j'ai manqué la première partie de la confession. Backhouse a-t-il dit pourquoi ces deux modes opératoires étaient différents ? Vous savez, l'accident de voiture pour l'un et le drone pour les autres.

Heat hocha la tête.

— En fait, Opossum, il a employé trois MO. Ils ont d'abord tué Lobbrecht dans le hangar de Staten Island parce qu'ils savaient qu'il serait là. Pour Lon King, c'est une tout autre histoire. Comme Maloney le surveillait, il a découvert sa passion pour le kayak. Ils ont eu l'idée de l'avoir avec le drone, et c'était si efficace qu'ils ont réutilisé ce stratagème pour Abigail Plunkitt. Ensuite, ils ont tenté un plus gros calibre sur Nathan Levy et l'ont manqué. Donc, Backhouse s'en est chargé lui-même, car Levy ne se méfierait pas de son ami. Voilà pourquoi la vitre de Levy était baissée et qu'il n'y avait pas de lubrifiant sur la portière du pick-up. Backhouse lui a donné rendez-vous et l'a abattu à bout portant, avec un petit calibre, pour imiter le quadricoptère.

— Logique, dit Rhymer. Les techniciens viennent de trouver des résidus de poudre sur une chemise dans le panier à linge de Backhouse.

Ochoa ajouta cette information au tableau.

— Une épingle de plus.

— Vous avez fait du bon boulot, avec Aguinaldo, dans la fouille de l'appartement, dit Nikki. Trouver la porte de la boîte à gants a tout changé.

— Pas de trace des dossiers manquants de King ? demanda Rook.

— Jusqu'ici, non, dit Feller. Pas dans son appartement. Ni à son bureau. Ni dans cet endroit à Astoria qu'il louait sous un faux nom.

Une boule s'était formée dans la gorge de Nikki. Comme chaque fois qu'elle pensait à la transcription de ses conversations intimes perdues dans la nature.

— Hé ! Je sais où ils sont, dit Ochoa en réprimant son sourire. Dans le coffre de la voiture du capitaine Heat avec ce détenu – comment s'appelle-t-il ? – George Gallatin.

À la fin de leur réunion, elle entendit Feller dire :

— À l'heure qu'il est, le pauvre type est sûrement au

Nouveau-Mexique, à regarder sans arrêt par-dessus son épaule en souhaitant pouvoir s'arrêter pour souffler.

Leurs rires rappelèrent à Nikki un vieux dicton : « Toute plaisanterie a une part de vérité. » Heat était certaine d'au moins une chose : tant qu'elle ne l'aurait pas découverte, cette affaire ne serait pas close.

Après avoir eu des nouvelles de la mission spéciale de Raley, Nikki libéra le roi de tous les moyens de surveillance et l'autorisa à reprendre ses tâches courantes. Sean se rendit au One Police Plaza.

Nikki alla voir Rook dans son bureau pour lui proposer de changer son pansement et le trouva en train de pianoter frénétiquement sur son ordinateur.

— Tu cherches des destinations de lune de miel ? Pyongyang ? Tchernobyl ? Peut-être une croisière Barney le dinosaure ?

— Pas de croisière, rappelle-toi ? Je tape mes notes sur les *Confessions d'un fauteur de troubles.*

Il s'arrêta pour jauger sa réaction.

— Bon, je ne suis pas encore sûr du titre.

Il reprit son travail d'écriture. Au bureau d'à côté, Opossum passa un appel et, en attendant son interlocuteur, prit un tissu pour nettoyer son iPhone.

— J'aimerais vérifier ton pansement.

— C'est déjà fait.

— Tu devrais rentrer à la maison.

— Toi aussi.

Son attention était attirée par le rituel de Rhymer, qui aspergeait à présent son tissu en microfibre d'un produit pour nettoyer l'écran.

Le regard de Heat suivit le mouvement de sa main, puis revint à son partenaire.

— Quoi ?

— Et si je te disais que je pense pouvoir retrouver le numéro du Chevalier Noir et qu'on va pouvoir remonter la piste de mon ravisseur ?

Dans l'heure, un technicien de la police scientifique leur apporta le portable de George Gallatin, scellé dans un sac en plastique. Heat signa le document de remise de preuve, prit une paire de gants et posa l'objet sur son bureau devant Rook.

— L'expert m'a confirmé que l'historique avait été effacé.

De sa main gantée, il étala les papiers qu'il avait griffonnés ces derniers jours dans l'espoir de se remémorer le numéro de téléphone que Gallatin avait composé devant lui.

— Comme tu peux le voir, j'ai déjà la plupart des chiffres sur cette page.

Elle pointa plusieurs cases biffées.

— Sauf ces deux-là.

— Oui, mais écoute bien. Je ne me rappelle pas ces deux chiffres manquants, mais je sais qu'il n'a touché l'écran qu'une seule fois quand il les a composés. Les autres étaient répétés. Donc…, continua-t-il en prenant le téléphone, si je ne me trompe pas, et si le service scientifique n'a pas effacé l'écran, je devrais pouvoir remplir les blancs. C'est comme le jeu Wheel, sauf qu'au lieu d'acheter des voyelles, je choisis des chiffres.

— Une question : et si Gallatin a appelé le Chevalier Noir plus d'une fois ?

— Cela fonctionnerait quand même.

Il marqua une pause avant d'ajouter :

— En théorie parce que les deux chiffres dont j'ai besoin auront toujours moins d'empreintes sur le verre.

— Et si George Gallatin s'est servi du même téléphone pour appeler quelqu'un d'autre ? Comme son bookmaker ? Cela fausserait tout, non ?

Rook s'arrêta, mais ne la regarda pas.

— Tu veux bien me laisser un peu d'espoir ?

— Désolée.

Il reprit son étude attentive de l'écran du téléphone. Pardessus son épaule, Nikki vit que la poudre appliquée par les experts rendait les empreintes faciles à repérer sur la surface.

— Mmm, dit Rook avant de le reposer.

Il ferma les yeux dans un effort pour se remémorer les

gestes précis de Gallatin. Puis, un large sourire se dessina sur ses lèvres.

— Je l'ai !

Elle le regarda d'un air sceptique.

— Non, vraiment, je l'ai !

La cyberattaque menaçant toujours les bases de données du service, Heat appela l'agent spécial Jordan Delaney pour lui demander de tester le numéro trouvé par Rook. L'agent du FBI se montra cordial, mais hautement professionnel. Malgré son animosité – Heat avait laissé un prisonnier fédéral lui glisser entre les doigts –, Delaney la rappela pour l'informer que le numéro de Rook n'existait pas.

— J'en doute fortement, dit Rook. J'ai entendu parler de numéros hors service. Ou non répertoriés. Mais non existants ? Aucune chance.

— Alors, pourquoi ne pas appeler pour voir qui répond ? proposa-t-elle.

— Merci, excellente idée.

Il s'empara de son mobile, puis changea d'avis.

— Si mon numéro s'affiche, ils sauront que c'est un piège. Et imagine que je me serve du téléphone de Gallatin et qu'ils entendent ma voix, à quoi cela nous avancera-t-il ?

— Rook, tu veux me convaincre que ta propre stratégie est mauvaise ? Que veux-tu que je fasse ?

Il réfléchit un moment avant de répondre :

— Tu me fais confiance ?

Heat prêta l'oreille aux grincements métalliques de la cale humide bercée pas la houle. Une odeur de décrépitude flottait dans les entrailles sombres de la péniche, où Rook et elle avaient pris position.

— Nos plaies vont s'infecter dans cet endroit.

— Nous ne sommes là que depuis une heure, Nikki. J'ai passé deux nuits dans ce trou à rats.

— Une heure et demie. Je te donne encore vingt minutes. C'est très généreux de ma part.

— D'accord. Mais j'ai la foi.

— Tu crois au numéro qui, d'après le FBI, n'existe pas ?

— Pourquoi sinon ai-je eu MESSAGE ENVOYÉ ?

Envoyer un SMS du mobile de Gallatin au mystérieux numéro était le compromis auquel Rook et elle étaient parvenus. Même si elle refusait de le reconnaître à voix haute, Nikki était impressionnée par son goût de l'aventure et sa capacité à penser autrement. Mais le lui dire ne ferait que l'encourager. Assez d'aventure pour le moment.

Elle reprit le mobile de Gallatin, qui était allumé, mais toujours sous sa protection plastifiée. L'écran indiquait bien ENVOYÉ en dessous de leur message, aussi bref que concret : *Urgent. RV à la péniche. Vite !*

Gênée de mobiliser des ressources pour une piste aussi ténue, Heat avait décidé que Rook et elle iraient seuls sur place. Par mesure de prudence, elle avait demandé à Feller d'assurer leurs arrières et de se garer à deux rues des quais où ils avaient secouru Rook quelques jours auparavant.

Nikki consulta une nouvelle fois son Omega. Vingt-cinq minutes interminables dans cette odeur de moisi. Rook lui posa la main sur l'épaule. Mais elle l'avait entendu, elle aussi : un bruit de pas. Elle lui fit signe de s'écarter du halo de lumière morne distillée par la grille de ventilation au-dessus de sa tête.

Les pas étaient étouffés, mais se rapprochaient sur l'escalier métallique qui descendait de l'écoutille.

Heat se coula dans l'ombre, face à Rook, et sortit lentement son Sig de son holster. Elle le garda contre sa cuisse, canon pointé vers le sol. Elle compta cinq pas de plus, puis le bruit cessa, sans doute quand la personne arriva au pied des marches.

Puis, les pas reprirent. Une nouvelle fois étouffés, mais maintenant très proches. Heat leva son arme, puis la maintint fermement en joue. Une silhouette émergea de l'ombre bleutée et apparut en pleine lumière.

Yardley Bell avait répondu à leur SMS.

DIX-NEUF

Dans le silence creux qui s'ensuivit, seulement brisé par un grincement métallique, Heat examina Bell de la tête aux pieds, à la recherche d'une arme à feu, son Sig pointé sur la poitrine de l'agent secret. Yardley écarta les bras, et Nikki crut à une rencontre insolite. Mais, quand Yardley ouvrit les paumes pour montrer qu'elles étaient vides, Nikki sut qu'il ne s'agissait en rien d'une coïncidence.

— Jamie, Nikki, je sais que vous êtes là.

Pendant que Heat réfléchissait à la manière de gérer la situation, Rook émergea de sa cachette près de la cloison étanche. Il s'arrêta dans le rai de lumière.

— Toi ? C'est toi, le Chevalier Noir ?

— Rook, recule, dit Heat, tenant ses positions. Yardley, gardez vos mains en l'air, que je puisse les voir.

Rook s'immobilisa. L'agent Bell obéit aux instructions et se tourna docilement en direction de la voix de Nikki pour lui présenter la plus large cible possible.

— Mon arme reste où elle est, dit Bell.

Cela pouvait s'interpréter de deux manières : un avertissement ou la promesse qu'elle ne s'en servirait pas. Ou les deux.

Heat saisit cette opportunité et se mit en pleine lumière. Elle baissa son Sig Sauer, mais ne le rengaina pas.

— Quand j'ai eu ton SMS, j'ai pensé l'ignorer, dit Yardley en regardant son ex, toujours sous le coup de la surprise. Puis, je me suis dit que je te devais bien ça, après tout ce que tu as traversé. Pour te faire comprendre que c'était terminé. Et que tu n'avais plus rien à craindre.

Le ronronnement lointain d'une moto attira l'attention de Bell, qui jeta un coup d'œil par-dessus son épaule.

— Je ne devrais pas être là.

— C'est drôle, je me disais la même chose, à environ 4 h du matin, quand je me suis réveillé avec des rats sur les jambes.

— Tout ceci n'a aucun rapport avec moi. J'ai entendu parler de l'opération après les faits.

— Si ce n'est pas vous, alors qui est-ce ? demanda Nikki.

Maintenant que le stratagème de Rook avait fonctionné, elle était prête à exploiter cette chance jusqu'au bout, même s'il fallait pour cela procéder à une arrestation. Pas de Yardley Bell, mais elle trouverait bien quelqu'un d'autre.

— C'est classé secret-défense. Je peux seulement vous dire qu'il y a eu quelques querelles internes à l'agence et…

Heat saisit la balle au bond, espérant pousser Bell dans ses retranchements.

— Quelle agence ?

— Je ne peux la nommer. Vous le savez.

— Ce n'est pas suffisant. Un enlèvement ? J'ai besoin de plus.

Rook s'était enfin ressaisi :

— Si tu n'es pas impliquée, dit-il, pourquoi Gallatin t'a-t-il appelée ?

— Il ne l'a pas fait. Je ne suis pas le Chevalier Noir. Le Chevalier Noir a été neutralisé.

— Tu l'as tué ?

— S'il te plaît. Nous n'opérons pas de cette manière.

Elle ajouta avec emphase :

— Non, certainement pas. Il a été réaffecté. Il s'est lancé seul dans une opération illégale et en a payé le prix.

— Était-ce le type avec l'accent de l'Oklahoma ?

— Je ne peux pas vous répondre.

Ce qui revenait à un oui.

— Et George Gallatin ?

— Après l'extraction du Chevalier Noir, il a lui aussi été réaffecté.

— Il est mon prisonnier.

— De quoi vous plaignez-vous ?

Sa nature froide et distante l'aidait sans doute à dormir la nuit. Heat tenta d'atteindre la corde sensible.

— Je ne me plains pas, dit-elle en rengainant son arme. Je pensais l'avoir perdu.

— J'ai essayé d'intervenir dès que je l'ai appris, Nikki.

— Et vous croyez que c'est suffisant ? Pas pour moi. Pas après tout ce qui s'est passé. Pas après ce qu'il a fait à Rook.

Yardley prit un ton conciliant :

— C'est ma manière de rétablir la situation.

— C'est votre manière de faire tourner la situation à votre avantage, dit Nikki en s'approchant. Personne ne fait cavalier seul sans raison. Quelqu'un a dû sanctionner l'opération de votre homme. Qui ? Tangier Swift ? Le député Duer ?

— Secret. Sécurité nationale.

— D'accord, dit Rook. Et officieusement ?

— Bon, je crois que j'ai commis une erreur en venant ici aujourd'hui.

— On dirait bien, dit Heat.

Un ange passa. Tous trois gardaient le silence, tous trois également insatisfaits : Heat et Rook voulaient des réponses concrètes, Yardley Bell ne voulait pas s'impliquer émotionnellement.

— Alors, dit Rook d'une voix radoucie. Tout ce que tu as fait – mettre fin à une mystérieuse opération –, c'était pour me tirer d'affaire.

— Oui ! s'écria Yardley avec espoir, faisant un pas vers lui.

Une bulle de jalousie éclata dans la poitrine de Nikki. C'était tout à fait irrationnel, elle le savait, mais elle ne souhaitait guère être le témoin du lien, même ténu, qui les unissait encore.

— C'est tellement…, commença Rook, qui cherchait ses mots.

Nikki crut qu'il allait dire « attentionné », « prévenant », ou peut-être « charmant ». Il la surprit, autant que Yardley, en terminant par :

— … absurde.

Le regard de Bell, d'ordinaire si plein d'assurance, s'arrondit de surprise.

— Jamie ? Comment peux-tu me dire ça ?

— Parce que c'est vrai. Tu prétends être venue pour me rassurer alors qu'en réalité, tu espérais seulement apaiser ta conscience. Et tu sais quoi ? Je ne suis même pas sûr que tu en aies une.

Soudain agité, il se mit à faire les cent pas.

— Voilà pourquoi nous n'avons pas tenu, toi et moi, tu le sais. Cette manière que tu as toujours de tout mettre à distance. Entre nous, ton travail…

— Pas encore cette vieille rengaine.

— Si, encore cette vieille rengaine, parce que tu n'as pas changé. Pourquoi ? Parce que, s'impliquer, c'est prendre des risques.

Heat ne savait pas si cet échange devait la réjouir ou la mortifier. Il recelait une intimité qui la mettait mal à l'aise. En particulier quand Rook la prit à témoin :

— Nikki sait de quoi je parle. Je ne parle pas de courage. Tu en as à revendre, Yardley, du courage. Je parle de ce risque qui consiste à se donner entièrement. Il ne s'agit pas de rester sur le seuil ni, je ne sais pas, de se ménager une porte de sortie.

Il se tut et frotta son bras à travers son écharpe.

— Écoute, je n'essaie pas de te blesser ni de te culpabiliser. J'aurais seulement aimé… que tu sois plus humaine. Si ce n'est pas pour ton bien, alors, pour le sens véritable de notre métier. Et je ne parle pas de carrière. Je parle des raisons pour lesquelles nous faisons cela.

Il jeta un coup d'œil à Nikki avant de poursuivre :

— J'ai interrogé un père qui a perdu sa femme et son enfant de quatre ans. Il allait rendre visite à ses grands-parents avec sa famille. Leur voiture a fait un tonneau à cause d'un défaut du logiciel de contrôle de stabilité. Tu imagines ce qui leur est arrivé. Ce sont *eux*, notre métier. Du moins, pour certains d'entre nous.

Yardley déglutit de manière si ostensible que Nikki s'en rendit compte.

— Je ne peux pas te faire de déclaration officielle. Je n'ai plus les autorisations nécessaires.

— Je vois, dit-il avec un demi-sourire. Enfin, merci d'être venue me rassurer. Regarde-nous. Nous sommes rassurés, n'est-ce pas ?

L'agent Bell déclara alors :

— Mais je parlerai officieusement.

Comme Heat et Rook parurent surpris, elle poursuivit :

— Je sais que tu te sers de sources anonymes, parfois. Tu me protégeras, n'est-ce pas ?

— Hé ! Bien entendu. Seulement, on ne peut pas aller très loin sans citations officielles.

— Alors, je peux te donner des noms de gens qui seront ravis de te parler officiellement. Il y a pas mal de personnes énervées à l'agence qui s'en fichent royalement.

— Mes interlocuteurs préférés, dit Rook en souriant.

— Je serai votre dénonciatrice.

— L'une de tes spécialités, si je me souviens bien.

Il gloussa, puis se tut, soudain conscient du regard intense de Nikki.

Heat prit son calepin.

— Peut-être devrions-nous parler de la raison de son enlèvement.

— Tu vois ? dit Rook. Elle est avec nous.

Heat contemplait le ciel pourpre au-dessus de l'Hudson, qui lui rappelait le coucher de soleil qu'elle avait vu vingt-quatre heures plus tôt du Verrazano-Narrows Bridge, sauf que le pont où elle se trouvait maintenant était celui d'un bateau de la police portuaire.

— Voilà votre hélico, dit le skipper en orientant sa casquette à dix heures.

Nikki le remercia d'un signe de tête, puis quitta la cabine de pilotage pour rejoindre Rook, adossé à une cloison étanche.

— Jusqu'ici, Yardley ne nous a pas menti. Elle a dit que le Gulfstream de notre suspect avait prévu un plan de vol de Washington à Teterboro, et le voilà.

— Yardley est fiable, ne t'inquiète pas.

Comme toujours, Rook était en phase avec Nikki : là, tous deux étaient impatients de rétablir la vérité.

Ensemble, ils observèrent les lumières clignotantes de l'hélicoptère qui se posa gracieusement sur la plage arrière du *SwiftRageous*. Une minute plus tard, les puissants moteurs du Gladding-Hearn ralentirent, et la vedette termina paisiblement sa course sur le fleuve.

Pendant que le capitaine orientait l'échelle vers la traverse du luxueux yacht, Tangier Swift vint les accueillir personnellement, quoiqu'il ne fût pas seul. Il était entouré de son équipe de sécurité. Cette fois, néanmoins, au lieu de polos assortis, tous portaient des costumes sérieux, après leur journée de travail.

— Je vous ai vus arriver à des kilomètres. Vous auriez aussi bien pu envoyer des fusées de détresse.

— Ce n'est pas un raid tactique, monsieur Swift, dit Heat. Mais j'aimerais avoir la permission de monter à bord.

— Non.

Elle brandit un mandat.

— J'ai le ticket gagnant.

Le milliardaire capitula. Trois employés gagnèrent la poupe pour attraper les amarres des policiers. Sur le pont au-dessus de Heat et Rook, une escouade de l'unité Hercule s'aligna le long de la rambarde, véritable démonstration de force avec casques noirs, vestes renforcées et mitraillettes au repos. Les gardes du corps de Swift étaient intimidés, comme il se doit.

— Pas un raid tactique, hein ?

— La dernière fois, vous m'avez menacée.

— Ce n'est pas vrai, et vous le savez parfaitement.

— Vous devriez peut-être écrire à votre député, dit Rook. Non, attendez, nous allons vous faciliter la tâche.

Tangier Swift resta bouche bée quand Duer émergea de la vedette et se posta entre Heat et Rook.

— Bonjour, Kent.

Swift ne put en dire davantage. Cela n'entrait pas dans son algorithme.

— Allez-vous m'inviter à monter à bord ou pas ?

Pendant que l'équipage du *SwiftRageous* aidait le membre du Congrès à embarquer, Swift s'approcha de Heat et examina son pansement.

— Qu'est-il arrivé à votre visage ?

— Ça ? C'est ma tête des grands jours.

Personne ne leur proposa de rafraîchissements et personne n'en demanda. Il n'y eut pas non plus d'échanges de politesses et nul ne tenta d'apaiser la tension qui régnait dans le salon en mezzanine. Par déférence pour le politicien, Swift s'assit en face de Rook et Heat et fit signe à Duer de présider la longue table. Le vieil homme l'ignora et s'installa sur le canapé contre le mur, à côté de l'inspecteur Raley, que Nikki avait convié. Bien qu'installé à l'écart, le député ouvrit le feu :

— Je n'ai pas été informé par le capitaine Heat de l'objet de cette réunion, si ce n'est que ma présence était de la plus haute importance. Cela m'a paru une raison suffisante. Je suis prêt à vous écouter.

— Merci, monsieur Duer.

Même si Heat était là pour confronter Swift, le député jouait un rôle-clé dans sa stratégie, et elle s'adressait autant à lui qu'au milliardaire.

— Je vais me montrer brève. Monsieur Swift est une personne-clé dans notre enquête sur plusieurs homicides. Les victimes étaient des agitateurs décidés à révéler la dangereuse défaillance d'un logiciel de SwiftRageous. Aujourd'hui, j'ai appris qu'il n'était pas l'auteur de ces homicides.

— Vous avez été brève, en effet, dit Swift en faisant mine de se lever.

Sa tentative d'humour fit chou blanc. Nikki continua :

— Néanmoins, nous avons la preuve que le logiciel est bien défectueux et que Tangier Swift et sa société ont étouffé l'affaire.

— Vous ne pouvez pas le prouver.

— Inutile, dit-elle en touchant le genou de Rook. D'autres le feront. Mais je veux vous parler d'une autre affaire. Une affaire qui va vous intéresser, monsieur.

Elle se tourna vers l'élu du Congrès pour être sûre d'avoir

toute son attention. Duer posa ses paumes sur le pommeau sculpté de sa canne et lui fit signe de poursuivre son récit.

— D'après mes sources, monsieur Swift a négocié grâce à vous un contrat avec le ministère de la Défense pour lui fournir un logiciel capable de pirater les avions ennemis en plein vol.

Swift frappa du plat de la main sur la table.

— C'est faux. Ce ne sont que des spéculations.

— En tant que membre du ministère de la Défense et du Comité de sécurité nationale, je peux vous dire, capitaine, que, si un tel programme existait, il serait classé secret-défense.

Une réponse pour le moins prudente, assurément.

— Des sources ! s'esclaffa Tangier. Quelles sources ?

— Le logiciel s'appelle SwiftJack, dit Heat. Inutile de répondre, je vois à votre réaction que j'ai raison. Et je n'ai pas besoin de vous parler des enjeux de sécurité nationale. Ce qui m'amène au kidnapping de Jameson Rook.

— Kent, voyons. Des meurtres que finalement je n'ai pas commis. Des allégations à propos d'un système de sécurité, et maintenant un kidnapping ? Je n'ai enlevé personne. Notre capitaine va beaucoup trop loin.

— Laissez-moi vous donner des explications plus précises. Vous n'avez pas pris part au kidnapping, pas directement. Il a été organisé – illégalement – par des agents du gouvernement dans le but d'empêcher Jameson Rook de continuer à enquêter sur vous, monsieur Swift. Et savez-vous pourquoi ? Parce qu'on menait une investigation sur vous.

Ce discours capta l'attention de Swift. Il se tourna vers un membre de son personnel et demanda un verre d'eau. Pendant qu'il prenait la bouteille, Nikki fit pivoter son siège vers Duer et s'adressa directement à lui.

— Tangier Swift jouait secrètement un double jeu. Alors qu'il avait un contrat avec la Défense, il tentait de vendre son logiciel SwiftJack sous un autre nom à différentes entités étrangères. En totale violation de la loi fédérale.

— Un comportement fort peu patriotique, renchérit Rook.

— Vous dites n'importe quoi !

Le politicien fronça les sourcils.

— De quels pays parlez-vous ?

— Jusqu'ici, monsieur Swift a pris secrètement contact avec la Corée du Nord, la Chine, la Russie et la Syrie.

— Et vous pouvez me le certifier ?

— En fait, en tant que président du Comité, avec le pouvoir d'obtenir des mandats, c'est *vous* qui pourrez me le certifier, dit Heat. Mais sachez que j'ai un contact au gouvernement syrien qui me l'a personnellement confirmé cet après-midi.

Elle laissa le vieil homme digérer ces informations les yeux fermés, la tête légèrement affaissée.

— Et, monsieur, comme les criminels ne s'arrêtent généralement pas à un seul domaine, j'aimerais vous mettre au courant d'une autre infraction grave. C'est pour cette raison que j'ai demandé à l'inspecteur Raley de venir. Sean ?

Raley se leva.

— Je serai bref. Le capitaine a entendu dire que cette cyberattaque était très difficile à repousser parce que le service des systèmes d'information de la police de New York s'appuie sur plusieurs applications mises en place par des tierces personnes. En surface, on dirait un ensemble de programmes mal coordonnés. L'un contrôle les bases de données, l'autre, l'intranet… Vous voyez le tableau. Avec tous ces programmes, c'est la tour de Babel.

Il adressa un grand sourire à Heat.

— Comme je suis un fana d'informatique, le capitaine Heat m'a envoyé fouiner un peu dans le système. De façon informelle, bien sûr. J'ai appris que les applications qui causaient tant de problèmes avaient été codées par vingt sociétés différentes. En apparence non liées entre elles. Mais, après des recherches poussées en collaboration avec le service des hautes technologies, malgré les multiples pare-feu, nous avons fini par découvrir que les codes de tous les programmes responsables du black-out avaient été écrits par des sous-traitants, qui appartiennent tous à la même société.

— Laissez-moi deviner, dit le député, sans quitter des yeux Tangier Swift.

— C'est exact. En résumé, ce type est responsable du chaos informatique de nos services, dit Raley en se rasseyant.

— C'est faux ! s'insurgea Swift. Pourquoi aurais-je piraté le système informatique de New York ? C'est absurde !

Heat n'en était pas aussi certaine.

— Vraiment ? Cela me paraît parfaitement censé, au contraire, si vous vouliez obtenir les faveurs des Syriens. Pourquoi ne pas leur montrer les capacités de piratage de votre logiciel en le mettant au service de leur cause ? Ou prouver à Kim Jong-un de quoi vous étiez capable ? Ou à Poutine ? Ou à ces gentlemen chinois que nous avons rencontrés et que vous avez voulu faire passer pour des industriels intéressés par l'achat de votre yacht ? Sinon, votre cyberattaque visait directement la police de New York. Quel meilleur moyen de ralentir mon enquête, jusqu'à ce que tous les dénonciateurs soient décédés ?

Elle se tourna vers Swift et le député. Ou bien les deux ? Faire d'une pierre deux coups ?

— Mais maintenant que nous vous avons démasqué, les raisons concernent monsieur Duer.

— Absolument, dit le député. À l'heure où nous parlons, mes confrères au Département d'État sont sur le point de signer un accord avec les Syriens à propos de Mahmoud. Ce jeune homme sera dans un avion en partance pour le désert dès ce week-end.

L'homme d'État reporta ensuite son regard vers Tangier Swift, qui continuait à jouer les victimes.

— Vous n'êtes pas sans savoir, Kent, que tout ceci est pure invention. Rien de tout ceci ne peut être prouvé.

— Vous n'espérez tout de même pas vous en sortir ? Parce que je vais enquêter jusqu'à ce que toute la lumière soit faite sur cette affaire. Dès demain, j'appellerai le Pentagone et la CIA.

Le député Duer se leva. L'ancien héros de guerre s'appuya sur sa canne.

— Mon devoir est de donner à ce pays la meilleure défense du monde. Je pense que vous pouvez oublier votre programme pour le ministère de la Défense.

— Je suis innocent. Et j'ai un contrat.

Duer, prenant une décision silencieuse, hocha la tête.

— Je pense que je viens de l'annuler.

Le député parti, Heat prit ses menottes et s'avança vers Swift. Deux gardes du corps voulurent lui bloquer le passage. Mais, en voyant Raley écarter le pan de son manteau pour montrer son .357, ils s'arrêtèrent tout net.

— Tangier Swift, je vous arrête pour fraude, conspiration, sabotage et activités terroristes. Et je suis sûre que les nombreux chefs d'accusation que les fédéraux viendront ajouter permettront à vos avocats de s'offrir un beau bateau comme le vôtre.

Elle le menotta.

— En attendant, vous pouvez faire une petite balade sur le mien.

Le lendemain matin, Nikki s'autorisa à faire la grasse matinée (pour elle, cela signifiait seulement une heure de sommeil supplémentaire). Rook n'arrivait pas à dormir à cause de la blessure à son épaule et avait fini par se lever à 4 h du matin pour mettre la dernière main à son article.

— Ça te dérange si je prépare du café ? lui demanda Nikki après l'avoir embrassé sur le comptoir où il s'était installé.

— Au contraire, j'en veux bien aussi. Au fait, je l'ai vu sur Internet. La cyberattaque est terminée.

— Ouais, je m'en suis doutée quand mon BlackBerry s'est mis à vibrer comme un fou sur ma table de nuit : j'avais un million d'e-mails et de SMS.

— Mais tu n'en as pas eu besoin pendant une semaine. Donc, tu n'en as pas besoin en ce moment.

— C'est vrai, dit-elle en se servant un verre d'eau. C'est à se demander si la technologie nous est vraiment indispensable.

— Personnellement, il y a un certain drone que j'aurais préféré éviter.

— Surprise, surprise ! dit-elle en faisant dérouler ses messages. J'ai un e-mail de Zachary Hammer.

— Je vois bien ce type se vêtir d'une cape d'opéra et dormir dans un cercueil. Tous les matins, pour son petit-déjeuner, il dévore le cœur de jeunes idéalistes qui n'ont pas entendu ses ailes battre.

— Écoute plutôt ça…

Nikki lut le message à haute voix pour lui :

— *Capitaine Heat, j'ai le plaisir de vous faire part des félicitations du commissaire pour la résolution de ces homicides. Votre rôle dans le règlement de la cyberattaque a également été apprécié et remarqué par le haut commandement.*

Elle éclata de rire en lisant la suite.

— *Néanmoins, votre performance pour le moins extraordinaire en qualité de capitaine sera l'objet d'une réunion supervisée par votre chef de juridiction. Je me dois aussi de vous rappeler que vos rapports statistiques sont attendus la semaine prochaine et que votre présence est requise à la réunion du One Plaza. Amicalement, Z.*

Heat rit de nouveau.

— « Amicalement » ?

— Il venait certainement de se régaler d'un cœur encore battant. Je parie qu'il les avale comme des melons.

— Et en voilà un de l'agent spécial Delaney : *Merci de la part du FBI pour TS. Le Bureau a presque oublié la disparition de GG.*

Rook ferma son ordinateur portable.

— Tu veux savoir ce qui va être le pire, dans l'arrestation de Tangier Swift ? Les titres des tabloïds : *C'est Swift-rageant !*

— Je sens que tu vas écrire un best-seller.

— Bon, j'arrête les jeux de mots.

— Bonne idée.

Heat emmena Rook chez le médecin pour examiner sa blessure. Le praticien en profita pour remplacer le bandage de Nikki par un pansement plus petit et la féliciter pour la propreté de ses sutures. Si elle évitait le soleil, elle n'aurait sûrement qu'une minuscule cicatrice.

— Bien, dit Rook, parce qu'on va se marier, et, quand je soulèverai son voile, je n'ai pas envie qu'elle ressemble à Freddy Krueger !

Quand Rook vit l'air ahuri de Heat et du médecin, il ajouta :

— Je, euh…, j'ai dû prendre un peu trop d'antidouleurs.

À leur retour dans la salle de conférences, toute la brigade les applaudit. Mais ils ne se servaient que d'une main, car tous avaient le bras en écharpe.

— Je m'étais promis de ne pas pleurer, dit Rook. Et je ne le ferai pas.

Ochoa retira son écharpe.

— Grande nouvelle !

— Je sais, dit Heat. La cyberattaque est terminée. Vous pouvez remercier votre moitié.

— Ouais, bien sûr. Mais j'ai appris un truc bizarre. Prête ?

Il pencha la tête vers Raley, qui prit la parole. Les Gars étaient de nouveau opérationnels.

— Les dossiers de Lon King ont réapparu.

Nikki sentit sa gorge se serrer une nouvelle fois.

— Où ?

— Dans l'appartement de Wilton. Ils sont au labo.

Elle se tourna vers Rhymer et Aguinaldo :

— Je croyais que vous aviez fouillé chez lui.

— On l'a fait, dit Inez. Ils viennent de réapparaître. Plusieurs boîtes d'archives sur la table de la cuisine.

— Bizarre, commenta Rook.

— En effet, dit Heat avant de s'excuser pour aller dans son bureau.

L'expert avec qui elle discuta lui confirma que les dossiers étaient là et qu'ils étaient tous par ordre alphabétique, mais qu'on n'avait aucun moyen de savoir qui les avait eus entre les mains ni comment ils avaient refait surface. On avait cherché des empreintes, mais, jusque-là, sans succès. Quiconque avait manipulé ces boîtes portait donc des gants.

Nikki ne savait pas ce qui l'accablait le plus : l'idée que ses pensées les plus intimes et ses confessions aient disparu ou qu'elles aient été retrouvées et soient décortiquées et analysées par des collègues ou des détracteurs. Elle préférait ne pas imaginer son dossier aux mains des Affaires internes. Elle n'avait prononcé certaines paroles que sous le sceau de la confidentialité. Et du secret éternel.

Elle n'accordait pas facilement sa confiance. Mais, maintenant, elle se sentait naïve et stupide. Et, franchement, effrayée. Nikki ferma la porte et demanda à l'expert s'il pouvait chercher un dossier au nom de Heat. L'homme ne fit aucun commentaire, et elle entendit le bruit de couvercles que l'on soulève et de chemises que l'on manipule.

Lon King, docteur en médecine
Transcription
Séance du 29 mars 2013 avec Heat, N., agent grade 1, police de New York

L.K. : Je suis surpris de vous revoir ici. Surpris mais content.

N.H. : Je vous l'avais pourtant dit.

L.K. : Vous tenez vos engagements, je le sais bien. Mais vous étiez si agitée durant notre dernière séance, quand nous en sommes venus à parler de Rook. Et de vos fiançailles.

N.H. : Et je vous ai dit que je m'étais engagée.

L.K. : De nouveau ce mot. Mais il ne s'agit pas d'honorer un rendez-vous, n'est-ce pas, Nikki ?... Le mariage ?

N.H. [Longue pause.] : Je l'aime.

L.K. : Mais ?

N.H. : Il n'y a pas de « mais ». [Pause plus longue.] Je pense que ce devrait être notre dernière séance.

L.K. : C'est à vous de décider, bien sûr, mais je dois vous poser la question : est-ce parce que vous ne trouvez pas ici ce que vous cherchez ? Ou parce que ceci vous entraîne là où vous n'avez pas envie d'aller ? [Très longue pause. N.H. stoïque. Se tamponne les yeux avec un mouchoir.] Cela vous aide, si je parle ? Bien. Il est très important d'accepter d'éprouver des sentiments. Même des sentiments que l'on préférerait ne pas avoir. Donc, cela m'incite à vous demander : quel est ce sentiment qui vous torture ?

N.H. : [Pause.] : Je ne sais pas si je peux le dire.

L.K. : Vous savez que vous êtes en sécurité ici, Nikki. Quels que soient vos propos, ils resteront entre nous. Donc, qu'est-ce qui vous perturbe à ce point ?

N.H. : C'est que... [Longue pause.] Je ne suis pas sûre que je devrais épouser Rook. [Pause avec pleurs.] Ce n'est pas que je ne l'aime pas. Je l'aime. Vraiment.

L.K. : Vraiment ?

N.H. : C'est juste que j'ai tant en moi de... Depuis notre dernière séance, j'ai eu le temps de réfléchir aux raisons pour lesquelles j'ai tant insisté pour conserver mon appartement. Ce n'est pas vraiment à cause de ma mère.

L.K. : Alors, pourquoi ? Vous pouvez le dire ?

N.H. : Je n'arrive pas à renoncer à mon indépendance.

L.K. : Je sais que ce n'est pas un vain mot pour vous, Nikki. Votre indépendance est ce qui vous reste en dépit de tout, n'est-ce pas ? C'est de là que vous tirez votre force. De vous-même. [N.H. hoche la tête.] Mais la peur de perdre cette indépendance, ce n'est pas vraiment une révélation. Que se passerait-il si vous la perdiez ?

N.H. : Je ne veux pas la perdre.

L.K. : De quoi avez-vous peur ?

N.H. : Pourquoi me harcelez-vous ?

L.K. : Je ne fais que vous guider, Nikki. Vous inciter à explorer vos émotions. De quoi avez-vous peur ? Il vous suffit de le dire.

N.H. : Je... J'ai peur d'être seule.

L.K. : Intéressant. Vous voulez votre indépendance parce que vous avez peur d'être seule.

N.H. : Suis-je folle ?

L.K. : Non. Vous avez dû survivre à de terribles pertes. Votre indépendance est votre atout maître. Elle vous permet d'être seule, mais selon vos propres termes. Cela explique votre relation purement sexuelle avec cet homme des forces spéciales, avant votre rencontre avec Rook. [N.H. hoche la tête.] J'aimerais vous demander si l'indépendance est pour vous un but dans la vie ou un principe. Comme vous me l'avez dit, Rook est plutôt indépendant lui-même. Et c'est pour cette raison que cela fonctionne entre vous.

N.H. : J'ai l'impression que l'épouser, c'est déjà le perdre.

L.K. : Et si vous ne l'épousez pas, vous le perdez aussi, mais selon vos propres termes.

[N.H. se tait, prend plusieurs mouchoirs.]

N.H. : Vous vouliez un sentiment que je n'étais pas heureuse d'éprouver. Le voilà.

L.K. : Que faudrait-il pour changer cela ?

N.H. : Je ne sais pas. Un grand changement.

Le téléphone vibra sur la table quand l'expert raccrocha.

— Pas de Heat, dit-il. J'ai vérifié toutes les boîtes, au cas où il aurait été mal classé ou mélangé. Vous voulez que je vérifie une seconde fois ?

Elle lui répondit que cela lui plairait et raccrocha, puis elle fut forcée de s'asseoir, le temps de recouvrer ses esprits.

Son pied heurta quelque chose sous le bureau. Nikki baissa la tête sur le côté et vit un paquet-cadeau. Elle souleva la boîte et la posa sur son bureau. Un mot était posé dessus. Elle coupa le ruban avec des ciseaux et découpa soigneusement le papier en faisant attention à le toucher le moins possible. Après avoir ôté l'emballage, elle découvrit une boîte banale, comme on en trouve dans toutes les boutiques de cadeaux. Elle hésita un bref instant, puis souleva le couvercle.

À l'intérieur se trouvait une chemise cartonnée, comme celle que les médecins utilisent. L'étiquette indiquait : *Heat, N., agent grade 1, police de New York.* Elle ouvrit le dossier par un coin.

Vide. Mais pas la boîte.

Elle souleva la chemise. Dessous, la boîte était remplie de fines bandelettes de papier passées à la déchiqueteuse. Elle en prit une poignée et fut incapable d'en déchiffrer une seule.

Inutile, elle savait ce que c'était.

Une enveloppe écrue était nichée dans les confettis. Il n'était rien écrit dessus, mais elle n'était pas scellée. Nikki prit la carte à l'intérieur et, quand elle la lut, un profond sentiment de gratitude l'envahit, et elle sourit.

Heat remit soigneusement la note dans la boîte, au-dessus de son dossier déchiqueté, pour apprécier une nouvelle fois l'écriture fine de la femme qui lui adressait ces simples mots : *Tout est là.*

VINGT

Par cette magnifique matinée du mois d'août, le jour de ses noces, Nikki Heat admira dans le miroir en pied sa longue robe de soie au bustier de dentelle argenté et regretta que sa mère ne puisse le voir. Elle embrassa le bout de ses doigts et toucha l'anneau qui pendait à la fine chaîne autour de son cou. Elle sut que sa mère en réalité était là, et qu'en un sens elle le serait toujours.

Margaret Rook et Lauren Parry, sa demoiselle d'honneur, s'extasièrent et déclarèrent qu'elle était fabuleuse, puis admirèrent ses cheveux, qu'elle avait relevés en chignon, ce qui rehaussait son gracieux port de tête de danseuse. Elles lui promirent que sa cicatrice ne se voyait pas du tout. Le temps guérissait les blessures, et quatre mois avaient permis à dame Nature de faire son œuvre. Nikki demanda malgré tout à Lauren de remettre un peu de poudre dessus. Juste au cas où.

Sa seule inquiétude concernait Rook. Il était à Los Angeles pour vanter les mérites de son dernier livre, basé sur son article *Pour qui sonne le glas*, à des studios de cinéma, et était censé rentrer la veille. Mais de gros orages avaient éclaté, brisant la vague de chaleur de New York, et le vol de Rook avait été annulé. Son avion avait finalement atterri ce matin à JFK, et la Hitch ! qu'il avait prise pour aller dans les Hamptons était tombée en panne à Shinnecock Hills. Les inspecteurs Rhymer et Feller étaient partis en trombe une heure plus tôt pour le chercher, toutes sirènes hurlantes, mais on n'avait toujours aucun signe du futur marié.

Nikki écarta les rideaux des fenêtres de la suite qui donnait sur la plage pour s'assurer que tout était prêt. La journée était tout simplement splendide. Cette tempête avait brisé l'oppressante moiteur de l'atmosphère, et ce samedi à Bridgehampton ressemblait plus à une journée du mois de mai. Les invités semblaient détendus. La majorité d'entre eux avait déjà pris place dans les rangées de chaises blanches face au belvédère, où le vert de la pelouse épousait harmonieusement le blanc immaculé de la plage et le bleu profond de l'Atlantique, au-delà.

Son père se tenait sur le côté, auprès de la femme avec qui il avait emménagé en juin. Jeff Heat connaissait Linda depuis l'université George Washington, et ils s'étaient retrouvés par le biais des Alcooliques anonymes. Voir son père de nouveau amoureux lui faisait chaud au cœur. Ironie du sort, c'était une nouvelle personne qui avait fait revivre en lui l'homme d'autrefois.

Heat entendit un rire et se pencha pour voir Raley et Ochoa se tenir les côtes dans leurs sièges au premier rang. Sa promotion de capitaine avait créé bien des tensions et, avec le recul, elle aurait dû écouter Rook, le premier jour, quand il l'avait prévenue qu'un chef devait être capable d'appuyer sur la détente. Nommer Sean et Miguel chefs par intérim l'avait fait passer pour une indécise, et la nature bancale de cette promotion avait entraîné ses deux meilleurs hommes – des amis de toujours –, dans une compétition malsaine. Elle avait reconnu son erreur. Eux avaient admis les leurs. Et l'éclat de rire des Gars – étaient-ils en train de boire en douce ? – prouvait combien leur amitié était forte.

Rook lui texta qu'il était à *quatre-vingt-dix secondes du paradis*, au moment où elle entendit le vrombissement du V8 de Feller dans l'allée. Elle rit à l'idée de l'embarras d'un certain journaliste d'investigation, contraint d'enfiler son smoking à l'arrière d'une voiture de police pendant que le véhicule négociait ses virages entre l'autoroute et Mecox Bay. Soudain, elle éprouva une étrange sensation au creux de son ventre, un vertige qui la prit par surprise, et, chancelante, elle dut s'appuyer contre le rebord de la fenêtre. Elle attendit que la sensation passe.

Puis, elle espéra qu'elle allait revenir et ne la quitterait plus jamais.

La sensation revint quelques minutes plus tard, gonflant le cœur de Nikki de joie à la vue de son futur mari dans son plus beau smoking, le visage radieux, au milieu des fleurs du belvédère. Son père l'escorta le long de l'allée sur une cantate de Bach jouée par un orchestre de chambre de Julliard, et angéliquement interprétée par la mère de Rook en personne, la grande dame de Broadway.

Tous les regards étaient fixés sur Nikki, alors qu'elle marchait lentement sur le tapis de lin blanc déroulé sur la pelouse luxuriante, mais leurs visages heureux étaient brouillés. Nikki ne voyait que Rook et son sourire, qu'elle rêvait de voir pour le reste de son existence.

Elle arriva devant le juge Horace Simpson, leur partenaire de poker de longue date, et attendit la fin de la cantate.

— Tu es absolument superbe, murmura Rook.

— Et toi, terriblement séduisant.

Rook se tourna vers le juge.

— Je savais que j'épousais la femme parfaite.

Nikki hocha la tête avec un sourire aussi pur que l'océan derrière eux.

Ils avaient écrit leurs vœux et, dans un acte de foi, ne se les étaient pas montrés. Après le discours introductif du juge, Rook prit la main de Nikki et, sous les regards émus des invités, lui déclara solennellement :

— Je suis tombé amoureux de toi le jour de notre rencontre. Je crois que tes premiers mots ont été quelque chose comme : « Ne bougez pas de la voiture, ou je vous jure que je vous abats. »

Alors que tous les invités éclataient de rire, Nikki se tourna vers eux pour leur dire :

— C'est la vérité !

— J'ai dû lutter pour devenir un flic. Mais, au lieu de virer l'emmerdeur que je suis – et/ou de me tuer –, tu as fait de ma vie un miracle, Nikki, tu as fait ce que personne n'avait jamais fait pour moi. Tu m'as fait confiance. Sincèrement, entièrement, et inconditionnellement. Sauf pour ce qui concerne mes théories conspirationnistes, qui, pour la plupart, je tiens à le préciser, se sont révélées justes. Ce qui s'est passé quand *toi* et *moi* sommes devenus *nous* a été le second miracle. J'ai commencé à vivre un rêve parce que tu rendais tout merveilleux. Même la *skyline* de New York. C'est avec toi que j'ai vu pour la première fois les vitres du Carlyle prendre la teinte de joyaux orangés au coucher du soleil. Tu m'as appris que, si je fermais les yeux sur la Highline, l'air embaumait de l'odeur des coquelicots en Toscane. Je n'oublierai jamais cette fois où on est allés faire un jogging au début du printemps. Il s'est mis à neiger de gros flocons, et Central Park était comme piégé dans un globe de neige. Et là, quand j'ai murmuré « Rosebud », tu as compris – oui, tu as vraiment compris ! Le monde avec toi devient enchanteur, que l'on soit en train de flâner dans Bowery ou City Island. J'ai hâte de te voir opérer ta magie en Islande, quand nous atterrirons à Reykjavik demain.

Rook marqua une pause tandis que des murmures surpris parcouraient l'assemblée : « Reykjavik ? »

— Nous avons tant en commun. Nous aimons les mêmes vins, nous avons lu les mêmes livres, et, maintenant, nous partageons la même maison. Nous avons même partagé une balle. Combien de jeunes mariés peuvent s'en vanter ?

Il lui pressa les mains et eut envie de l'embrasser, mais se retint. Ce moment viendrait bientôt.

— Je dois beaucoup à Ernest Hemingway, dit-il aux invités. Ne m'en demandez pas plus, c'est une longue histoire.

Puis, il regarda sa fiancée.

— Hemingway a dit un jour : « Le meilleur moyen de découvrir si on peut faire confiance à quelqu'un, c'est de lui faire confiance. » Je ne suis pas Hemingway, mais j'ajouterais : « Et le meilleur moyen de savoir si l'on aime quelqu'un, c'est de trouver sa Nikki Heat. »

Il s'éclaircit la gorge, puis reprit :

— Et maintenant, moi, Jameson Rook, je te jure de t'aimer éternellement, Nikki Heat. Sincèrement, complètement et inconditionnellement. Jusqu'à ce que la mort nous sépare.

Ils échangèrent un « Je t'aime » silencieux, puis Nikki prit la parole à son tour :

— Nous nous sommes rencontrés grâce au travail et, maintenant, nous voilà sur le point de devenir partenaires pour la vie. Oui, nous avons partagé une balle, mais nous partageons bien plus. Comme notre foi en la bonté, l'humanité, les rires, l'amitié, mais, surtout, nous croyons l'un en l'autre. Ce que nous ne partagions pas déjà, je l'ai appris de toi. Tu m'as appris que rien n'était jamais trop loin, qu'aucune équipée n'était jamais impossible. Et cette folle équipée, je suis heureuse de la faire avec toi. Notre parcours est loin d'être conventionnel, c'est le moins qu'on puisse dire. Rien que le fait d'avoir survécu et d'être là aujourd'hui est un petit miracle. Et alors même que je ne pensais être plus proche de toi, ni être plus sûre de vouloir t'épouser, l'épreuve que nous avons surmonté ensemble a créé un lien que rien ne saurait briser. Moi, Nikki Heat, devant tous ceux qui me sont le plus chers au monde…

Elle fit une pause et déglutit douloureusement. Il lui adressa un signe d'encouragement et elle poursuivit :

— … sans oublier une personne qui n'est pas là aujourd'hui…, je jure de t'aimer toujours, Jameson Rook. Je serai toujours là pour toi. Je serai toujours ton amie et, oui, ta partenaire de lutte contre le crime. À partir de maintenant, nos existences sont liées à jamais.

Rook lui fit un sourire radieux quand il glissa l'alliance à son doigt. Le regard de Nikki quitta à peine le sien pour lui passer l'anneau à son tour.

Le juge prit la parole :

— Par les pouvoirs qui me dont conférés par l'État de New York, je vous déclare désormais mari et femme.

Il n'avait pas besoin de leur dire de s'embrasser. Leurs bouches étaient déjà scellées dans une fougueuse étreinte.

Remerciements

Il est 2 heures du matin quand je rentre chez moi, mais, encore sous le choc d'avoir reçu ce soir un prix Poe's Pen pour l'ensemble de ma carrière, je suis trop épuisé pour dormir et, franchement, je n'ai pas le cœur de la réveiller. Eh bien, imaginez, cher lecteur, ma veste de smoking chiffonnée par terre, mon nœud papillon dénoué, et dans ma main un verre de whisky irlandais, sans petits cubes de glace pour ternir sa magie ambrée. Oui, tout était vertigineux ce soir. La statuette Poe's Pen, le discours bienveillant du présentateur de la cérémonie, le grand Michael Connelly, le tapis d'un rouge flamboyant… Mais, pour vous dire la vérité, je retiens surtout les visages : toutes ces personnes qui me sont si chères, si proches, rassemblées autour de la table d'honneur que j'observais depuis le podium. Cela signifiait tant pour moi, avoir la chance de pouvoir remercier tous ceux qui ont rendu l'aventure possible.

Donc, comme je suis d'humeur à porter des toasts (et qui sait, j'aurai peut-être envie ensuite de danser le Time Wrap), je lève mon verre à tous ceux qui une nouvelle fois ont cru en moi. Tout a commencé (et, espérons-le, ne finira jamais) avec Kate Beckett, ma muse, mon professeur, mon amante, ma meilleure amie… pour le reste de nos vies. La brigade de la vingtième est formidable, elle est mon port d'attache. Javier Esposito et Kevin Ryan, mon seul regret est de ne pas vous avoir trouvé un surnom digne de vous. Espry ? Javin ? Une petite bière ? Victoria Gates continue à me mener la vie dure, mais de cela aussi, je suis reconnaissant.

Une autopsie, je l'avoue, n'est pas le genre d'événement où l'on rêve d'être invité, mais le Dr Lanie Parish, la légiste en chef, rend le laboratoire où elle opère aussi festif que si, eh bien, elle ne réveillait pas les morts.

Ma mère, Martha, m'inspire et m'horripile à la fois, et ni l'un ni l'autre nous ne voudrions qu'il en soit autrement. Ma fille, Alexis, continue chaque instant d'émerveiller son vieux père. Elle est si brillante ! (Dans mon prochain livre, je lui ferai écrire cette partie !)

Je fais également tinter mon verre en l'honneur des formidables Nathan, Stana, Seamus, Jon, Molly, Susan, Tamala et Penny.

L'équipe du Clinging Building des studios Raley a droit elle aussi à un « Santé ! » Hé ! J'y pense, on pourrait transformer ce toast en jeu à boire.

À Terri Edda Miller, dont la simple présence me ravit. Main dans la main, aller de l'avant, ensemble. Toujours.

À toi, Jennifer Allen. Mes yeux s'embuent, et je pense à Hemingway, qui a dit : « À la fin, seul le voyage compte. » Notre beau parcours se poursuit, au gré des virgules et des points d'interrogation.

Merci à Laura Hopper, directrice éditoriale de Disney Publishing Worldwide, et Lisa Schomas et sa formidable équipe chez ABC, pour avoir bâti une collaboration solide.

Mon agent, Sloan Harris, chez ICM Partners, s'est toujours assuré que mon verre était plein, et je lui suis reconnaissant d'avoir cru en moi dès le début de cette aventure.

Will Balliett, Gretchen Young et Elisabeth Dyssegaard méritent également un tchin-tchin et un grand merci.

Ellen Borakove m'est toujours d'une aide précieuse lorsqu'il s'agit des questions médico-légales. Sans oublier le concours formidable de Monica Smiddy, ancien médecin légiste à New York.

Shamus Smith, de la police de New York, m'a aidé – mais enfin, avec un policier qui se prénomme Shamus, comme le privé du film, cela n'aurait pas pu mal tourner !

Merci à Jacqui Rivera de m'avoir présenté Shamus, et à Joe Murphy, la fierté de Melbourne, pour son assistance logistique et ses recherches. Et, année après année – toujours aussi fidèle, astucieux, entreprenant –, Cooper McMains, merci pour tout.

Quand je pense à une personne indispensable à ce projet me vient en tête David Liske, associé principal de LISKE Consulting Group Forensic Professionals. David a généreusement partagé avec moi son temps et son immense savoir pour l'écriture de ce livre. Tout ce que j'ai appris sur les tests automobiles, je le dois à David. Pour tout ce qui est erroné, en revanche, je ne peux m'en prendre qu'à moi-même.

Je dois aussi beaucoup à la New York British Library ; donc, un grand merci (chuuuut !) au Dr Carolyn Broomhead, responsable du département de recherche, et la bibliothécaire Joay Barkdale, ainsi que la salle 228E, l'« espace le plus silencieux du monde ».

John Parry, encore une fois, a fait un formidable travail de repérage du nord de l'État de New York.

Alton Brown, ne me blâmez pas, a non seulement trouvé la recette du punch Jameson, mais a aussi concocté un cocktail capable d'être servi glacé à un mariage estival, à la place du punch chaud traditionnel.

Mon amie Jill Krementz a fait des photos de mariage dignes d'un prix Pulitzer. Merci de tout cœur. Et une franche poignée de main à mon pote Ken Levine, qui me rappelle au commencement de chacun de mes livres qu'un meurtre ne serait pas une si mauvaise idée.

Et maintenant, je me ressers un verre pour porter un dernier toast et remercier chaleureusement Andrew Marlowe : tu as pris un Castle et tu en as fait un Camelot. Alors, j'en ai assez dit ? Non, on n'en dit jamais assez. Considérez-moi comme un auteur dont les meilleurs mots sont forcément irrévérencieux.

Et, Tom, que dire, si ce n'est que j'espère toujours être à la hauteur du prix de la Nom DePlume Society ? Ce n'est peut-être pas aussi cool que d'en recevoir un de Michael Connelly, mais j'imagine que c'était un début.

R.C.
12 mai 2015
2 h 34
New York

Série Nikki Heat

Vague de chaleur

ISBN : 978-2-35288-483-5

Mise à nu

ISBN : 978-2-35288-715-7

Froid d'enfer

ISBN : 978-2-35288-801-7

Cœur de glace

ISBN : 978-2-8246-0198-4

Mort brûlante

ISBN : 978-2-8246-0358-2

Colère Ardente

ISBN : 978-2-8246-0507-4

Série Derrick Storm

Tempête à l'horizon,
Tempête et orage,
Tempête de sang

ISBN : 978-2-8246-0386-5

Avis de tempête

ISBN : 978-2-8246-0297-4

Tempête de Feu

ISBN : 978-2-8246-0458-9